SANDRA GRAUER

Flowers & Bones

Tag der Seelen

Band 1

Ravensburger

MIX
Papier | Fördert gute Waldnutzung
FSC® C111262

1 3 5 4 2

Originalausgabe

Postfach 2460, D-88194 Ravensburg

Dieses Werk wurde vermittelt durch die
litmedia.agency, Germany.

Lektorat: Franziska Jaekel
Umschlaggestaltung: Zero Werbeagentur, München
Verwendete Bilder von © Dmitriy Rybin, © WhyWork, © Siam Vector,
© kostins, © k_yu, © Olga_Rusinova, alle von Shutterstock

Printed in Germany

ISBN 978-3-473-40230-4

ravensburger.com

Für Betty, Niklas und Christian
Und für alle Fans von
»Clans of London«
und
»Flame & Arrow«

Playlist

Rise Against   Tragedy + Time
Tonight Alive, Dave Petrovic   Little Lion Man
Watt White   Death Grip
Hey Violet   Hoodie
Hey Violet   Unholy
ITCHY   Dancing in the Sun
The Gaslight Anthem   45
New Found Glory   The King of Wishful Thinking
Jimmy Eat World   The Middle
Qietdrive   Africa
We Are The In Crowd   The Best Thing (That Never Happened)
Pink   So What
Jack White, Alicia Keys   Another Way To Die
The Offspring   This Is Not Utopia
Fall Out Boy   I Don't Care
Pitbull, Pharrell Williams   Blanco
Wiz Khalifa, Charlie Puth   See You Again
Ed Sheeran   I Will Remember You
Belinda Carlisle   Heaven Is A Place On Earth
Axwell /\ Ingrosso   More Than You Know
Akwid   Es mi gusto
El Tri   Las piedras rodantes

Vorwort

»Flowers & Bones« ist bereits meine dritte Dilogie für Ravensburger, und ich freue mich so unglaublich darüber. Vielen Dank, dass ich diese Geschichte schreiben durfte!

Wusstet ihr eigentlich, dass alle Dilogien von mir in einem Universum spielen? Ihr könnt sie unabhängig voneinander lesen, aber in der richtigen Reihenfolge ergibt sich ein großes Ganzes.

In »Clans of London« passiert etwas, das nicht nur Auswirkungen auf »Flame & Arrow« hat, und in »Flame & Arrow« wiederum passiert etwas, das Auswirkungen auf »Flowers & Bones« hat. In allen Dilogien findet ihr versteckte Hinweise (liebt ihr diese Easter Eggs auch so sehr wie ich?), und bekannte Figuren spielen auch in den neuen Geschichten eine Rolle. Am Ende …

Aber lest am besten selbst. Ich wünsche euch ganz viel Spaß mit Valentina, Emiliano, Lily und natürlich mit den Hexenclans, den Drachen und den Fae.

Hinten im Buch findet ihr übrigens eine dilogieübergreifende Figurenliste, aber Vorsicht: Diese spoilert nicht nur die vorherigen Dilogien. Schaut am besten nicht vor der Mitte von »Tag der Seelen« hinein.

Jede Generation hat ihre Frage.
Für unsere Großeltern war es: Wo warst du,
als Präsident Kennedy ermordet wurde?
Für unsere Eltern: Wo warst du,
als die Flugzeuge ins World Trade Center geflogen sind?
Und für unsere Generation ist es:
Wo warst du, als sich die Drachen offenbart haben?

Doch das hier ist keine Geschichte über Drachen.
Okay, der eine oder andere Drache spielt
möglicherweise eine Rolle, außerdem kommen auch
Hexen, Magier, Fae und Geister vor.
Aber in erster Linie ist das unsere Geschichte –
die Geschichte meiner Familie.
Meine Geschichte.

Prolog

Valentina
Sechs Jahre zuvor

»Bist du bereit?«, fragte Mamá und hielt mir ihre Hand hin.

Heftig nickend griff ich danach und verschränkte auf der anderen Seite Oma Ximenas Finger mit meinen. Schon seit Wochen freute ich mich auf diesen Moment, dabei war es bei Weitem nicht mein erster Día de los Muertos. Als mexikanische Familie feierten wir den Tag der Toten natürlich jedes Jahr zusammen auf dem Friedhof. Es nicht zu tun wäre dasselbe, wie Weihnachten ausfallen zu lassen. Außerdem soll denen, die ihre Ahnen nicht gebührend gewürdigt haben, Schlimmes widerfahren sein.

Ich hatte diese Zeit des Jahres schon immer geliebt, den November sehnsüchtig herbeigewünscht, noch bevor ich überhaupt verstanden hatte, was wir eigentlich feierten. Bevor ich wusste, dass meine Familie eine besondere Rolle in diesem Fest einnahm. Doch heute war es anders als sonst. Heute wollten Mamá und Abuelita mir zeigen, was mich an meinem achtzehnten Geburtstag erwartete – denn in der Nacht von Halloween auf den ersten November würde *ich* zu Mamás Nachfolgerin werden. Dann könnte auch ich unsere Ahnen endlich sehen und mich mit ihnen unterhalten. Dann wäre es meine Aufgabe, geplagten Seelen, die zwischen den Welten gefangen waren, beim Übertritt in das Reich der Toten zu helfen.

Mamá lächelte mir zu, ihre schokoladenbraunen Augen strahlten vor Stolz. »Komm, *mi chiquita*«, sagte sie zu mir, bevor sie nach oben rief: »Diego? Wir machen uns jetzt auf den Weg. *Hasta luego.*«

»*¡Espera!* Warte!« Gleich darauf eilte mein Vater die Treppe herunter, einen Kaffeefleck auf dem hellblauen Hemd und die dunklen Haare ein wenig wirr, weil er schon wieder seit Stunden über seinen Büchern brütete. Er hielt einen Fotoapparat in den Händen, ließ ihn jedoch plötzlich sinken und blieb mitten auf der Stufe stehen. Seine Augen nahmen diesen liebevollen Ausdruck an, wie immer, wenn er Mamá ansah. »Pita, dein Kostüm ist umwerfend.«

Erneut nickte ich. Mamá war nicht nur die schönste Frau, die ich je gesehen hatte, sie war auch die allerschönste Catrina, und davon liefen am Tag der Toten in unserem kleinen Ort südlich von Mexiko-Stadt nicht wenige herum – auch wenn es nur eine echte gab.

»La Catrina steht symbolisch für den Diá de los Muertos«, hatte Abuelita mir an Halloween vor meinem fünften Geburtstag erklärt, als sie mich im Stil der Skelettdame geschminkt hatte. »Sie verkörpert den Tod, der uns eines Tages alle ereilt, egal, welcher Schicht wir angehören.«

Ihre dunklen Haare hatte Mamá wie jedes Jahr am Ansatz in einzelne Strähnen unterteilt, die offen über ihre Schultern fielen. Auf ihrem Kopf prangte ein Kranz aus orangefarbenen Studentenblumen, die am Día de los Muertos auf sämtlichen Friedhöfen und Altären in Mexiko zu finden waren. Dazu trug sie ein weißes Kleid mit einem Rock aus mehreren Lagen, die rot umsäumt und mit großen bunten Blumen bedruckt waren. Doch das Highlight war wie immer Mamás Gesicht. Es war komplett weiß geschminkt und darüber farbenfroh bemalt. Die mit blauem Lidschatten hervorgehobenen Augen waren von großen gelben Kreisen umgeben, die mit bunten Halbkreisen verziert waren. Auf Stirn und Kinn prangte je eine pinke Blume, Nase und Mund waren ebenfalls pink, wobei der Mund wie bei jedem Catrina-Make-up zusätzlich mit einer Naht versehen war.

»Nicht wahr?«, stimmte Abuelita zu. »Pita sieht zauberhaft aus. Und was sagst du zu Valentina?«

Schüchtern richtete ich den Blick auf Papá, der lächelte, als wäre er der stolzeste Vater der Welt. Dabei konnten er und mein Bruder Emiliano dem Tag der Toten lange nicht so viel abgewinnen wie die Frauen unserer Familie – was unter Umständen damit zusammenhing, dass die beiden keine Ahnung hatten, welche Rolle die weiblichen Mitglieder mit ihrem achtzehnten Geburtstag einnahmen.

Seit ich denken konnte, wurde auch ich zum Tag der Toten als Catrina verkleidet, doch heute fühlte es sich irgendwie besonders an. Das rosafarbene Rüschenkleid mit der weißen Spitze trug ich zum allerersten Mal. Dazu hatte Abuelita mir einen bunten Fächer überreicht, der schon ihr als Kind gehört hatte. Meine Haare waren zu zwei festen Zöpfen geflochten, und wie Mamá trug auch ich Blumenschmuck auf dem Kopf. Mein Catrina-Make-up war etwas weniger aufwendig und nicht ganz so farbenfroh wie ihres, und trotzdem liebte ich es. Meine Augen waren mit schwarzen Kreisen umrandet und mit hellblauen, rosafarbenen und durchsichtigen Strasssteinen verziert. Meine Nase war ebenfalls schwarz, und auf meiner Stirn prangte ein Herz. Nur mein Mund war wie Mamás pink geschminkt und mit der obligatorischen Naht versehen.

»*Maravillosa*«, sagte Papá. »Wunderschön. Stellt euch doch mal vor die Ofrenda, damit ich ein Foto von euch machen kann.«

Wie gewünscht, gingen wir ins Wohnzimmer zum Altar, auf dem Bilder meiner verstorbenen Urgroßeltern, meines Opas Héctor und meiner Tante Juanita standen. Dekoriert war der Altar mit unzähligen Studentenblumen und Kerzen, Räucherstäbchen, Girlanden und Heiligenbildern. Natürlich durfte auch das Pan de muerte nicht fehlen. Das süße Brot, das es nur zu dieser Jahreszeit gab, gehörte zum Tag der Toten wie der Tannenbaum zu Weihnachten.

»Und jetzt sagt mal alle Whisky.«

Papá drückte auf den Auslöser, als ihm das Wort entgegenschallte. Er machte noch jeweils ein Foto von mir und Mamá allein, von mir mit Abuelita sowie von Mamá mit Abuelita. Zum Abschluss musste Abuelita ein Familienbild schießen, nachdem auch Emiliano nach unten gekommen war.

»Vale, jetzt müssen wir aber wirklich los«, sagte Mamá lachend. »Wir sehen uns nachher auf dem Friedhof.« Sie wollte Papá einen Kuss auf die Wange geben, doch er drehte den Kopf, sodass sie stattdessen seinen Mund traf.

Fünf Minuten später waren wir auf dem Weg Richtung Stadtzentrum. Die Sonne war inzwischen untergegangen, und auf den Straßen tobte das Leben. Überall waren Menschen unterwegs, lachten und sangen zusammen. Bunte Girlanden waren zwischen den Häusern gespannt, hier und da auch Lichterketten. Unsere Nachbarn verteilten Pan de muerte, und durch die offenen Haustüren konnte ich mehr als einmal die wunderschön dekorierten Ofrendas sehen.

Schon bald erreichten wir den eigens zu diesem Anlass aufgebauten Markt und schlenderten an den Spielbuden und Ständen vorbei, an denen man Getränke und Essen kaufen konnte, aber auch Taschen, Kleidung oder Tonwaren. Natürlich gab es auch Blumen, vor allem orangefarbene Studentenblumen oder purpurroten Hahnenkamm aus Oaxaca, und Totenköpfe in den verschiedensten Farben und Varianten, sogar als Süßigkeit. Die Luft war erfüllt von Mariachi-Musik – wie *Cielito Lindo*, der inoffiziellen Hymne Mexikos – und von Zuckerwatte, im wahrsten Sinne des Wortes. Kleine Wattestückchen schwebten umher, wurden eingefangen und verspeist. Mamá fing auch für mich ein Stück, dann kaufte sie mir eine Atole, ein Heißgetränk aus Mais, das wir immer zum Tag der Toten tranken und das es in verschiedenen Geschmacksrichtungen gab. Ich mochte am liebsten Guave.

Nachdem auch Mamá und Abuelita etwas zu trinken hatten, gingen wir hinüber zur Bühne, wo den ganzen Abend Live-Musik gespielt wurde. Ich saß auf Mamás Schoß, und wir schunkelten zu den Klängen mit. Als plötzlich Papá und Emiliano auftauchten, war die Überraschung groß. Die beiden kamen für gewöhnlich erst später dazu, wenn wir auf den Friedhof gingen. Mamá und Papá tanzten, Abuelita klatschte im Takt mit, und Emiliano und ich bekamen ein paar Pesos, damit wir uns etwas zum Naschen kaufen konnten. Am Ende bekamen wir unsere Zucker-Totenköpfe sogar geschenkt, denn heute war nicht nur der Start des Día de los Muertos, sondern auch Halloween. Deshalb hatten viele verkleidete Kinder Laternen bei sich, in denen sie Süßigkeiten sammelten.

Schließlich gingen wir auf den Friedhof, den Cementerio de San Andrés Mixquic, wo es übervoll, laut und bunt war. Hier duftete es nach süßen Blumen und Copal, einer Art Weihrauch, und überall brannten Kerzen. Die Kirchenglocken läuteten, fröhliche Musik war zu hören.

Zusammen mit Abuelita hatte ich bereits heute Mittag das Grab unserer Vorfahren geputzt und geschmückt. Nun versammelten wir uns auf den Klappstühlen, die dort bereitstanden, und machten uns über die Leckereien her, die Papá im Picknickkorb mitgebracht hatte. Es gab Opa Héctors Lieblingsessen, Hühnchen mit Reis und Mole Poblano, Schokoladen-Chili-Soße. Während wir aßen, erzählten die Erwachsenen Geschichten von früher. Von Mamás Schwester Juanita, die viel zu früh gestorben war und die ich daher nie kennengelernt hatte; von meinen Urgroßeltern, an die ich mich kaum noch erinnern konnte, und von Abuelitas Mann Héctor, der Mariachi-Musik geliebt hatte. Als Papá schließlich seine Gitarre hervorholte und zu spielen begann, sangen wir alle lauthals mit.

Die Zeit verging wie im Flug. Gegen Mitternacht wurde es ruhiger, denn die Ankunft der Angelitos, der Seelen verstorbener Kinder, stand kurz bevor. Sie kehrten in der Nacht von Halloween auf den ersten November für vierundzwanzig Stunden in unsere Welt zurück, um in der darauffolgenden Nacht Platz für die Seelen verstorbener Erwachsener zu machen.

Die Kirchturmuhr schlug zwölf Mal, und als der letzte Schlag verklungen war, schlich sich ein seliges Lächeln auf Mamás und Abuelitas Lippen. Da wusste ich, dass Tante Juanita ins Diesseits zurückgekehrt war. Auch ich musste lächeln, obwohl ich meine Tía nicht sehen konnte, doch ich glaubte ihre Anwesenheit zu spüren.

Mamá stand auf und hielt mir ihre Hand hin. »Herzlichen Glückwunsch zu deinem zwölften Geburtstag, Valentina. *¡Vamos!*«

Ich sollte mitgehen? Normalerweise machte sie sich zu dieser Zeit allein auf den Weg. Ich hatte immer gedacht, sie würde das Grab einer viel zu früh verstorbenen Schulfreundin besuchen und sich dort ein bisschen mit deren Eltern und Geschwistern unterhalten, doch seit einigen Jahren wusste ich es besser.

Mit großen Augen stand ich auf und nahm Mamás Hand. Stolz erfüllte mich, weil ich sie endlich begleiten durfte, und ich konnte es kaum erwarten, unsere Ahnen eines Tages selbst zu begrüßen.

Kapitel 1

Valentina

»Bitte, Diego, sag nicht gleich Nein. Schlaf eine Nacht drüber, Valentina und Emiliano zuliebe. Die Kinder haben erst vor Kurzem ihre Mutter verloren, du solltest ihnen nicht auch noch ihre Heimat nehmen.«

»Wir alle haben Pita verloren. Deshalb ist es umso wichtiger, dass diese Familie zusammenbleibt«, erwiderte mein Vater. »Es kommt überhaupt nicht infrage, dass ich ohne die Kinder nach Irland gehe.«

»Dann bleib in Mexiko.« Die Stimme meiner Oma wurde sanfter und so leise, dass ich sie kaum noch verstand. »Ich weiß, dass dich alles hier an Lupita erinnert, aber weglaufen ist keine Lösung. Gerade für Valentina ist es unglaublich wichtig, dass sie in ihrem gewohnten Umfeld bleibt.«

Ich lehnte mich angespannt nach vorn, um Papás Antwort nicht zu verpassen. Kurz glaubte ich Schritte und ein Seufzen wahrzunehmen, war mir aber nicht sicher, denn mein Zwillingsbruder hörte ein Stockwerk über uns mal wieder viel zu laut Musik. Zu allem Überfluss hatte er sich für Akwid entschieden, eine mexikanische Hip-Hop-Band. Auch aus dem Wohnzimmer, wo sich Papá und Abuelita unterhielten, drangen sanfte Gitarren- und Mundharmonikaklänge zu mir in den Flur, doch Papá hatte die Musik wie mein Bruder viel zu laut gestellt. Seit Mamá nicht mehr da war, liefen in unserem Haus fast nur noch die Alben von El Tri, dem mexikanischen Pendant zu den Rolling Stones. Vor allem *Las piedras rodantes*, Papás und Mamás Lied, war allgegenwärtig. Dazu hatten sie sich das erste Mal geküsst, damals auf Mamás Abschlussball.

Papás Antwort blieb nach wie vor aus. Vielleicht sollte ich zu den beiden gehen? Immerhin hing meine Zukunft von Papás Antwort ab. Was sollte ich in Irland? Für das, was mir bevorstand, brauchte ich meine Oma an meiner Seite, und sie würde Mexiko niemals verlassen.

Ich hatte mich bereits halb von der Treppe im Flur erhoben, als mir Abuelitas Worte in den Sinn kamen und ich mich zurück auf die Stufe fallen ließ. »*Lass mich mit deinem Vater reden, Valentina. Wir wissen beide, wie emotional du werden kannst, und wir wissen auch, wie dein Vater darauf reagiert. Wenn du laut wirst und er dichtmacht, erreichst du gar nichts.*« Abuelita hatte recht. Solange Papá keine endgültige Entscheidung gefällt hatte, musste ich mich wohl oder übel zurückhalten. Denn ich würde laut werden, und er würde dichtmachen. Das war so sicher wie die mexikanische Hurrikan-Saison in den Sommer- und Herbstmonaten – nur dass meine Mutter nicht mehr da war, um einzugreifen und sich auf meine Seite zu stellen.

Sie hatte immer gewusst, wie sie mit Papá umgehen musste. Sie war laut und leidenschaftlich gewesen, genau wie ich, und damit das komplette Gegenteil meines Vaters, der leise und rational war und sich von zu vielen Emotionen überfordert fühlte. Früher hatte ich mich oft gefragt, wie sie es miteinander aushielten. Sie waren wie Tag und Nacht gewesen, und doch hatten sie einander nicht nur ergänzt, sondern gebraucht. Beide konnten ohne einander nicht existieren. Und seit Mamá an Krebs gestorben war … Papá war anders, noch introvertierter und leiser als früher. Das belastete unsere Beziehung, denn es machte unsere Unterschiede immer deutlicher. Was zur Folge hatte, dass wir uns häufiger stritten – oder uns aus dem Weg gingen.

Mir war klar, dass Papá nur sich und sein Herz schützen wollte, denn Mamá fehlte ihm mehr, als er jemals hätte in Worte fassen können. Natürlich verstand ich ihn. Mir fehlte sie mindestens genauso sehr. Ich vermisste es, nicht mehr jeden Tag ihre Stimme und ihr Lachen zu hören, ihren Duft einzuatmen oder sie um Rat fragen zu können, den ich so kurz vor meinem achtzehnten Geburtstag dringend gebraucht hätte. Trotzdem saß mein Schmerz nicht so tief wie Papás, denn ich glaubte – nein, ich wusste –, dass Mamá nicht für immer fort war. Wir würden uns wiedersehen, schon bald. Papá war dagegen einer der wenigen Menschen in Mexiko, die den Glauben an das Leben nach dem Tod nicht teilten, und das machte Mamás Verlust für ihn ungleich schlimmer.

Wenn ich ihm nur sagen könnte, dass alles in Ordnung war, dass es Mamá gut ging. Doch es hatte keinen Sinn. Er würde mir nicht glauben, und aus diesem Grund konnten wir ihm auch nicht sagen, warum ich unbedingt in Abuelitas Nähe bleiben wollte. Für ihn existierte nur das, was er mit eigenen Augen sehen konnte, dabei gab es so viel mehr als das. Er müsste nur über seinen Tellerrand hinausschauen, doch dazu war er nicht bereit.

Die Musik im Wohnzimmer wurde ausgestellt, und ich hörte das Blut in meinen Ohren rauschen. Gleich darauf atmete mein Vater hörbar aus.

»Ich werde die Dozentenstelle in Irland annehmen, und die Kinder kommen mit. Das ist mein letztes Wort.«

»Diego, bitte …«

»¡Ximena, *basta!*«, sagte mein Vater nicht laut, aber bestimmt. »Ich weiß, dass du es nur gut meinst, doch es reicht.«

Ich wusste genauso gut wie Abuelita, dass es nichts bringen würde, weiter auf Papá einzureden. Trotzdem hatte ich nicht vor, es dabei zu belassen. Als er nur wenige Sekunden später das Wohnzimmer verließ, stürzte ich jedoch nicht gleich auf ihn zu, sondern spürte mit einem Mal eine tiefe Traurigkeit. Papá kam zur Treppe, blickte auf mich herab und stieß ein Seufzen aus, ehe er sich neben mich setzte.

»Schau mich nicht so an, Valentina. Vertrau mir, es wird dir und Emiliano in Dublin gefallen. Die Stadt ist wunderschön, und das Trinity College hat einen hervorragenden Ruf. Wenn du dort studierst, stehen dir alle Türen offen.«

Das würden sie auch, wenn ich in Mexiko-Stadt aufs College gehen würde. Es lag sogar nur etwa vierzig Kilometer von San Andrés Mixquic, unserem Heimatort, entfernt. Doch anstatt ihm das um die Ohren zu hauen, sagte ich lahm: »Aber das Semester hat doch längst begonnen.«

»Die Vorlesungen fangen erst diese Woche an, ihr verpasst also nur ein paar Tage. Außerdem habe ich bereits alles mit dem Dekan geklärt. Du und Emiliano könnt planmäßig mit eurem Studium starten.«

Automatisch nickte ich, doch dann schüttelte ich den Kopf. »Papá, bitte, lass mich bei Abuelita bleiben. Nur ein paar Monate, okay? Ich komme zum nächsten Semester nach, wenn es dir wirklich so wichtig ist.«

Mein Vater ließ sich Zeit mit seiner Antwort, und meine Handflächen wurden feucht. Das war meine letzte Chance, ihn zum Umdenken zu bewegen. Noch war ich nicht volljährig und musste tun, was er von mir verlangte.

Er holte tief Luft. »Gegenvorschlag: Du gibst Irland eine Chance, und sollte es dir dort gar nicht gefallen, sehen wir weiter. *¿Vale?*«

Drei Herzschläge vergingen, doch ich wusste, dass ich verloren hatte. Ein besseres Angebot konnte ich vergessen, und wenn ich weiterbohrte, würde ich es nur noch schlimmer machen.

»*Vale*«, wiederholte ich deshalb, auch wenn es mir schwerfiel. Einverstanden.

Ich klopfte an Emilianos Tür, doch die Musik war so laut, dass er mich garantiert nicht hören konnte, also öffnete ich die Tür einfach. Mit hinter dem Kopf verschränkten Armen lag er auf seinem Bett und starrte an die Decke. Nun blickte er zu mir.

»Und?«

Ich las das Wort von seinen Lippen ab, da er kaum zu verstehen war. Kurzerhand ging ich zu seinem Handy, stellte die Musik einige Dezibel leiser und wechselte von Akwid zu Tonight Alive. *Little Lion Man* hörten wir beide gern, weshalb mein Bruder keinen Einspruch erhob, sondern nur die Augen verdrehte.

»Nichts zu machen«, beantwortete ich seine Frage und ließ mich neben ihn auf die Matratze fallen. »Wir müssen Irland zumindest eine Chance geben.«

Emiliano wandte den Kopf wieder Richtung Decke. »Das hab ich mir schon gedacht.«

»Warum willst du eigentlich unbedingt hierbleiben? Ist es wegen Teresa?«

Mein Bruder schnaubte leise. »Das mit Teresa ist längst vorbei. Nach dem letzten Spiel habe ich sie erwischt, wie sie mit Miguel rumgemacht hat.«

»Oh! Tut mir leid.«

»Was soll's. Wenn wir umziehen, hätte das sowieso keine Zukunft gehabt.«

Mein Bruder tat so, als wäre ihm die Trennung gleichgültig, doch ich wusste, dass dem nicht so war. Sein rechter Mundwinkel, den er leicht zur Seite zog, verriet ihn. Wir waren Zwillinge, ich kannte ihn genauso gut wie mich selbst. Seine blauen Augen wurden immer ein bisschen dunkler, wenn er wütend war, und obwohl er sehr viel Zeit auf dem Fußballplatz in der Sonne verbrachte, wollte seine Haut einfach nicht so richtig braun werden. Die braunen Haare, einige Schattierungen heller als meine, hatte er sich an den Seiten abrasiert, nachdem er sich vor einem Jahr von Juana getrennt hatte. Neuerdings band er sie nicht nur zu einem Männerdutt am Hinterkopf zusammen, sondern flocht sie vorher. Ich hätte mir denken können, dass etwas mit ihm und Teresa nicht stimmte, denn auf Enttäuschungen reagierte mein Bruder stets mit Veränderungen. Nach Mamás Tod hatte er sich ein Tattoo auf den linken Oberarm stechen lassen – eine Schildkröte mit Affenkopf und Stacheln auf dem Panzer, die normalerweise bunt schillern würde. Es war ein Alebrije, eines der tierähnlichen Fantasiewesen, das in unserer Kultur Glück brachte und böse Geister vertreiben sollte. Mamá hatte diese Wesen geliebt und gesammelt. Die Vitrine im Wohnzimmer war voll mit den farbenfrohen, aus Holz geschnitzten Wesen, die sie von ihren Reisen nach Oaxaca mitgebracht hatte.

»Warum willst *du* unbedingt bleiben?«, fragte Emiliano in die Stille, die nur von der Indie-Musik unterbrochen wurde. »Wegen María Elena und Abuelita?«

»Sicher«, antwortete ich nach kurzem Zögern. Natürlich würde ich meine Sandkastenfreundin und meine Oma vermissen, das alles hier. Ich liebte Mexiko, ich liebte unsere Kultur und unsere Traditionen. Leise fügte ich hinzu: »Und am ersten Día de los Muertos nach Mamás Tod wäre ich gern hier, weißt du?«

Denn in der Nacht auf den zweiten November würde Mamás Seele ins Diesseits zurückkehren, um mit uns den Tag der Toten zu feiern. Diesen Tag konnte ich unmöglich in Dublin verbringen. Dort würde ich Mamá nicht wiedersehen, dabei sehnte ich diesen Moment seit Monaten herbei. Wenn ich nur daran dachte, wie es für sie wäre, wenn sie die lange Reise aus dem Jenseits auf sich nahm, um dann nur Abuelita am Grab anzutreffen … Der Gedanke schmerzte mehr als die Tatsache, dass ich den kommenden Día de los Muertos ohne Abuelita überstehen musste. Ich schluckte gegen das trockene Gefühl in meinem Hals an. Tränen brannten in meinen Augen.

Emiliano drehte den Kopf wieder zu mir. »Ich verstehe dich, auch ich würde Anfang November gern hier sein.«

Überrascht erwiderte ich seinen Blick. Eigentlich war er wie Papá eher rational, auch wenn beide sämtliche Traditionen mitmachten. Zum einen konnte niemand den Feierlichkeiten entgehen, zum anderen hatten sowohl Abuelita als auch Mamá stets darauf bestanden, dass die beiden dabei waren. Dennoch hatte ich immer gedacht, dass mein Bruder nicht wirklich daran glaubte. Oder ging es ihm nur so, weil Mamá diese Zeit des Jahres so sehr geliebt hatte? Vielleicht kannte ich ihn doch nicht so gut, wie ich immer angenommen hatte. Seltsamerweise war der Gedanke tröstlich, denn auch ihm war ein wichtiger Teil meines Lebens bisher verborgen geblieben.

Der Moment zwischen uns dehnte sich aus, und ich konnte den Schmerz in Emilianos Augen sehen. Es war der gleiche Schmerz, den auch mein Vater in sich trug, und ich musste erneut schlucken. Um dem Moment die Schwere zu nehmen, sagte ich: »Hey, du wirst immerhin in die College-Fußballmannschaft aufgenommen. Das ist doch großartig.« Ich hatte mich noch nicht einmal für eine Studienrichtung entschieden.

Emiliano zuckte mit den Schultern. »Nur, wenn ich mich im Probespiel beweise.«

»Reine Formsache. Glaub mir, sie nehmen dich. Sie wären blöd, wenn sie es nicht täten. Aus dir wird der nächste Hugol, das weiß doch jeder.«

Emilianos Lippen umspielte wie immer ein Lächeln, wenn ich ihn mit Hugo Sánchez verglich, der als bester mexikanischer Fußballer aller Zeiten galt. Mein Bruder zog den Arm unter seinem Kopf hervor, und ich richtete mich leicht auf, damit er ihn um mich legen konnte. »Wenigstens haben wir einander. Zusammen werden wir das schon schaffen.«

Ich nickte und kuschelte mich an ihn. Die Familie war wichtig, doch bei dem, was mir in den kommenden Wochen bevorstand, würde mir weder mein Vater noch mein Bruder helfen können. Dafür brauchte ich ein weibliches Familienmitglied, und mit dem Umzug nach Dublin würde ich nach Mamá nun auch noch Abuelita verlieren.

Es klopfte an meiner Tür. »Sí? Ja?«, sagte ich und stopfte einen weiteren Stapel Strumpfhosen in verschiedenen Farben in den Koffer auf meinem Bett.

Abuelita öffnete die Tür und schloss sie wieder, bevor sie zu mir trat. Sie war kleiner als ich, und mit meinen einen Meter dreiundsechzig war ich nun wirklich keine Riesin. Dafür hatte sie eine beeindruckende Präsenz. Vielleicht lag es an der grauen Dauerwelle, die immer ein bisschen wirr aussah, oder an den grellen Farben, die sie stets trug, denn in diesem Punkt konnten wir uns kaum einiger sein: Schwarz und Weiß waren keine Farben. Ich glaubte jedoch, dass es vor allem an ihrem Gesicht lag. Jede Falte, jedes Funkeln in ihren Augen schien eine Geschichte zu erzählen, und davon hatte sie wirklich viele parat. Oma Ximena war eine großartige Geschichtenerzählerin, und das Faszinierendste daran war, dass sie die meisten davon selbst erlebt hatte.

»Du packst schon. Alles gut, *Cariño*?«

Ich nickte, auch wenn es nicht stimmte, aber ich wollte Abuelita nicht noch mehr Kummer bereiten. Sie sorgte sich ohnehin schon um mich, das konnte ich an ihren bernsteinfarbenen Augen erkennen, deren Mandelform ich ebenso von ihr geerbt hatte wie meine Vorlieben für Farben. Sie wusste jedoch ganz genau, dass ich nicht vor lauter Vorfreude packte, sondern um mich abzulenken.

»Es tut mir wirklich leid«, sagte sie. »Ich habe eben noch einmal mit deinem Vater gesprochen, damit du wenigstens bis nach dem Tag der Toten bleiben kannst, aber er lässt sich nicht umstimmen.«

»Das wundert mich nicht, aber danke.« Ich wollte nach den kurzen Hosen greifen, die bereits auf dem Bett bereitlagen, hielt jedoch inne. Langsam drehte ich mich zu Abuelita um. »Und wenn wir …«, setzte ich an, unterbrach mich jedoch selbst. Es würde nichts bringen, auch wenn ich es vielleicht bereuen würde, am Ende nicht jede Chance genutzt zu haben.

Der Ausdruck in ihren Augen wurde noch weicher. »Wenn wir ihm die Wahrheit sagen? Ach, Valita. Ich wünschte, das wäre eine Option, aber du kennst deinen Papá. Würde nur die geringste Möglichkeit bestehen, dass er uns glaubt, hätte ich ihn längst eingeweiht. Doch ich fürchte, das würde alles nur noch schlimmer machen.«

»Du hast recht, das weiß ich. Es ist nur …« Plötzlich fühlte sich meine Brust zu eng an. Ich schloss die Augen, holte tief Luft, doch mein Herzschlag wollte sich nicht beruhigen. »Warum darf *er* über mein Leben bestimmen?«, platzte es aus mir heraus. »Warum darf er einfach so über meinen Kopf hinweg entscheiden, dass ich künftig in Dublin aufs College gehen soll? Zählt meine Meinung denn gar nicht?«

»Natürlich, aber du bist leider noch nicht volljährig, und in dem Punkt muss ich Diego zustimmen: Ihr solltet als Familie zusammenbleiben, denn *la familia* ist das Wichtigste.«

»Und was ist mit dir? Du gehörst doch auch dazu.«

»Ich komme klar, Valentina, mach dir keine Sorgen um mich. Außerdem weiß ich, dass dieser Umzug nicht endgültig ist. Diego läuft vor seinem Schmerz davon, aber irgendwann wird er einsehen, dass ihm das nicht gelingt.«

Ich zuckte mit den Schultern, denn ich war mir da nicht so sicher. Papá war ein Verdrängungskünstler. Zumindest in dieser Hinsicht waren wir uns ähnlich. Ich packte meinen Koffer, während er mal eben das Land wechselte, um das Gedankenkarussell in seinem Kopf zu stoppen. Warum konnte er sich nicht einfach in seiner Arbeit vergraben, wie sonst auch, wenn ihn etwas bedrückte? Er war Paläontologe und liebte es, die vorzeitliche Tier- und Pflanzenwelt zu erforschen. An verregneten Nachmittagen beschäftigte er sich stundenlang mit seinen Büchern, die sich nicht nur in seinem Arbeitszimmer stapelten.

»Valita, sei nicht böse auf deinen Vater«, fuhr Abuelita fort und strich mir über die Haare. »Du und Emiliano seid ihm nicht egal, sonst würde er nicht so darauf beharren, dass ihr ihn begleitet.«

»Ich weiß, aber ich verstehe trotzdem nicht, warum er keine Rücksicht auf unsere Bedürfnisse nimmt. Mein Leben wird sich bald radikal ändern. Wie soll ich das ohne dich schaffen?« Frustriert warf ich die kurzen Hosen in den Koffer und ließ mich auf den frei gewordenen Platz auf der Matratze fallen.

Abuelita schob die Pullover zur Seite, setzte sich neben mich und legte einen Arm um meine Schulter. »Du wirst das schaffen, *Cariño*, das bezweifele ich keine Sekunde. Und du kannst mich jederzeit anrufen oder mir schreiben. Nur deinetwegen habe ich mir von deinem Vater ein Handy aufschwatzen lassen. Du musst mir nur noch einmal zeigen, wie dieses Whats-wie-auch-immer funktioniert.«

Ich musste lachen und fühlte mich gleich ein bisschen besser. »Das ist gar nicht so schwer, wie es auf den ersten Blick vielleicht aussieht.«

»Gleiches gilt für deine Gabe«, sagte Abuelita sanft. »Sei einfach du selbst und glaub an dich. Außerdem solltest du Yoga machen.«

»Yoga?«, fragte ich skeptisch. Ich war durchaus sportlich und tanzte für mein Leben gern, aber Yoga? Wie sollte mir denn der herabschauende Hund helfen?

»Beim Yoga lernst du, dich zu erden und dich auf das Wesentliche zu konzentrieren«, erklärte Abuelita. »Vertrau mir, das wird dir bei deinen Aufgaben als Catrina helfen.«

»Aber woher weiß ich, was genau ich machen muss?« Mamá hatte mich zwar seit meinem zwölften Geburtstag mitgenommen, wenn sie die Seelen aus dem Jenseits empfangen hatte, aber da meine Fähigkeiten noch nicht entwickelt waren, hatte sie mir alles nur theoretisch erklären können. Und Theorie und Praxis lagen nun mal meilenweit voneinander entfernt.

»Du wirst es wissen, *Cariño*, das meiste passiert ganz intuitiv, und für alles andere bin ich ja da. Nur weil uns künftig der Nordatlantik trennt, heißt das nicht, dass du auf dich allein gestellt sein wirst.«

Ich nickte und schob meine Sorgen beiseite. Seit ich denken konnte, freute ich mich darauf, in die Rolle der Catrina zu schlüpfen – und das würde ich mir von nichts und niemandem nehmen lassen.

Kapitel 2

Valentina

Emiliano stellte einen meiner beiden Koffer vor meinem neuen Zimmer ab, bevor er sich auf die Suche nach seiner eigenen Zimmernummer machte. Einen Moment lang starrte ich auf die Ziffern 207. Als es hieß, dass wir beide einen Platz im Studentenwohnheim des Trinity College bekommen würden, war ich Feuer und Flamme gewesen. Zwischen den Studierenden hatte sich längst eine Dynamik entwickelt, Lerngruppen und Freundschaften hatten sich gebildet, und wenn Emiliano und ich nicht völlig außen vor bleiben wollten, war es besser, am Ort des Geschehens zu sein. Außerdem war in Papás kleinem Stadtappartement mit Blick auf die Liffey wenig Platz, und ich würde mir garantiert kein Zimmer mit meinem Bruder teilen. Das Wohnheimzimmer würde ich aber auch nicht lange für mich allein haben. Durch die nette Empfangsdame, die Emiliano und mir die Schlüssel und einen Katalog mit Wohnheimregeln überreicht hatte, wussten wir, dass unsere Zimmer theoretisch vermietet waren, jedoch vorübergehend leer standen. Falls die Studierenden, die dort gewohnt hatten, nicht bis zum Semesterende zurückkehrten, würden wir spätestens zum nächsten Semester Gesellschaft bekommen.

Ich stand dem Ganzen mit gemischten Gefühlen gegenüber. Eine Mitbewohnerin wäre zwar toll, aber meine Verwandlung in eine

Catrina würde zumindest um den Día de los Muertos herum auch äußerliche Veränderungen nach sich ziehen. Zudem hatte Abuelita, die nach Mamás Tod die Rolle der Catrina übernommen hatte, mich vorgewarnt, dass sich die eine oder andere Fähigkeit auch schon vor dem Tag der Toten zeigen könnte. Wie sollte das funktionieren?

Aber gut, darüber konnte ich mir immer noch den Kopf zerbrechen, wenn es so weit war. Ich schloss die Tür auf und blieb ernüchtert im Türrahmen stehen. Ich hatte nichts Besonderes erwartet, natürlich nicht. Ein Studentenwohnheimzimmer sollte in erster Linie zweckmäßig sein. Ein bisschen mehr Farbe hätte allerdings nicht geschadet. Der Schrank, der Schreibtisch, die Betten, sogar die Bettwäsche waren weiß. Nicht einmal die Vorhänge boten einen Farbklecks. Das musste ich schleunigst ändern, sonst würde ich mich in diesen vier Wänden niemals wohlfühlen. Praktischerweise lag die Grafton Street mit ihren unzähligen Geschäften gleich in Campusnähe. Am liebsten wäre ich sofort losgezogen, um bunte Kissen, Duftkerzen und Lichterketten zu besorgen, doch ich riss mich zusammen und packte zuerst die Koffer aus.

Nach einer halben Stunde hatte ich es irgendwie geschafft, meine Klamotten in eine Hälfte des Schrankes zu quetschen, und schob die leeren Koffer unter das Bett auf der rechten Seite. Dann verließ ich das Zimmer und beschloss spontan, Emiliano zu fragen, ob er zum Einkaufen mitkommen wollte.

Schon von Weitem hörte ich die laute Musik, die bis auf den Flur dröhnte, und schüttelte den Kopf. Ich beschleunigte meine Schritte und öffnete die Tür mit der Nummer 250, ohne anzuklopfen.

»Hey«, beschwerte sich Emiliano, der auf dem Boden zwischen den beiden Betten Liegestütze machte. »Ach, du bist es«, grummelte er dann.

Ich stieg über ihn hinweg, um die Musik leiser zu stellen. »Ich hätte schwören können, du hast schlechte Laune«, bemerkte ich und konnte das Schmunzeln nicht aus meiner Stimme heraushalten.

Mein Bruder drehte die Musik mit Vorliebe lauter, wenn er mies drauf war oder Sport trieb, und beides war ziemlich häufig der Fall. Er ließ sich einfach wahnsinnig schnell aus der Ruhe bringen. Ich hörte zwar auch gern laut Musik, aber vor allem, wenn ich gute Laune hatte, denn dann wollte ich mitsingen und durchs Zimmer tanzen. Wenn ich mich freute, fiel es mir schwer, still zu sitzen.

Nun wischte sich mein Bruder mit dem Handrücken über die schweißnasse Stirn. »Mein Work-out ist heute Morgen ausgefallen, wie du weißt, und außerdem hatte ich nach dem langen Flug das Bedürfnis, mich ein bisschen zu bewegen.«

Ich zuckte mit den Schultern. »Vor mir musst du dich nicht rechtfertigen, allerdings solltest du dir eventuell Kopfhörer zulegen, wenn du dich nicht schon in der ersten Woche unbeliebt machen willst.«

»Ich werd's mir merken.« Er stand auf und ging hinüber zum Schreibtisch, wo eine Flasche Wasser stand. Er trank sie in einem Zug halb leer, bevor er sich wieder mir zuwandte. »Bist du nur hier, um Papás Rolle zu übernehmen?«

Ich verdrehte die Augen. »Wenn dem so wäre, hätte ich das Chaos in deinem Zimmer nicht unkommentiert gelassen«, erwiderte ich trocken. Im Gegensatz zu mir hatte Emiliano den Inhalt seines Koffers noch nicht im Schrank verstaut, sondern auf der Suche nach seinen Sportsachen auf beiden Betten verteilt. »Ich wollte in die Grafton Street, ein paar Besorgungen machen, und dachte, du möchtest vielleicht mitkommen. Du könntest dir Kopfhörer kaufen«, schlug ich grinsend vor.

»Du mich auch.« Emiliano leerte die zweite Hälfte seiner Wasserflasche und wischte sich anschließend mit dem Handrücken über den Mund. »Gib mir fünf Minuten, ich muss nur schnell duschen.«

»Fünf Minuten. Darf ich dich beim Wort nehmen?«

»Du bist heute ganz schön frech.« Emiliano warf die leere Wasserflasche nach mir.

Lachend wich ich ihr aus. »Hey, Mamá hat uns eingetrichtert, immer bei der Wahrheit zu bleiben.« Und die Wahrheit war nun mal, dass ich niemanden kannte, der morgens so lange im Bad brauchte wie mein Bruder.

Emiliano verdrehte die Augen, während er sich bereits das verschwitzte Muskelshirt über den Kopf zog. »Ich beeile mich.«

Ich machte eine wegwerfende Handbewegung. »Schreib mir einfach, wenn du fertig bist. In der Zwischenzeit erkunde ich den Campus.«

Ein paar Stunden und eine erfolgreiche Shoppingtour später drehte ich mich schwungvoll mit dem Stuhl herum. »Und, was sagst du?«

Mein Bruder, der auf einem der Sessel im Wartebereich Platz genommen und den Blick auf sein Handy gerichtet hatte, sah auf. Seine Augen weiteten sich für den Bruchteil einer Sekunde, bevor er zu lachen begann.

»Also meiner Meinung nach steht dir die neue Frisur ganz hervorragend«, meinte die Friseurin hinter mir, nachdem sie meinem Bruder einen tadelnden Blick zugeworfen hatte, und nahm mir den Umhang ab.

Ich drehte mich noch einmal mit dem Stuhl um hundertachtzig Grad und betrachtete mich in dem runden Spiegel. Zugegeben, die Veränderung war ziemlich radikal. Vorher hatten mir die Haare bis zur Brust gereicht und in einem satten Braun geglänzt. Nun gingen sie mir nur noch bis zum Kinn und schimmerten rosa. Es war ungewohnt und würde bestimmt ein paar Tage dauern, bis sich mein Spiegelbild nicht mehr fremd anfühlte, aber ich liebte es jetzt schon. Die kürzeren Haare betonten meine hohen Wangenknochen und schmeichelten meinem herzförmigen Gesicht, und das Rosa stand in tollem Kontrast zu meinen schokoladenbraunen Augen, die ich von Mamá geerbt hatte.

»Also ich finde es total cool«, sagte ich und warf meinem Bruder im Spiegel einen herausfordernden Blick zu.

Er stand auf und steckte sein Handy weg. »Versteh mich nicht falsch, ich find's auch super. Ich habe mir nur gerade vorgestellt, was Papá sagt, wenn er dich sieht.« Sein Mund verzog sich erneut zu einem Grinsen.

Schulterzuckend stand ich auf. »Soll er sagen, was er will. Das sind immerhin meine Haare, und mir gefällt's.«

»So ist es richtig«, stimmte mir die Friseurin zu. »Selbstbewusste Frauen können alles tragen, und bunte Haare liegen gerade voll im Trend.« Ihr Blick wanderte hinüber zu meinem Bruder, der abwehrend die Hände hob, noch ehe sie etwas sagen konnte.

»Vergessen Sie's, ich war erst beim Friseur.«

Grinsend ging ich hinüber zur Kasse, um zu bezahlen und der netten Friseurin gutes Trinkgeld zu geben, dann schnappte ich mir meine Einkaufstaschen und verließ mit Emiliano im Schlepptau den Salon. Mit der neuen Frisur und den Taschen voller bunter Dekoartikel fühlte ich mich schon gleich viel wohler in Irland.

Beschwingt näherte ich mich am nächsten Tag dem Raum, in dem die Theater-AG stattfand. Die Proben für *Die drei Musketiere* hatten längst begonnen – das Stück sollte um die Weihnachtsfeiertage herum aufgeführt werden –, aber der Dozent Sheldon Riley hatte mich trotzdem ins Ensemble aufgenommen, worüber ich mich riesig freute, denn mit meinem schauspielerischen Talent sah es bestimmt nicht besser aus als mit meinen Gesangskünsten, da machte ich mir nichts vor. Ich sang gern und oft, und mindestens genauso oft bat mich mein Bruder, es bleiben zu lassen. Aber weil ich auch Serien über alles liebte, wollte ich es mit der Schauspielerei zumindest probieren.

Der erste Tag war bisher gut gelaufen, viel besser als erwartet. Die Kurse in Psychologie, für die ich mich spontan eingeschrieben hatte, waren wirklich interessant. Außerdem hatte ich mich für Englische Literatur entschieden und mit Freude festgestellt, dass Sheldon Riley, der den Kurs gab, auch die Theater-AG leitete. Nach der ersten Vorlesung hatten wir uns kurz unterhalten, weil er mir netterweise ein paar Notizen für die verpassten Stunden zusammengestellt hatte. Er sah nicht nur leger aus – brauner Vollbart mit Zwirbelspitzen an der Oberlippe, zerlöcherte Jeans und AC/DC-T-Shirt – und wirkte sympathisch, er war es auch, und ich war froh, gleich ein bekanntes Gesicht zu treffen.

Als ich jedoch den großen Raum betrat, in dem Staubkörner im Licht der hereinfallenden Nachmittagssonne tanzten und in dem es durchdringend nach Theaterschminke und auch ein wenig nach Schweiß roch, konnte ich den Dozenten nirgends entdecken. Neugierig sah ich mich um und gab mich der kreativen Atmosphäre hin, die mir hier regelrecht entgegenschlug.

Es gab eine große Bühne, die fast eine komplette Seite des Raumes mit der hohen Decke einnahm. Rote Samtvorhänge warteten nur darauf, zugezogen zu werden, um die Kulisse zu verdecken, die aus altmodischen Möbeln bestand: eine Chaiselongue, ein Schminktisch, ein halbhoher Schrank. Sogar ein Bett stand auf der Bühne. Ob hier nur die Proben stattfanden oder später auch die Aufführungen? Platz genug gab es theoretisch, auch wenn im Moment nicht genügend Sitzplätze vorhanden waren. Nicht einmal für alle anwesenden Studierenden gab es einen Stuhl, wobei diese ohnehin überflüssig gewesen wären. Ein Teil hatte es sich auf der Bühne bequem gemacht, ein anderer auf den breiten Fensterbänken und bunt zusammengewürfelten Sofas, die verteilt herumstanden.

Erst jetzt fiel mir auf, dass das Stimmengewirr um mich herum verstummt war und sich alle Augenpaare auf mich gerichtet hatten, doch da mich alle neugierig oder freundlich statt skeptisch musterten, verunsicherte mich das nicht. Umgekehrt würde ich es schließlich genauso machen, außerdem war meine neue Frisur schon ein wenig auffällig.

Ich wollte mich den anderen gerade vorstellen, als Mr Riley hinter mir den Raum betrat. Er wirkte ein wenig abgehetzt und schenkte mir ein Lächeln, als er mich erkannte. »Ah, Valentina. Such dir einen Platz.« Er ging an mir vorbei zu den anderen, und ich folgte ihm. »Hi, Leute. Wie ihr seht, haben wir noch einen spontanen Neuzugang bekommen. Das ist Valentina Guadalupe López Sánchez. Sie ist gerade erst mit ihrer Familie aus Mexiko hergezogen.«

»Hi.« Ich winkte in die Runde und schnappte mir den letzten verbliebenen Stuhl.

»Valentina Guada… Wie war das?«, fragte ein rothaariger Student mit Sommersprossen.

Ich lachte. »Guadalupe. In Mexiko haben wir wie in Spanien zwei Nachnamen und in der Regel auch zwei Vornamen, aber Valentina reicht vollkommen. Ihr könnt mich auch Valita nennen, nur bitte nicht Vali.« Ich verzog den Mund, und ein paar Leute lachten nun ebenfalls.

»Also gut.« Mr Riley stellte seine Tasche ab und lehnte sich mit dem Rücken gegen den Rand der Bühne. »Wir müssen zwei Rollen neu besetzen, und du könntest Lady de Winter übernehmen, Valentina. Mylady ist ziemlich durchtrieben, und du hättest die eine oder andere Kampf- und Liebesszene zu spielen. Traust du dir das zu?«

»Ähm, Mr Riley?« Eine Blondine meldete sich, die offenbar sehr viel Zeit in ihr Äußeres investierte – rot lackierte Nägel, aufwendiges Make-up und dezente Solariumbräune – und eine tolle Figur hatte, die sie in einem bauchfreien roten Top und Skinny Jeans zur Schau stellte. Sie war hübsch, keine Frage, doch für meinen Geschmack wirkte sie ein wenig zu künstlich. Bei einem Barbie-Ähnlichkeitswettbewerb hätte sie sicher einen der vorderen Plätze belegt.

Sie war mir schon in Englische Literatur aufgefallen, weil sie mich seltsam gemustert hatte, als ich nach der Vorlesung mit Mr Riley ins Gespräch gekommen war. Noch bevor sie weiterredete, wusste ich, dass sie mir das Leben schwer machen würde.

»Hatten wir nicht darüber gesprochen, dass *ich* die Rolle der Lady de Winter spielen könnte? Ich habe mir am Wochenende schon mal den Text angesehen und ein bisschen geprobt.« Die Blondine sprach perfektes Englisch, allerdings schien sie nicht in Irland geboren beziehungsweise aufgewachsen zu sein, denn sie hatte einen anderen, viel verständlicheren Akzent als die meisten hier in Dublin. Müsste ich raten, würde ich auf England tippen.

»Ach so?« Mr Riley runzelte die Stirn. »Ich dachte, du hättest das nur netterweise als Notlösung angeboten, denn eigentlich hattest du dir doch die Rolle der Constance gewünscht, die du im Übrigen hervorragend spielst. Ich würde dich nur ungern umbesetzen.«

»Ich mag die Constance nach wie vor, allerdings könnte meine Rolle ruhig etwas … anspruchsvoller sein.«

»Verstehe.« Mr Riley kratzte sich nachdenklich am Kinn.

»Also mir ist es gleich«, warf ich ein. Das war es wirklich, auch wenn ich fast auf der von Mr Riley vorgeschlagenen Rolle bestanden hätte – einfach nur, weil mir die Blondine mit ihrer penetranten Art auf den Keks ging. Aber da ich wenig Lust verspürte, sie mir schon am ersten Tag zur Feindin zu machen, ließ ich es bleiben. »Ich traue mir zwar zu, die Lady de Winter zu spielen«, fügte ich dennoch als kleinen Seitenhieb hinzu, »aber ich will niemandem im Weg stehen. Meinetwegen kann …« Ich warf der Blondine einen fragenden Blick zu, da ich keine Ahnung hatte, wie sie hieß.

»Amber.«

»Also meinetwegen kann Amber die Rolle gern haben.«

Mr Riley lächelte mir zu. »Das ist nett, Valentina, aber vielleicht sollten wir es davon abhängig machen, wer von euch am besten mit dem Degen umgehen kann. Aiden und Kailey haben das wirklich klasse gemacht.« Er seufzte wehmütig. »Diese Szenen müssen sitzen, sonst wirken sie schnell lächerlich, und bis zur Aufführung bleibt nicht genug Zeit, um das Ganze von Grund auf zu erlernen. Also ab nach vorn mit euch beiden.« Mr Riley stieß sich vom Bühnenrand ab und ging voraus.

Amber und ich folgten ihm die Stufen zum Podest hinauf.

Im Gegensatz zu mir wirkte sie ekelhaft selbstsicher, und zu allem Überfluss schien sie meine plötzliche Unsicherheit zu spüren, denn ich hatte keine Ahnung, wie man mit einem Degen umging. Das Lächeln, das sie mir schenkte, war zuckersüß, doch ich erkannte ihre Absicht dahinter, mich noch mehr zu verunsichern. Das stachelte jedoch meinen Ehrgeiz an, da ich nicht vorhatte, mich als erste Amtshandlung vor ihr und den anderen zu blamieren, geschweige denn mich von Amber vorführen zu lassen.

Mr Riley nahm zwei Degen aus einer Holztruhe und reichte sie Amber und mir. Die Waffe war lang und lag schwerer in meiner Hand als erwartet. Vorsichtig tastete ich mit den Fingern nach der Klinge, doch Mr Riley wies mich schmunzelnd darauf hin, dass diese selbstverständlich stumpf war. Er gab uns einige Anweisungen, dann wurden wir ins kalte Wasser geworfen. Amber und ich standen uns gegenüber, die Waffen ausgestreckt. Einige Sekunden lang musterten wir einander, bevor sie mich ohne Vorwarnung angriff. Mir blieb nichts anderes übrig, als ihr auszuweichen, was ihr süffisantes Grinsen sowie meine Entschlossenheit verstärkte. Trotzdem kam ich nicht gegen Amber an. Sie gewann die erste Runde. Erst, als Mr Riley mir den Tipp gab, den Degen als meinen verlängerten Arm anzusehen, und mir einfiel, dass ich früher immer mit meinem Bruder Zorro hatte spielen müssen, konnte ich sie mehrmals schlagen.

Zwanzig Minuten später wischte sich Amber mit dem Handrücken den Schweiß von der Stirn. »Herzlichen Glückwunsch, Valentina«, gratulierte sie mir und wandte sich dann an Mr Riley. »Darf ich Sie um einen Aufschub bitten, bevor Sie eine endgültige Entscheidung treffen? Ich hatte noch nie einen Degen in der Hand und hätte gern die Gelegenheit zu üben. Ich weiß, dass ich das hinkriegen kann.«

Mr Riley unterdrückte ein Seufzen, doch er nickte. »In Ordnung, Amber. Wenn es dir so viel bedeutet und Valentina einverstanden ist, bekommst du noch eine Chance. Dir bleiben aber nur ein paar Tage, um dich zu verbessern, und wir müssen trotzdem weiterproben.«

Beide sahen zu mir, und ich brauchte einen Moment, bis ich begriff, dass sie auf meine Zustimmung warteten. »Oh, ähm, klar. Ich habe nichts dagegen.«

Kapitel 3

Lily

Ich ächzte, als ich die Tür aufstieß und mir warme, feuchte Luft entgegenschlug. Würde ich mich jemals daran gewöhnen, dass es draußen mindestens doppelt so warm war wie drinnen? Und dabei war der Oktober in New Orleans nicht im Ansatz mit den Sommermonaten zu vergleichen.

Lavaughn, den ich im Jazz Museum kennengelernt hatte, als wir uns dort beide im August vor der Sommerhitze versteckt hatten, stieß von hinten gegen mich und ächzte nun selbst. »Du musst dich schon entscheiden, Sweetheart. Rein oder raus?«

»Ich bin noch unsicher.«

»Typisch Europäerin.«

Lachend schob er sich an mir vorbei, spannte seinen schwarzen Regenschirm auf, obwohl am Himmel keine einzige Wolke zu sehen war, und trat hinaus auf die Bourbon Street. Wie konnte ein Kerl in engen schwarzen Lederhosen, mit dem blassesten Teint, den ich je bei einem Mann gesehen hatte, und einem Schirm so verdammt gut aussehen? Es war mir ein Rätsel, wobei … Irgendwie erinnerte er mich an Jared Leto, selbst die schulterlangen dunklen Haare und der gestutzte Vollbart passten, und er war ebenso extravagant wie anziehend.

Ich warf noch einen letzten Blick über meine Schulter in das Diner mit den roten Lederhockern, in dem es – nach eigenen Angaben – die weltbesten Burger gab, bevor ich ebenfalls das Restaurant verließ. Lavaughn wollte etwas sagen, doch ich kam ihm zuvor.

»Es war mir wie immer eine Ehre, mit dir zu plaudern«, begann ich in tiefem Tonfall.

Er lachte schallend. »Das war es tatsächlich, beste Lily, aber jetzt habe ich leider noch einen Termin. Langweilig, aber wichtig. Melde dich, wenn dir mal wieder nach einem weltbesten Burger ist.«

»Mach ich.«

Wir verabschiedeten uns mit Küsschen auf die Wange, dann schlenderte er die Straße entlang, als hätte er alle Zeit der Welt. Einen Moment lang sah ich ihm hinterher. Ich wusste nicht viel über Lavaughn, genauso wenig wie er über mich, und trotzdem war er zu so etwas wie einem Freund geworden. Wir schwammen auf einer Wellenlänge, redeten über Kunst, Musik, aktuelle Serien. Kurz gesagt über Gott und die Welt, wobei keiner von uns an einen Gott im klassischen Sinn glaubte.

Ich riss mich von dem Anblick seines Rückens los und warf einen Blick auf die Uhr an meinem Handgelenk. Meine Tante Mariposa war garantiert noch nicht zu Hause, daher beschloss ich, ein bisschen durch das French Quarter zu bummeln. Obwohl ich nun schon seit etwa drei Monaten in New Orleans war, faszinierte mich vor allem das älteste Viertel immer wieder aufs Neue. Hier pulsierte das Leben an jeder Ecke. Die Stadt strahlte so viel Charme aus, war immer voll, laut und bunt. Selbst jetzt zur Mittagszeit war auf der Bourbon Street einiges los, dabei lagen die ganzen Partygänger vermutlich noch in ihren Hotelbetten, um ihren letzten Rausch auszuschlafen. Deshalb mied ich die Bourbon Street auch nach achtzehn Uhr, so gut es ging, denn hier reihten sich Restaurants, Jazzclubs und Bars dicht an dicht und zogen zahlreiche Gäste an. Es ging nur darum, sich zu betrinken und Spaß zu haben. Das war nicht meine Welt, aber ich liebte das French Quarter trotzdem. An der spanischen Architektur und den bunten Häusern mit den gusseisernen Balkonen konnte ich mich einfach nicht sattsehen, und die Burger in diesem Diner waren wirklich gut.

Unter einer Vielzahl von Balkonen schlenderte ich den Bürgersteig entlang, vorbei an zugeklappten Fensterläden, die grau oder grün gestrichen waren. Als ich die Orleans Street kreuzte und die St. Louis Cathedral am anderen Ende in meinem Blickfeld auftauchte, blieb ich kurz stehen und überlegte, dem Jackson Square wie sonst einen Besuch abzustatten. Ich mochte den kleinen Park, auch wenn er meistens überfüllt war. Vor allem mochte ich die vielfältige Straßenkunst auf der Chartres Street zwischen dem Park und der Kathedrale. Dort war immer gute Musik zu hören, und wer wollte, konnte sich nicht nur malen, sondern auch mit Tarotkarten oder anderen Hilfsmitteln die Zukunft voraussagen lassen. Ich hatte das noch nie ausprobiert, obwohl ich insgeheim daran glaubte, aber nicht alle, die Tarotkarten vor sich liegen hatten, wussten auch damit umzugehen. Dafür war es jedes Mal amüsant, die Touristen zu beobachten. Einigen war die Skepsis von Weitem anzusehen, doch ein Großteil war so gutgläubig, dass man ihnen ein X für ein U hätte vormachen können.

Schon öfter hatte ich überlegt, meine eigenen Künste auf dem Jackson Square anzubieten, um meiner Tante nicht auf der Tasche liegen zu müssen. Doch ich verwarf den Gedanken immer wieder, weil ich dann offenbaren müsste, wer ich war. Und selbst wenn mir die Leute nicht glauben würden, machte ich mich damit verletzlich. Verletzlich und angreifbar.

Seltsamerweise zog es mich heute überhaupt nicht Richtung Jackson Square, also lief ich weiter die Bourbon Street entlang. An der nächsten Ecke blieb ich erneut stehen und starrte auf das einstöckige Gebäude, das zumindest von der Bauweise gut in einen Westernfilm gepasst hätte – ein Geschäft für Voodoobedarf. Mein Herz stolperte einmal schmerzhaft. Bisher war ich an dem Laden vorbeigelaufen, hatte ihm wie allen anderen Voodooläden, von denen es in New Orleans einige gab, keine große Beachtung geschenkt. Zum einen wurde Unwissenden dort der größte Blödsinn angedreht, zum anderen weckte es unschöne Erinnerungen an meine jüngste Vergangenheit. Und wenn ich eines nicht wollte, dann daran erinnert werden, was passiert war. Doch im Moment fühlte ich mich einsam, wie immer, nachdem ich mich mit Lavaughn getroffen hatte. Er hatte eine so präsente Art. Wenn er einen Ort betrat, richteten sich sofort alle Blicke auf ihn, was er genoss. Er stand gern im Mittelpunkt, konnte aber ebenso gut zuhören und dir das Gefühl geben, sich nur für dich zu interessieren. Gleichzeitig war es ihm egal, was andere über ihn dachten. Das zeigte er auch stets, allerdings ohne dabei arrogant zu wirken. Das bewunderte ich an ihm. Es fiel sofort auf, wenn er nicht mehr da war, und ich beschloss, es zu riskieren. Vielleicht würde ich in dem Voodooladen auf Gleichgesinnte stoßen und nicht auf die größten Hochstapler aller Zeiten.

Langsam trat ich auf das Geschäft zu, das seinen Namen der bekannten Hohepriesterin Marie Laveau zu verdanken hatte, die gern als Voodookönigin bezeichnet wurde und New Orleans im 19. Jahrhundert geradezu beherrscht hatte. Nachdem ich die drei Stufen hochgestiegen war, verharrte ich mitten im Türrahmen, völlig erschlagen von den Eindrücken und Gerüchen. Es roch nach Weihrauch und anderen Pulvern und Ölen, nach Staub und Schweiß, gemischt mit blumigen Deodorants und Parfüms. Eine grauenvolle Mischung. Ich hatte das Gefühl, gegen eine Wand zu laufen, was sich optisch noch verstärkte. Das Geschäft war von oben bis unten vollgestopft mit mehr oder weniger nützlichen Voodooutensilien. Auf dem Boden standen Skulpturen aus verschiedenen Materialien, Voodoopuppen und Traumfänger baumelten von Schnüren direkt unter der Decke, Masken zierten jeden freien Platz an den Wänden. Es gab Räucherstäbchen, Kerzen in den unterschiedlichsten Größen und Farben und kleine Beutel, um ein Gris-Gris zu erstellen, das Glück bringen oder den Träger vor Bösem beschützen sollte. Sogar fertige Gris-Gris entdeckte ich in einer Ecke, was reine Geldmacherei war. Solche Talismane waren speziell an die Bedürfnisse einer Person angepasst und nicht übertragbar.

Unzählige Ketten, die mich ein bisschen an die bunten Perlenketten erinnerten, die in New Orleans zu Mardi Gras verteilt wurden, sollten vor allem die weibliche Kundschaft zum Kauf verleiten, und es funktionierte. Ein paar Touristinnen, von denen vermutlich der süße Duft ausging, standen vor einem Holzbrett mit Ketten, die Schutz versprachen, und überlegten lautstark, welche Länge wohl die beste wäre. Halsketten aus Holzperlen, normalerweise in acht verschiedenen Farben, waren durchaus gebräuchlich im Voodoo. Priester trugen sie bei offiziellen Anlässen, sie kamen bei Gebeten oder beim Wahrsagen zum Einsatz, als Talisman waren sie mir neu.

Zuerst wollte ich das Geschäft wieder verlassen, denn viele Dinge, die mir ins Auge stachen, waren einfach nur teuer verkaufte Souvenirs. Es überraschte mich, dass überhaupt so viele Menschen in den Laden kamen, weil Voodoo doch meistens als Humbug abgetan wurde. Aber vermutlich waren die Leute nur neugierig, denn Voodoo war nun mal untrennbar mit New Orleans verbunden, ebenso wie

Hexen, Geister oder Vampire. Das alles gehörte wie Jazz und Mardi Gras zur Stadt dazu.

Schließlich siegte auch meine Neugier. Ich schob mich an den Schaulustigen vorbei und ging an den Regalen entlang. Natürlich gab es Moschus-Liebes-Öl und Marie-Laveau-Wasser, das hauptsächlich aus Lavendelstaub bestand und ähnlich wie Weihwasser verwendet wurde, und auch solchen Firlefanz wie Weg-mit-allem-Bösen-Möbelreiniger. Ich verdrehte die Augen, hielt jedoch entsetzt inne, als ich Dosen mit Feuerpulver entdeckte. Das konnte unmöglich echt sein, sonst dürfte es hier gar nicht verkauft werden. Schließlich konnten Menschen wahnsinnig werden oder sogar vor Angst sterben, wenn man sie glauben ließ, sie würden bei lebendigem Leib verbrennen.

Ich fing den Blick der jungen Verkäuferin auf, die hinter der Kasse stand und immer wieder zu mir herübersah, während sie Ketten sortierte. Sie musterte mich weder skeptisch noch genervt oder herablassend, sondern wachsam, als wüsste sie ganz genau, was ich war – eine Voodoohexe. Schnell ging ich weiter und fühlte mich erst wieder unbeobachtet, als die Kasse aus meinem Blickfeld verschwand.

Eigentlich hatte ich nicht vorgehabt, etwas zu kaufen, schon gar nicht, nachdem die Verkäuferin mir diesen wissenden Blick zugeworfen hatte. Doch heute schienen mein Verstand und mein Herz völlig unterschiedliche Dinge zu wollen – und diesmal gewann mein Herz die Oberhand. Also schnappte ich mir einen Einkaufskorb, den ich nach und nach füllte. Ich wollte mir ein Gris-Gris machen, denn es war nie verkehrt, eins zu besitzen. Nach allem, was ich durchgemacht hatte, konnte ein bisschen Glück nicht schaden. Außerdem wollte ich unbedingt mal wieder praktizieren. Meine Tante hielt das zwar für keine gute Idee, aber die Rituale fehlten mir. Ich hatte alles verloren, was mir wichtig gewesen war, hatte alles hinter mir lassen müssen. Dem Voodoo abzuschwören, fühlte sich an, als würde ich mich selbst verleugnen. Das konnte Mariposa nicht auf Dauer bezwecken, allerdings wollte ich sie weder um Geld noch um ihre Utensilien bitten. Einen kleinen Notgroschen hatte ich noch, und ihn auf diese Weise anzulegen, war sicher nicht verkehrt. Vielleicht konnte Voodoo helfen, die Leere in mir zumindest ein bisschen zu füllen, denn abgesehen von meiner Tante und Lavaughn war ich allein. Mariposa tat ihr Bestes, damit ich mich wie zu Hause fühlte, aber New Orleans war nun mal nicht meine Heimat, auch wenn ich die Stadt zu lieben gelernt hatte. Tief in meinem Herzen zog es mich zurück nach London. Zu allem Überfluss fehlte mir in den Südstaaten die Perspektive, und ich hatte keine Ahnung, wie es in Zukunft weitergehen sollte.

Leise seufzend legte ich noch ein Buch über Marie Laveau in meinen Korb und wollte zur Kasse gehen, als mir auffiel, dass es noch einen hinteren Ladenbereich gab. Neugierig trat ich näher und sah einen spirituellen Berater, der einer Frau an einem Tisch mithilfe von Tarotkarten die Zukunft voraussagte. Hier roch es noch intensiver nach Weihrauch, was mich an vergangene Zeiten erinnerte, als ich noch glücklich gewesen war, als ich noch eine Familie und ein Zuhause gehabt hatte.

Nun hob der Berater den Kopf und blickte direkt zu mir, als hätte er meine Anwesenheit körperlich gespürt. »Wir sind gleich fertig, dann sage ich dir, wohin dein Weg dich führt.«

Abwehrend hob ich eine Hand. Prinzipiell wüsste ich zwar gern, was mich in Zukunft erwartete, gleichzeitig machte mir der Gedanke Angst. Und solange ich nicht wusste, ob der Mann wirklich ein Priester war, der Talent für das Weissagen hatte, würde ich ihm garantiert keinen Cent zahlen. »Danke, heute nicht.«

Durch die Touristenmenge bahnte ich mir einen Weg zur Kasse, wo ich der Verkäuferin meinen Korb reichte, während ich versuchte, ihren prüfenden Blick zu meiden. Anhand meiner Einkäufe wurde überdeutlich, dass ich keine leichtgläubige Touristin war, die nur ein paar Andenken aus ihrem New-Orleans-Urlaub mit nach Hause nehmen wollte. Schon vorhin beim Feuerpulver hatte ich mir gedacht, dass auch sie keine unwissende Verkäuferin war, die diesen Job nur des Geldes wegen machte, und das bestätigte sich nun. Mit jedem Artikel, dessen Preis sie in die Kasse tippte, wurden ihre braunen Augen größer. Ich rechnete damit, dass sie jeden Moment etwas sagen würde, doch sie steckte schweigend Artikel für Artikel in eine Tüte. Wie viele Voodoonsi sie wohl täglich bediente? Oder deckten sie sich woanders ein?

Schließlich schob sie mir die Tüte zu, und ich bezahlte mit meiner Kreditkarte. Dann wollte ich mich verabschieden, doch das plötzliche Lächeln der Verkäuferin hielt mich davon ab. Es wirkte warm und echt und alles andere als aufgesetzt.

»Komm doch mal wieder«, sagte sie mit breitem Südstaatenakzent. »Ich bin auch oft nach Ladenschluss noch hier und würde mich freuen.«

Ich konnte nicht anders, als zurückzulächeln, und die Leere in meinem Herzen fühlte sich zumindest für den Moment ein bisschen weniger schmerzhaft an. »Danke, ich werd's mir überlegen.«

Ich saß auf dem Teppichboden in meinem Zimmer und starrte auf die Sachen, die ich im Voodooladen gekauft hatte. Es waren nicht nur die Utensilien, um ein Gris-Gris herzustellen. Unbewusst hatte ich alles mitgenommen, um eine Beschwörung vorzunehmen – die Beschwörung eines Verstorbenen. Ich schluckte, beugte mich hinüber zum Bett und griff nach meinem Handy, auf dem eine Mitteilung angezeigt war.

> Tut mir leid, Lily, aber ich muss leider noch eine halbe Schicht dranhängen. Wir haben einen Notfall reinbekommen, und meine Kollegin steht im Stau. Vollsperrung auf dem Freeway. Unseren Kinoabend werden wir leider verschieben müssen. Mach es dir trotzdem schön, Mari.

Die Nachricht hatte meine Tante vor zwanzig Minuten geschickt. Ich würde den Abend also allein verbringen müssen, dabei hatte ich mich schon riesig auf ihre Gesellschaft gefreut. Seit meiner Ankunft in New Orleans verbrachten Mariposa und ich einen Abend in der Woche mit Popcorn, Käsenachos und einem Berg Süßigkeiten auf dem Sofa, um uns einen Film anzusehen und in Ruhe zu quatschen. Diese Tradition war uns beiden heilig, wir hatten sie kein einziges Mal verschieben müssen – bis heute.

Seufzend tippte ich eine Antwort.

> Schade, aber aufgeschoben ist nicht aufgehoben.

Ich las die Nachricht noch einmal durch, löschte die ersten beiden Wörter und fügte ein Zwinkersmiley hinzu, bevor ich sie abschickte. Auf keinen Fall wollte ich meiner Tante ein schlechtes Gewissen bereiten. Sie versetzte mich schließlich nicht mit Absicht. Dafür schien das Krankenhaus, in dem sie angestellt war, notorisch unterbesetzt zu sein.

Ich legte das Handy beiseite und widmete mich wieder meinen Einkäufen. Augenblicklich nahm mein Herzschlag einen schnelleren Rhythmus an. Ich hatte nicht damit gerechnet, dass sich so rasch eine Gelegenheit ergeben würde. Konnte ich es riskieren, hier und jetzt ein Ritual durchzuführen? Ein richtiges Ritual und nicht nur die Herstellung eines Gris-Gris? Zu gern wollte ich mit meinem verstorbenen Onkel reden. In den vergangenen Jahren war er meine wichtigste Bezugsperson gewesen, ein Vaterersatz. Er hatte mich aufgenommen und stets an mich geglaubt. Er fehlte mir unbeschreiblich. Es gab Tage, an denen ich immer noch nicht glauben konnte, was passiert war. Dass er tot war. Es kam mir so unwirklich vor. Doch wenn ich das Haus verließ und mich Sonnenschein und Wärme empfingen, anstatt nasser Kälte und umherwirbelnder Blätter, holte mich die Realität mit einem Schlag ein. Auch jetzt verspürte ich wieder dieses beklemmende Gefühl in der Brust. Bevor es zu mächtig werden konnte, stand ich kurz entschlossen auf, um einen Krug Wasser zu holen.

Mariposa hätte mein Vorhaben sicher nicht gutgeheißen, aber sie hatte meinem Onkel auch stets skeptisch gegenübergestanden. Dabei hatte sie ihn kaum gekannt. Zudem praktizierte sie generell nur noch selten Voodoo. Doch mal ehrlich, was sprach schon dagegen, ein letztes Gespräch mit meinem Onkel zu führen? Mich von ihm zu verabschieden? Er war mir genommen worden, auf die grausamste Art und Weise, und ich wollte mich vergewissern, dass es ihm gut ging. Diese Ungewissheit machte es nämlich nur noch schwerer, mit dem Verlust umzugehen. Und am Ende würde ohnehin Baron Samedi, der Loa des Todes, entscheiden, ob ich Kontakt zu meinem Onkel aufnehmen durfte.

Ich bereitete alles für das Ritual vor – zog einen Schutzkreis aus Wasser, bat Papa Legba und weitere göttliche Wesen, sogenannte Loa, um Schutz und Beistand, stellte eine Flasche Rum, die ich in Mariposas Wohnzimmerschrank gefunden hatte, als Opfergabe in die Mitte und streute mit Maismehl das Vèvè, also das Symbol für Baron Samedi auf den Boden. Währenddessen sagte ich mir immer wieder, dass ich nichts Verbotenes tat. Im Voodoo gab es die Möglichkeit, mit Verstorbenen zu kommunizieren. Warum sollte ich sie nicht nutzen? Es würde schon alles gut gehen. Immer positiv denken.

Okay, positives Denken gehörte nicht gerade zu meinen Stärken, aber ich nahm es mir stets vor. Heute war ein guter Tag, um damit anzufangen.

Ich holte noch einmal tief Luft, bevor ich begann, gegen den Uhrzeigersinn um den Schutzkreis zu tanzen, mich gleichzeitig um mich selbst zu drehen und dabei einen Singsang anzustimmen, um Baron Samedi zu rufen. Schon nach wenigen Sekunden fühlte ich mich befreit. Als würde ich nach Hause kommen. Das hier konnte nicht falsch sein.

Das war das Letzte, was ich dachte, bevor sich sämtliche Gedanken in Luft auflösten und mein Körper beinahe schwerelos wurde. Plötzlich vernahm ich eine Stimme in meinem Kopf, eine Stimme, die mir nur allzu vertraut war und die ich schon viel zu lange nicht mehr gehört hatte.

»Liliana, meine Lily.«

»Papa Ajani! Bist du es wirklich?«

»Ich bin es. Du glaubst gar nicht, wie sehr ich mich freue, dich zu hören, aber lass das Papa weg. Ich bin nicht länger Hungan, nicht länger Clanoberhaupt. Es gibt keinen Grund, so förmlich zu sein.«

»Wie geht es dir, Onkel?«

Ein tiefes Seufzen hallte in meinem Kopf wider. »Jetzt geht es mir gut. Lily, ich weiß nicht, wie viel Zeit uns bleibt, deshalb komme ich gleich zum Punkt. Du könntest etwas für mich tun, wofür ich dir auf ewig dankbar wäre.«

»Jederzeit«, antwortete ich instinktiv.

»Ich wusste, dass ich mich auf dich verlassen kann.« Die Stimme meines Onkels wurde noch weicher. »Ein Seelensammler will mir helfen, unter die Lebenden zurückzukehren. Wäre das nicht wundervoll? Du und ich, wieder vereint?«

»Ajani, das wäre unglaublich. Was muss ich tun?«

»Du musst eine verlorene Seele für mich finden. Bring sie dazu, ihr Schicksal anzunehmen.«

»Das werde ich. Hast du einen Anhaltspunkt für mich?«

»Den habe ich. Geh nach Dublin. In der irischen Hauptstadt wirst du das Mädchen finden.«

Kapitel 4

VALENTINA

»Beeil dich, ich will auf keinen Fall zu spät kommen«, rief mein Bruder mir nach, als wir am Treppenaufgang des Wohnheims in unterschiedliche Richtungen auseinandergingen.

Ich verdrehte die Augen, denn wir hatten noch zwei Stunden Zeit, bevor das Spiel angepfiffen wurde. Trotzdem hob ich kurz eine Hand, ohne mich dabei umzudrehen, während ich mir einen Weg durch das Gedränge im Gang bahnte. Es war ungewöhnlich voll, wobei ich das nicht wirklich beurteilen konnte, denn bisher war ich um diese Zeit des Tages nicht auf dem Campus unterwegs gewesen. Ich hatte auf Abuelita gehört und mir ein Fitnessstudio in der Nähe gesucht, das Yoga anbot. Wie erwartet waren die Übungen überhaupt nichts für mich. Minutenlang herumzuliegen und mich auf meine Atmung zu konzentrieren, fühlte sich für mich einfach nicht nach Sport an. Trotzdem hatte ich mich nach der Probestunde angemeldet, weil ich Abuelita vertraute. Wenn sie behauptete, es würde mir helfen, musste da etwas dran sein.

Die anderen Nachmittage hatte ich in der wunderschönen Collegebibliothek verbracht, um den Stoff vom Semesteranfang nachzuholen, oder an der Theater-AG teilgenommen. Amber hatte auch nach einigen Übungsstunden mit dem Degen keine bessere Figur gemacht als ich, also hatte Mr Riley mir inzwischen offiziell die Rolle der Lady de Winter gegeben, obwohl ich inoffiziell längst dafür geprobt hatte. Erstaunlicherweise besaß ich doch mehr Talent für die Schauspielerei, als ich vorher angenommen hatte. Zumindest hatte Mr Riley sich bisher nicht beschwert – was möglicherweise auch daran liegen konnte, dass er nicht viele Alternativen hatte. Selbst einen neuen D'Artagnan zu finden war eine Herausforderung. Die Rolle war eigentlich perfekt besetzt gewesen, wie mir die anderen erzählt hatten, doch Aiden, der Student, der sie hatte spielen sollen, hatte das Trinity College kurzfristig verlassen, zusammen mit einer Kommilitonin namens Kailey, deren Rolle ich jetzt spielte. Den beiden hatten Emiliano und ich es wohl auch zu verdanken, dass wir noch ein Wohnheimzimmer auf dem Campus bekommen hatten.

Ich hatte Emiliano zur Teilnahme an der Theater-AG überreden wollen, doch neben der Lust haperte es bei ihm vor allem an der Zeit. Sein Probespiel war ein voller Erfolg gewesen, sodass er nun festes Mitglied der College-Fußballmannschaft war. Am Wochenende hatte er bereits bei einem wichtigen Spiel auf dem Platz gestanden und seine neue Mannschaft zum Sieg geführt. Papá und ich hatten auf den Zuschauerrängen gesessen und ihn lauthals angefeuert.

Ich wollte Dublin hassen, ich wollte es wirklich, aber dafür lief es hier für unsere kleine Familie viel zu gut. Natürlich vermisste ich Abuelita und meine beste Freundin María Elena, und ich war nach wie vor enttäuscht, dass ich Anfang November nicht in Mexiko sein konnte. Aber innerhalb dieser kurzen Zeit gefiel es mir in Irlands Hauptstadt schon viel besser, als ich es je für möglich gehalten hätte. Und Papá gab sich große Mühe, damit es so blieb. Zweimal hatte er Emiliano und mich mit mexikanischem Essen überrascht, obwohl er noch nie gern am Herd gestanden und das Kochen seit Mamás Tod unserer Oma überlassen hatte. Er hatte sich nicht mal wegen meiner rosafarbenen Haare aufgeregt. Dabei hatte sein nach rechts verzogener Mundwinkel mehr als deutlich gezeigt, dass er meine neue Frisur nicht so cool fand wie ich.

Jetzt fehlte mir nur noch eine Freundin, die in derselben Zeitzone lebte. Emiliano hatte beim Fußball direkt Anschluss gefunden und ging fast jeden Abend nach dem Training mit den Jungs in einen der unzähligen Irish Pubs in Temple Bar. Anfang letzter Woche war ich zwar auch zusammen mit ein paar Mädels aus der Theater-AG etwas trinken gewesen, aber anscheinend wollten sie mich nicht dauerhaft in die Gruppe um Amber aufnehmen, denn sie verabredeten sich regelmäßig und hatten mich kein weiteres Mal gefragt.

Ich schlug einen letzten Haken um eine Studentin mit langen blauen Haaren, die gerade mitten auf dem Gang eine ausladende Geste machte und mich mit ihrem Arm beinahe im Gesicht erwischte, und öffnete die Tür zu meinem Zimmer.

»Ups, *lo siento*. Tut mir leid.«

Erschrocken wollte ich die Tür wieder zuziehen, denn mit dem Rücken zu mir stand ein rothaariges Mädchen, doch die silbernen Ziffern an der Tür – Nummer 207 – zeigten mir, dass ich mich nicht im Zimmer geirrt hatte. Irritiert folgte ich dem Blick des Mädchens, das auf mein Bett zu starren schien. Dort lag mein bunt gestreifter Sarape als Überwurf auf dem Bettzeug. Die traditionelle mexikanische Decke, die man je nach Größe auch als Strandtuch, Wanddekoration oder Tischläufer verwenden konnte, hatte ich nur mit Mühe und Not in meinen ohnehin schon übervollen Koffer quetschen können.

»Alles okay?«, fragte ich, weil sich das Mädchen nach wie vor nicht rührte. Was zum Geier wollte sie in meinem Zimmer?

Sie drehte sich zu mir um und lächelte mich mit den blauesten

Augen an, die ich je gesehen hatte. Wobei sie nicht nur lächelte, sie strahlte regelrecht von innen heraus und nahm mir damit den Wind aus den Segeln. Was auch immer sie hier tat, sie wollte mich garantiert nicht ausrauben.

Sie hatte in etwa meine Größe und war unglaublich hübsch. Ihre warme und herzliche Ausstrahlung sowie ihr puppenhaftes Gesicht faszinierten mich auf Anhieb. Sie hatte weiche, ebenmäßige Gesichtszüge, und ihre Porzellanhaut wirkte makellos, obwohl sie eigentlich zu blass war.

»Oh, hi. Ich hab dich gar nicht kommen hören. Teilst du dir das Zimmer mit mir?«

»Ah, dann bist du meine Zimmergenossin. Hi, ich bin Valentina.« Ich schenkte ihr ein echtes Lächeln. Sie war mir sofort sympathisch, auch wenn ich ein leises Flattern im Magen verspürte, weil ich das Zimmer um den Tag der Toten herum nicht für mich allein haben würde. Aber das war ein Problem, um das ich mich später kümmern konnte, immerhin blieben mir noch ein paar Wochen, um eine Lösung zu finden.

»Cassie. Freut mich sehr, dich kennenzulernen.«

»Cassie?«, wiederholte ich irritiert. »Nicht Kailey?«

Sie runzelte die Stirn. »Wie kommst du auf Kailey?«

Verlegen schüttelte ich den Kopf. Das war typisch ich. Anscheinend hatte Kailey aus der Theater-AG doch nicht in diesem Zimmer gewohnt oder ich hatte mich verhört. Ein bisschen ähnlich klangen die beiden Namen schon. »Vergiss es, ich habe da wohl etwas durcheinandergebracht. Also, Cassie, es freut mich auch, dich kennenzulernen. Bist du gerade erst zurückgekommen?«

»Vor einer Stunde oder so. Wie lange bist du schon hier?«

»Eine gute Woche.« Ich warf meine Tasche auf den Boden und

streifte die pinkfarbenen Espadrilles von den Füßen. »Ist es okay, wenn ich die rechte Zimmerseite nehme?«

»Klar, warum nicht?«

»Du hast gerade so auf mein Bett gestarrt, deshalb dachte ich, es wäre ursprünglich deins gewesen.«

»Ach so, das meinst du.« Immer noch strahlend winkte sie ab. »Das war tatsächlich mal meine Seite, aber das macht nichts. Deine Zimmerhälfte gefällt mir übrigens sehr gut. Sie ist so schön farbenfroh.«

»Das freut mich. Ich hatte schon befürchtet, die Deko könnte stören und ich müsste sie wieder abnehmen.«

Was ich nur ungern getan hätte, denn seit meinem Streifzug durch die Grafton Street fühlte ich mich in diesen vier Wänden viel wohler als noch bei meiner Ankunft. Was ein paar Duftkerzen, Lichterketten und Kunstdrucke über dem Bett ausmachen konnten. Besonders verliebt hatte ich mich in das Poster mit dem Schriftzug *¡Viva la vida!* Es lebe das Leben! Es war nicht nur das Motto der mexikanischen Künstlerin Frida Kahlo gewesen, sondern auch Mamás – und jetzt war es meins.

»Nein, überhaupt nicht. Je bunter, desto besser«, sagte Cassie.

Ein Grinsen schlich sich auf meine Lippen. Ich wusste jetzt schon, dass wir uns wunderbar verstehen würden.

»Die geschnitzte Figur dort gefällt mir besonders. So etwas habe ich noch nie gesehen. Was ist das?« Cassie deutete auf die Schildkröte mit dem Affenkopf und den Stacheln auf dem Panzer, die überwiegend in Blau- und Grüntönen gehalten war und auf dem Schreibtisch neben einem Strauß Dahlien in Rosa, Apricot und Pink stand.

»Das ist ein Alebrije, eine Fantasiefigur, die meiner Mutter gehörte. Abuelita hat sie mir als Glücksbringer mitgegeben.«

»Abuelita? Kommst du aus Spanien?«

»México.« Ich pustete mir eine Haarsträhne aus dem Gesicht, die sich aus meinem Pferdeschwanz gelöst hatte. Seit ich die Haare kürzer trug, passierte das andauernd.

»Wie schön. Nach Lateinamerika wollte ich auch schon immer mal.«

»Schön ist es wirklich. Was ist mit dir? England?« Cassies Akzent klang ein bisschen wie der von Amber.

Sie nickte so überschwänglich, dass ihr nun selbst eine Haarsträhne in die Augen fiel. »Meine Familie stammt aus Irland, aber ich bin in Ipswich aufgewachsen. Mein Dad arbeitet in einer Londoner Anwaltskanzlei. Wir sind Multikulti.« Sie lachte, und ich stimmte ein.

»Ist das der Grund, warum es dich nach Dublin verschlagen hat und du nicht in London studierst?«

Sie zuckte mit den Schultern. »Vermutlich. Fast meine ganze Verwandtschaft lebt hier rund um Dublin.«

»Cool. Vielleicht kannst du mir bei Gelegenheit ein bisschen was von der Stadt zeigen.«

»Gern, ich hab heute Abend noch nichts vor. Warst du schon in der Temple Bar? Also im Pub, nicht in dem Viertel?«

O Mist! Ich warf einen schnellen Blick auf die Uhr an meinem Handy und bemerkte dabei auch die Nachricht von Emiliano, die ich nicht gehört hatte, weil der Ton nach wie vor auf Stumm gestellt war.

Wo zum Teufel steckst du? Beweg endlich deinen Hintern hier runter!!!

Ich verzog den Mund. »Tut mir echt leid, Cassie, aber ausgerechnet heute Abend kann ich nicht. Mein Vater hat Karten für das Länderspiel Irland gegen England im Aviva Stadium. Er und mein Bruder warten schon ungeduldig auf mich.«

Papá hatte die Karten bereits vor Wochen gekauft, um Emiliano eine Freude zu machen, und auch ich hatte mich gefreut, als er uns letzte Woche beim Burrito-Essen davon erzählt hatte. Gar nicht mal wegen des Spiels an sich, sondern weil ich es toll fand, wie sehr sich Papá ins Zeug legte, damit wir uns in Irland einlebten, denn damit hatte ich nicht gerechnet. Ehrlich gesagt hatte ich erwartet, dass er sich in seiner neuen Arbeit verkriechen würde, ohne sich groß um Emiliano und mich zu kümmern.

»Verstehe. Mein Dad wäre furchtbar neidisch, wenn er wüsste, dass du Karten für das Spiel hast. Viel Spaß, das wird bestimmt toll.«

»Danke, und entschuldige, dass ich dich an deinem ersten Abend allein hier sitzen lasse.«

»Blödsinn.« Erneut machte Cassie eine wegwerfende Handbewegung. »Ich bin ein großes Mädchen, ich komme klar. Vielleicht sehe ich mir das Spiel im Fernsehen an, damit ich Dad aufziehen kann, wenn die irische Mannschaft verliert.« Sie zwinkerte mir zu.

»Du, ich glaube, die Chancen stehen gar nicht mal schlecht, dass es ein Unentschieden wird.«

Emiliano hatte heute Mittag in der Mensa sämtliche Statistiken heruntergebetet. Das letzte Spiel vor ein paar Jahren hatte England gewonnen, Ende der Achtzigerjahre hatten die Iren gewonnen, doch alle Spiele dazwischen waren unentschieden ausgegangen.

»Wir werden sehen«, meinte Cassie schulterzuckend. »Mir ist es egal. Mein Herz schlägt zwar für Irland, aber dank Harry Kane hätte ich auch nichts dagegen, wenn England gewinnt.«

Lachend zog ich Ordner, Bücher und mein Schreibmäppchen aus meiner Tasche und warf die Sachen aufs Bett, dann schlüpfte ich wieder in meine Espadrilles, griff nach der Jeansjacke, die schief über dem Schreibtischstuhl hing, und hastete nach einem kurzen Winken aus dem Zimmer.

Im Grunde hatte ich Fußball schon immer ziemlich dämlich gefunden. Neunzig Minuten hinter einem Ball herzurennen? Ernsthaft? Nur meinem Bruder zuliebe hatte ich mir trotzdem zu jeder Weltmeisterschaft die Spiele der mexikanischen Elf angesehen, sofern die Mannschaft qualifiziert war, und ich hatte unzählige von Emilianos eigenen Spielen vor Ort erlebt. Wobei ich mich manchmal durchaus von der Begeisterung auf den Rängen mitreißen lassen konnte. Die Stimmung im Stadion war jedenfalls grandios. Als die Spieler gemeinsam mit den Fans vor dem Anpfiff ihre Hymnen gesungen hatten, konnte selbst ich eine Gänsehaut spüren, und wenn zwischendurch Lieder geschmettert wurden, bis das gesamte Stadion davon erfüllt war, summte auch ich mit. Ausnahmsweise bat mich nicht einmal Emiliano, damit aufzuhören. Er stimmte ebenfalls lautstark mit ein und hatte im Gegensatz zu mir keinerlei Probleme mit dem Text. Offenbar hatten seine Mannschaftskameraden ihn bereits in die Kultur der irischen Fußballlieder eingewiesen.

Nur mein Vater schien sich nicht ganz wohlzufühlen. Er saß direkt neben einer Gruppe junger Männer, die ständig grölten und ein Ale nach dem anderen kippten. Eigentlich wäre das mein Platz gewesen, denn zuerst hatte sich Papá zwischen meinen Bruder und mich setzen wollen, doch vor Ort hatte er sich spontan umentschieden. Ich warf ihm ein Lächeln zu, und er lächelte zurück.

Wir saßen inmitten der irischen Fans, die fast alle in Grün gekommen waren. Einige hatten sich sogar als Kobold verkleidet, mit grünen Hüten und rotem Rauschebart, andere hatten sich das Gesicht in den Farben der irischen Flagge angemalt. Uns gegenüber befanden sich die englischen Fans, die eine Wand aus weißen Flaggen mit roten Kreuzen bildeten. Immer wieder versuchten sie, ihre Mannschaft mit der Nationalhymne anzufeuern, doch meistens hielt unsere Fankurve sofort mit einem irischen Lied dagegen.

Unterstützung konnte die irische Mannschaft gut gebrauchen. Sie schlug sich tapfer, lag aber ein Tor im Rückstand. Ich hoffte, die Spieler konnten das noch aufholen, denn die Iren waren mir wirklich sympathisch. Aber vermutlich würde selbst eine Niederlage der Stimmung keinen Abbruch tun, was ich mehr als bewundernswert fand.

In diesem Moment eroberte einer der irischen Stürmer den Ball mit einem Fallrückzieher und sprintete in einem Affentempo auf das gegnerische Tor zu. Die Fans in unserer Kurve brachen sofort in Jubelrufe aus. Auch mein Bruder sprang von seinem Sitz und feuerte den Spieler an.

Ich beugte mich zu Papá hinüber. »Für wen er wohl ist, wenn Irland mal auf Mexiko trifft?«

Papá schmunzelte, kam aber nicht dazu, etwas zu erwidern, denn in der nächsten Sekunde kippte die Stimmung. Der Schiedsrichter unterbrach das Spiel mit einem grellen Pfiff, und das Jubeln wurde zu Buhrufen. Nur hier und da grölte noch jemand. Ich blickte Richtung Spielfeld und erkannte dank des Flutlichts eine Frau, die über den Platz rannte. Sie war splitterfasernackt. Die Kameras schwenkten sofort weg, sodass auf den großen Bildschirmen, die überall im Stadion hingen, die Zuschauermenge oder Spieler zu sehen waren. Die englische Elf wirkte belustigt, während die irische Elf wenig angetan von der Unterbrechung war. Unterdessen rannten vier Männer von der Security auf die Frau zu, um sie vom Rasen zu holen.

»Ladies und Gentlemen, das Spiel geht sofort weiter. Wir haben mal wieder einen Flitzer, aber die Ordner sind schon auf dem Weg«, verkündete der Stadionsprecher.

Papá schüttelte den Kopf. »Ich frage mich, was sie sich davon verspricht.«

»Freiheit für wilde Tiere?«, schlug ich vor. Vielleicht engagierte sie sich für PETA und war gegen das Tragen von echten Pelzmänteln, was ich durchaus unterschreiben würde.

Mein Vater schnaubte. »Mit dieser Art von Protest haben es schon viele versucht. Glaub mir, am Ende hat sie nichts außer einem dicken Bußgeld davon.«

»Hm, sie ist ziemlich schnell.« Säße sie auf dem Spielfeld nicht in der Falle und stünde nicht an jedem Ausgang ein Ordnungshüter, hätte sie gute Chancen.

»Und sie sieht gut aus«, meinte Emiliano und fiel in das Grölen der angetrunkenen Männer neben uns ein.

Papá verdrehte die Augen, ich grinste, doch in der nächsten Sekunde presste ich mich plötzlich so heftig in den Sitz, als würde ich einem Messer ausweichen wollen, das mir jemand an die Kehle hielt. Mehrfach kniff ich die Augen zusammen, denn ich musste mich irren. Innerhalb eines Wimpernschlags hatte sich die Frau auf dem Rasen in ein Ungetüm mit smaragdgrünen Schuppen verwandelt. Ein Kamm mit Stacheln zog sich über Kopf und Rumpf bis hin zum Schwanz, der an der Innenseite ebenso wie an Hals und Bauch in einem helleren Grünton schimmerte. Direkt über den Ohren prangten zwei Hörner, während es unter den Ohren beinahe so aussah, als hätte das Ungetüm Kiemen. Die Flügel waren riesig.

Ich schüttelte den Kopf. Abuelita hatte mich vorgewarnt, dass so etwas passieren könnte. Mein Verstand spielte mir einen Streich, anders konnte es nicht sein, auch wenn ich mich selbst darüber wunderte, wie detailreich ich mir die Kreatur vorstellte. Denn es war unmöglich, dass sich die Frau auf dem Rasen in einen Drachen verwandelt hatte. Einen Drachen! So etwas gab es nur im Märchen! Andererseits …

Im Stadion wurde es mucksmäuschenstill, niemand sagte ein Wort. Papá, Emiliano und all die anderen Leute saßen wie erstarrt auf ihren Plätzen. Spätestens jetzt war klar, dass mir mein Verstand keinen Streich spielte. Mein Herz begann wild zu klopfen. Da stand wirklich ein Drache, größer als ein Elefant, auf dem Rasen vor uns. Plötzlich erhob er sich in die Luft und flog mit ausgebreiteten Schwingen über die irische Fankurve hinweg. Heftig zuckte ich zusammen und meinte, den Luftzug der Flügelschläge auf meinem Gesicht zu spüren. Im nächsten Moment brach Panik im Stadion aus. Kinder weinten, Erwachsene kreischten. Die meisten sprangen von ihren Sitzen auf und versuchten, so schnell wie möglich zu fliehen. Einige hatten weniger Angst und zückten ihre Handys, die sie auf den fliegenden Drachen richteten, der Runde um Runde über die Zuschauerränge drehte. Auch die jungen Männer neben meinem Vater filmten oder fotografierten das Ungetüm.

Papá erhob sich währenddessen von seinem Sitz. Ich rechnete damit, dass er mich und Emiliano aus dem Stadion scheuchen wollte, doch er klammerte sich so fest an die Balustrade vor uns, dass seine Fingerknöchel weiß hervortraten, und ließ den Drachen nicht aus den Augen. Mein Bruder und ich wechselten einen irritierten Blick. Wir wussten beide nicht, was wir machen sollten. Das Herz schlug mir bis zum Hals. Mit einem Drachen in unmittelbarer Nähe fühlte ich mich alles andere als sicher, andererseits war ich neugierig, wie es weitergehen würde. Die junge Frau hatte sicher einen Grund, warum sie sich vor all diesen Menschen und Fernsehkameras in dieser Gestalt zeigte.

»O mein Gott! Haben Sie das gesehen?«, brüllte der Stadionsprecher so laut, dass es eine Rückkopplung gab und ich mir die Ohren zuhalten musste. »Die junge Frau, die wir gerade eben noch für einen Flitzer hielten, hat sich in einen grünen Drachen verwandelt. Ein Drache, Ladies und Gentlemen, ein Drache, hier in Dublin!«

Hinter uns sprang eine Frau über die Brüstung in unsere Reihe. Dabei riss sie meinen Bruder um, und auch ich wurde unsanft zur Seite gestoßen. Mit dem Rücken knallte ich gegen die Sitzreihe und stöhnte auf, während mein Bruder das Gleichgewicht verlor und zu Boden stürzte.

»Können Sie nicht aufpassen?«, schimpfte ich und ließ mich auf meinen Sitz fallen.

»Wie könnt ihr so ruhig bleiben?«, entgegnete sie, ohne uns eines Blickes zu würdigen. »Die Bestie wird uns noch alle umbringen!«

Sie kletterte auf Emilianos Sitz und hob einen kleinen Jungen über die Brüstung, da in ihrer Reihe alle gleichzeitig versuchten, zur Treppe zu gelangen. Sie stolperte über meinen Bruder und zog ihren Jungen hinter sich her, der offenbar weitaus weniger Angst vor dem Drachen zu haben schien als sie. Aufgeregt zeigte er in den Himmel und stemmte sich gegen seine Mutter, die allerdings stärker war als er. Kurz darauf verschwanden sie aus meinem Blickfeld.

Ich stand auf, um meinem Bruder zu helfen, als gleich mehrere Frauen unbeholfen über die Balustrade in unsere Reihe sprangen. Sie kamen sich gegenseitig in die Quere und verloren das Gleichgewicht. In einem Knäuel aus Armen und Beinen stürzten sie zu Boden und rissen mich mit sich. Ich landete auf dem Hintern, Schmerz durchfuhr mich. Gerade noch rechtzeitig konnte ich mir die Hände vors Gesicht halten, bevor mich ein Ellbogen traf. Ich wollte mich aufrappeln, wurde aber immer wieder zurück auf den Boden gedrückt, während die Frauen panisch die Flucht ergriffen und dabei keinerlei Rücksicht nahmen.

»Alles okay?«, fragte Papá, der mir eine Hand reichte und mich hochzog.

Ich nickte und rieb mir über den Hintern. Das würde einen dicken blauen Fleck geben.

Papá reichte auch Emiliano eine Hand, um ihm hochzuhelfen. Emiliano ergriff sie und setzte den linken Fuß auf, doch in der nächsten Sekunde sackte das Bein unter seinem Gewicht zusammen, und er stieß einen Schmerzenslaut aus.

¡Dios mío!

Mein eigener Schmerz war vergessen. Ich eilte zu meinem Bruder, um ihn ebenfalls zu stützen. Emiliano legte einen Arm um meine Schulter, und gemeinsam schafften Papá und ich es, meinen Bruder hochzuziehen und auf einen der Sitze zu verfrachten.

»Kannst du deinen Fuß belasten?«, fragte Papá.

Emiliano stellte den linken Fuß erneut auf dem Boden auf und wollte sich erheben, doch augenblicklich sank er zurück auf den Sitz, das Gesicht verzerrt. Seine Hände umklammerten die Sitzfläche so fest wie kurz zuvor noch Papás Finger die Balustrade. Papá und ich warfen uns einen besorgten Blick zu. Für einen Moment fiel ich in eine Starre, dann quetschte ich mich an meinem Bruder vorbei.

»Ich hole einen Sanitäter.«

Doch Papá hielt mich zurück, indem er mir eine Hand auf die Schulter legte. »Bleib du bei deinem Bruder, ich gehe.«

Ich nickte ihm zu und setzte mich neben Emiliano. Einige Sekunden lang betrachtete ich ihn hilflos, dann strich ich ihm über den Rücken. »Das wird schon wieder«, sagte ich leise.

Emiliano erwiderte nichts, er hatte die Augen geschlossen und presste die Kiefer zusammen.

Ein Seufzen unterdrückend wandte ich mich ab und sah mich um. Das Stadion hatte sich zur Hälfte geleert, und noch immer strömten Menschen Richtung Ausgang. Der Drache flog nicht länger durch die Luft, sondern hockte auf dem Rasen. Gerade rieb er den Kopf an der Schulter eines jungen Mannes, der neben ihm stand und ganz offensichtlich alles andere als panisch war. Gleich darauf rannte ein Junge über das Spielfeld und kam schlitternd vor dem Drachen zum Stehen, um ein Selfie zu machen. Ich wandte mich ab, doch auf sämtlichen Leinwänden im Stadion bot sich mir das gleiche Bild: der smaragdgrüne Drache, der sich fotografieren ließ. Blitzlichter zuckten wie Stroboskoplicht durch das Stadion, unzählige Handys, Fotoapparate und Fernsehkameras waren auf die Szenerie gerichtet, und das Scheinwerferlicht erstrahlte noch heller als während des Spiels. Das Ganze war so surreal.

Ich drehte mich wieder zu meinem Bruder um. Inzwischen hatte er die Augen geöffnet, doch er reagierte nicht, als ich ihm erneut meine Hand auf den Rücken legte. Seine Finger hatten sich in den Stoff seiner Jeans gekrallt.

Warum ausgerechnet er? Warum sein linker Fuß, der ihm eine Karriere als Profifußballer ebnen sollte?

»Das wird wieder«, sagte ich ein weiteres Mal und wünschte, ich könnte meinen eigenen Worten glauben. Ich hatte keine Ahnung und sollte besser den Mund halten, aber ich verspürte das unbändige Bedürfnis, ihn aufzumuntern.

Langsam hob er den Blick und schüttelte kaum merklich den

Kopf. »Du weißt, wie das ist«, presste er hervor. »Solche Verletzungen können sich über Wochen ziehen, aber so viel Zeit habe ich nicht. Ich bin neu im Team und kann es mir nicht leisten, nach nur einem Spiel auszufallen.«

Du bist gut, wollte ich erwidern. Stattdessen schluckte ich, als ich die Verzweiflung in Emilianos Augen sah. Er wollte das jetzt nicht hören.

Nur am Rande bekam ich mit, dass sich der Drache zurück in die hübsche junge Frau verwandelt hatte. Inzwischen steckte sie in einem karierten Hemd und Unterhose und erklärte der Presse, dass sie eine Drachenprinzessin sei und ihr Volk dringend Hilfe bräuchte. Irgendjemand – ich war nicht sicher, ob sie einen Namen genannt hatte – hatte ihr Volk in einen Krieg gezwungen. Am Ende hatten sich die Drachen in ihre Höhlen zurückziehen müssen, die vom Feind gesprengt worden waren. Sharni O'Rourke, so hatte sie sich vorgestellt, wusste nicht, ob ihre Familie, ihre Freunde überlebt hatten, und doch bat sie uns Menschen um Hilfe.

Für einen kurzen Moment vergaß ich meine eigenen Probleme und empfand Mitleid mit ihr, während die Medienmeute wie immer nur die besten Fotos und Interviews im Sinn hatte. Doch die verbliebenen Menschen im Stadion reagierten ähnlich wie ich. Eine Gruppe Mädchen rief: »Hilfe für die Drachen!« Zögernd stimmten immer mehr Leute ein, und am Ende forderte ein ganzer Chor: »Hilfe für die Drachen! Hilfe für die Drachen! Hilfe für die Drachen!«

Das leise Stöhnen meines Bruders ließ meinen Kopf zu ihm herumfahren. Sein ganzer Körper zitterte vor unterdrücktem Schmerz, nachdem er anscheinend ein weiteres Mal versucht hatte, seinen Fuß zu belasten.

¡Dios mío! Wo bleibt Papá mit den Sanitätern?

Kapitel 5

Emiliano

Offenbar hatte jemand an meine Tür geklopft, was ich erst bemerkte, als meine Schwester hereinkam. Ihr Blick fiel auf den Schreibtisch, auf dem sie vor einer Stunde ein Tablett mit Fish and Chips, Schokoladenpudding und einer Flasche Diet Coke abgestellt hatte. Ich hatte nichts davon angerührt, und der Gestank von Frittiertem hatte sich im ganzen Zimmer ausgebreitet.

Valentina öffnete das Fenster, dann setzte sie sich neben mich auf die Matratze und zog mir vorsichtig die Kopfhörer von den Ohren.

»Du solltest etwas essen.« Ihr sanfter Tonfall stand in krassem Gegensatz zu der Furche auf ihrer Stirn, die mir verriet, dass sie mich viel lieber angeschrien hätte.

»Danke, ich habe keinen Hunger.« Es klang abweisender als beabsichtigt, doch ich hatte es nicht unter Kontrolle. Ich hatte gar nichts mehr unter Kontrolle, und das machte mich wütend. So, so wütend.

»Du kannst dich nicht ewig in deinem Zimmer verschanzen und jegliches Essen verweigern.«

»Ach, kann ich nicht?«

Valentina holte tief Luft, und ich war dankbar, dass sie sich zwang, weiterhin ruhig zu bleiben, denn ansonsten wäre es nur eskaliert.

»Geh wenigstens in die Vorlesungen, bevor du noch das ganze Semester wiederholen musst«, bat meine Schwester.

»Ist mir egal.« Ich schnaubte, denn das war im Moment meine geringste Sorge.

»Du bist nicht der Einzige, der sich wegen der ganzen Drachensache Gedanken macht.«

»Wie meinst du das denn jetzt?«, fragte ich mit gerunzelter Stirn.

Valentina ging nicht darauf ein, stattdessen seufzte sie leise. »Ich kann mir vorstellen, wie es dir geht, aber …«

Sie verstummte, als ich mich langsam aufsetzte und sie wütend anfunkelte. »Du kannst dir also vorstellen, wie es mir geht, ja? Du hast keine Ahnung, absolut keine Ahnung, also halt einfach den Mund.«

»Emiliano …«

»*¡No!*« Ich zog meinen Arm zurück, als sie eine Hand darauf legen wollte. »Hast du schon mal deinen Traum begraben müssen? Alles, was du je wolltest, von heute auf morgen verloren?«

»Ich habe …«

»Was auch immer du sagen willst, es zählt nicht. Es geht hier nicht um Liebeskummer oder so einen Scheiß, sondern um meine verdammte Zukunft«, fuhr ich sie an. »Du bist behütet aufgewachsen und hast schon immer bekommen, was du wolltest. Du kannst gar nicht wissen, wie es sich anfühlt, wenn dein Leben plötzlich ein einziger Scherbenhaufen ist und du dich fragst, wie es weitergehen soll, oder? Oder?«

Sie senkte den Blick und schwieg.

»Ich sag's ja, du hast keine Ahnung, also hör auf, von Dingen zu reden, von denen du nichts verstehst, und lass mich in Ruhe. Ich habe echt keinen Bock auf weitere Vorträge von dir.«

Valentina sah aus, als hätte ich sie geohrfeigt. Sie zögerte, doch schließlich stand sie auf und ging zur Tür, wo sie einige Sekunden mit dem Rücken zu mir stehen blieb. Ihr ganzer Körper bebte. Weinte sie etwa? Sie straffte die Schultern und drehte sich langsam zu mir um. Nein, sie war weit davon entfernt, in Tränen auszubrechen, im Gegenteil. Sie zitterte vor unterdrückter Wut oder Enttäuschung oder beidem.

»Du bist verdammt unfair, Emiliano. Wenn ich behütet aufgewachsen bin, was bist du dann? In der Prepa habe ich mir in den letzten Jahren einiges anhören müssen. Aber was weißt du schon? Du hast dich nie für mich und meine Probleme in der Oberstufe interessiert, immer nur für dich selbst und deinen blöden Fußball.«

»Valentina!«, knurrte ich, doch sie ignorierte meinen warnenden Tonfall.

»Möglicherweise habe ich noch nie einen Traum begraben müssen, aber ich habe genau wie du unsere Mutter zu Grabe getragen und unsere Heimat zurückgelassen. Im Übrigen mache ich dir keine Vorwürfe, du Idiot. Ich mache mir Sorgen um dich, weil ich dich nicht auch noch verlieren will. Wenn du ein einziges Mal nicht nur an dich selbst denken würdest, könntest du das vielleicht auch sehen.«

Ich verdrehte die Augen, obwohl sich tief in mir das schlechte Gewissen meldete. »Jetzt übertreib nicht.«

Valentina wandte mir den Rücken zu und stapfte aus dem Zimmer, ohne noch einmal zurückzuschauen. Krachend fiel die Tür hinter ihr ins Schloss, und ich ließ mich stöhnend zurück in die Kissen fallen. Schwestern! Ich zog mir die Kopfhörer wieder über die Ohren und stellte die Musik noch ein bisschen lauter.

Was wollte sie eigentlich von mir? Hatte ich nicht das Recht dazu, wütend zu sein? Und ich war wütend. Auf mein Schicksal und die ganze Welt, vor allem auf die verfluchten Drachen. Wenn ich nur an die Ereignisse vor einer Woche dachte, stieg bittere Galle in mir auf. Hatte dieser bescheuerte smaragdgrüne Drache ausgerechnet über ein Fußballstadion fliegen müssen? Hätte es nicht auch die Dubliner Innenstadt sein können, wo eine Panik nicht derartige Folgen gehabt hätte?

Sharni O'Rourke. Seit jenem Tag waren sie und ihr Bruder Aiden, der Drachenkönig, überall in den Medien präsent. Man konnte nicht mehr ins Internet gehen, ohne dass einem unzählige Artikel über die Offenbarung des Drachenvolks ins Auge sprangen. Selbst Irlands Politik nutzte das Auftauchen der Drachen für den bevorstehenden Wahlkampf. Der amtierende Premierminister Padraig Lynch hatte den Drachen trotz Gegenstimmen seitens des Kabinetts geholfen und dafür Kritik einstecken müssen. Meiner Meinung nach zu Recht. Trotzdem kandidierte er erneut und blieb bei seiner positiven Einstellung zu den Drachen, während seine Gegenkandidatin Shannon Kelly vor den Drachen warnte. Von der Presse wurde sie deshalb in die radikale Ecke gestellt, dabei fand ich ihre Argumente nur vernünftig. Was wussten wir schon über die Drachen? Es war echt zum Kotzen.

Nur am Rande hatte ich mitbekommen, was vor einer Woche nach der Massenpanik im Stadion passiert war: Blitzlichtgewitter, ein Haufen Medienleute, die sich um die Rotblonde scharten, nachdem sie sich wieder zurückverwandelt hatte, und ihre Rede, in der sie sich als Sharni O'Rourke vorstellte und um Hilfe bat, weil ihr Volk, das Volk der Drachen, angegriffen wurde. Und doch bekam ich die Bilder seit jenem verhängnisvollen Abend nicht mehr aus dem Kopf.

Sharni O'Rourke war schuld, dass ich verletzt worden war. Ihretwegen war Panik ausgebrochen, ihretwegen musste ich nicht nur fürchten, für ein paar Wochen beim Training auszufallen. Nein, meine komplette Karriere als Fußballprofi war im Eimer. Nie wieder würde ich professionell spielen können. Im Moment konnte ich nicht mal mein tägliches Work-out absolvieren, dabei war Sport bis vor wenigen Tagen mein Leben gewesen. Alles hatte sich darum gedreht – meine Vergangenheit, die Gegenwart, die Zukunft. Und von heute auf morgen sollte damit Schluss sein, denn selbst wenn mein Bein in ein paar Monaten wieder so weit hergestellt sein würde, dass ich über den Campus joggen konnte, war es mit dem Traum vom Profisport vorbei. Ich musste mir etwas Neues überlegen, musste mir darüber Gedanken machen, wie meine Zukunft aussehen sollte, dabei war ich schon mit der Gegenwart überfordert. Die Gefühle brodelten in mir, waren kurz davor überzukochen, und ich hatte kein Ventil für meine Wut. Das morgendliche Training, das mich nicht nur fit gehalten, sondern auch für mein inneres Gleichgewicht gesorgt hatte, fiel weg. Wie gern hätte ich auf etwas eingedroschen, doch auch Boxen war keine Option, weil mein linker Fuß in einem verdammten Gips steckte und ich an Krücken gehen musste. Nein, ich ging nicht, ich humpelte durch die Flure des Trinity College und erntete permanent mitleidige Blicke, wenn ich mein Zimmer mal verließ. Denn natürlich hatte sich längst am gesamten College herumgesprochen, was passiert war. Die Offenbarung der Drachen und meine Verletzung waren allgegenwärtig. Und da sollte ich nicht frustriert sein?

Aus den Augenwinkeln bemerkte ich, wie das Display meines Handys aufleuchtete. Ich griff nach dem Telefon und sah die Nachricht meines Vaters, ohne den Chatverlauf öffnen zu müssen.

Wie geht es dir?

Ich ließ das Handy zurück aufs Bett fallen. Immer dieselbe Frage. Wie sollte es mir schon gehen? Beschissen ging es mir, absolut beschissen. Um meinen Frust nicht hinauszubrüllen, setzte ich mich auf, ballte die rechte Hand zur Faust und schlug gegen die Wand. Schmerz durchfuhr meinen Arm, die Haut an meinen Fingerknöcheln platzte auf. Fuck! Nachdem ich das Blut abgewischt hatte, ließ ich mich nach hinten fallen.

Ich beschloss, die Frage meines Vaters zu ignorieren, denn die Antwort lag mehr als auf der Hand. Trotzdem ging mir seine Nachricht ebenso wenig aus dem Kopf wie der Streit mit Valentina, und je länger ich auf der Matratze lag und an die Decke starrte, desto lauter sagte die Stimme in meinem Kopf, dass die beiden es nur gut meinten. Sie waren meine Familie, das Einzige, was mir noch geblieben war. Natürlich machten sie sich Sorgen und wollten wissen, wie es mir ging, auch wenn sie mir den Unfall damit immer wieder vor Augen hielten. Denn wenn ich nicht gerade vor lauter Wut um mich schlagen wollte, wollte ich einfach nur vergessen. Vergessen, was geschehen war. Vermutlich hatten sie es nicht leicht mit mir, deshalb griff ich nach kurzem Zögern doch nach dem Handy.

Könnte besser sein.

Kaum hatte ich die Nachricht abgeschickt, erschienen auch schon zwei blaue Haken. Mein Vater war online und tippte eine Antwort. Innerlich wappnete ich mich für das *Wird schon wieder*, das meistens von ihm kam. Ein aufgeplatztes Knie, eine fünf in Mathe, Liebeskummer – wird schon wieder. Doch dieses Mal blieb seine Allround-Antwort aus.

Wenn ich irgendwas für dich tun kann, lass es mich wissen.

Ich schluckte. Ich wünschte, er hätte wirklich etwas tun können. Mamá hätte es vielleicht sogar gekonnt, denn sie hatte immer die richtigen Worte gefunden. Papá war hingegen kein Mann großer Worte, genau wie ich, und trotzdem bedeutete mir seine Nachricht unendlich viel. Dass er für mich da war beziehungsweise sein wollte, erstickte die Wut zumindest für einen Moment.

¡Gracias!

Mehr schrieb ich nicht zurück, doch ich wusste, dass es genug war. Anschließend tippte ich eine Nachricht an meine Schwester, löschte sie aber nach wenigen Worten wieder. Ich hatte sie ziemlich mies behandelt. Sie hatte es in der Schule wirklich nicht leicht gehabt, weil sie immer ein bisschen anders gewesen war, bunt und fröhlich. *Kanarienvogel* oder *Papagei* hatten die anderen sie deshalb genannt. Später waren weitere, viel fiesere Namen hinzugekommen. Valentina hatte das nach außen hin gut weggesteckt, allerdings konnte sie gut verbergen, wie es wirklich in ihr aussah. Wenn ihr etwas zu schaffen machte, wurde sie nicht laut wie ich. Laut wurde sie im Streit oder wenn sie gut drauf war, aber wenn sie etwas beschäftigte, war sie leise, in sich gekehrt. Mamá war die Einzige gewesen, der sie alles erzählt hatte, die jedes Geheimnis von Valentina gekannt hatte. Aber seit Mamá tot war, machte meine Schwester alles mit sich selbst aus, während sie trotzdem die reinste Frohnatur blieb.

Es fiel mir schwer, mich aufzuraffen, aber ich zwang mich dazu, die Musik auszuschalten und aufzustehen. Es war besser, wenn ich mich persönlich bei Valentina entschuldigte. Meinen Frust an ihr auszulassen, war nicht fair.

Mit Krücken und gesenktem Blick humpelte ich durch die vollen Flure und versuchte, nicht so genau hinzuhören, wenn ich die Namen Aiden oder Kailey aufschnappte. *Immer den Kopf hochhalten, wenn der Hals auch dreckig ist,* hatte meine Mutter stets gesagt, doch ich hatte keine Lust auf die mitleidigen Blicke. Ich wollte nur kurz zu meiner Schwester und mich dann wieder in meinem Zimmer verkriechen.

Ich brauchte doppelt so lange wie sonst, und mir stand der Schweiß auf der Stirn, als ich endlich die Zimmernummer 207 erreichte, was meine Laune nicht gerade hob. Noch vor wenigen Tagen hatten mich ganz andere Dinge zum Schwitzen gebracht. Während ich klopfte, öffnete ich bereits die Tür, denn hier auf dem Flur kam ich mir vor wie auf dem Präsentierteller. Außerdem hatte meine Schwester das Prinzip des Anklopfens selbst noch nie beherzigt.

»Bist du hier?«

Ich streckte den Kopf zur Tür herein. Mein Blick fiel auf den bunt gestreiften Sarape, der auf Valentinas Bett lag. Ausnahmsweise war das Bett ordentlich gemacht, zu Hause hatte das Valentina noch nie gekümmert.

Ihre Zimmerhälfte war leer, aber auf dem anderen Bett saß eine mir fremde junge Frau, die höchstens ein Jahr älter war als ich. Überrascht musterte ich sie. Ihre roten Haare fielen ihr vorn auf einer Seite über die Brust und umschmeichelten ihr wunderschönes, ebenmäßiges Gesicht, das aussah wie gemeißelt. Ich konnte den Blick nicht von ihr abwenden. Sie hatte tolle Kurven, und meine Handflächen prickelten, als ich mir automatisch vorstellte, wie ich sie auf Wanderschaft schicken würde, um eben diese Kurven zu erkunden.

Mit großen blauen Augen erwiderte sie meinen Blick, und ihre vollen Lippen verzogen sich zu einem verschmitzten Lächeln. »Hi. Hast du einen Geist gesehen oder warum starrst du mich so an?«

Auf den Mund gefallen war sie also auch nicht. Unter normalen Umständen hätte ich mit ihr geflirtet, kurz kam mir sogar der Gedanke, dass ein kleines Abenteuer mit ihr meinen Frust zumindest für ein paar Stunden vertreiben könnte. Doch diese blauen Augen, diese zarte Haut waren für mehr als nur eine Nacht gemacht.

Ich räusperte mich. »Valentina ist nicht da?« Im nächsten Moment biss ich mir auf die Zunge. Dämliche Frage, denn bis auf die Rothaarige war das Zimmer leer. Auch im Bad konnte meine Schwester nicht sein, denn die Tür stand sperrangelweit offen, und es hielt sich niemand darin auf.

»Valentina ist beim Yoga. Soll ich ihr etwas ausrichten?«

Yoga, richtig. Ich konnte immer noch nicht fassen, dass meine Schwester in der Theater-AG war und zum Yoga ging. Irgendwie passte das nicht zu dem Bild, das ich von ihr hatte. Sie veränderte sich – so wie auch ich gezwungen sein würde, mich zu verändern.

Ich zögerte, doch dann schüttelte ich den Kopf. Die Schönheit vor mir brauchte nicht zu wissen, dass ich mich bei meiner Schwester entschuldigen wollte, weil ich mich wie ein Arsch verhalten hatte. »Passt schon, danke.«

Sie zuckte mit den Schultern und strahlte dabei immer noch, als hätte ich ihr gerade verkündet, dass sie einen zweiwöchigen Urlaub in der Karibik gewonnen hatte. Noch nie war mir jemand begegnet, der so mit sich und der Welt im Reinen war. Wobei … Das stimmte nicht ganz, denn Mamá war auch so gewesen. *¡Viva la vida!* Für sie war das Glas immer halb voll gewesen, das Leben immer bunt und nie schwarz-weiß, und auch Valentina hatte diese Tendenz. Nicht ganz so extrem wie unsere Mutter – und in letzter Zeit war sie definitiv nachdenklicher als sonst –, aber sie kam ganz klar nach Mamá.

»Wie du meinst«, riss mich die helle Stimme der Rothaarigen aus meinen Gedanken. »Mit wem habe ich eigentlich das Vergnügen?«

Idiota, schimpfte ich in Gedanken. »Emiliano, Valentinas Bruder. Und du bist?«

»Cassie, ihre Mitbewohnerin.«

Richtig. Valentina hatte vor einer Woche auf dem Weg zum Fußballstadion erwähnt, dass sie ihr Zimmer nicht mehr für sich allein hatte, doch nach allem, was an jenem Tag passiert war, hatte ich das vollkommen vergessen.

»Also, Cassie, dann bis zum nächsten Mal.« Ich stand immer noch in der Tür und hatte mich gerade umgedreht, als ich sie sagen hörte:

»Du siehst aus, als hättest du etwas auf dem Herzen. Alles okay?«

Überrascht wandte ich mich ihr wieder zu. »Sag bloß, du weißt nicht, was los ist?«

Tatsächlich hatte sie weder mitleidig noch wissend auf meinen Gips und meine Krücken reagiert, wie mir nun bewusst wurde. Hatte Valentina ihr nichts von dem Unfall erzählt? Das konnte ich mir kaum vorstellen, auch nicht, dass Cassie durch die Gespräche am College nichts von meiner Verletzung mitbekommen hatte. Allerdings behandelte sie mich im Vergleich zu allen anderen nicht wie ein rohes Ei, was sowohl irritierend als auch erfrischend war.

Sie zuckte erneut mit den Schultern. »Na ja, ich habe schon mitbekommen, was passiert ist, aber deshalb weiß ich noch lange nicht, was mit dir los ist. Also falls du reden willst ... Ich bin verschwiegen wie ein Grab.«

Sprachlos erwiderte ich den Blick aus ihren schönen Augen. Jemandem wie ihr war ich noch nie begegnet. Wie konnte sie so naiv wirken und zur selben Zeit den Eindruck erwecken, als hätte sie voll den Durchblick?

»Keine Ahnung, ehrlich gesagt.« Wollte ich mit ihr reden? Wollte ich nicht? Es erschien mir wie die beste und gleichzeitig dümmste Idee aller Zeiten.

Cassie lachte. »Verstehe. Wenn du es dir überlegt hast, weißt du ja, wo du mich findest.«

Cassie. Irgendwie ist sie süß, süß und sexy und …

Ich schüttelte den Kopf, denn momentan konnte ich niemanden gebrauchen, der Forderungen an mich stellte. Nur gut, dass ich mich ihr nicht anvertraut hatte. Im Nachhinein kam ich mir dämlich vor, dass ich es überhaupt in Betracht gezogen hatte, wenn auch nur für den Bruchteil einer Sekunde. Cassie hatte zwar behauptet, verschwiegen zu sein, aber ich kannte meine Schwester. Vor ihr war kein Geheimnis sicher, schon gar nicht, wenn es um mich ging und sie sich Sorgen um mich machte. Dieser Vorwand zog bei ihr immer, um andere Leute zum Reden zu bringen.

Ein Student eilte an mir vorbei und stieß gegen mich, während er gleichzeitig über eine meiner Krücken stolperte. Er fing sich schnell wieder und rief mir ein »Sorry« zu, ohne sich umzudrehen. Währenddessen verlor ich das Gleichgewicht und landete auf dem Boden. Ein stechender Schmerz fuhr durch mein linkes Bein.

»*¡Mierda!*« Ich biss die Zähne zusammen und schloss für einige Sekunden die Augen, bis der Schmerz nachließ. »Arschloch! Kannst du nicht aufpassen?«

Unbeholfen versuchte ich, mich aufzurichten, doch die Krücken rutschten immer wieder weg. Draußen schien es zu regnen, jedenfalls war der Fliesenboden nass und glatt. Zu allem Überfluss hatte ich durch mein Fluchen sämtliche Aufmerksamkeit auf mich gezogen. Mitleidige Blicke streiften mich im Vorübergehen, doch keiner machte sich die Mühe, mir zu helfen. Ich unterdrückte einen weiteren Fluch, als die Krücken erneut den Halt auf den nassen Fliesen verloren.

»Warte, ich helfe dir«, erklang in dem Moment eine Stimme hinter mir. Starke Hände packten mich und hievten mich hoch, während sie gleichzeitig die Krücken aufrichteten. »Alles okay?«

»Ja, danke«, murmelte ich und warf meinem Helfer einen kurzen Blick zu. Er hatte dunkle, fast schwarze Haare, die so gestylt waren, dass sie in sämtliche Richtungen abstanden. In seiner Nase steckte ein silbernes Piercing und in beiden Ohren ein Tunnel, außerdem schienen einige Tattoos seinen Oberkörper zu zieren. Schwarze Linien bedeckten seine Haut, wo das T-Shirt endete.

»Cooles Motiv.« Mit dem Kopf deutete er auf meinen linken Oberarm, wo mein Tattoo dank des grauen Muskelshirts komplett zu sehen war. »Ein Alebrije?«

Überrascht erwiderte ich seinen Blick. »Die wenigsten Europäer wissen, was ein Alebrije ist.«

»Meine Ex war Mexikanerin.« Grinsend zuckte er mit den Schultern. Sein Akzent klang ähnlich wie der von Cassie und damit definitiv nicht irisch. »Du bist doch auch aus Mexiko, oder? Unterstützt du nicht unsere Fußballmannschaft?«

Meine Miene verfinsterte sich. »Das war der Plan, aber der ist Geschichte.« Ich hob kurz eine der Krücken.

»Richtig, sorry, Mann. Hab gehört, was passiert ist. Vielleicht in ein, zwei Jahren …«

Ich schüttelte den Kopf. »Nope, Fußball kann ich vergessen. Doppelter Kreuzbandriss, Außenbandriss und Meniskusschaden.«

Der Kerl mir gegenüber verzog das Gesicht, als hätte ich mein Knie in seinen Kronjuwelen versenkt. »Scheiße, Mann! Mir war nicht klar, wie gravierend deine Verletzung ist. Tut mir echt leid.«

Ich nickte nur und wandte mich zum Gehen. Keine Ahnung, warum ich ihm überhaupt so viel erzählt hatte. Der Schweregrad meiner Verletzung war zwar kein Geheimnis, und früher oder später würden ohnehin alle davon erfahren – spätestens, wenn ich auch in den nächsten Wochen nicht wieder auf dem Fußballplatz stand –, trotzdem war es eigentlich nicht meine Art, mich anderen Menschen gegenüber so schnell zu öffnen.

Er fuhr sich durch die Haare. »Diese verfluchten Drachen. Mir ist schleierhaft, wie beinahe ganz Irland sie als Opfer darstellen kann, nachdem sie mit ihrer Aktion im Stadion so viel Schaden angerichtet haben. Glaub mir, mein Cousin arbeitet als Sanitäter. Ich weiß, was sich da hinter den Kulissen abgespielt hat.«

»Danke, ganz meine Meinung.« Nur wenige Zeitungen hatten sich mit dem Chaos auseinandergesetzt, das die Offenbarung der Drachenprinzessin beim Länderspiel verursacht hatte. Wenn von der Presse Kritik geübt wurde, dann nur am unüberlegten Verhalten des Premiers und nicht an den Drachen.

»Und was hast du jetzt vor?«

Ich zuckte mit den Schultern. Selbst wenn ich eine Antwort auf diese Frage hätte, würde ich sie ihm nicht geben. »Wir werden sehen. Also dann, danke noch mal.« Ich humpelte weiter, doch der Typ folgte mir.

»Warte mal, hast du vielleicht Lust, mich zu begleiten? Ich treffe mich in einer halben Stunde mit ein paar Freunden, die …« Er sah sich um und senkte die Stimme. »Die das Gleiche denken wie du und ich.«

Ich runzelte die Stirn. »Wovon zum Geier redest du?«

»Na ja, nicht alle Menschen wollen die Drachen in unserer Mitte willkommen heißen. Shannon Kelly steht nicht allein da, die meisten halten sich mit ihrer Meinung nur zurück, um nicht in die falsche Ecke geschoben zu werden.«

»Meinst du Widerstand? Sorry, aber …«

»Quatsch. Wir tauschen uns nur ein bisschen unter Gleichgesinnten aus. Die meisten Menschen sind so unglaublich empfindlich. Entweder trauen sie sich nicht, den Mund aufzumachen, oder sie feiern das Auftauchen der Drachen und lassen keine andere Meinung gelten. Auch wenn es viele nicht hören wollen, Kelly hat recht. Die Drachen bringen definitiv Probleme mit sich.«

»Ehrlich gesagt habe ich jetzt keine Zeit.« Das war gelogen. Wenn ich eines hatte, war es Zeit, aber so interessant ich den Typen auch fand, so dubios erschien er mir.

»Kein Problem, vielleicht ein anderes Mal. Ich dachte nur, das könnte was für dich sein, weil du selbst betroffen bist. Ein Drittel von uns war im Stadion und hat die Panik miterlebt. Insofern könnten wir uns theoretisch auch als Selbsthilfegruppe bezeichnen … nicht, dass wir das jemals tun würden.« Er lachte und schlug mir auf die Schulter. »Aber gut, wenn du keine Zeit hast, ist das so.«

Er ging, und ich starrte ihm hinterher. Vielleicht sollte ich doch noch mal über seine Einladung nachdenken? Was konnte es schon schaden, sich mit ein paar Gleichgesinnten auszutauschen? Sie würden mich verstehen, nicht verurteilen.

»Gib der Prinzessin nicht die Schuld«, hatte eine Sanitäterin vor Ort zu mir gesagt. »Das wollte sie ganz sicher nicht, sie möchte doch nur ihr Volk retten. Hoffentlich ist es noch nicht zu spät.«

Ihr Tonfall hatte sich angehört, als wäre es das Romantischste der Welt und ich ein Idiot, wenn ich das anders sah. Ich verstand ja, dass die Drachenprinzessin ihr Volk retten wollte, aber sie hätte damit rechnen müssen, dass ihr plötzliches Auftauchen in einem voll besetzten Stadion eine Massenpanik auslösen würde. Offensichtlich war ihr das scheißegal gewesen, aber das durfte ich nicht laut sagen, ohne gleich als drachenfeindlich abgestempelt zu werden.

Doch, sagte eine Stimme in meinem Kopf. *Vor dieser Selbsthilfegruppe kannst du deinem Ärger endlich Luft machen, ohne schief angeguckt zu werden.*

»Warte, wo trefft ihr euch denn?«, rief ich dem Typen hinterher und folgte ihm auf meinen Krücken. Er blieb stehen, bis ich ihn erreicht hatte, anstatt mir entgegenzukommen.

»Nicht weit von hier, in einem Pub in Temple Bar. Hast du's dir anders überlegt?«

Ohne weiter darüber nachzudenken, nickte ich. »Bin dabei, wenn das Angebot noch steht.«

»Na klar.« Der Kerl streckte mir seine Hand entgegen. »Ich bin übrigens Andy.«

Kapitel 6

LILY

Ich stand auf der Ha'Penny Bridge und starrte in die Liffey. Dublin hatte eine ganz andere Ausstrahlung als New Orleans, das bunt, lebensfroh und beinahe karibisch war. Dafür erinnerte mich die irische Hauptstadt mehr an mein Zuhause.

Zuhause ist, wo dein Herz ist.

Völliger Blödsinn. Zuhause ist, wo man dich haben will – und mich wollte niemand haben. In London war ich nicht mehr willkommen, meine Verwandten auf Haiti hatten skeptisch auf meinen Anruf reagiert, zudem tobte momentan ein Bandenkrieg in dem Karibikstaat, sodass es dort nicht sicher war, und auch mein Onkel Mikéle auf Jamaika wollte mich nicht aufnehmen. Nach dem, was im Sommer geschehen war, wollte er nicht länger in die Belange des Clans hineingezogen werden. Dabei gab es unseren Voodooclan überhaupt nicht mehr. Vor ein paar Monaten war die Hexe Caroline in London aufgetaucht, hatte meinem Cousin Henri den Kopf verdreht und alles durcheinandergebracht. Mein Onkel hatte mit dem Leben dafür bezahlt, der Lecourt-Clan war auseinandergebrochen. Ich hatte fliehen müssen, um nicht selbst zur Zielscheibe zu werden, und war von heute auf morgen mittellos gewesen.

Nur meine Tante Mariposa war bereit gewesen, mich zu sich zu holen, obwohl sie dafür mehr arbeiten musste. Zwar hatte sie diesbezüglich nie etwas gesagt – sie würde es auch nie zugeben, um mir kein schlechtes Gewissen zu machen –, doch irgendwann war es mehr als offensichtlich gewesen, dass ihre Doppelschichten nicht nur auf die chronische Unterbesetzung im Krankenhaus zurückzuführen waren. Sie war immer gern ins Kino oder Café gegangen, doch kaum war ich bei ihr eingezogen, war damit Schluss gewesen. Stattdessen hatten wir unsere Filmabende eingeführt und in der Küche abenteuerliche Rezepte ausprobiert, um ein wenig Abwechslung zu haben.

Eigentlich hatte mein Clan nie Geldsorgen gehabt, doch Mariposa war schon lange vor den Ereignissen im Sommer kein Teil unserer Gemeinde mehr gewesen. Trotzdem hatte sie mein Flugticket von London nach New Orleans bezahlt, weil ich mir selbst das nicht hätte leisten können. Ohne sie wäre ich aufgeschmissen gewesen.

Inzwischen brauchte ich mir um Geld zum Glück keine Sorgen mehr zu machen, da mir mein Onkel Ajani während der Beschwörung Informationen zu seinem geheimen Konto auf den Niederländischen Antillen gegeben hatte. Sonst wäre ich auch kaum so schnell nach Irland gekommen.

Ich hatte immer noch ein schlechtes Gewissen meiner Tante gegenüber, weil ich ihr nicht sagen durfte, warum ich New Orleans von heute auf morgen verlassen hatte, doch ich würde es wiedergutmachen. Sobald ich ihr glaubhaft erklären konnte, woher das Geld kam, wollte ich ihr monatlich einen Scheck zukommen lassen. Das war das Mindeste, nachdem sie so viel für mich getan hatte. Und irgendwann konnte ich ihr vielleicht auch erklären, warum ich gegangen war.

Ich riss mich vom Anblick der Liffey los und machte mich auf den Weg. Obwohl es durchaus hilfreich war, nicht ganz pünktlich zu sein, wollte ich auch nicht allzu spät kommen. In den vergangenen Tagen hatte ich mein Ziel aus der Ferne beobachtet, ihre Gewohnheiten studiert und mir einen Plan zurechtgelegt. Heute war es endlich so weit, heute würde ich mich meinem Ziel nähern.

Unterwegs kam ich an einem Kiosk vorbei und blieb kurz stehen. Von sämtlichen Titelseiten – Tageszeitungen, Zeitschriften oder Teenie-Heften – blickte mir ein Drache entgegen. Für gewöhnlich waren es Drachenkönig Aiden O'Rourke oder seine Schwester Sharni. Heute war ein Titelblatt mit Aidens Freundin dabei. Sie hieß Kailey, viel mehr war über sie nicht bekannt. Normalerweise wurde nur wenig über sie berichtet, und in dem angeteaserten Artikel der Teenie-Zeitschrift ging es lediglich um ihren Pferdeschwanzlook in fünf coolen Varianten. Ich verdrehte die Augen.

Nicht zum ersten Mal verfluchte ich Sharni O'Rourke und ihr Volk. Was die Drachin getan hatte, war unverantwortlich gewesen, und damit meinte ich nicht die Panik, die im Fußballstadion ausgebrochen war. Die meisten Medien hießen die Drachen zwar in unserer Welt willkommen, aber es gab auch kritische Stimmen, die nicht unterschätzt werden sollten. Ein großer Teil der irischen Bevölkerung betrachtete das Auftauchen der Drachen sehr skeptisch, allen voran die Gegenkandidatin des amtierenden Premiers, Shannon Kelly. Die ganze Welt schaute auf Irland. Sogar in New Orleans, wo der Glaube an übernatürliche Wesen präsenter war, gab es kaum ein anderes Gesprächsthema als die Drachen.

Viele Leute waren verunsichert und verwirrt oder hatten sogar Angst vor den Drachen, weshalb seit Neuestem Protestaktionen vor Regierungsgebäuden veranstaltet wurden. Das komplette Weltbild der Menschen war auf den Kopf gestellt worden. Zwar hatte auch ich nichts von der Existenz der Drachen geahnt, aber als Voodoohexe war mir Magie nicht fremd. Die Offenbarung der Drachen hatte mich auf ganz andere Weise aus den Socken gehauen.

In gewisser Weise konnte ich Sharnis Handeln nachvollziehen. Mit ihrem Flug über das Fußballstadion hatte sie die Aufmerksamkeit der Menschen allerdings nicht nur auf ihr eigenes Volk gelenkt, sondern auf alles Übernatürliche.

Irgendjemand hatte die Drachen zu einem Krieg gezwungen. Der irische Premierminister Padraig Lynch hatte eingegriffen, so wie Sharni es sich erhofft hatte, allerdings hatten weder sie noch ihr Bruder Aiden verraten, wer hinter dem Angriff auf ihr Volk steckte. Hexen waren es nicht gewesen, da war ich mir zu neunundneunzig Prozent sicher. Der ganzen Welt war nun jedenfalls klar, dass es mindestens noch eine weitere übernatürliche Art gab, die im Verborgenen existierte. Und die Unwissenheit darüber, um was für Wesen es sich handelte, schürte die Angst nur noch mehr. Nicht nur die Medien, auch ich fragte mich ständig, wer der Feind der Drachen war.

Die Schlagzeile der *Science of Today* stach mir ins Auge: *»Dracula«, »Interview mit einem Vampir«, »Twilight«: Untote Wesen faszinieren seit jeher, doch sind sie nur der Fantasie entsprungen oder existieren sie wirklich?*

Das war ein durchaus seriöses Magazin, das mein Onkel gern gelesen hatte, und ich stieß ein leises Seufzen aus. Genau dieses Problem hatte Sharni O'Rourke mit ihrer Unüberlegtheit verursacht. Es war sicher nur eine Frage der Zeit, bis die Menschen eine weitere Spezies entdecken würden, aber es gab einen Grund, warum wir im Verborgenen lebten. Die Menschen waren nicht bereit für uns, die Welt würde im Chaos versinken, denn ich konnte mir kaum vorstellen, dass ein friedliches Miteinander möglich wäre. Nicht einmal die magischen Völker untereinander kamen miteinander klar. Das hatten die Londoner Hexenclans im vergangenen Sommer mehr als eindrucksvoll bewiesen, und auch die Menschen hatten in all den Jahrhunderten immer wieder Gründe gefunden, sich das Leben gegenseitig zur Hölle zu machen. Genauso würden sie einen Grund finden, uns übernatürlichen Wesen den Kampf anzusagen. Der Krieg zwischen den Drachen und ihrem unbekannten Feind war nur der Anfang gewesen – und schuld daran war Sharni O'Rourke.

Abrupt wandte ich mich von der Auslage am Kiosk ab. Die Drachen waren momentan nicht meine größte Sorge, denn ich war in Irland, um meinem Onkel zu helfen. Sein Tod hatte einen Scherbenhaufen hinterlassen, nicht nur in meinem Leben, sondern gefühlt auf der ganzen Welt. Auch wenn es vielleicht dumm und naiv war, hoffte ich, dass alles wieder gut werden würde, sobald er zurückkam.

Auf jeden Fall hätte ich dann endlich wieder jemanden, der mich uneingeschränkt akzeptierte und liebte. Nichts anderes wollte ich. Ich wollte Frieden. Und ich wollte dazugehören.

Kapitel 7

Valentina

Zum wiederholten Mal warf ich einen Blick auf meine Handyuhr. »*Mierda*«, fluchte ich leise. *Scheiße.* Wenn es hier nicht endlich voranging, konnte ich meinen Pumpkin Spice Latte vergessen. Ich war ohnehin schon wieder viel zu spät dran, aber ich brauchte dringend noch meinen Lieblingskaffee, sonst konnte die Yogalehrerin Figuren wie den Baum oder den Krieger vergessen.

Mein Handy verkündete den Eingang einer neuen Nachricht. Ich hatte Abuelita von dem Streit mit Emiliano berichtet, und jetzt schrieb sie zurück.

Wetter geht es ihm denn?

Meine Oma und die automatische Worterkennung. Ich musste schmunzeln, obwohl die Wut auf meinen Bruder nach wie vor in meinem Bauch wütete.

Er rasiert sich nicht mehr.

Im Grunde war damit alles gesagt. Abuelita kannte meinen Bruder genauso gut wie ich und wusste, dass er unter normalen Umständen schon bei einem Dreitagebart die Krise bekam. Es wunderte mich, dass er noch nicht beim Friseur oder im Tattoo-Studio gewesen war.

Oje. Soll ich ihn mal anrufen?

»Verzeihung?« Jemand tippte mir auf die Schulter, und ich zuckte zusammen. Seit ein paar Tagen schon fühlte ich mich verfolgt. Sobald ich mein Zimmer beziehungsweise das Wohnheim verließ, wurde ich das Gefühl nicht los, dass mich jemand beobachtete. Ich wurde paranoid. Seit sich die Drachen offenbart hatten, waren sie das wichtigste Gesprächsthema, auch auf dem Campus fielen überall die Namen Aiden und Kailey, und die ganze Welt rätselte, welche Wesen außer ihnen noch existierten. Dabei ging es vor allem um andere Gestaltwandler, Vampire, Geister und dergleichen. Von der Existenz einer Catrina war bisher kein einziges Mal die Rede gewesen, auch nicht in Mexiko, wie mir Abuelita mehrfach versichert hatte. Und doch fühlte es sich so an, als wäre da draußen jemand, der wusste oder zumindest ahnte, wer ich war. Der mich beobachtete, um mich auf frischer Tat zu ertappen und der Welt zu präsentieren. Paranoid oder nicht, in diesen Zeiten war es besser, vorsichtig zu sein. Keinesfalls durfte ich mich verraten oder jemandem blind vertrauen – und ich war definitiv zu vertrauenswürdig. Das war schon immer mein Problem gewesen. Wenn ich nur an die Oberschule dachte …

Ich lächelte der Frau hinter mir entschuldigend zu und schloss auf, denn die Schlange vor mir war inzwischen weitergerückt. Dann schrieb ich noch schnell ein paar Worte an Abuelita.

Ich melde mich später noch mal. Muss jetzt zum Yoga.

Lass uns heute Abend telefonieren. Und sei nicht sauer auf deinen Berger. Er macht gerade eine schwere Zeit durch.

Ich schickte ihr einen Daumen hoch, bevor ich das Handy in meiner Sporttasche verstaute und meinen Geldbeutel herausholte.

Abuelita konnte mir sicher weiterhelfen, nicht nur in Bezug auf meinen Zwillingsbruder. Die Drachen mochten Emilianos Welt ordentlich durcheinandergebracht haben, aber das Ganze betraf nicht nur ihn. Einige Menschen fürchteten sich vor den Drachen, und das machte wiederum mir Angst. Dabei wusste ich, dass ich nicht in Gefahr war. Zum einen hatte ich noch keine Catrina-Fähigkeiten entwickelt, zum anderen waren wir in Irland. Viele Iren hatten vermutlich noch nie vom Día de los Muertos gehört. Ich war in Sicherheit, zumindest im Moment, das sagte ich mir immer wieder. Ich musste es nur noch glauben.

Was ich mir allerdings nicht schönreden konnte, waren Emilianos extreme Gefühle. Natürlich verstand ich ihn in gewisser Weise. Dieser Drache – oder besser gesagt diese Drachin, wie es laut der irischen Ausgabe des *Observers* korrekt hieß – hatte Emilianos Karriere ruiniert. Fußball war sein Ein und Alles gewesen, und nun war dieser Traum geplatzt. Er hatte jedes Recht dazu, am Boden zerstört zu sein, und ich konnte auch seine Wut verstehen, seine Frustration. Ich verstand sogar, dass er seit dem Unfall apathisch in seinem Bett lag, wenn er seinen Frust nicht gerade an mir ausließ, auch wenn mir dieses Verhalten Sorgen bereitete. Womit ich nicht umgehen konnte, war der regelrechte Hass, den er entwickelte. Wenn er über die Drachen sprach, klang er fast so wie die Menschen, die alles Übernatürliche ablehnten. Erst gestern war ich in eine Demo geraten, auf der die Leute mit Plakaten gefordert hatten, die Drachen notfalls mit Gewalt dazu zu bringen, die Identität ihres Feindes zu enthüllen.

Ich hatte keine Ahnung, was ich tun sollte. Und ich hatte Angst, dass Emiliano auch mich hassen würde, sollte er eines Tages herausfinden, was ich war.

Ich stieß die Tür zum Umkleideraum auf und spürte einen Widerstand.

»Autsch«, ertönte es in der nächsten Sekunde.

Ich verzog den Mund, denn offensichtlich stand jemand hinter der Tür. Vorsichtig schob ich mich hindurch und erspähte eine junge Frau, die ich bisher noch nicht gesehen hatte. Und sie wäre mir garantiert aufgefallen, denn sie war bestimmt einen halben Kopf größer als ich und wirklich schön. Dabei war sie keine klassische Schönheit wie die nervtötende Amber, die es mir immer noch übel nahm, dass ich ihr die Rolle der Lady de Winter weggeschnappt hatte.

Die Augen der jungen Frau mit der dunkelbraunen Haut fielen mir als Erstes auf. Sie ließen mich an Xocolatl denken, einen würzigen Kakao, den die Mayas und Azteken schon vor etwa dreitausend Jahren getrunken hatten. Sie hatte ein spitzes Kinn und eine hohe Stirn, die durch ihre Frisur noch verstärkt wurde. Ein Teil der schwarzen Braids steckte hoch über ihren Ohren in zwei Space Buns, die restlichen Braids fielen ihr bis knapp über die Schultern. Sie war sehr dezent geschminkt, hatte lediglich die perfekt geschwungenen Augenbrauen sowie die langen Wimpern betont. Nur der beerenfarbene Lippenstift war etwas auffälliger und bildete den einzigen Farbklecks an ihr, denn sie trug eine schwarze Leggings zu einem schwarzen Sport-BH.

Bis eben hatte sie sich die linke Stirnhälfte gehalten, jetzt ließ sie die Hand sinken, und ich entdeckte einen silbernen Stein, der in ihrem linken Nasenflügel steckte, sowie eine rote Stelle auf ihrer Stirn.

Entschuldigend verzog ich erneut den Mund. »Tut mir echt leid.«

Sie winkte ab. »War meine eigene Schuld. Ich hätte mir nicht hinter der Tür die Schuhe ausziehen müssen.«

»Ist mir auch schon passiert, mit dem gleichen Resultat.« Ich schob mich an ihr vorbei in den Raum, warf meine Tasche auf die Bank und streifte mir die Espadrilles von den Füßen, während ich gleichzeitig das langärmelige Shirt über meinen Kopf zog.

»Okay, ich muss los«, sagte sie zu mir. »Die Stunde hat sicher schon angefangen, und ich habe mir sagen lassen, dass vor allem in diesem Kurs auf Pünktlichkeit Wert gelegt wird.«

»Wem sagst du das?«, murmelte ich. Das war beim Yoga nicht anders, schließlich begannen wir immer mit der Anfangsentspannung, da war jede Störung kontraproduktiv. »Und entschuldige noch mal. Ich hoffe, das gibt keine Beule.«

»Bei meinem Dickschädel bestimmt nicht.«

Grinsend hob sie eine Hand und verließ die Umkleide, während ich mich ärgerte, dass ich mich nicht wie sonst im Wohnheim umgezogen hatte. In Windeseile stieg ich aus meinen Shorts und verlor beinahe das Gleichgewicht, als ich die lilafarbene Strumpfhose auszog. Eineinhalb Minuten später steckte ich endlich in Leggings und Top und rannte barfuß über den Flur. Schlitternd kam ich vor dem Yogaraum zum Stehen. Die Tür war natürlich bereits geschlossen. Leise öffnete ich sie, schlüpfte hinein und versuchte, den tadelnden Blick der Yogalehrerin zu ignorieren. Sie war nett, aber gerade was Pünktlichkeit betraf ziemlich streng. Blöd, dass mir das Zuspätkommen quasi im Blut lag.

Ein Lächeln stahl sich auf mein Gesicht, als ich das Mädchen aus der Umkleide entdeckte. Im Gegensatz zu den anderen im Raum hatte sie die Augen offen und zwinkerte mir zu. Ich schnappte mir die Yogamatte neben ihr, legte mich auf den Rücken, Arme und Beine von mir gestreckt, und versuchte, langsam ein- und auszuatmen.

Gähnend stopfte ich meine Straßenklamotten in die Sporttasche. Irgendwie schaffte ich es meistens doch, mich zu entspannen, zumindest meinen Körper. Meine Gedanken waren schwerer zur Ruhe zu bringen. Ich stieg in die pinken Espadrilles, während das Mädchen, das meinetwegen die Tür vor den Kopf bekommen hatte, die Schnürsenkel ihrer weißen Sneakers zuband. Fast gleichzeitig schulterten wir unsere Taschen und lächelten einander zu. Sie hielt mir die Tür auf, als ich hinter ihr die Umkleide verließ.

»Wie hat dir die Probestunde gefallen?«, fragte ich und wich einer Frau aus, die auf uns zu rannte und in einem Raum verschwand, aus dem laute Musik drang. Warum hatte mich Abuelita nicht zum Zumba geschickt?

»War nett. Ich denke, ich melde mich an.«

»Wirklich?« Überrascht warf ich ihr einen Seitenblick zu. Während des herabschauenden Hundes hatten wir Blickkontakt gehabt, und ihr schiefes Grinsen hatte mir verraten, dass sie die Übung genauso wenig ernst nahm wie ich.

»Warum nicht? Am Ende hat es mehr Spaß gemacht, als ich dachte.«

»Okay.«

Sie runzelte die Stirn. »Warum gehst du zum Yoga? Entschuldige, aber die meiste Zeit wirkte es so, als wärst du lieber woanders.«

Ich lachte. »So offensichtlich? Meine Großmutter hat mir dazu geraten, weil sie findet, dass es die Konzentration fördert.« Das war nicht einmal gelogen, auch wenn es nur die halbe Wahrheit war. »Und dir macht das wirklich Spaß?«

Sie lachte ebenfalls. »Meine Tante meinte, es hilft beim Abbauen von Aggressionen.«

»Du bist aggressiv?« Erneut musterte ich sie überrascht. Sie wirkte nicht wie der aggressive Typ.

»Manchmal ein bisschen aufbrausend«, gab sie zu. »Ich bin übrigens Lily.« Sie streckte mir ihre Hand entgegen.

»Valentina.«

Inzwischen standen wir uns draußen vor dem Sportstudio gegenüber. Es hatte zu nieseln begonnen, und die Sonne war bereits untergegangen. Die nasse Straße glänzte im Licht der Laternen wie ein zugefrorener See in einer Winternacht.

»Also, dann sehen wir uns wohl in der nächsten Yogastunde«, meinte Lily.

Ich nickte. »Prima, ich freue mich.« Und auch das war nicht gelogen, obwohl wir uns überhaupt nicht kannten. Die nächste Yogastunde erschien mir schon jetzt viel weniger wie eine Qual bei dem

Gedanken, dass Lily auch kommen würde. Geteiltes Leid ist halbes Leid, und Lily kam mir wie eine Leidensgenossin vor.

Während sie einen schwarzen Schirm aufspannte und zur Bushaltestelle lief, schlenderte ich in die entgegengesetzte Richtung. Der Regen benetzte meine Haare, die Luft war kühl. Ich fror, weil ich mich noch nicht an die neuen Wetterverhältnisse gewöhnt und mir noch keine vernünftige Jacke gekauft hatte, aber ich mochte es, im Regen spazieren zu gehen. Es war spannend, das Treiben in der Stadt und die umherhetzenden Menschen zu beobachten, während ich keine Eile hatte und es mich im Gegensatz zu den meisten anderen nicht störte, nass zu werden. Außerdem war Dublin zu dieser Zeit des Jahres besonders schön. Viele Bäume leuchteten bereits in den herrlichsten Farben und ließen das trübe Wetter dadurch viel weniger trüb wirken.

Ich bewunderte die Schaufensterdekorationen der Geschäfte, die mit Lampionblumen, Kürbissen und Lichterketten herbstliche Stimmung verbreiteten, und kaufte mir bei einem Bäcker ein Barmbrack. Ich hatte noch nie davon gehört, aber es sah aus wie Rosinenbrot und schmeckte sicher gut. Außerdem erinnerte es mich ein bisschen an das Pan de muerte, das es bei uns zum Tag der Toten gab. Vielleicht hatte Emiliano Lust, ein Stück davon mit mir zu essen – und vielleicht würde uns das wieder etwas näher zusammenbringen. Mein Bruder fehlte mir.

Ein leises Klopfen weckte mich. Zuerst glaubte ich, es mir eingebildet zu haben, doch es klopfte erneut. Ich warf einen schnellen Blick zur anderen Zimmerhälfte. Cassie lag im Bett, auf der Decke und in Klamotten. Anscheinend war sie zu müde gewesen, um sich umzuziehen.

Nach dem Yoga hatte ich bei Emiliano vorbeigeschaut und enttäuscht feststellen müssen, dass er nicht in seinem Zimmer war. Abuelita hatte mir daraufhin am Telefon geraten, ruhig zu bleiben und meinem Bruder Zeit zu geben, um sich an die neue Situation zu gewöhnen. Geduld war allerdings nicht meine Stärke, und so war ich ziemlich frustriert in mein Zimmer gekommen. Doch Cassie hatte es tatsächlich geschafft, mich abzulenken, indem wir uns über alle möglichen Dinge unterhalten hatten.

Schnell ging ich zur Tür und öffnete sie einen Spaltbreit. Im schummerigen Licht der Flurbeleuchtung erkannte ich meinen Bruder, und mein Mund verzog sich augenblicklich zu einem Lächeln. Ich schlüpfte durch den Spalt und schloss die Tür leise hinter mir. »Hi.«

»Hi. Habe ich dich geweckt?«

Ich winkte ab. »Das macht nichts.«

Einen Moment lang standen wir uns schweigend gegenüber. Emiliano stützte sich auf seinen Krücken ab, wollte kurz das Gewicht verlagern und biss die Zähne zusammen, als er mit seinem Gipsfuß auf dem Boden aufkam. Er hatte Bier getrunken, das roch ich sofort, aber er war hier, um etwas loszuwerden. Deshalb wollte ich ihn nicht fragen, wo er gewesen war. Irgendwann wurde die Stille zwischen uns jedoch erdrückend.

»Ich …«

»Es …«, begannen wir schließlich gleichzeitig und mussten leise lachen.

»Du zuerst.«

Emiliano nickte. »Es tut mir leid, Valentina. Ich habe mich wie ein Arsch verhalten, dabei weiß ich, dass du es nur gut meinst.«

»Und ich weiß, dass du es gerade alles andere als leicht hast. Es tut mir auch leid.«

Emiliano grinste verhalten. »Gib's zu, das wolltest du gar nicht sagen.«

Ich grinste ebenfalls und nickte. »Stimmt, ich war auch echt sauer auf dich. Trotzdem ist es die Wahrheit. Es ist nicht fair von mir zu erwarten, dass du in nur einer Woche das Aus deiner Fußballkarriere akzeptierst. Aber könntest du wenigstens akzeptieren, dass ich mir Sorgen um dich mache? Glaubst du, es fällt mir leicht, dich so zu sehen?«

»Nein und ja, ich kann es akzeptieren. Ich will nur nicht bemuttert werden.«

»Das war auch nie meine Absicht.«

»Ich weiß.« Er senkte den Blick für einige Sekunden, bevor er mich wieder ansah. »Und von mir war es nicht fair, was ich zu dir gesagt habe. Du weißt schon, was Verluste und Träume angeht und dass du es immer leicht hattest. Ich habe schon mitbekommen, was du in der Prepa durchgemacht hast. Ich hatte nur keine Ahnung, wie ich dir helfen sollte.«

»Es hätte schon geholfen, wenn du einfach nur da gewesen wärst und mir zugehört hättest«, erwiderte ich leise. »Nichts anderes will ich jetzt für dich.«

Langsam nickte er. »Es tut mir leid, Vali.«

Ich verdrehte die Augen, weil ich diesen Spitznamen hasste, aber das betraf nicht meinen Bruder, denn er verwendete ihn nur, wenn er nicht wusste, wie er seine Zuneigung mir gegenüber sonst zum Ausdruck bringen sollte.

»Ach, Emiliano.« Ich ging auf ihn zu, schlang meine Arme um seine Taille und schmiegte meinen Kopf an seine Brust, die sich nach wie vor muskulös anfühlte. Das lag sicher an den Krücken, aber wie lange würde sein Körper noch durchtrainiert sein? Tränen sammelten sich in meinen Augen. Als ich merkte, dass er Probleme mit dem Gleichgewicht bekam, löste ich mich von ihm und wischte mir unauffällig über das Gesicht. »Alles wieder gut?«

Er nickte, und sein Gesichtsausdruck war so zärtlich, dass ich beinahe doch noch losgeheult hätte. »Solange du mir nicht böse bist, wenn ich mich hin und wieder wie ein Idiot verhalte.«

Ich zuckte mit den Schultern. »Das ist ja nichts Neues.«

»Hey.« Spaßeshalber zielte er mit einer seiner Krücken auf mich.

Lachend wich ich aus. »Wo warst du eigentlich? Mit deinen Fußballfreunden unterwegs?«

Die Leichtigkeit verschwand aus seinem Gesicht, und ich biss mir auf die Zunge. Mist!

»Ich war mit ein paar Leuten in Temple Bar, ein Bier trinken, quatschen.«

»Mit ein paar Leuten? Hast du neue Freunde gefunden?«

Dieses Mal zuckte mein Bruder mit den Schultern. »Keine Ahnung, wird sich zeigen. Sie sind ganz nett. Auf jeden Fall verstehen sie mich. Sie waren auch im Stadion und teilen meine Meinung, was die Drachen angeht.«

Ich unterdrückte ein Fluchen. »Emiliano, ich weiß nicht.«

»Was?« Mit einem Mal war er wieder völlig kalt.

Schnell schüttelte ich den Kopf, denn ich wollte mich keinesfalls noch einmal mit ihm streiten. »Nichts. Es ist schön, wenn du Leute gefunden hast, mit denen du reden kannst und die dich verstehen.«

Er blieb wachsam. »Aber? Spuck's aus, Valentina, da kommt doch noch was.«

Ich biss mir auf die Unterlippe. »Steigere dich nur nicht so rein, okay? Es hilft bestimmt, wenn du dich mal richtig auskotzen kannst, aber irgendwann kommt der Punkt, wo es ungesund wird. Verstehst du, was ich meine?«

Emiliano schnaubte. »Offensichtlich hast *du* rein gar nichts verstanden. Vielen Dank auch.« Er wandte sich ab und humpelte den Flur entlang.

»Und du verhältst dich schon wieder wie ein Idiot«, flüsterte ich.

Kapitel 8

Emiliano

Valentina ging mir aus dem Weg. Sie kam weder ungefragt in mein Zimmer, um mir Vorhaltungen zu machen, noch brachte sie mir etwas zu essen. Am zweiten Tag der Funkstille knurrte mein Magen zur frühen Mittagszeit so laut, dass ich mein Zimmer zwangsweise verlassen musste. Kurz überlegte ich, in die Mensa zu gehen, wo das Essen günstig und tatsächlich halbwegs genießbar war, doch dann fiel mir ein, dass ich meinen Teller irgendwie zu einem der Tische befördern musste. Mit Krücken unmöglich, und ich hatte nach wie vor keine Lust auf mitleidige Blicke. Irgendwann musste ich mich dem stellen, schon klar, aber nicht heute. Deshalb machte ich mich auf den Weg zur Grafton Street, in der es jede Menge Restaurants gab. Zusammen mit einem Haufen Leute schob ich mich durch die Einkaufsstraße, wo sich ein Laden an den nächsten reihte. Noch nie hatte ich so viele Fahnen an einem Ort gesehen. In den unterschiedlichsten Farben hingen sie an den ebenso bunten Häuserfassaden.

Ein Straßenmusiker mit Gitarre sang *Galway Girl* von Ed Sheeran. Der Gitarrenkoffer stand aufgeklappt vor ihm, und es lagen bereits einige Münzen darin. Eine kleine Menschentraube hatte sich um den Musiker gebildet und blockierte die Straße, sodass ich mir einen Weg um die Leute herum bahnen musste. Die Grafton

Street war viel zu überfüllt, aber die besondere Architektur machte das fast wieder wett.

Ich landete in einem amerikanischen Diner mit Backsteinwänden, roten Barhockern und Superheldenpostern an den Wänden, wo ich mir einen Cheeseburger mit Pommes und eine Cola bestellte. Eine knappe Stunde später kaufte ich mir in einem Buchladen spontan zwei Thriller und stand dann wieder unschlüssig auf der Grafton Street. Das Wetter war mild und trocken. Prinzipiell perfekt, um die irische Hauptstadt zu erkunden, allerdings verspürte ich keine große Lust, allein und mit Krücken durch Dublins Straßen zu humpeln, daher machte ich mich auf den Weg zurück zum Campus. Ich war kaum ein paar Schritte gekommen, als eine rothaarige Schönheit an mir vorbeilief.

»Cassie?«, rief ich ihr hinterher.

Im ersten Moment sah es so aus, als hätte sie mich nicht gehört, doch dann warf sie einen Blick über ihre Schulter und kam strahlend zu mir zurück. »Emiliano. Mit dir habe ich gar nicht gerechnet. Was machst du hier?«

»Ich war was essen.«

»Und shoppen?«

Mit dem Kopf deutete sie auf die Baumwolltasche, die ich von der netten Buchhändlerin gratis bekommen hatte und wie einen Rucksack auf dem Rücken trug. »Shoppen würde ich das nicht nennen. Ich hab mir nur spontan zwei Bücher gekauft und wollte jetzt zurück zum Campus.«

»Hast du einen Kurs?«, fragte Cassie.

Zögernd schüttelte ich den Kopf. Die Vorlesung in Kunstgeschichte fand statt, soweit ich das wusste, aber ohne mich. Ich hatte keine Lust, mich in einen überfüllten Kursraum zu quetschen.

Kunst interessierte mich zwar, und ich hatte schon immer gern gezeichnet – deshalb hatte ich mich auch für das Fach eingeschrieben –, aber es war nie der Plan gewesen, beruflich in diese Richtung zu gehen. Und momentan war ich alles andere als bereit, eine so weitreichende Entscheidung zu treffen.

Cassies Gesichtsausdruck wurde weicher. »Ich wollte zum Stephen's Green. Magst du mich begleiten?«

»Stephen's Green?«

»St Stephen's Green Park. Okay, es ist nicht der Phoenix Park, aber es ist wirklich schön dort, und er liegt gleich um die Ecke. Was sagst du?«

Erneut zögerte ich. Nach wie vor hielt ich es für keine gute Idee, mehr Zeit mit Cassie zu verbringen. Sie schien zu der Sorte Mensch zu gehören, die ihr letztes Hemd abtreten würden, wenn ihnen jemand am Herzen lag, und ich könnte ihr sicher nicht zurückgeben, was sie erwartete. Und verdiente.

»Na komm schon«, unterbrach sie meine Gedanken mit einer auffordernden Geste. »Zu zweit macht es viel mehr Spaß, und ein bisschen frische Luft und Sonne tun dir sicher gut. Du bist blass um die Nase.«

»Gleichfalls«, murmelte ich. »Außerdem war ich gerade an der frischen Luft.«

Cassie lachte. »Nein, du warst shoppen und was essen und wolltest dich jetzt wieder in dein Zimmer verkrümeln, aber daraus wird nichts, also beweg deinen hübschen Hintern und begleite mich.«

Perplex sah ich zu, wie sie sich umdrehte und Schritt für Schritt entfernte, und automatisch wanderten meine Augen zu ihrem Hintern. Sie ließ mir keine Wahl – was ich ziemlich heiß fand. Fuck! Genau deshalb sollte ich mich eigentlich von ihr fernhalten. Stattdessen dackelte ich ihr hinterher wie ein Schoßhund, der keinen eigenen Willen hatte.

»Warte!«, rief ich schließlich, denn der stetige Strom der Passanten machte mir den Weg durch die Einkaufsmeile nicht gerade leichter. Lächelnd nahm Cassie mich am Ende der Grafton Street in Empfang. »Also, wo ist dieser Park?«

Hoffentlich war es nicht mehr weit, denn sich auf Krücken fortzubewegen, war anstrengender als erwartet, dabei hatte ich mich immer für fit gehalten. Neunzig Minuten mit einer kurzen Unterbrechung über den Rasen zu rennen war jedenfalls nicht halb so anstrengend, wie die komplette Grafton Street auf Krücken abzulaufen.

»Wir sind gleich da. Dort ist es schon.« Sie deutete auf die andere Straßenseite.

An der Ampel warteten wir die nächste Grünphase ab und überquerten die Straße beziehungsweise die Straßenbahnschienen. Auf der anderen Seite empfing uns ein hohes Steintor. Die doppelflügelige Eisentür stand offen, ebenso die beiden Zugänge rechts und links neben dem Tor. Ich sah einen Zaun, der zu beiden Seiten den Park von der Straße abgrenzte. Anscheinend gab es hier so etwas wie Öffnungszeiten.

Wir betraten den Park durch das Tor, hielten uns links und spazierten an einem See entlang, an dem Trauerweiden und andere Bäume standen, deren Blätter in Rot, Orange und Gelb leuchteten. Heruntergefallenes Laub trieb neben ein paar Enten auf dem See, Tauben hüpften vor einer Bank umher und pickten Brotkrumen auf. Das trockene Laub, das einen bunten Teppich auf den Parkwegen bildete, knirschte unter jedem Schritt. Unwillkürlich musste ich an meine Schwester denken, die sich sofort in diesen Ort verliebt hätte.

»Kannst du noch oder willst du dich auf eine Bank setzen?«, fragte Cassie.

»Ich bin Sportler, okay?«, antwortete ich, weil ich mich in meiner männlichen Ehre verletzt fühlte.

Schulterzuckend ging sie weiter, und ich folgte ihr. Wir liefen an einigen Bänken sowie einem überdachten und umzäunten Pavillon vorbei, der direkt am Seeufer stand. Schließlich nahm Cassie den Weg, der rechts abzweigte. Wir umrundeten den See und kamen zu einer großen, rund angelegten Anlage. Kreisförmige Rasenstücke waren durch knöchelhohe Zäune voneinander abgegrenzt, in der Mitte befand sich ein Springbrunnen, und um die Anlage herum waren Parkbänke aufgestellt. Cassie steuerte eine freie Bank an, und ich ließ mich schnaufend neben ihr nieder. Eine Weile saßen wir einfach nur schweigend nebeneinander. Ich schloss die Augen und hielt mein Gesicht der Mittagssonne entgegen.

»Also, erzähl mal«, begann Cassie. »Alles okay bei dir?«

Misstrauisch warf ich ihr einen Seitenblick zu. »Hat meine Schwester dich auf mich angesetzt?«

»Was? Nein!« Vorwurfsvoll erwiderte sie meinen Blick. »Darf ich nicht fragen, wie es dir geht?«

»Sorry, mir war nicht klar, dass dich mein Befinden wirklich interessiert.«

Im Grunde kannten wir uns auch kaum. Trotzdem wirkte sie gekränkt, und ich biss mir auf die Zunge.

»Entschuldige, in letzter Zeit bin ich manchmal …«

»Ein Stinkstiefel?«

Ich lachte trocken. »Vermutlich habe ich das verdient.«

Cassie seufzte. »Valentina macht sich Sorgen um dich, das will ich gar nicht abstreiten, aber wir haben nicht über dich geredet, und sie hat mich schon gar nicht auf dich angesetzt. Du hast beim letzten Mal einfach so einsam gewirkt, deshalb frage ich aus reinem Interesse. Glaub es oder lass es bleiben.«

Ich sah direkt in ihre blauen Augen. Sie schaute nicht weg, zwinkerte nicht einmal. Am Ende brach ich den intensiven Blickkontakt selbst ab, doch ich glaubte ihr.

»Es geht mir beschissen«, gab ich zu.

Zu meiner Überraschung nickte sie. »Natürlich geht es dir beschissen. Ich nehme an, dass du ganz schön sauer auf die Drachen bist.«

»Sauer ist kein Ausdruck«, stieß ich zwischen zusammengebissenen Zähnen hervor. »Ich hasse die Drachen.« Da, ich hatte es ausgesprochen, doch Cassie verurteilte mich nicht dafür. Sie nickte bloß erneut.

»Musst du deine Fußballkarriere denn wirklich aufgeben? Wirst du nie wieder spielen können?«

»Doppelter Kreuzbandriss, Außenbandriss und Meniskusschaden. Beantwortet das deine Frage?«

»Sorry, aber ich kenne mich überhaupt nicht aus, was Fußballverletzungen angeht.« Entschuldigend zuckte sie mit den Schultern.

Leise seufzte ich. »Nein, ich werde nicht mehr professionell spielen können.«

»Aber … du wirst wieder normal laufen können, oder?«

»Ich habe nicht vor, für immer an diesen Krücken durch die Gegend zu humpeln, aber es wird eine Weile dauern und sehr viel Arbeit erfordern, bis es so weit ist.«

»Okay, verstehe. Und wenn du eines Tages wieder laufen kannst und es wirklich, wirklich willst …«

Ich stieß ein Stöhnen aus. »So einfach ist das alles nicht.« Ich legte meinen Kopf für einen Moment in meine Hände und sah Cassie dann schräg von der Seite an. »Ich bin fast achtzehn. Es dauert mit Sicherheit zwei Jahre, bis ich wieder so weit hergestellt bin, dass an ein Comeback zu denken wäre – wenn überhaupt. Dann bin ich zwanzig, habe zwei Jahre nicht gespielt und keinerlei Erfahrung in einem professionellen Verein gesammelt. Du glaubst doch nicht, dass mich in dem Fall noch jemand engagieren will. Eine Karriere müsste ich mir *jetzt* aufbauen. In zwei Jahren tauge ich höchstens noch für die B-Liga, und das will ich nicht.«

»Es ist besser als gar nichts, oder?«

Ich zog die Augenbrauen hoch. »Zweckoptimismus. Wenn du Konzerthallen füllen willst, gibst du dich auch nicht mit einer Karriere als Backgroundsängerin zufrieden, oder?«

Sie deutete ein Schulterzucken an. »Ich singe weder gut noch gern, aber ich denke, es kommt drauf an. Wenn das Singen mein Traum wäre und es sonst bedeuten würde, dass ich es komplett aufgeben müsste ... Dann würde ich mich auch damit zufriedengeben, Backgroundsängerin zu sein.«

Ich verdrehte die Augen. »Beim Fußball ist das was anderes. Zum einen lässt sich nicht voraussagen, ob mein Bein überhaupt wieder so weit hergestellt sein wird, dass ich spielen kann. Zum anderen darfst du das extrem hohe Verletzungsrisiko nicht unterschätzen. Sollte ich mich noch mal verletzen, kann ich im schlimmsten Fall nie wieder laufen, und das ist es mir nicht wert. Nicht für eine Karriere in der B-Liga.«

Nachdenklich nickte Cassie. Eine rote Strähne fiel ihr in die Augen, doch sie schob sie nicht fort. »Das war mir nicht klar. Es tut mir furchtbar leid, Emiliano.«

»Danke«, murmelte ich.

Sie setzte sich auf ihre Hände und starrte auf den Springbrunnen. Mit einem Mal wirkte sie unglaublich traurig.

»Alles okay?«, fragte ich vorsichtig.

Sie schenkte mir ein Lächeln. »Klar, *ich* muss meine Karriere ja nicht an den Nagel hängen. Sag mal, was genau ist eigentlich passiert? Warum ist dieser Drache über das Fußballstadion geflogen?«

Ich runzelte die Stirn. »Hast du das nicht mitbekommen? Ganz Irland redet über nichts anderes.«

Schulterzuckend sah sie einem Spatz hinterher, der vor uns über den Weg hüpfte. »Ich lese weder Nachrichten noch schaue ich viel fern.«

Trotzdem war es seltsam, aber ich erklärte ihr, was an jenem Abend passiert war. Eine ältere Frau spazierte unterdessen mit ihrem Dalmatiner an uns vorbei, der an Cassies Sneakern schnüffelte. Das dazugehörige Frauchen warf mir einen skeptischen Blick zu, als würde sie mich kennen und für irgendetwas verurteilen. Den blöden Kommentar, der mir auf der Zunge lag, schluckte ich hinunter, vor allem, damit Cassie mich nicht wirklich für einen Stinkstiefel hielt.

Sie reagierte entsetzt, als sie von dem Krieg erfuhr, und sprach davon, dass es unsere Pflicht wäre, anderen zu helfen, egal ob Mensch oder Drache. Cassie war einfach zu gut für diese Welt. Da konnte ich nicht mithalten, denn im Gegensatz zu ihr ging ich oft vom Schlimmsten aus. Bei dem letzten Treffen mit Andy waren sich alle einig gewesen, dass abgesehen vom Feind der Drachen noch weitere Wesen existierten, und ich konnte nicht aufhören, mich zu fragen, ob sie womöglich planten, einen Platz in unserer Gesellschaft einzunehmen – und sich diesen vielleicht sogar mit Gewalt zu holen.

Kapitel 9

Valentina

Ruckartig blieb ich stehen, als ich vor mir mitten auf dem Campus eine Protestaktion gegen Drachen entdeckte. Die teilnehmenden Studierenden waren weder laut noch aggressiv, im Gegenteil. Stumm hatten sie sich auf der großen Wiese des Collegeparks versammelt und schwenkten ihre Plakate. Dennoch lief mir ein Schauer über den Rücken, als ich die handgeschriebenen Parolen las.

Drachen = Monster! Drachen sind keine Iren, sondern Tiere! Weg mit den Drachen!

Traurig schüttelte ich den Kopf. Seit Premierminister Lynch vor zwei Tagen zum ersten Mal die Frage der irischen Staatsbürgerschaft für die Drachen in den Raum geworfen hatte, war es *das* Thema in sämtlichen Medien, das zudem die Nation zu spalten schien. Ein Teil der Bevölkerung schloss sich Lynch an, der andere Teil wollte keine »Monster« zu Iren machen und verlangte, die Drachen nach Tierrecht zu behandeln. Lynchs Gegenkandidatin Kelly war der Meinung, dass die Iren niemanden in ihrer Mitte aufnehmen sollten, der nicht bereit war, uns die Wahrheit zu sagen. Die Drachen selbst hatten sich dazu bisher nicht geäußert und hielten sich auch in Bezug auf ihren Kriegsgegner nach wie vor bedeckt.

In diesem Moment schämte ich mich beinahe, ein Teil dieser Gesellschaft zu sein. Was ich im Fußballstadion gesehen hatte, war kein Monster gewesen. Dort hatte eine junge Frau gestanden, die aus Angst um ihre Familie und Freunde eine verzweifelte Entscheidung getroffen hatte. In ihrer menschlichen Gestalt hatte Sharni O'Rourke nicht Angst einflößend, sondern sympathisch und authentisch gewirkt, und die Drachen waren nun mal zur Hälfte Menschen.

Ich ging weiter, um den Protestierenden nicht mehr Aufmerksamkeit als nötig zu schenken. Der Wind riss an meinen Haaren und wirbelte Laub über die Rasenstücke und Wege. Am Himmel braute sich etwas zusammen, und ich hoffte, dass ich es noch trocken zum Büro meines Vaters schaffen würde. Jetzt gerade konnte ich es nicht gebrauchen, klatschnass zu werden.

Kurz darauf sah ich ungläubig an dem Komplex vor mir hoch. Er war ganz anders als der Rest des Trinity College, das ohne Probleme als Schauplatz einer Bridgerton-Verfilmung hätte herhalten können. Die Gebäude rund um den Parliament Square hatten mit den Säulen, Erkern und Türmen etwas von einem herrschaftlichen Anwesen, während das Bauwerk vor mir an Modernität kaum zu überbieten war. Glas und graue Betonblöcke wechselten sich ab, und das Dach bestand aus einer gitterartigen Konstruktion. Zudem lag der Zugang direkt an der Straße. Ganz unten gab es einen Supermarkt, Cafés und Restaurants.

Diesen Bereich des Colleges, wo ein Teil der Wissenschaftsinstitute untergebracht war, hatte ich bisher noch nicht kennengelernt, obwohl mein Vater hier arbeitete. Langsam betrat ich den Komplex und fragte am Empfang nach dem Weg. Trotzdem verlief ich mich beinahe in den vielen Korridoren, bis ich vor dem richtigen Büro stand. Ein schneller Blick auf den Zettel mit den Sprechstundenzeiten, der neben der Tür an der Wand hing, zeigte mir, dass mein Vater jetzt hier sein müsste. Von drinnen waren keine Stimmen zu hören, und hier im Flur wartete niemand. Nur am anderen Ende verschwand gerade jemand in einem weißen Kittel um die Ecke. Ich holte noch einmal Luft und klopfte an.

»Ja, bitte?«, hörte ich Papás tiefe Stimme.

Ich öffnete die Tür und zog die Augenbrauen hoch, denn ein wirrer Haufen Bücher und Zeitschriften bedeckte den Schreibtisch meines Vaters. Einige davon waren aufgeschlagen, in den zugeklappten steckten bunte Post-its oder andere Zettel, und mitten in diesem kreativen Chaos – womit mein Vater seine unordentliche Ader immer rechtfertigte – standen drei Kaffeebecher, die vermutlich leer waren. Den Computer hatte Papá so weit an den Rand geschoben, dass ich Angst gehabt hätte, er könnte herunterfallen, aber das war typisch für ihn. Er recherchierte lieber in Büchern und dergleichen, anstatt das Internet zu benutzen.

Mit einem Textmarker markierte er gerade eine Stelle in einem der dicken Wälzer, dann sah er auf. »Valita, *Querida, ¿todo bién?* Alles okay?«

Ich nickte, auch wenn es nicht der Wahrheit entsprach, aber ich wollte nicht direkt mit der Tür ins Haus fallen. »Und bei dir?«

»Viel Arbeit.« Lachend deutete er auf seinen Schreibtisch und dann auf die beiden Stühle, die auf der anderen Seite standen. »Na komm, setz dich. Möchtest du etwas trinken? Im Flur gibt es einen Automaten. Der Kaffee ist ungenießbar, aber der Schwarztee ist ganz gut.«

Ich schüttelte den Kopf. »Danke, ich komme gerade aus der Mensa und brauche nichts.«

»Ich hole mir schnell etwas, okay?« Er erhob sich bereits von seinem Drehstuhl. »Die Nächte sind momentan einfach zu kurz.«

Warum er sich wohl die Nächte um die Ohren schlug? Doch ich

fragte nicht nach und nickte stattdessen. Mein Vater lehnte die Tür nur an, als er sein Büro verließ, und ich nutzte die Gelegenheit, mich genauer umzusehen. Die Wand hinter dem Schreibtisch war verglast und bot einen freien Blick über den Campus. Von hier oben sahen die dunkelgrauen Wolken, die über Dublin hingen, bombastisch aus. Inzwischen hatte es zu regnen begonnen. Die farbenfrohen Wipfel der Bäume bogen sich im heftiger werdenden Wind, und das bunte Laub wirbelte in kleinen Tornados über das Gelände.

An einer Seitenwand standen drei wuchtige Bücherregale, die bis zum letzten Platz vollgestopft waren, und an der Wand gegenüber befanden sich zwei hässliche, halbhohe Aktenschränke mit Rolltor, die überhaupt nicht zum restlichen Ambiente des Arbeitszimmers passten. Darüber hing eine Weltkarte, und auf den Aktenschränken stapelten sich weitere Bücher, die allerdings halbwegs ordentlich aufeinanderlagen. Eine Orchidee in einem grünen Übertopf ließ trostlos die violetten Blüten hängen.

Die Worte meiner Abuelita, die sie mir vor der Abreise nach Irland noch mit auf den Weg gegeben hatte, kamen mir in den Sinn. »Du wirst nicht nur die Macht haben, verlorene Seelen beim Übertritt ins Jenseits zu begleiten, sondern du wirst auch den Tod hinauszögern können. Pflanzen, Insekten, kleine Nager werden sich freuen, wenn du ihnen zu einem längeren Leben verhilfst, aber bedenke: Je größer das Lebewesen, desto weniger effizient ist diese Macht. Geliebte Menschen wirst du leider nicht retten können.«

Ich verdrängte den Gedanken an meine Mutter, stand auf und ging zu der Orchidee. Meine Fähigkeiten waren noch nicht erwacht, trotzdem kribbelte es mich in den Fingern, es zu versuchen. Was konnte schon schiefgehen? Im schlimmsten Fall würde die Blume eingehen – und das würde sie so oder so. Mein Vater war zwar absolut fasziniert von der Tier- und Pflanzenwelt, aber einen grünen Daumen hatte er nicht.

Nach kurzem Zögern berührte ich Blüte für Blüte, und tatsächlich richtete sich eine nach der anderen wieder auf und gewann an Leuchtkraft. Der süße Duft stieg mir in die Nase, zauberte mir ein Lächeln auf die Lippen. Es hatte funktioniert, es hatte wirklich funktioniert! In diesem Moment fühlte ich mich unbesiegbar. Der Augenblick verpuffte jedoch, als ich ein Geräusch auf dem Flur wahrnahm.

Verdammt, was hatte ich mir nur dabei gedacht? Ich hätte vorsichtiger sein müssen. Unter den gegebenen Umständen war es mehr als dämlich, meine frisch erwachenden Kräfte einzusetzen.

Mein Herzschlag nahm einen schnelleren Rhythmus an, und mein Kopf fuhr zur Tür herum, die nach wie vor nur angelehnt war. Mich konnte niemand gesehen haben, trotzdem ging ich hastig zurück zum Schreibtisch. Dabei fiel mein Blick erneut auf die halbe Bibliothek, die dort ausgebreitet lag, und dieses Mal stachen mir die Schlagzeilen der Zeitschriften und Magazine ins Auge.

Fantasy-Wesen leben unter uns. Fluch oder Segen?

Die Verwandlung der Drachen: Was können wir von ihnen lernen?

Ist die irische Staatsbürgerschaft wirklich eine Option für die Drachen oder machen wir uns dadurch für den Drachenfeind angreifbar?

Mir hätte klar sein müssen, dass es die Drachen waren, die meinen Vater nachts wach hielten. Im Fußballstadion war er weder panisch noch besorgt gewesen – höchstens um meinen Bruder –, sondern vor allem fasziniert. Als leidenschaftlicher Paläontologe kam das plötzliche Auftauchen einer neuen Spezies für ihn natürlich einer

Sensation gleich. Ich war mir sicher, dass mein Vater darauf brannte, einen Drachen näher untersuchen zu dürfen, und ich musste schlucken, als ich mich unwillkürlich fragte, wie er reagieren würde, wenn er wüsste, was ich wirklich war.

Zitternd ließ ich mich zurück auf meinen Stuhl sinken. Nein. Nein, er war mein Vater. Er würde mich nicht als Versuchskaninchen benutzen. Oder?

Die Tür wurde aufgestoßen, und ich zuckte zusammen. Mein Vater betrat das Büro, umrundete den Schreibtisch und ließ sich auf seinem Stuhl nieder, der ein Stück über das Parkett rollte.

»Mist«, murmelte er, als er dabei etwas Tee verschüttete. Er stellte den Becher ab und schüttelte seine Hand aus. »Also, was kann ich für dich tun?«, fragte er, während er in den Schubladen seines Schreibtisches nach Taschentüchern kramte, schließlich eins fand und die Pfütze auf dem Boden wegwischte.

Ich will mit dir über Emiliano reden, über das Auftauchen der Drachen und was es für mich bedeutet. Ich habe Angst, Papá.

Die Worte, die ich mir vorher zurechtgelegt hatte, kamen mir nicht über die Lippen. Stattdessen fragte ich: »Du recherchierst zu den Drachen?«

Die Miene meines Vaters hellte sich auf, und meine Hoffnung schwand. *Mierda*, er war schon lange nicht mehr in seinem Element gewesen. Seit Mamás Tod hatte ich ihn nicht mehr so euphorisch gesehen.

Eigentlich hatte ich ihn bitten wollen, nach Mexiko zurückkehren zu dürfen. Mein Platz war nicht hier, auch wenn es mir in Dublin gefiel, aber bei Abuelita und Gleichgesinnten war ich besser aufgehoben. Mein Vater würde Irland jedoch nicht so schnell verlassen. Die ganze Welt schaute auf die grüne Insel, Forschungsgelder würden fließen, die Aussicht auf Prestige lockte, und dem Chaos auf seinem Schreibtisch nach zu urteilen, konzentrierte er sich längst auf ein bestimmtes Thema.

»Ist das nicht der absolute Wahnsinn? Ich kann es immer noch nicht fassen. Wie konnten die Drachen so lange unentdeckt unter den Menschen leben?«

Ich zuckte mit den Schultern, auch wenn mir klar war, dass er überhaupt keine Antwort erwartete. »Hast du denn keine Zweifel, ob sie in unsere Welt passen?«

»Valentina, ich glaube, du verstehst nicht, was das Auftauchen der Drachen bedeutet. All die Jahre sind wir davon ausgegangen, wir wären die einzigen intelligenten Wesen auf diesem Planeten. Selbst wer an außerirdisches Leben geglaubt hat, wurde ausgelacht, obwohl es bei all den Galaxien da draußen alles andere als unrealistisch wäre. Und nun steht fest, dass wir nicht allein sind. Es gibt Drachen, und es wird auf jeden Fall noch weitere Spezies geben.«

Ja, dachte ich. *Es gibt Geister – und es gibt mich.*

»Geschichtsbücher müssen umgeschrieben, neue Abhandlungen verfasst werden«, fuhr mein Vater mit leuchtenden Augen fort. »Alles, woran wir geglaubt haben, war ein Trugschluss. Für die Wissenschaft ist dieses Ereignis ein wahr gewordener Traum.«

»Das weiß ich, Papá.« Ich senkte den Blick, knetete nervös meine Finger. »Für dich als Wissenschaftler sieht das spannend aus, aber tatsächlich mache ich mir Sorgen. Um ehrlich zu sein, wäre ich jetzt lieber zu Hause in México.« Vorsichtig sah ich auf und erkannte die Ungläubigkeit in Papás Augen. Ich ließ die Schultern hängen. Er würde mich nicht gehen lassen, weil er mich einfach nicht verstand. Nicht einmal, wenn ich ihm die Wahrheit sagte, würde das etwas an seiner Meinung ändern.

»Ist dir eigentlich klar, was für ein bahnbrechendes Ereignis wir hier miterleben? Eines Tages wird man dich fragen, wo du warst, als sich die Drachen offenbart haben. Und du warst dabei, Valentina, du und dein Bruder wart live dabei!«

Emiliano hätte im Nachhinein sicher alles dafür gegeben, wenn er nicht vor Ort gewesen wäre, doch ich schwieg und nickte nur. Mein Vater war in seiner eigenen Welt, wenn es um seine Arbeit ging, daher konnte ich mir meine Argumente sparen. Er würde sie nicht nachvollziehen können, es nicht einmal versuchen.

Ich stand auf. »Okay, dann will ich dich …«, es klopfte an der Tür, »… mal nicht länger aufhalten«, schloss ich seufzend. Warum hatte ich überhaupt in Betracht gezogen, meinem Vater ausgerechnet hier die Wahrheit über mich zu sagen? Sein Büro war denkbar ungeeignet für ein so wichtiges Gespräch.

»*Un momento*«, rief Papá und stand ebenfalls auf. Er kam um den Schreibtisch herum und legte mir eine Hand auf die Schulter. »Du hast keinen Grund, dich zu fürchten. Bisher haben die Drachen keinerlei Anlass dazu gegeben, und sie scheinen trotz ihrer Größe und Kraft friedvolle Wesen zu sein. Davon abgesehen befinden sich hier am Trinity College auch gar keine Drachen. *¿Vale?*«

Ich nickte. »*Vale.* Danke, Papá.«

Er gab mir einen Kuss aufs Haar, und wir gingen gemeinsam zur Tür. Als mein Vater sie öffnete, stand uns ein hochgewachsener Mann gegenüber, die dunklen Haare bereits angegraut und eine Mappe unter dem Arm. Er trug einen dunklen Anzug mit blütenweißem Hemd und polierten Schuhen, die Krawatte hatte er weggelassen. Ich schätzte ihn auf etwa fünfzig, auch wenn sein kräftiger Oberkörper ihn jünger wirken ließ. Er erinnerte mich an Sean Connery, sowohl vom Aussehen als auch von seiner respektvollen Erscheinung.

»Oh, Sie haben Besuch. Entschuldigen Sie, Dr. López, ich wollte nicht stören.«

»Sie stören nicht. Das ist meine Tochter Valentina.«

»Freut mich.« Der Mann reichte mir die Hand und drückte so kräftig zu, dass meine Finger schmerzten, bevor er meinem Vater die Hand schüttelte. »Ich bin Simon Smith von der Londoner Anwaltskanzlei *Beaver, Whitebait & Smith*. Haben Sie ein paar Minuten für mich, Dr. López?«

»Ja, natürlich. Kommen Sie doch herein.« Mein Vater trat zur Seite, lächelte mir noch einmal zu und schloss die Tür hinter sich und seinem Gast.

Stirnrunzelnd starrte ich auf das Büro. Was zum Geier wollte ein Anwalt aus London von meinem Vater?

Kapitel 10

LILY

Es nieselte, und der Himmel sah nicht so aus, als würde es heute noch damit aufhören, im Gegenteil. Aber ich musste froh sein, dass es nicht mehr so schüttete wie noch vor wenigen Minuten. Es fröstelte mich, denn nach beinahe fünf Stunden am Kaffeestand auf dem Campus stieg mir die nasse Kälte nun doch in die Knochen. Da half auch der heiße schwarze Kaffee nicht mehr, den ich unentwegt trank. Vielleicht war das Wetter in New Orleans doch nicht so schlecht gewesen. Das Klima in Irland war ich jedenfalls nicht mehr gewohnt. Bei dem Wetter hielten sich auch die meisten Studierenden und Dozenten nicht länger als nötig draußen auf. Lediglich die Leute von der Anti-Drachen-Demo hatten sich bei mir mit Kaffee eingedeckt.

Zum Glück war ich nicht auf das Trinkgeld angewiesen, denn dank des geheimen Kontos meines Onkels ging es mir nicht ums Geld. Ich hatte den Job nur angenommen, um *ihr* nahe zu sein. Yoga allein reichte nicht, zumal man sich dort kaum unterhalten konnte. Ich hatte mir noch etwas anderes einfallen lassen müssen, um Valentinas Vertrauen zu gewinnen, und Kaffee auf dem Campus zu verkaufen, hatte sich angeboten. Valentina trank ihn gern und reichlich, zumindest hatte sie sich in der letzten Woche jedes Mal irgendwo einen Pumpkin Spice Latte gekauft, wenn ich ihr heimlich gefolgt war, um mehr über sie zu erfahren.

Leider hatten wir uns gestern an meinem ersten Tag am Kaffeewagen verpasst, aber heute würde ich sie hoffentlich sehen. Das schlechte Wetter würde sie jedenfalls nicht abhalten, da war ich mir sicher, denn Valentina schien Regen zu mögen.

Zehn Minuten später entdeckte ich sie tatsächlich in der Ferne. Wegen der quietschbunten Strumpfhosen und Shorts, die sie immerzu trug, war sie leicht zu erkennen. Statt der Espadrilles hatte sie sich heute für lilafarbene Gummistiefel entschieden. Sie hatte keinen Regenschirm bei sich und schien es trotzdem nicht eilig zu haben. Vielmehr sah es so aus, als wäre sie völlig in ihrer Gedankenwelt versunken und würde den Regen überhaupt nicht wahrnehmen. Was sie wohl beschäftigte? Im Grunde kannte ich sie nicht, aber sie hatte bisher einen fröhlichen und positiven Eindruck auf mich gemacht. Dass sie so nachdenklich, beinahe traurig wirkte, tat mir fast schon leid.

Sie hielt den Blick auf den gepflegten Weg gesenkt, sodass sie den Kaffeewagen überhaupt nicht bemerkte. So ein Mist! Ich musste sie irgendwie auf mich aufmerksam machen, bevor sie in einem der Gebäude verschwand, aber natürlich kam ausgerechnet in diesem Moment ein Student zu mir und bestellte einen Milchkaffee. Während ich den Kaffee zubereitete, blickte ich immer wieder in Valentinas Richtung. *Sieh zu mir, sieh zu mir, sieh zu mir,* wiederholte ich mantraartig in meinem Kopf.

Eine heftige Windböe ließ die bunten Blätter in den Bäumen rauschen und schob nasses Laub über den Campus. Der Wind erfasste auch Valentinas rosagefärbte Haare. Sie strich sich die Strähnen zurück hinter die Ohren und sah auf. In diesem Moment entdeckte sie mich oder zumindest den Kaffeewagen. Prompt änderte sie die Richtung. Statt zum Wohnheim abzubiegen, kam sie nun auf mich zu. Erleichtert atmete ich auf.

Ich reichte dem Studenten seinen Milchkaffeebecher, nahm das Geld entgegen und wischte mit einem feuchten Tuch über den kleinen Tresen, der eigentlich sauber war. Als die lilafarbenen Gummistiefel in mein Blickfeld gerieten, hob ich wie zufällig den Kopf und schaute in Valentinas braune Augen, die überrascht aufblitzten, als sie mich erkannte. Sie strahlte regelrecht, und ohne dass ich etwas dagegen tun konnte, zupfte auch an meinen Mundwinkeln ein Lächeln.

»Lily, was machst du denn hier? Studierst du etwa auch am Trinity?«

Ich schüttelte den Kopf. »Ich verdiene mir nur ein bisschen Geld dazu. Schön, dich hier zu sehen.«

»Finde ich auch.« Sie senkte beinahe verlegen den Blick, ehe sie mich wieder ansah.

»Also, was darf's sein?«, fragte ich.

»Ich nehme einen großen Pumpkin Spice Latte mit einem extra Löffel braunem Zucker.« Sie lachte, als ich leicht den Mund verzog. »Was? Magst du Kürbis nicht?«

»Doch, aber nicht im Kaffee.«

»Wie trinkst du deinen Kaffee denn?«

»Schwarz«, antwortete ich, während ich ihren Zuckerschocker zubereitete. »Und heiß.«

Dieses Mal verzog sie den Mund, als hätte sie sich verbrannt. »Oje, heiß. Da bist du bei mir an der falschen Adresse.«

Mit hochgezogenen Augenbrauen musterte ich sie. Wörtlich genommen sah ich das definitiv anders. Valentina hatte etwas Süßes, Unschuldiges an sich. Gleichzeitig strahlte sie eine ungezwungene Sexyness aus wie sonst niemand, den ich kannte. Und sie schien sich dessen nicht einmal bewusst zu sein, was sie in meinen Augen nur noch liebenswürdiger und attraktiver machte.

»Heißer Kaffee ist also nicht deins? Tut mir leid, aber ich fürchte, dann können wir keine Freundinnen werden.«

Gespielt entsetzt fasste sie sich ans Herz. »Tu mir das nicht an, Lily, du bist die netteste Person, die ich bisher in Dublin getroffen habe.«

»Ach wirklich?« Meinte sie das etwa ernst?

»Aber ja. Außerdem mag ich warmen Kaffee sehr gern, er wird nur leider ständig kalt, weil ich ihn jedes Mal vergesse.«

Ich lachte auf. »Wie kann man denn seinen Kaffee vergessen?«

Sie zuckte mit den Schultern. »Keine Ahnung, es passiert einfach. Das ist wie mit den Laufmaschen in meinen Strumpfhosen. Du kannst dir nicht vorstellen, was ich für einen Verschleiß habe.«

Ehrlich gesagt konnte ich mir das ziemlich gut vorstellen. »Na schön, dann werde ich mal ein Auge zudrücken.« Ich gab noch den Extralöffel braunen Zucker in ihren Becher und schob ihn ihr zu. »Möchtest du noch etwas anderes? Unter uns gesagt, die Chocolate Chip Cookies sind zwar ein wenig überteuert, aber jeden Cent wert.« Als Valentina zögerte, nahm ich kurzerhand einen Cookie und legte ihn auf eine Serviette. »Na komm, ich lad dich ein.«

Abwehrend hob sie die Hände. »Nein, nein, ums Geld geht's mir nicht, eher um … die Kalorien.«

Erneut zog ich die Augenbrauen hoch. »Das meinst du jetzt nicht ernst, oder? Sag mir nicht, dass du vor dem Essen jede Kalorie zählst, denn dann können wir *wirklich* keine Freundinnen werden. Dafür nasche ich viel zu gern.«

»Ich auch«, gab sie zu. »Deshalb hatte ich heute auch schon ein paar Schokoriegel aus dem Automaten. Aber du hast recht, und außerdem ist heute ein beschissener Tag. Da habe ich mir den Cookie mehr als verdient.« Sie holte ihr Portemonnaie hervor und schob mir einen Zehn-Euro-Schein zu.

»Warte, du bekommst noch was zurück«, sagte ich, als sie ihr Portemonnaie wieder wegstecken wollte.

»Lass nur. Es muss sich auch lohnen, dass du dir bei dem Mistwetter die Beine in den Bauch stehst.«

»*Muchas gracias*, Valentina.«

Sie nickte mir lächelnd zu, nahm Kaffee und Cookie und wandte sich zum Gehen. Ich biss mir auf die Lippe. Sollte ich sie fragen, ob sie jetzt noch eine Vorlesung hatte? Oder war es besser, es langsamer angehen zu lassen? Sie schien Redebedarf zu haben und eine Freundin gebrauchen zu können, allerdings waren wir keine Freundinnen, zumindest noch nicht. Ich hatte vor, das zu ändern, aber möglicherweise war es einfach noch zu früh für diesen Schritt. Seufzend beschloss ich abzuwarten, auch wenn Geduld nicht meine Stärke war.

In diesem Moment blieb Valentina nach ein paar langsamen Schritten stehen und drehte sich zu mir um. »Sag mal, musst du noch lange arbeiten? Ich habe für heute Feierabend und dachte, wir könnten noch was zusammen unternehmen? Natürlich nur, wenn du Lust hast. Fühl dich keinesfalls verpflichtet, mir Gesellschaft zu leisten, nur weil ich einen wirklich miesen Tag hatte.« Sie sah mich mit einem süßen Hundeblick an, sodass ich gar nicht hätte Nein sagen können, selbst wenn ich das vorgehabt hätte.

Grinsend warf ich einen Blick auf meine Uhr, während mein Herz einen Satz machte. Das lief besser als gedacht. »In sieben Minuten kommt die Ablösung. Kannst du noch so lange warten? Dann können wir gern was zusammen machen.«

»Ich denke, das bekomme ich hin. Ich warte da drüben unter der Platane auf dich, okay?«

»Bäh, das ist jetzt aber wirklich ein Mistwetter.« Valentina schüttelte sich, Regentropfen flogen um sie herum.

Ich drückte das Wasser aus meinen Braids, auch wenn es sich auf dem heiligen Boden des Trinity College irgendwie falsch anfühlte, aber da sich zu unseren Füßen ohnehin Pfützen bildeten, war es auch egal.

Valentina und ich waren in einen heftigen Platzregen gekommen, als wir uns auf den Weg Richtung Temple Bar gemacht hatten, um etwas essen zu gehen. Also hatten wir kehrtgemacht und waren zum Wohnheim gerannt.

»Ich hatte eigentlich den Eindruck, dass du Regen magst.«

»Ja, prinzipiell schon. Solange ich nicht etwas vorhabe, wofür trockene Kleidung von Vorteil ist.«

Ich schmunzelte. »Tja, das kannst du vergessen. Und was nun?«

»Hast du vielleicht Lust auf Mensaessen?«

Ich verzog den Mund. »Ich hab mich auf Pizza gefreut. Reicht das als Antwort?«

»Hey, so schlecht ist das Essen hier wirklich nicht, und die Mensa ist superschön. Aber gut, vielleicht gehen wir erst mal hoch auf mein Zimmer, ziehen uns um und überlegen uns dann, was wir machen.«

Ich nickte. »Klingt nach einem Plan.«

Ich folgte Valentina die Stufen hinauf und ein paar Flure entlang, bis wir vor einer Tür mit der Zimmernummer 207 stehen blieben. Sie klopfte an und drückte die Klinke herunter, bevor jemand im Zimmer auch nur die Chance gehabt hätte, auf ihr Klopfen zu reagieren.

»Okay, und was machst du, wenn deine Mitbewohnerin mal nicht allein ist? Oder habt ihr einen Deal, dass sie in diesem Fall eine Socke an die Klinke hängen soll?«

Valentina lachte. »Nein, wir haben keinen Deal, und Cassie hat auch niemanden, soweit ich weiß. Zumindest hat sie bisher niemanden erwähnt.«

»Verstehst du dich gut mit deiner Mitbewohnerin?«, fragte ich, drehte mich zur Tür um und schloss diese, damit Valentina meine Überraschung nicht mitbekam.

Cassie war ihre *Mitbewohnerin*? Das musste bedeuten, dass Valentina absolut keine Ahnung hatte, wer Cassie war – was meine Pläne verkomplizierte. Ich hatte die beiden miteinander reden sehen, nachdem ich Cassie dank des Einsatzes eines speziellen Gris-Gris aufgespürt hatte, und war davon ausgegangen, dass auch Valentina über Cassie Bescheid wusste. Wie konnte sie nicht? Das musste ich schleunigst herausfinden, denn mein Onkel zählte auf mich.

Schnell stieg ich aus den durchweichten Sneakern und folgte Valentina. Ihre Zimmerhälfte erkannte ich sofort an dem gestreiften Plaid über dem Bett, den Duftkerzen, Blumen und Postern von Frida Kahlo und dem Schriftzug *Viva la vida* an den Wänden – genauso bunt wie Valentina selbst. Ich hätte es gehasst, doch es passte zu ihr. Cassies Seite hingegen war blütenweiß und ordentlich, als würde dort überhaupt niemand wohnen.

»Cassie ist super, du wirst sie sicher mögen.«

Ich lächelte nur und deutete auf die schmale Tür. »Ist dort das Bad?«

Valentina nickte. »Warte, ich geb dir schnell was zum Umziehen.«

Sie öffnete den Schrank und kramte in ihren Klamotten herum. Tatsächlich bezweifelte ich, dass mir etwas davon passen würde, denn Valentina war im Gegensatz zu mir klein und zierlich. Ich war mindestens zehn Zentimeter größer als sie und deutlich kurviger, allerdings wollte ich wirklich aus den nassen Sachen raus. Eine Erkältung konnte ich jetzt nicht gebrauchen. Am Ende müsste ich noch auf die Yogastunden verzichten und damit auf Valentinas Gesellschaft. Wir waren zwar gerade dabei, uns anzufreunden, aber genau deshalb durfte ich jetzt nicht lockerlassen. Mir blieb nicht viel Zeit, um ihr Vertrauen zu gewinnen. Vorher schon nicht, und jetzt erst recht nicht, wenn sie Cassie für ihre Mitbewohnerin hielt.

Sie reichte mir ein pinkes T-Shirt und eine Jeansshorts. »Hier, das ist mir beides etwas zu groß. Vielleicht passt es dir ja.«

Zweifelnd betrachtete ich die Shorts. »Ich bin nicht sicher, ob ich mit meinem Jennifer-Lopez-Hintern da reinkomme, aber ich versuch's.«

Ich verschwand im Bad, wo ich mich aus meinen nassen Klamotten schälte, die an mir klebten wie eine zweite Haut. Die Jeans und mein schwarzes Shirt hängte ich seitlich an den Handtuchwärmer, da es weder eine Heizung noch eine Badewanne gab. Der winzige Raum hatte nicht mal ein Fenster, trotzdem wirkte er hell. Ich musste grinsen, als ich den Strauß Lampionblumen in der Vase auf dem Spülkasten entdeckte. Valentina hatte überall ihre eigene Note hinterlassen, und auch wenn das überhaupt nicht mein Stil war, gefiel es mir. Okay, bis auf die Duftkerzen, denn ich hasste den künstlichen und zugleich penetranten Geruch, aber alles andere strahlte eine Gemütlichkeit aus, die ich schon lange nicht mehr gefühlt hatte, nicht einmal bei Mariposa.

Meine Unterwäsche war halbwegs trocken geblieben, daher zwängte ich mich in Valentinas Sachen. Den Reißverschluss der Shorts bekam ich gerade noch zu, den Knopf nicht. Das T-Shirt war immerhin weiter geschnitten, dafür jedoch ein bisschen kurz. Es ließ einen Streifen Haut an meinem Bauch frei. Ganz wohl fühlte ich mich nicht, aber da es in dem Wohnheimzimmer angenehm warm war und ich nicht vorhatte, den Campus in dem Outfit zu verlassen, würde es schon gehen. Kurz und schmerzlos öffnete ich die Tür, um mich von Valentina auslachen zu lassen, doch als sie sich zu mir umdrehte, ließ sie ihren Blick bewundernd über meinen Körper wandern und bescherte mir damit eine Gänsehaut.

»Die Sachen stehen dir, du solltest öfter Pink tragen.«

Vehement schüttelte ich den Kopf. »Nur über meine Leiche.«

Sie lächelte. »Ja, mir ist schon aufgefallen, dass du eine Vorliebe für schwarze und weiße Klamotten hast.«

»Ganz im Gegensatz zu dir«, bemerkte ich, ging hinüber zu ihrem Bett und ließ mich darauf fallen. Ich zog ein Bein auf die Matratze.

Schulterzuckend setzte sie sich neben mich und lehnte sich mit dem Rücken gegen die Wand. Auch sie hatte sich umgezogen, allerdings fiel das nur an ihrer Strumpfhose auf, die jetzt nicht mehr lila, sondern weinrot war.

»Was soll ich sagen? Ich mag es nun mal bunt. Schwarz, Weiß und Grau sind meiner Meinung nach keine Farben.«

»Das sehe ich anders.«

Valentina betrachtete mich von der Seite. »Okay, auch wenn ich finde, dass kräftige Farben perfekt für dich wären. Rot oder Gelb würden dir bei deinem dunklen Hautton hervorragend stehen. Rosa, Pink, Lila …«

»Ist gut.« Lachend winkte ich ab. »Wie kommt's, dass du es gern bunt magst?«

Sie dachte eine Weile darüber nach. »Keine Ahnung. Wie kommt's, dass du es nicht tust?«

Eine gute Frage, auf die ich sogar eine Antwort hatte. Ich fiel nicht gern auf, denn wer auffiel, machte sich leichter angreifbar und verletzlich. Das behielt ich jedoch für mich. »Hast recht, die Frage war blöd.«

»Vielleicht liegt es an meiner Kultur«, überlegte Valentina dennoch weiter. »*¡Viva la vida!* Ich komme aus México. Dort geht es ein bisschen farbenfroher zu als beispielsweise hier in Irland, wo gefühlt alles grün ist.«

Dass sie aus Mexiko stammte, wusste ich längst, trotzdem erwiderte ich ihren Blick interessiert. »In deiner Heimat ist es bestimmt schön.«

»Ist es«, erwiderte sie mit leuchtenden Augen.

»Und warum bist du in Irland?«

Der Ausdruck in ihren Augen veränderte sich, wurde trauriger. »Mein Vater hat hier am College eine Stelle angenommen und darauf bestanden, dass mein Bruder und ich ihn begleiten.«

»Was ist denn mit deiner Mamá?«

»Die ist leider gestorben.«

»Oh! Ich … habe auch erst kürzlich jemanden verloren, der mir sehr wichtig war. Meinen Onkel.« Nicht nur das. Um genau zu sein, hatte ich alles verloren, was mir je wichtig gewesen war.

»Oh, Lily, wie furchtbar.« Eine Weile schwiegen wir, dann straffte sie die Schultern. »Wo kommst *du* eigentlich her? Dein Akzent klingt nicht irisch, eher britisch, aber manchmal denke ich auch, du bist vielleicht aus den USA.«

Es fühlte sich an, als hätte sie einen Eimer kaltes Wasser über mich gegossen. Man hörte mir also nicht mal mehr an, dass ich Engländerin war?

»Sag so was nicht. Ich bin in London geboren und aufgewachsen, allerdings war ich in den letzten drei Monaten tatsächlich in den USA.«

»Verstehe.« Sie schien zu spüren, dass ich nicht darüber reden wollte, denn sie hakte nicht weiter nach.

Wieder wurde es still zwischen uns. Eine angenehme Stille, keine beklemmende, und das, obwohl wir uns gerade erst kennenlernten und jede von uns ganz offensichtlich ihr eigenes Päckchen zu tragen hatte.

Ich überlegte, sie zu fragen, was ihren Tag so mies gemacht hatte, ließ es jedoch bleiben. Sie würde es mir erzählen, wenn sie so weit war.

Schließlich knurrte Valentinas Magen und brachte damit eine gewisse Leichtigkeit zurück. »Ich nehme nicht an, dass du in den Klamotten vor die Tür willst?«, fragte sie mich grinsend.

Ich grinste zurück. »Das siehst du ganz richtig.«

»Dann lass uns eine Pizza bestellen und einen Film anschauen.«

»Klingt perfekt.« Und das war es wirklich.

Kapitel 11

Emiliano

Auf meinen Krücken humpelte ich durch die eng stehenden Tische und Stühle und blieb zum wiederholten Mal an einem Stuhlbein hängen. Fluchend konnte ich mich gerade noch abfangen, gleichzeitig spürte ich eine Hand, die mich so fest am Oberarm packte, dass es mit Sicherheit einen blauen Fleck geben würde.

»Das wird langsam zur Gewohnheit.« Andy vergewisserte sich, dass ich die Balance wiedergefunden hatte, bevor er mir grinsend auf die Schulter klopfte. »Hey, Mann, schön, dass du wieder dabei bist. Alles klar bei dir?«

Ich nickte. »Geht schon. Und bei dir?«

»Na ja, wie man's nimmt. Ich hab doch bei unserem letzten Treffen erwähnt, dass ich mit jemandem aus London in Kontakt stehe.«

»Ich erinnere mich«, sagte ich, während wir uns gemeinsam einen Weg durch den überfüllten Schankraum bahnten, um zum Hinterzimmer zu gelangen, wo das heutige Treffen stattfinden sollte.

Bei den ersten beiden Malen hatten wir mitten im Pub gesessen, wo alle uns hätten belauschen können, doch inzwischen nahm unsere Versammlung einen offizielleren Charakter an. Im Hinterzimmer hatten wir unsere Ruhe, konnten richtige Diskussionen führen und auch mal Abstimmungen vornehmen. Sogar die Bedienung war eingeweiht und unserer Meinung, wie mir Andy verraten hatte, sodass wir uns nicht zurückzuhalten brauchten. Was wir in diesem Raum besprachen, würde auch in diesem Raum bleiben, bis wir so weit waren, um damit an die Öffentlichkeit zu gehen.

»Hast du denn bezüglich des Typen aus London etwas erreicht?«, fragte ich Andy.

»Das kann man so sagen. Er wird heute als Gastredner dabei sein und uns einige brisante Dinge erzählen. Du wirst aus allen Wolken fallen, glaub mir.«

»Okay, ich bin gespannt.«

Mehr konnte ich nicht dazu sagen, denn inzwischen hatten wir das Hinterzimmer erreicht, und Andy wurde sofort von Blake in Beschlag genommen, die quasi seine rechte Hand war. Ich vermutete, dass zwischen den beiden etwas lief, denn die Blicke und Berührungen, die sie unbewusst austauschten, waren ziemlich eindeutig. Blake Kelly war außerdem die Tochter von Shannon Kelly, die für den Posten der Premierministerin kandidierte und mit ihrer negativen Einstellung zu den Drachen schon für ziemlich viel Furore gesorgt hatte.

Blake führte Andy ans andere Ende des Raumes, zum Mittelteil der zusammengeschobenen Tische, die ein U bildeten. Dort saß ein Mann um die fünfzig mit angegrauten Haaren in Anzug und Krawatte abseits von allen anderen und tippte auf seinem Smartphone. Als Andy und Blake ihn erreichten, legte er es sofort mit dem Bildschirm nach unten auf den Tisch und stand auf, um Andy mit einem professionellen Lächeln die Hand zu schütteln. Erst jetzt fiel auf, wie groß er war, denn er überragte Andy, der selbst nicht gerade klein war, um einen halben Kopf. Die Schultern des Typen waren ziemlich breit. Unwillkürlich fragte ich mich, ob er regelmäßig ins Fitnessstudio ging, und spürte den Eispflock, der bei jedem Gedanken an Sport ein Stück tiefer in mein Herz gerammt wurde.

Ich schnappte mir den noch freien Stuhl an einem Ende der Tischreihe und ließ mich neben Prisha fallen, die mich strahlend anlächelte.

»Hi, schön, dich zu sehen.«

»Hi.« Ich lächelte knapp zurück, nachdem ich meine Krücken gegen die Wand hinter mir gelehnt hatte, und betrachtete sie einen Moment. Auch heute trug sie ein Bindi auf der Stirn zwischen den Augenbrauen, den roten Punkt, von dem ich immer gedacht hatte, dass er nur verheirateten Frauen vorbehalten war. Als ich Prisha beim letzten Mal darauf angesprochen hatte, hatte sie mir lachend erklärt, dass sich das unter den indischen Frauen inzwischen geändert hatte. Prisha war jedenfalls nicht verheiratet, und sie schien auf mich zu stehen. Ich fand sie auch sehr nett und ertappte mich hin und wieder dabei, wie ich mit ihr flirtete, obwohl sie eigentlich viel zu schüchtern war, um mein Typ zu sein. Aber es fühlte sich schmeichelhaft an, dass überhaupt noch jemand mit mir flirtete. Die dämlichen Krücken würden nicht ewig ein Teil von mir sein und störten vermutlich nur mich, doch die Verletzung hatte mein Selbstbewusstsein angekratzt. Manchmal fühlte ich mich einfach nicht mehr wie ich selbst.

Prisha war jedenfalls nicht nur schüchtern, sondern auch sexy – auf eine ihr unbewusste Art, was ich wie bei Cassie ziemlich heiß fand. Die langen dunkelbraunen Haare fielen ihr in Wellen bis weit über die Schultern. Sie trug sie immer offen und ohne Scheitel, weil sie den langen Pony stets von einer zur anderen Seite warf. Bei ihr wirkte das jedoch alles andere als affektiert. Dazu kamen der etwas dunklere Hautton, als hätte sie gerade erst Urlaub auf Bali gemacht, und ihre dunkelbraunen, fast schwarzen Augen, mit denen sie mir schüchterne und gleichzeitig tiefe Blicke zuwerfen konnte, die unter die Haut gingen. Heute trug sie einen hellpinken Oversize-Pullover, der ihr auf einer Seite über die Schulter gerutscht war und offenbarte, dass sie keinen BH anhatte.

Unter normalen Umständen hätte ich mir durchaus vorstellen können, etwas mit Prisha anzufangen. Im Moment war ich allerdings viel zu abgelenkt. Die verfluchten Drachen beherrschten meine Gedanken, und wenn ich nicht gerade an sie dachte, spukte Cassie in meinem Kopf herum. Neuerdings schlich sie sich immer dann in mein Bewusstsein, wenn ich es am wenigsten gebrauchen konnte – unter der Dusche oder wenn ich im Bett lag. Immer häufiger ertappte ich mich bei dem Wunsch, sie in meiner Nähe zu haben, und ich stellte mir vor, was ich dann mit ihr anstellen würde. Gedanken, die ich in Bezug auf Cassie nicht haben wollte.

»Emiliano?«

Erst als Prisha meinen Namen aussprach, wurde mir klar, dass sie mich etwas gefragt haben musste. Ich schüttelte den Kopf, um Cassie daraus zu vertreiben.

»Sorry, was hast du gesagt?«

»Hast du eine Ahnung, wer der Mann da ist?« Sie deutete zu dem Anzugtypen hinüber, der sich immer noch mit Andy unterhielt.

»Andy hat was von einem Gastredner aus London erwähnt. Das wird er vermutlich sein.«

»Ah, okay, und weißt du …?«

Bevor sie weiterfragen konnte, wedelte Andy mit beiden Armen in der Luft herum. Sofort wurden sämtliche Gespräche eingestellt, und alle Augenpaare richteten sich auf ihn.

»Ich begrüße euch zu unserer ersten offiziellen Versammlung. Wir haben heute einen Gast. Leute, das ist Mr Smith. Ich habe ihn zu uns eingeladen, weil er quasi Experte für alles Übernatürliche ist, und endlich ist er meiner Bitte nachgekommen. Heißt ihn bei uns willkommen.«

Alle Anwesenden klopften auf die Tische.

»Wollen Sie sich kurz selbst vorstellen, Mr Smith? Ich möchte nicht vorweggreifen oder zu viel sagen. Es ist wirklich eine Ehre, dass Sie heute hier sind. Ich weiß, dass Sie Ihren Job verlieren könnten, sollte Ihr Arbeitgeber davon erfahren.«

Der Anzugtyp, der zwischenzeitlich wieder auf seinem Stuhl Platz genommen hatte, stand auf und strich seine Krawatte glatt. »Hallo zusammen. Allzu viel kann ich an dieser Stelle nicht über mich verraten, wie Mr St. James bereits erwähnte, aber Sie sollten wissen, dass ich aus London komme. Deshalb war es mir nicht möglich, Mr St. James' Bitte früher nachzukommen.« Mr Smith warf Andy einen gespielt tadelnden Blick zu, und einige aus der Runde lachten. »Nun, Sie fragen sich sicher, warum ich als Gastredner eingeladen wurde. Auch wir in London sind von den Problemen betroffen, die das Auftauchen übernatürlicher Wesen mit sich bringen. Bevor ich Ihnen mehr darüber erzählen werde, gebe ich das Wort aber noch einmal kurz an Blake Kelly weiter.«

Vereinzeltes Klatschen ertönte, während Mr Smith wieder Platz nahm und Blake aufstand, die neben Andy saß. »Beim letzten Treffen haben wir uns darauf geeinigt, dass wir eine Vorsitzende oder einen Vorsitzenden brauchen. Heute habe ich die Ehre, diese Wahl zu leiten und den ersten Kandidaten aufzustellen. Hiermit nominiere ich Andrew St. James für den Posten des Vorsitzenden.«

Andys Nachname ging im frenetischen Applaus unter. Es wurde geklatscht, auf die Tische geklopft und gepfiffen, woraufhin sich Andy erhob und eine Verbeugung andeutete.

»Ich danke euch, aber noch habe ich die Wahl nicht gewonnen.«

»Reine Formalität«, rief Peter dazwischen, ein schmaler Typ mit Glatze, der bestimmt zwei Meter groß war.

»Möchte sich denn noch jemand zur Wahl stellen oder jemanden nominieren?«, fragte Blake und sah in die Runde. Blicke wurden gewechselt, aber niemand meldete sich oder stand auf.

»Was ist mit dir, Emiliano?«, rief Andy mir zu.

»Ich?« Abwehrend hob ich die Hände. »Sorry, Mann, aber das ist nichts für mich. Mach du das mal schön.«

»Also ich hätte dich gewählt«, raunte Prisha mir zu, während sich die Aufmerksamkeit der anderen wieder nach vorn richtete.

»In Ordnung«, meinte Blake. »In Anbetracht der Tatsache, dass wir nur einen Kandidaten haben und ihr alle begeistert auf Andys Nominierung reagiert habt, würde ich an dieser Stelle auf eine geheime Wahl verzichten. Einwände?« Wieder meldete sich niemand, und Blake nickte zufrieden. »Also dann, wer stimmt für Andrew St. James als unseren neuen Vorsitzenden?«

Erneut brandete Applaus auf, es wurde gejohlt und gepfiffen. Selbst die Bedienung, die gerade eine Runde Guinness auf einem Tablett hereintrug, hob die Hand. Andy zwinkerte ihr zu, woraufhin sie ihm eine Kusshand zuwarf, bevor sie das Bier verteilte. Blake entgleiste für einen Moment das Lächeln.

»Okay, okay. Nur der Vollständigkeit halber: Gibt es Gegenstimmen?«

Ich sah in die Runde, doch niemand meldete sich. Als Blake nach Enthaltungen fragte, hob Mr Smith die Hand und erntete damit erneut einige Lacher.

Sie wandte sich an Andy. »Andrew St. James, nimmst du die Wahl an?«

»Ist die Frage ernst gemeint? Natürlich nehme ich die Wahl an.«

Andy stand ein weiteres Mal auf, nahm Blake kurz in den Arm und erhob sein Pint. »Lasst uns darauf anstoßen, dass wir gemeinsam etwas Großes bewirken werden.«

Wie die anderen hob auch ich mein Glas und trank einen Schluck von der eiskalten Cola.

»Prima, dann gehen wir gleich zur Tagesordnung über. Irgendjemand hat die Drachen in einen Krieg verwickelt, und auch wenn unser Wissen über die Drachen und alles Übernatürliche noch ziemlich gering ist, so wissen wir doch, dass der Gegner der Drachen mächtig sein muss. Wie sonst hätte er diese riesigen Kreaturen, die fliegen und Feuer spucken, in die Knie zwingen können?«

»Ganz genau.« Peter sprang auf und stützte sich mit beiden Händen auf dem Tisch ab. »Wir müssen herausfinden, wer die Drachen angegriffen hat und ob diese Spezies weitere Pläne verfolgt.«

»Das sehe ich ebenso«, stimmte Andy zu. »Und tatsächlich habe ich eine Ahnung, wer dahinterstecken könnte. Auf jeden Fall gibt es eine weitere übernatürliche Spezies, auf die ich während meiner Zeit in London gestoßen bin.«

Stimmen wurden laut. Alle redeten durcheinander, wollten wissen, um wen es ging und warum Andy erst jetzt damit herausrückte. Auch Prisha und ich warfen uns einen überraschten Blick zu.

»Hast du davon gewusst?«, fragte sie mich.

Ich schüttelte den Kopf. »Nein, Andy hat mir gegenüber nichts erwähnt.«

»Ganz ruhig, Leute«, rief Andy. »Ich verstehe, dass ihr euch fragt, warum ich bisher nichts gesagt habe. Zum einen wollte ich zuerst sichergehen, dass wir alle dasselbe Ziel verfolgen, und dann vergesst bitte nicht: Das hier ist unser erstes offizielles und vor allem ungestörtes Treffen. Zum anderen hängt mein Schweigen mit Mr Smiths

Besuch zusammen. Er wird meine Aussagen stützen und euch zudem die eine oder andere Frage beantworten können.«

»Was ist das denn nun für eine Spezies?«, fragte ich ungeduldig.

Andy sah in die Runde, schien jeden einzelnen von uns für wenige Sekunden zu fixieren. »Hexen, Magier. Es gibt Magie auf dieser Welt.«

»Hexen?«, wurde von allen Seiten gemurmelt.

Ungläubig starrte ich Andy an. Die Vorstellung, dass es echte Magie gab, gefiel mir ganz und gar nicht. Keine Ahnung, was genau das für Hexen und Magier waren und welche Kräfte sie hatten, aber wenn meine Vorstellung von Magie der Realität auch nur ansatzweise nahekam, waren wir womöglich alle in Gefahr.

»Hört doch mal zu«, meinte Andy und ruderte ein weiteres Mal mit den Armen in der Luft herum, um die Aufmerksamkeit wieder auf sich zu lenken. »Ich verstehe ja, dass ihr Fragen habt, aber vielleicht lasst ihr mich erst mal ausreden. Also, in London gibt es mindestens zwei mächtige Hexenclans, die Morgans und die Merlins. Und das ist noch nicht alles. Ich habe auch von den Lecourts gehört, einem Voodooclan, der allerdings inzwischen nur noch aus wenigen Mitgliedern bestehen soll. Können Sie das bestätigen, Mr Smith?«

Mr Smith erhob sich erneut von seinem Platz. »Ja, es gibt Hexenclans in London, sehr mächtige Clans sogar. Erst in diesem Sommer haben sie sich gegenseitig bekriegt. Wie durch ein Wunder wurden meines Wissens nach keine Menschen in Mitleidenschaft gezogen, aber die Hexen und Magier hätten garantiert jeden Kollateralschaden in Kauf genommen, so wie die Drachen Verletzte in Kauf genommen haben.« Mr Smiths Blick schien für einen Moment auf mir zu ruhen.

»Haben die Hexenclans denn auch die Drachen angegriffen? Sind sie der Feind, der den Krieg angezettelt hat?«, wollte Prisha wissen.

»Das ist durchaus möglich, wenn auch sehr unwahrscheinlich. Mit absoluter Sicherheit kann ich es aber weder bestätigen noch dementieren.«

»Aber wenn es nicht die Hexenclans waren, muss es ja noch eine Spezies geben«, warf Peter ein. »Dann wären es zusammen mit den Drachen drei übernatürliche Arten!«

»So ist es«, bestätigte Mr Smith. »Es existiert auf jeden Fall eine weitere Spezies – und wer weiß, wie viele noch im Verborgenen hausen. Außerdem können wir davon ausgehen, dass nicht nur in London Hexenclans ansässig sind.«

Einen Moment lang herrschte Schweigen, dann redeten alle durcheinander. Dieses Mal griff Andy nicht ein, sondern ließ die Gespräche zu, während er sich leise mit Mr Smith und Blake austauschte.

»Drachen, Magie und wer weiß, was noch.« Prisha schüttelte den Kopf und griff nach ihrem Guinness. »Auf den Schock brauche ich einen Schluck.«

»Da mache ich mit.« Ich winkte die Bedienung zu mir, um mir ebenfalls ein Guinness zu bestellen. Cola reichte jetzt definitiv nicht aus. »Weißt du, was das Schlimmste ist?«, sagte ich dann zu Prisha. »Die Drachen allein sind ja schon mächtig, aber stell dir mal vor, sie tun sich mit den Hexen und Magiern gegen uns Menschen zusammen. Wir hätten doch überhaupt keine Chance.«

»Ganz genau.« Prisha erhob sich von ihrem Stuhl. Sie begann laut zu sprechen, und überraschenderweise hörten ihr alle schon nach wenigen Worten zu. »Leute, wisst ihr, was Emiliano gerade gesagt hat? Angenommen, die Drachen verbünden sich mit den Hexen und Magiern gegen uns. Was machen wir dann? Wir wären ihnen schutzlos ausgeliefert.«

»Aber warum sollten sie das tun?«, warf eine schon ältere Studentin ein. »Die Drachen betonen doch immer wieder, dass sie in Frieden leben wollen.«

»Und das glaubst du ihnen einfach?« Andy schnaubte. »Selbst wenn es wahr ist, heißt das noch lange nicht, dass das auch so bleiben muss. Was, wenn sie sich von uns bedroht fühlen? Oder wenn sie gezwungen werden, sich gegen uns Menschen zu wenden?«

Mr Smith räusperte sich. »Darf ich dazu etwas sagen? Zufälligerweise liegt meinem Arbeitgeber ein kurzer Auszug aus den Heiligen Schriften der Drachen vor. Er würde mich vermutlich kreuzigen, wenn er wüsste, dass ich Ihnen davon erzähle. Trotzdem möchte ich einige Passagen daraus zitieren, wenn ich darf. Sie könnten unter Umständen sehr aufschlussreich sein.«

Andy machte eine einladende Geste. »Bitte, sehr gern.«

Mr Smith zog ein Blatt Papier aus seiner Aktentasche, faltete es auseinander und räusperte sich erneut. »*Für lange Zeit waren die Drachen die unumschränkten Herrscher über die Erde, aber sie kannten keine Mäßigung.*« Nach einer kurzen Pause fuhr er fort: »*Fortan herrschten erneut die Drachen, doch nun mäßigten sie ihren Hunger und nutzten ihren Verstand. So gelang es ihnen, die Menschen zu unterjochen und nicht nur als Jäger, sondern als Machthaber zu herrschen.*« Wieder eine kurze Pause. »*Die Drachen wollten ihre Verbannung nicht akzeptieren und ersuchten andere Drachenstämme um Hilfe.* Und hier die wichtigste Passage: *Nunmehr herrschten Drachen und Magier gemeinsam.*« Mr Smith faltete den Zettel wieder zusammen und blickte erwartungsvoll in die Runde.

Erneut breitete sich entsetztes Schweigen aus, denn alle unsere Befürchtungen wurden damit bestätigt. Drachen und Magier hatten bereits Seite an Seite über die Menschen geherrscht. Wer sagte uns, dass sie das nicht wieder vorhatten? Dass sie Rache wollten, weil sie sich irgendwann im Laufe der letzten Jahrhunderte gezwungen gesehen hatten, im Verborgenen zu leben. Wir mussten etwas unternehmen, denn sich auf den Frieden zwischen unseren Völkern zu verlassen, wäre nicht nur naiv und dumm, sondern auch grob fahrlässig.

Dieses Mal war ich derjenige, der sich mühevoll hochhievte und mit beiden Händen auf dem Tisch abstützte. »Wir müssen uns vorbereiten, sollte es zu einer Konfrontation mit den übernatürlichen Wesen kommen«, sagte ich in die Stille hinein. »Und wir dürfen keinesfalls zulassen, dass die Drachen irische Staatsbürger werden. Sie verschweigen uns die Existenz der Hexen und Magier, sie verschweigen uns trotz mehrfachen Bittens, wer sie angegriffen hat. Sie haben nicht das Recht, Teil unserer Gemeinschaft zu werden.«

Andy nickte. »Das sehe ich ebenso. Wir wären dumm, wenn wir nichts unternehmen würden. Außerdem sollten wir den Drachen, Hexen und all den anderen Wesen da draußen klarmachen, dass sie mit uns Menschen nicht umspringen können, wie sie wollen. Wer stimmt dafür?« Ausnahmslos alle im Raum hoben die Hand, und Andy nickte erneut, dieses Mal bedächtiger. »Dann ist es beschlossene Sache. Wir werden uns zur Wehr setzen.«

Kapitel 12

Valentina

Eine weitere Woche zog ins Land, ohne dass Emiliano und ich uns ausgesprochen hatten, und nun verhielt sich auch noch unser Vater merkwürdig. Bei unserem vorletzten Burrito-Essen hatte ich ihn auf den Anwalt aus London angesprochen, woraufhin Papá ziemlich hastig das Thema gewechselt hatte. Unsere letzte Verabredung hatte er sogar abgesagt, weil er angeblich so viel arbeiten musste. Das wollte ich zwar nicht bestreiten, trotzdem hätte ich schwören können, dass er mir etwas verheimlichte. Cassie war viel unterwegs, sodass ich sie kaum noch zu Gesicht bekam. Der einzige Lichtblick war, dass ich nicht mehr permanent das Gefühl hatte, verfolgt oder beobachtet zu werden. Und dass Lily an meiner Seite war. Innerhalb kürzester Zeit hatte sie sich in mein Herz gestohlen, obwohl ich ihr dort eigentlich keinen Platz hatte geben wollen. Ich mochte sie, keine Frage, aber in der Vergangenheit war ich einfach zu oft enttäuscht worden, wenn ich jemandem zu schnell vertraut hatte. Wobei ich Lily nicht anvertrauen konnte, was mich wirklich beschäftigte. Und auch sie verschwieg mir, warum sie hin und wieder so melancholisch war. Trotzdem schaffte sie es irgendwie, mich zu beruhigen. Ich fühlte mich wohl in ihrer Nähe, und meine Gedanken kreisten nicht mehr ständig um ein und dieselben Themen.

Die Angst vor Halloween, das immer näher rückte, konnte allerdings auch Lily mir nicht nehmen. Dabei wollte ich keine Angst haben. Seit Jahren freute ich mich auf diesen Tag, und allein die Tatsache, dass sich die Drachen offenbart hatten, war kein Grund, mit Bauchschmerzen auf dieses Ereignis zu blicken. Nur, weil in der Halloweennacht meine Kräfte erwachen würden, hieß das noch lange nicht, dass die ganze Welt auf mich schauen würde.

Und dann war da noch Amber, die mir die Theater-AG immer mehr vermieste. Sie konnte einfach nicht aufhören, mich bei jeder Gelegenheit wissen und spüren zu lassen, dass sie die bessere Lady de Winter abgegeben hätte. Mr Rileys Einschätzung schien sie überhaupt nicht zu interessieren. Tatsächlich hatte ich schon ein paarmal überlegt, wieder aus der AG auszusteigen, allerdings wollte ich Amber den Triumph nicht gönnen, und ich wollte Mr Riley nicht enttäuschen. Er war wirklich sympathisch, er zählte auf mich, und – was noch mehr wog als alles andere – es machte mir unglaublich viel Spaß, auf der Bühne zu stehen.

»Ignorier sie einfach«, schlug Lily vor, als ich mich mal wieder über Amber aufregte. Wir hatten uns nach ihrer Schicht am Kaffeewagen getroffen und uns gemeinsam auf den Weg zur Yogastunde gemacht, nachdem sie mir noch einen Pumpkin Spice Latte zubereitet hatte. »Sie will, dass du dich aufregst. Wahrscheinlich bezweckt sie damit, dass du ausrastest oder aufgrund deiner Unkonzentriertheit schlechte Leistung ablieferst und dich damit selbst ins Aus katapultierst. Ich versteh dich, denn ich könnte an deiner Stelle auch nicht ruhig bleiben, aber du tust dir am Ende keinen Gefallen damit, glaub mir.«

Sie presste die Kiefer aufeinander, und es kam mir wieder einmal so vor, als hätten ihre Worte eine tiefere Bedeutung. Obwohl ich neugierig war, hakte ich nicht nach. Es fühlte sich an, als hätte ich kein Recht dazu, schließlich hatte ich selbst meine Geheimnisse.

Und ich fürchtete, Lily würde dann auch anfangen, mir Fragen zu stellen, auf die ich ihr keine ehrlichen Antworten geben konnte.

Den Rest des Weges schwiegen wir. Ich lauschte dem Rascheln des Laubs unter unseren Schuhen, eines meiner liebsten Geräusche im Herbst, bis plötzlich laute Stimmen zu hören waren, die sich unter hupende Autos mischten und immer wieder dasselbe riefen. Je weiter wir gingen, desto deutlicher wurden die Worte. »Nieder mit den Drachen! Nieder mit den Drachen! Nieder mit den Drachen!« Schließlich geriet eine Menschentraube in unser Blickfeld, die den Gehweg und die halbe Straße verstopfte. Die Demonstrierenden schwenkten Plakate, auf denen wieder so ein Blödsinn stand wie *Drachen = Monster* oder *Behandelt Drachen wie Tiere*. Ihre Aussagen versetzten mir einen Stich. Was würden sie wohl über mich sagen, wenn sie wüssten, wer ich in Wirklichkeit war?

»Die haben echt einen Knall«, murmelte ich.

Kopfschüttelnd wollte ich Lily weiterziehen, doch genau in diesem Moment schnappte sich ein Demonstrant einen riesigen Kürbis aus der Herbstdekoration eines Geschäfts und warf damit die Schaufensterscheibe ein. Klirrend ging das Glas zu Bruch, und für eine Sekunde hätte man eine Stecknadel fallen hören können, bevor ein paar der anderen Demonstrierenden losgrölten und die Autos wieder zu hupen begannen. Schluckend fiel mein Blick auf den Ladenbesitzer, der schockiert durch die zerbrochene Scheibe nach draußen blickte. Ich glaubte, Tränen in den Augen des älteren Mannes glitzern zu sehen, auch wenn das auf die Entfernung schwer zu sagen war. Erst jetzt fiel mir auf, dass es sich bei dem Geschäft um einen Souvenirladen handelte. In der Tür hing ein Plakat, auf dem stand, dass Drachen dort herzlich willkommen waren, und mit einem Mal spürte ich unbändige Wut. Meine Hände ballten sich zu Fäusten, und ich machte unbewusst einen Schritt nach vorn, woraufhin Lily mich am Arm zurückhielt.

»Warte, was hast du vor? Misch dich da besser nicht ein, das gibt nur Ärger.«

Vermutlich hatte sie recht, vermutlich machte sie sich Sorgen um mich, und trotzdem wurde ich dadurch nur noch wütender. »Ach, und weil es Ärger geben könnte, soll ich zusehen, wie diese Idioten Angst und Schrecken verbreiten? Es reicht, dass sie andere mit ihren Worten verletzen, aber ich werde nicht danebenstehen, wenn wirklich jemand zu Schaden kommt.«

Damit riss ich mich los und stapfte entschlossen auf den Typen zu, der den Kürbis geworfen hatte und bestimmt zwei Köpfe größer war als ich. Das hielt mich jedoch nicht davon ab, mich vor ihm aufzubauen und ihm einen Vogel zu zeigen.

»Sag mal, geht's noch? Du hast sie doch nicht mehr alle!«

Der schmale Typ mit der Glatze blickte auf mich herunter, seine blauen Augen fixierten mich verächtlich. »Halt dich aus Dingen raus, die dich nichts angehen, sonst …«

»Sonst was?«, unterbrach ich ihn, woraufhin der Kerl einen Schritt auf mich zumachte. Wahrscheinlich wollte er mich einschüchtern, und ich gab nur ungern zu, dass er damit in gewisser Weise Erfolg hatte. Natürlich war mir klar, dass ich ihm hoffnungslos unterlegen war – und er hatte längst bewiesen, dass er eine aggressive Ader hatte –, trotzdem würde ich nicht die Klappe halten.

»Eine zweite Warnung wirst du nicht bekommen, also mach dich lieber vom Acker.«

Ich verschränkte die Arme vor der Brust. »Droh mir, so viel du willst, das ändert nichts an der Tatsache, dass du dich wie ein Idiot aufführst.«

Ich sah noch, wie sich sein Kiefer anspannte, bevor er in der nächsten Sekunde mit voller Kraft gegen meine Schultern stieß. Ich verlor das Gleichgewicht und taumelte nach hinten. Fast wäre ich gestürzt, doch Lily, die plötzlich an meiner Seite war, gab mir Halt.

»Lass meine Freundin in Ruhe, du Arschloch«, fuhr sie den Kerl an.

Der verengte die Augen zu Schlitzen. Ich wusste, dass er erneut zuschlagen würde, trotzdem konnte ich nicht schnell genug reagieren. Überraschenderweise hatte Lily bessere Instinkte als ich. Sie schubste mich beiseite, parierte den Schlag mit ihrem Unterarm und holte dann selbst aus. Ihre Faust traf die Nase des Typen, die sofort zu bluten anfing. Dann ging alles ganz schnell. Mehrere Kerle stürzten sich auf Lily und mich, und ich bekam einen Schlag in die Magengrube, der mich japsend auf den Boden verfrachtete. Tränen schossen mir in die Augen, ich schmeckte Galle auf der Zunge. Wie durch einen Schleier sah ich, dass sich Lily standhaft und schreiend verteidigte, aber gegen drei riesige Kerle mit breiten Schultern hatte sie keine Chance.

»Jetzt reicht's aber, lasst die Mädchen in Ruhe«, hörte ich eine Männerstimme hinter uns brüllen.

Im nächsten Moment gingen mehrere Passanten dazwischen. Es waren hauptsächlich Männer, aber es mischte sich auch eine Frau darunter.

»Hört endlich auf, die Drachen anzuprangern, sie haben euch nichts getan«, schrie sie.

»Das ist nur noch eine Frage der Zeit«, erwiderte der Kerl mit der Glatze, der sich seine blutende Nase am Ärmel seiner schwarzen Lederjacke abwischte. »Wenn ihr die Drachen verteidigt, seid ihr nicht besser als diese Monster.«

Er spuckte aus und stürzte sich auf die Frau. Die anderen gingen ebenfalls aufeinander los, und binnen weniger Sekunden artete das Ganze in einer Massenschlägerei aus. Ich kroch rückwärts, wollte mich irgendwie aufrappeln, sackte jedoch wieder auf den Boden, als mir jemand auf die Hand trat.

»*Qué mierda*«, fluchte ich und schüttelte die schmerzenden Finger aus. Warum nur hatte ich nicht auf Lily gehört? Es tat mir nicht leid, dem Kerl meine Meinung gesagt zu haben, doch ich hatte nicht damit gerechnet, dass das Ganze solche Ausmaße annehmen würde. Hoffentlich wurde niemand verletzt.

Ein Fuß erwischte mich an der Hüfte, und ich unterdrückte einen weiteren Fluch, als mich der Schmerz durchfuhr. Mist, ich musste aufstehen. Hier am Boden war ich nicht sicher. Irgendwie schaffte ich es tatsächlich hoch, doch in dem Gemenge aus Armen und Beinen bekam ich immer wieder einen Ellbogen oder andere Gliedmaßen ab. Ich wurde hin und her geschubst und kam mir vor wie eine Piñata, auf die alle eindroschen. Ich spürte warmes Blut meine Wange hinablaufen, mein Herz schlug viel zu schnell, und mir wurde abwechselnd heiß und kalt. Wo war Lily? Und wie kamen wir heil hier raus? Verdammt. Verdammt, verdammt, verdammt!

»Valentina?«, hörte ich Lilys Stimme hinter mir.

»O Gott, bin ich froh«, sagte ich mit trockenem Mund. Lily war da. Und es ging ihr gut.

Sie nahm mich an der Hand und zog mich hinter sich her. Mühsam kämpften wir uns durch das Durcheinander, fingen uns immer wieder den einen oder anderen Hieb ein. Einen kassierte Lily sogar absichtlich, weil sie sich schützend vor mich stellte. Einmal stolperte sie über einen am Boden liegenden Mann und wäre beinahe hingefallen. Ich verlor ebenfalls das Gleichgewicht, konnte uns beide aber vor dem Sturz bewahren. Schließlich schafften wir es irgendwie aus dem Gemenge heraus. Lily wollte mich weiterziehen, doch ich blieb stehen, obwohl ich nur weg von hier wollte.

»Warte, das ist meine Schuld. Wir können nicht einfach …«

»O doch.« Sie drehte sich zu mir um und legte mir ihre Hände auf die Schultern. »Wir können und wir werden abhauen. Valentina, bitte. Hör dieses Mal auf mich. Wir können hier nichts weiter tun.«

Sie hatte recht, das wusste ich, trotzdem war ich unfähig, mich zu rühren. Es fühlte sich falsch an, fortzulaufen und die Menschen zurückzulassen, die uns geholfen hatten. Da hörte ich in der Ferne Polizeisirenen.

»Siehst du.« Lily klang erleichtert und griff erneut nach meiner Hand. »Die Polizei ist jeden Moment da, um das Ganze zu beenden, und jetzt komm.«

Nun zögerte ich nicht mehr, sondern rannte, so schnell mich meine Beine trugen.

Erst vor dem Sportstudio blieben wir stehen. Ein Polizeiauto fuhr mit eingeschalteter Sirene die Straße hinunter. Ich stützte mich auf meinen Oberschenkeln ab und versuchte, Luft zu holen. Meine Beine fühlten sich an wie Pudding, und das Herz hämmerte gegen meinen Brustkorb, als würde es jeden Moment herausspringen wollen.

»Fuck!« Lily fuhr sich mit den Händen übers Gesicht und lehnte sich mit dem Rücken gegen die Tür. »Das ist gerade noch mal gut gegangen.«

»Das kannst du laut sagen.« Der Pumpkin Spice Latte rumorte in meinem Bauch, als mir klar wurde, was für ein Glück wir eben gehabt hatten – und was für einen Mist ich gebaut hatte. »*Lo siento*«, murmelte ich. »Tut mir leid.«

»Das hoffe ich, denn das war echt leichtsinnig von dir.« Lily warf mir einen vorwurfsvollen Blick zu, dann schüttelte sie mit einem angedeuteten Lächeln den Kopf. »Und verdammt mutig. Wirklich, Valentina, ich kenne niemanden wie dich.«

»Ist das gut oder schlecht?«, fragte ich zögerlich.

Lachend schüttelte sie wieder den Kopf. »Auf jeden Fall solltest du lernen, dich zu beherrschen, und deshalb gehen wir jetzt zum Yoga.« Sie stieß sich von der Tür ab und öffnete sie. Mit einer galanten Handbewegung bedeutete sie mir vorauszugehen, doch ich verdrehte nur die Augen.

»Soll ich dir was sagen? Ich habe überhaupt keine Lust auf Yoga, weder heute noch morgen.«

»Und soll ich dir was sagen?« Ihre Stimme wurde ein bisschen tiefer. »Ich habe mich nur deinetwegen angemeldet.«

Ich starrte Lily an und wusste nicht, was ich von dieser unerwarteten Offenbarung halten sollte. Mich geschmeichelt fühlen? Es komisch finden, weil wir uns zu dem Zeitpunkt noch gar nicht gekannt hatten? Dennoch konnte ich nicht anders, als zu grinsen. »Kann ich verstehen. Ich habe mich auch nur wegen Abuelita angemeldet.«

Lily erwiderte mein Grinsen. »Na super, und was tun wir dann hier?«

»Tja, gute Frage. Ich für meinen Teil habe jedenfalls nicht das Gefühl, dass ich hier lerne, meinen Geist zur Ruhe zu bringen oder mich zu fokussieren.«

»Ist das denn der einzige Grund, warum du hier bist?«, fragte Lily und trat einen Schritt zur Seite, um eine Frau vorbeizulassen, die das Studio betreten wollte.

»Ist es.«

»Dann habe ich eine bessere Idee.« Lily ließ die Tür zuschnappen und reichte mir ihre Hand. »Vertraust du mir?«

Ohne zu zögern oder auch nur darüber nachzudenken, legte ich meine Hand in ihre. Nach dem, was gerade passiert war, würde ich mein Leben in ihre Hände legen.

»Ist das dein Ernst?« Skeptisch trat ich durch die Tür, die Lily mir aufhielt. Warme Luft empfing uns, es roch nach einer Mischung aus Schweiß, Deo und Kreide.

»Absolut. Boxen ist vielleicht nicht so entspannend wie Yoga, aber du kannst viel besser deine Aggressionen rauslassen.«

»Und ich dachte, du hättest gerade genug Gelegenheit dazu bekommen.«

Lachend zog sich Lily die schwarze Beanie vom Kopf und spazierte an mir vorbei. Ich folgte ihr einen schmalen Korridor entlang, nachdem wir die große Eingangshalle hinter uns gelassen hatten. Das Licht an den Decken war nicht sonderlich hell, und schon von Weitem hörten wir regelmäßiges Stöhnen und Schnaufen.

»Boxen steigert deine Konzentrationsfähigkeit hundertmal besser als Yoga, glaub mir. Du musst die ganze Zeit auf der Hut sein, wenn du keinen Schlag abbekommen willst. Außerdem bietet dieser Sport mehr Action. Du magst das Herumliegen auf der Yogamatte doch genauso wenig wie ich, oder?«

»Schon«, gab ich zu, blieb aber weiterhin skeptisch. Dabei fragte ich mich, warum ich so verunsichert war. Ich konnte mir durchaus vorstellen, dass Boxen viel mehr Konzentration erforderte als irgendwelche Asanas. Außerdem hatte mir die Situation auf der Straße gerade bewusst gemacht, wie wichtig es war, sich verteidigen zu können.

Lily wandte den Kopf kurz nach hinten und zwinkerte mir zu. »Vertrau mir, es wird dir Spaß machen. Zu Hause in London habe ich seit meinem dreizehnten Lebensjahr geboxt.«

Ich schloss zu ihr auf. Jetzt war mir klar, warum sie sich gerade so viel besser zur Wehr gesetzt hatte als ich. »Warum hast du hier in Dublin nicht damit weitergemacht?«

Sie zuckte mit den Schultern. »Meiner Tante zuliebe. Sie fand, ich sollte es mal mit einem sanfteren Sport versuchen, und vielleicht …«, ihre Stimme wurde leiser, als sie weitersprach, »vielleicht wollte ich auch einfach eine Zeitlang nicht so viel an London denken.«

Neugierig betrachtete ich ihr Profil. Jedes Mal, wenn sie von ihrer Heimat sprach, schwangen Wehmut und Schmerz in ihrer Stimme mit, und manchmal auch ein kleines bisschen Wut. Sie musste Schlimmes durchgemacht haben, und ich hätte sie gern danach gefragt, doch jetzt war nicht der richtige Zeitpunkt, deshalb erwiderte ich nur: »Und inzwischen ist es okay?«

Sie schenkte mir ein Lächeln und wirkte dabei schon nicht mehr ganz so traurig. »Ja, das ist es, und tatsächlich war ich auch schon mal hier. Ich habe das Boxen einfach so sehr vermisst, dass ich es nicht länger ohne ausgehalten habe.«

Ich musste grinsen, denn diese Lily gefiel mir viel besser als die melancholische Lily, die niemanden an sich heranließ. Auch mich ließ sie nicht richtig an sich heran. Zwar verbrachten wir seit jenem Nachmittag, an dem ich sie zufällig am Kaffeewagen auf dem Campus getroffen hatte, regelmäßig Zeit miteinander und redeten viel, und doch war mir ihre Vergangenheit, ja selbst ihre Gegenwart ein Rätsel. Was hatte sie beispielsweise nach Irland geführt? Warum war sie nicht nach London zurückgekehrt, nachdem sie in den

USA gewesen war? Und warum war sie überhaupt in den USA gewesen?

Trotz all dieser Fragen hatte ich dennoch das Gefühl, sie in gewisser Weise zu kennen. Sie sprach zwar nicht viel über sich, aber sie war ehrlich und sagte jedem ihre Meinung. Bevor sie log, sagte sie lieber gar nichts, was ich sehr an ihr bewunderte. Geduld war genauso wenig ihre Stärke wie meine, und sie nutzte jede freie Minute, um ein paar Seiten in ihrem E-Book-Reader zu lesen.

Am Ende des Gangs bogen wir nach rechts ab und betraten eine große Halle. Hier waren mehrere Stationen mit Matten aufgebaut, außerdem gab es drei professionell wirkende Boxringe. In einer Ecke hingen ein halbes Dutzend Boxsäcke von der Decke, an denen zwei junge Männer trainierten. Einer schlug auf den Sack ein, während der andere diesen festhielt.

»Wir müssen die Schuhe ausziehen«, sagte Lily und streifte sich bereits die Sneakers von den Füßen.

Ich tat es ihr gleich und schlüpfte schnell aus meinen Ballerinas, bevor ich ihr weiter in die Halle folgte. Ein älterer Mann mit grau melierten Haaren, der am Rand eines der Boxringe stand, drehte sich zu uns um. Als er Lily erblickte, rief er den zwei Frauen im Ring noch etwas mit italienischem Akzent zu, dann kam er uns entgegen.

»Liliana, ich habe gehofft, dass du kommst wieder. Du bist *molto* talentiert. Wer ist deine Freundin?«

»Hi, ich bin Valentina, und ich bin leider nicht gut im Boxen.«

Lily lachte. »Sie hat es noch gar nicht versucht.«

»Keine Sorge, du gern kannst eine Probestunde machen.«

»Mille grazie, Luigi. Na komm, Valentina, ziehen wir uns um.«

»Und, was sagst du?«, fragte Lily eine Stunde später. Sie versuchte, beiläufig zu klingen, während wir unsere Sachen aus der Umkleide holten, doch tatsächlich erinnerte sie mich an ein Kind am Weihnachtsmorgen. Ihre Wangen waren von der Anstrengung leicht gerötet, was irgendwie süß aussah.

Auch ich war immer noch total verschwitzt und aus der Puste – und auf die seltsamste Art glücklich. »Es war auf jeden Fall eine Erfahrung«, erwiderte ich, um Lily auf die Folter zu spannen.

»Jetzt komm schon, hat es dir gefallen?«

Ich konnte meine neutrale Miene nicht länger aufrechterhalten. »Ja, es war toll. Du hattest recht, Boxen macht wirklich Spaß, auch wenn ich morgen wahrscheinlich den Muskelkater meines Lebens haben werde.« Mir tat jetzt schon alles weh, wobei ein Teil der Schmerzen sicher nicht auf die Probestunde zurückzuführen war.

Lily grinste, als wir gemeinsam den Umkleidebereich verließen. »Das ist es wert. Ansonsten hilft ein warmes Bad.«

»Tut's auch eine heiße Dusche? Im Wohnheim gibt's keine Wanne.«

»Schätze schon, aber du kannst auch mit zu mir kommen. Ich habe ein sehr schönes Exemplar mit Löwenfüßen und genau den richtigen Badezusatz für verspannte Muskeln.«

»Ähm, also, das klingt prinzipiell echt gut«, stammelte ich. Das Aber schwang mit, doch bevor ich es aussprechen konnte, kam Luigi auf uns zu.

»Und? War es gut?«

Lily hielt den rechten Daumen nach oben. »Wir kommen wieder.«

»Ach, tun wir das?«, raunte ich ihr lachend zu.

»Zum Yoga kriegen mich jedenfalls keine zehn Drachen mehr.«

Schlagartig kehrte das beklemmende Gefühl in meiner Brust zurück, und die Leichtigkeit, die sich in der vergangenen Stunde ansatzweise in mir ausgebreitet hatte, verkroch sich mit Lilys Worten. Die Demonstration, Emiliano, all meine Probleme waren für kurze Zeit in den Hintergrund gerückt, doch jetzt kehrten sie mit voller Wucht in mein Bewusstsein zurück. Nachdenklich ließ ich mir von Luigi ein Anmeldeformular reichen, der sich vermutlich mehr über Lilys Anmeldung freute als über meine, denn obwohl es Spaß gemacht hatte, war ich ziemlich miserabel gewesen.

Ich folgte Lily durch den düsteren Korridor zurück in den Empfangsbereich und nach draußen. Es roch nach Regen, Autos fuhren an uns vorbei, blieben an einer roten Ampel stehen. Die Scheinwerfer tauchten die Umgebung in gelbes und rotes Licht, die Straßen schimmerten nass. Aus einem der Autos drang laute Musik zu uns.

»Was sagst *du* eigentlich zu den Drachen?«, fragte ich Lily, als mir auffiel, dass wir uns seltsamerweise bisher überhaupt nicht darüber unterhalten hatten. Unwillkürlich hielt ich den Atem an.

»Ich?« Sie überlegte einen Moment, als müsste sie erst darüber nachdenken, was ich ihr jedoch nicht abkaufte. »Also ich fand die Aktion im Fußballstadion etwas überstürzt und nicht gut durchdacht, aber auch irgendwie nachvollziehbar. Ich meine, wenn es um Leben und Tod geht, handelt man nicht immer rational.«

Erleichtert darüber, dass sie keine negative Einstellung zu den übernatürlichen Wesen hatte, ließ ich die Luft aus meiner Lunge entweichen und nickte langsam. Sie hatte recht. Aus Sicht der Drachen hatte Sharni O'Rourke alles richtig gemacht. Trotzdem wünschte ich, die Drachen hätten sich nicht offenbart, zumindest nicht so kurz vor dem Tag der Toten, der für mich von so großer Bedeutung war.

»Was ist denn los mit dir?« Lily legte eine Hand auf meine Schulter.

Leise seufzte ich. Ich wünschte, ich könnte ihr die Wahrheit sagen, über mich, über das, was mich schon in Kürze erwartete. Sie hatte keine Ahnung, was diese Demonstrationen für mich bedeuteten, und dass sie nun auch noch radikale Züge annahmen, beruhigte meine ohnehin schon angespannten Nerven nicht gerade.

Wenigstens von Emiliano konnte ich ihr erzählen, und das tat ich nach kurzem Zögern. Es fühlte sich gut an, zumindest diesen Teil meines Lebens nicht länger für mich behalten zu müssen, auch wenn es im Grunde nie ein Geheimnis gewesen war.

»Schöne Scheiße«, kommentierte Lily. »Was macht dein Bruder denn jetzt?«

Ich zuckte mit den Schultern. »Keine Ahnung, er ist im Moment nicht wirklich ansprechbar.«

»Irgendwie verständlich. Aber er wird sicher darüber hinwegkommen und einen neuen Weg einschlagen.«

Würde er das wirklich? Oder würde er eine falsche Abzweigung wählen? »Ich mache mir Sorgen um ihn. Und es fühlt sich beschissen an, dass ich nichts für ihn tun kann.«

»Verstehe ich, aber manchmal … braucht man einfach Zeit zum Trauern«, fügte Lily nach kurzer Pause hinzu.

Wieder trat der schmerzhafte Ausdruck in ihre Augen, und ich verspürte den Drang, sie in die Arme zu nehmen, um ihr etwas von dem Schmerz zu nehmen. Ich tat es nicht, stattdessen nickte ich. »Okay, reden wir nicht länger von den Drachen oder meinem Bruder. Ich habe Hunger, und Probleme erscheinen auf leerem Magen meistens viel schlimmer, als sie sind.«

»Das ist die richtige Einstellung. Was willst du essen? Italienisch, Chinesisch oder Burger?«

Ich musste lächeln, weil sie so selbstverständlich bereit war, mich zum Essen zu begleiten. Nach diesem Abend wollte ich nur ungern allein sein. »Tatsächlich könnte ich jetzt einen richtig guten Burrito vertragen.« Noch nie hatte ich mexikanisches Essen so gern gehabt wie hier in Irland. Es gab mir ein Stück Heimat, ein Stück Sicherheit, und genau das brauchte ich jetzt.

»Gibt es hier in Dublin denn einen guten Mexikaner?«

Ein weiteres Mal zuckte ich mit den Schultern. »Keine Ahnung, bisher hat mein Vater für Emiliano und mich gekocht, wenn wir Lust auf mexikanisch hatten.«

»Kannst du denn auch Burritos zubereiten?«

»Hallo? *Claro que sí*, meine Abuelita hat es mir schon vor Jahren beigebracht.«

Lily hakte sich bei mir unter und zog mich die Straße entlang. »Dann machen wir das.«

Kapitel 13

LILY

»Wie lange wohnst du schon hier?«, fragte Valentina, die sich neugierig umsah, während ich unsere Einkäufe auf der Arbeitsfläche abstellte.

»Seit etwa zweieinhalb Wochen. Warum?«

Eine Antwort bekam ich nicht. Ich ließ die Dose mit den gehackten Tomaten auf der Anrichte der offenen Küche stehen und ging hinüber zu Valentina, die mitten im Wohnzimmer stand und sich langsam um die eigene Achse drehte. Ich tat es ihr gleich und versuchte, die Wohnung mit ihren Augen zu sehen. Sie war ziemlich groß für mich allein und luxuriös eingerichtet, denn ich hatte sie möbliert gemietet. Normalerweise wohnte hier ein Mann Mitte dreißig, der geschäftlich für ein paar Monate nach Tokio gereist war. Für mich war es die perfekte Lösung, denn Dublin war ebenso wie New Orleans nur eine Zwischenstation. Nach meiner Mission würde ich hoffentlich zurück nach London gehen können und falls nicht, würde ich sehr wahrscheinlich nicht in Dublin bleiben, denn hier hielt mich nichts. Irland war schön, keine Frage, und Valentina war … einzigartig. Ich mochte sie, und sie schien mich ebenso zu mögen, aber das waren keine Gefühle, denen ich nachgeben sollte. Es würde alles nur verkomplizieren. Ich war einzig und allein hier, um meinem Onkel zu helfen. Nur deshalb stand Valentina jetzt in diesem Wohnzimmer. Es ging nicht darum, ihr näherzukommen, nicht im eigentlichen Sinn. Es ging um meinen Onkel.

»Die Einrichtung ist ein bisschen lieblos, oder?«, sagte ich zu Valentina, um mich von meinen Gedanken abzulenken.

Tatsächlich fehlte dem Apartment jede persönliche Note. Die Sofalandschaft aus braunem Leder zierte kein einziges Kissen, in den Vitrinen standen nur Gläser, diverses Barequipment und eine beachtliche Sammlung an Spirituosen, und die Bilder an den Wänden waren zwar ganz nett anzusehen – ein Wasserfall, ein See im Nebel, rote Beeren im Schnee –, aber alles andere als emotional. Sie hätten überall hängen können, im Restaurant ebenso wie in einer Boutique oder den Waschräumen eines noblen Hotels. Im Schlafzimmer und im Badezimmer sah es ähnlich aus. Die ganze Wohnung war zweckmäßig eingerichtet und alles andere als ein gemütliches Zuhause.

Aber das hier war auch nicht mein Zuhause und würde es niemals sein, genauso wenig wie Mariposas Wohnung. Momentan war ich heimatlos und gehörte nirgends dazu – und das fühlte sich beschissen an.

»Hm, ja.« Valentina nickte entschuldigend. »Ehrlich gesagt wirkt es ein bisschen unpersönlich.«

»Ist es auch«, gab ich zu. »Ich wohne hier nur zur Zwischenmiete, bis … ich was anderes gefunden habe.« Ich ging zurück in die Küche und widmete mich wieder den Einkäufen.

Valentina folgte mir. »Darf ich dich mal was fragen?«

Mein Herz stolperte, weil ich wusste, was jetzt kam. Diese Frage hatte irgendwann kommen müssen, ich hatte sie quasi provoziert, und trotzdem traf sie mich unvorbereitet. Ich versuchte, mir nichts anmerken zu lassen, und schenkte Valentina ein Lächeln, das hoffentlich echt und nicht gezwungen wirkte. »Natürlich, immer.«

»Warum bist du nach Irland gekommen? Hast du hier Verwandtschaft?«

Ich schüttelte den Kopf. »Meine Verwandten leben auf Jamaika und Haiti.« In welche Himmelsrichtungen sich unser Londoner Clan verstreut hatte, wusste ich nicht, und das war besser so, denn wir waren keine Gemeinschaft mehr. In London war nur ein kleiner Teil zurückgeblieben. Ab sofort war jeder von uns auf sich allein gestellt.

»Okay«, meinte sie gedehnt.

Offenbar war sie nicht sicher, ob sie weiter nachhaken sollte. Langsam kam sie zu mir, stellte sich neben mich und sah mich verstohlen von der Seite an. Ich erwiderte ihren Blick, und mein Herz geriet erneut aus dem Takt.

Zu gern hätte ich ihr die Wahrheit gesagt, wenn ich einmal außen vor ließ, dass ich ihr nie die ganze Wahrheit über mich und meine Ziele sagen konnte. Sie kommunizierte mit Cassie, deshalb war ich mir sicher, dass sie mir auf irgendeine Weise würde helfen können – ich wusste nur noch nicht, auf welche. Was war Valentina? Früher oder später würde sie sich mir gegenüber hoffentlich offenbaren, und genau deshalb würde ich ihr auch beichten, dass ich eine Voodoohexe war. Doch für diesen Schritt war es noch zu früh. Im Moment würde es sie überfordern, das hatte mir unser Gespräch über die Drachen gezeigt. Ich musste Geduld haben, der richtige Zeitpunkt würde kommen, wenn ich erst mal ihr Vertrauen gewonnen hatte.

Seufzend brach ich den Blickkontakt ab, holte ein Brett aus einer Schublade und wusch die Paprika. »Du willst sicher wissen, warum ich London verlassen habe und nach meinem Trip in die USA nicht dorthin zurückgekehrt bin.«

Schüchtern nickte sie. »Schon, aber ich verstehe, wenn du nicht darüber reden willst. Es geht mich auch nichts an.«

Kopfschüttelnd legte ich die nassen Paprika auf das Brett und stellte mich vor Valentina, die plötzlich niedergeschlagen wirkte – woran ich schuld war. Mist, das war ganz sicher nicht mein Plan gewesen. Andererseits zeigte es, dass ich ihr nicht egal war, sonst würde sie nicht so reagieren. Das dämpfte mein schlechtes Gewissen ein wenig.

»Das ist Blödsinn, und das weißt du. Wir sind doch Freundinnen, oder nicht? Zumindest könnten wir es werden.«

Wieder nickte sie, und ein Lächeln stahl sich auf ihr Gesicht. »Schon. Auf jeden Fall fände ich es schön.«

Ich erwiderte ihr Lächeln, bevor ich wieder ernst wurde. »Es ist nicht so, dass ich es dir nicht sagen möchte. Darüber zu reden ist nur einfach noch ziemlich schmerzhaft. London ist meine Heimat, ich war dort glücklich, aber dann … ist etwas Schlimmes passiert. Etwas, das meine ganze Familie auseinandergerissen hat.«

»Der Tod deines Onkels?«

Es wunderte mich nicht, dass sie sich daran erinnerte. »Unter anderem. Meine Familie hat sich zerstritten, und ich musste fort. Das ist auch der Grund, warum ich nicht zurück kann.« Ich widmete mich wieder der Paprika und begann, sie in kleine Stücke zu schneiden. So viel wusste ich immerhin über Burritos.

»Verstehe«, murmelte Valentina. Sie legte eine Hand auf meinen Arm, war mir plötzlich ganz nah. »Vielleicht wird das ja wieder, auf jeden Fall wünsche ich es dir. Ich meine, immerhin geht es hier um die Familie, und innerhalb der Familie sollte man sich alles verzeihen können. Denkst du nicht?«

Traurig lächelnd nickte ich ihr zu, auch wenn ich anders darüber dachte. Es gab Dinge, die man nicht verzeihen konnte. Mein Cousin Henri etwa hatte nicht darüber hinwegsehen können, dass ich seiner

Meinung nach die falsche Seite gewählt hatte. Blut war dicker als Wasser, aber es gab auch in der Familie Dinge, die unverzeihlich waren – gerade, wenn Blut ins Spiel kam.

»Wir werden sehen, jetzt bin ich sowieso erst mal in Irland«, erwiderte ich schulterzuckend.

Valentinas Miene hellte sich auf. »Und deshalb solltest du es dir schön machen. *¡Viva la vida!* Was hältst du davon, wenn wir demnächst ein paar Sachen für die Wohnung besorgen? Es muss nicht viel und teuer sein. Ein paar Kleinigkeiten reichen, damit du dich hier wohler fühlst.«

»Wer sagt, dass ich mich nicht wohlfühle?«, fragte ich, doch Valentina zog die Augenbrauen hoch. »Na schön, gehen wir einkaufen. Nur keine Duftkerzen, von den Dingern bekomme ich Kopfschmerzen«, gab ich lachend nach. »Jetzt zeigst du mir aber erst mal, wie du Burritos machst, und mein Angebot mit der Wanne steht auch noch.«

Der Campus lag ebenso wie das Wohnheim verlassen da. Niemand kam uns entgegen, aus keinem der Zimmer drangen Geräusche nach draußen auf den Gang. Es hatte beinahe etwas Gespenstisches, als wir durch die Korridore des Trinity College liefen.

Vor Valentinas Zimmer blieben wir schließlich stehen. »Es war ein schöner Abend, aber du hättest mich wirklich nicht noch ins Wohnheim begleiten müssen«, sagte sie erneut und diesmal so leise, dass ich sie fast nicht verstand. Wahrscheinlich wollte sie Cassie nicht stören, auch wenn durch den Türspalt noch Licht auf den Flur drang.

Trotz Valentinas leise gesprochenen Worten hörte ich den Vorwurf in ihrer Stimme und winkte ab. »Ich sagte dir doch, dass ein kleiner Verdauungsspaziergang guttut. Die Burritos waren zwar superlecker, aber es war auch ziemlich viel.«

»Ja, vielleicht hättest du einen weniger essen sollen«, gab sie schmunzelnd zurück.

»Sorry, aber so viel Selbstdisziplin habe ich nicht.«

Sie lachte. »Und wie kommst *du* jetzt zurück? Ich bin mir ziemlich sicher, dass du mich in erster Linie begleitet hast, weil du die Straßen Dublins für zu unsicher für ein wehrloses Mädchen wie mich hältst.«

»Niemand hat gesagt, dass du wehrlos bist, und ich bin es ganz sicher nicht. Du hast gesehen, dass ich mich verteidigen kann, wenn es darauf ankommt. Außerdem … wollte ich gern noch ein bisschen Zeit mit dir verbringen.« Meine Worte verfehlten ihre Wirkung nicht, trotz der schummerigen Beleuchtung sah ich das leichte Lächeln auf Valentinas perfekt geformten Lippen.

Für einen Moment verspürte ich den irrsinnigen Drang, sie zu küssen, und ich war mir fast sicher, dass sie mich nicht weggestoßen hätte. Trotzdem tat ich es nicht. Ein Kuss war nicht gut, denn diese Art von Nähe würde am Ende alles nur schlimmer machen für Valentina. Ich wusste, dass ich sie ausnutzte, aber trotzdem wollte ich ihr nicht wehtun, denn das hatte sie nicht verdient – und ich mochte sie.

»Bis zum nächsten Mal, Lily.« Sie streckte die Hand nach mir aus und berührte sanft meine Finger, bevor sie sich umdrehte und die Tür zu ihrem Zimmer öffnete.

Ich vergrub die Hände in den Taschen meiner Baggy-Pants und lief auf dem Weg zum Ausgang den Flur entlang, als ich Valentina einen leisen Schrei ausstoßen hörte. Sofort rannte ich zurück und kam schlitternd vor der noch offen stehenden Tür zum Stehen. Ein einziger Blick genügte, um zu wissen, was geschehen würde. Ein fremdes Mädchen stand in Valentinas Zimmer und räumte Klamotten aus einer Reisetasche in die linke Hälfte des Kleiderschranks. Jetzt sah sie auf und lächelte Valentina zu.

»Entschuldige, ich wollte dich nicht erschrecken.«

Mein Herz klopfte schneller, und das nicht von dem kleinen Sprint. Es war so weit, Valentina würde endlich erfahren, was es mit Cassie auf sich hatte, und ich hatte nicht einmal selbst etwas unternehmen müssen. Für Valentina tat es mir zwar leid, denn das würde sicher nicht leicht für sie werden, doch gleichzeitig durchströmte mich Erleichterung. Es hätte nicht perfekter laufen können.

»Alles okay?«, fragte ich.

»Ja, ja, alles gut.«

Valentina hatte eine Hand auf ihr Herz gelegt und sah kurz über ihre Schulter zu mir, bevor sie sich wieder der jungen Frau in ihrem Zimmer zuwandte. Sie war groß und schlank, hatte elfenbeinfarbene Haut und die blonden Haare zu einem hohen Pferdeschwanz gebunden. Ich hatte sie schon auf einigen Klatschblättern gesehen, doch Valentina schien die junge Frau nicht sofort zu erkennen.

»Schon gut, das war meine Schuld. Ich hätte vorher klopfen sollen. Bist du eine Freundin von Cassie?« Irritiert betrachtete Valentina die Blondine, die einen Oversize-Pullover aus ihrer Reisetasche zog. »Und was machst du da eigentlich?«

Die Blondine hielt mitten in der Bewegung inne und starrte Valentina aus weit aufgerissenen grünen Augen an. »Cassie? Hast du gerade Cassie gesagt?«

»Ja, meine Mitbewohnerin. Was willst du hier in unserem Zimmer?«

»Cassie …« Sie sah kurz hilflos zu mir, bevor sie den Blick senkte.

Ihre Augen waren plötzlich mit einem feuchten Schimmer überzogen. Jetzt würde die Bombe platzen. »Cassie ist … tot.«

»Tot?«, wiederholte Valentina. »Aber …« Sie schüttelte den Kopf. »Nein! Nein, das kann nicht sein. Cassie ist nicht tot. Ich hab sie doch gerade erst gesehen.«

Das blonde Mädchen schluckte. »Cassandra Murphy? Lange rote Haare, freundliche blaue Augen, liebenswert und die treueste Seele, die man sich nur vorstellen kann?«

Valentina nickte langsam, nun wurde auch sie blass.

»Es tut mir sehr leid, offenbar wart ihr befreundet, und Cassie hat auch tatsächlich mal in diesem Zimmer gewohnt, aber …« Das Mädchen knetete ihre Hände, um diese am Zittern zu hindern. »Sie ist vor drei Wochen gestorben.«

»Vor drei Wochen«, flüsterte Valentina, die sich auf ihr Bett sinken ließ und sehr konzentriert auf ihre eigenen Hände starrte. »*¡Dios mío!* Das kann nicht sein. Das darf nicht sein.« Sie sah auf, von mir zu dem Mädchen und wieder zurück. Ungläubigkeit stand ihr ins Gesicht geschrieben.

Nun musste auch ich schlucken. »Alles okay?«, fragte ich erneut, dabei wusste ich genau, dass es das nicht war.

»*Mierda. ¿Qué mierda pasa?*«

Mein Spanisch war nicht sonderlich gut, aber ich verstand auch so, dass Valentina sich fragte, was hier los war. Ihre Stimme zitterte leicht, und sie war so blass, dass ich Angst hatte, sie könnte umkippen.

»Valentina«, begann ich sanft, obwohl ich keine Ahnung hatte, wie ich ihr helfen sollte. Ich würde es zu gern, doch da musste sie allein durch. Es gab so einiges, worüber sie sich erst einmal selbst klar werden musste, bevor sie auch nur daran denken konnte, sich jemandem anzuvertrauen. Sich mir anzuvertrauen.

Wie in Zeitlupe schüttelte sie den Kopf, dann sprang sie plötzlich auf und rannte an mir vorbei aus dem Zimmer.

»Valentina!«, rief ich ihr hinterher.

Doch sie blieb nicht stehen und drehte sich auch nicht um. Für einen Moment rang ich mit mir, wollte ihr hinterherlaufen, ließ es jedoch bleiben. Sie brauchte jetzt Zeit für sich, und die musste ich ihr geben. Das war wichtig. Wichtig für sie und noch wichtiger für mich.

Ich wandte mich der Blonden zu, die meinen Blick verwirrt erwiderte. »Ist alles okay mit ihr?«, fragte sie vorsichtig.

Ich nickte. »Valentina hat Cassie sehr gern gehabt, das war einfach ein Schock für sie, aber das wird schon wieder. Ich bin übrigens Lily.«

Sie lächelte etwas gequält. »Kailey, freut mich.«

Oh, ich wusste ganz genau, wer sie war. Sie war die Freundin des Drachenkönigs Aiden O'Rourke.

Kapitel 14

Emiliano

Ich hatte mich mit Andy und Blake auf ein Bier getroffen, um zu überlegen, wie wir weiter vorgehen sollten und wie wir Blakes Mutter bei ihrer Kandidatur als Premierministerin unterstützen konnten. Nun bog ich auf den Campus des Trinity College ein, als aus dem Schatten eines Baumes plötzlich Cassie vor mir auftauchte. Obwohl ich nicht schreckhaft war, schlug mein Herz schneller – was auch an Cassie liegen konnte. Ich redete mir allerdings ein, dass sie nicht der Grund für mein aus dem Takt geratenes Herz war.

Schweigend betrachteten wir einander einen Moment, und ich merkte sofort, dass sie etwas bedrückte.

»Was ist los?«, fragte ich sanft, weil ich es nicht ertrug, sie so traurig zu sehen.

»Gehst du mir aus dem Weg, Emiliano?« Sie versuchte, die Enttäuschung aus ihrer Stimme herauszuhalten, was ihr nicht gelang.

Ich stieß ein Seufzen aus. »Ich habe gerade nur viel zu tun, das ist alles.« Das war nicht alles, und vor allem war es gelogen. Ja, ich ging ihr aus dem Weg, aber nur, weil es mir immer schwerer fiel, sie nicht näher an mich heranzulassen.

»Okay, dann werde ich dir das einfach mal glauben.« Sie zuckte mit den Schultern, und es war mehr als offensichtlich, dass sie mir meine Worte nicht abnahm.

Es tat mir in der Seele weh. Ich hatte sie verletzt, dabei hatte ich genau das vermeiden wollen. »Ich habe jetzt Zeit. Wie sieht's bei dir aus?«

Langsam schüttelte sie den Kopf. »Ich will nicht, dass du dich verpflichtet fühlst, deshalb werde ich jetzt gehen.«

Sie wandte sich bereits ab, und mein Herz, das sich gerade erst beruhigt hatte, schlug auf der Stelle wieder schneller. »Bleib«, bat ich instinktiv, ohne auch nur darüber nachzudenken. Vielleicht wäre es besser gewesen, sie nicht aufzuhalten, doch ich konnte es nicht. Die Vorstellung, sie könnte aus meinem Leben verschwinden, ließ mich eine Leere empfinden, der ich nicht weiter nachgehen wollte.

Wie in Zeitlupe drehte sie sich zu mir um. »Warum, Emiliano? Warum soll ich bleiben?«

»Weil du mir wichtig bist«, flüsterte ich. Aus einem Bauchgefühl heraus brauchte ich sie, um mich in all dem Hass, der in meinem Herzen wie ein Waldbrand im Sommer wütete, nicht vollends zu verlieren.

Ihre blauen Augen nahmen einen sanfteren Ausdruck an. »Du bist mir auch wichtig.«

Wir tauschten ein zaghaftes Lächeln, und ich spürte den übermenschlichen Drang, sie an mich zu ziehen oder wenigstens in die Arme zu schließen. Mit den Krücken war das jedoch alles andere als einfach, und sie machte keinerlei Anstalten.

»Komm, ich möchte dir etwas zeigen«, sagte sie nach einer Weile.

Sie ging voraus, ohne meine Antwort abzuwarten, und ich folgte ihr über den Campus. Wir steuerten das Wohnheim an, und ich fragte mich, was es dort zu sehen gab. Für einen irrsinnigen Augenblick glaubte ich beinahe, sie wollte mich in mein Zimmer begleiten, doch wir stiegen die Treppen immer höher und höher, bis wir im obersten Stock ankamen, wo ich bisher noch nicht gewesen war. Dort liefen wir bis zum Ende des menschenleeren Flurs zu einer versteckten Tür, hinter der sich eine weitere Treppe befand.

Ich unterdrückte ein Stöhnen. »Du weißt schon, dass Treppensteigen mit Krücken alles andere als angenehm ist?«

Sie schmunzelte. »Es wird sich lohnen, das verspreche ich dir. Und es sind auch nur noch ein paar Stufen.«

Ich verkniff mir einen weiteren Kommentar, um nicht als Weichei abgestempelt zu werden, und nahm die letzten Stufen in Angriff. Oben angekommen gab es eine weitere Tür. Cassie ließ mir den Vortritt, und ich sah mich überrascht um. Wir waren auf dem Dach des Wohnheims. Von hier oben sah ich die Tennisplätze, den Parliament Square mit dem Regent House, der Kapelle und dem Kampanile, dem Glockenturm, der als bekanntes Wahrzeichen des Colleges galt. Ich drehte mich einmal um mich selbst.

»Dürfen wir überhaupt hier sein?«

Cassie zuckte mit den Schultern. »Keine Ahnung. Spielt das eine Rolle? Hier kann man wunderbar nachdenken.«

Das glaubte ich sofort. Die Dubliner Innenstadt war zwar ganz nah, trotzdem war es ruhig hier oben, denn der Verkehrslärm war weit genug weg, um ihn ausblenden zu können.

Cassie ging in die Mitte des Dachs und legte sich dort auf den Boden. Ich zögerte einen Moment, bevor ich ihr folgte. Es kostete mich ein wenig Anstrengung, um mich ebenfalls nach unten gleiten zu lassen. Dann legte ich mich so hin, dass meine Füße in die entgegengesetzte Richtung zu Cassies Füßen zeigten, während sich unsere Köpfe trotzdem ganz nah waren. Auf diese Weise war die Versuchung kleiner, sie zu küssen, auch wenn ich mich in letzter

Zeit immer öfter fragte, was eigentlich so schlimm daran wäre. Ich widerstand dem Drang, den Kopf in ihre Richtung zu drehen, und starrte stattdessen in den Nachthimmel über uns. Es dauerte einen Moment, bis ich die Sterne ausmachen konnte, und eine verloren geglaubte Ruhe breitete sich in mir aus.

Meine Mutter hatte den Sternenhimmel geliebt. Wenn eine Sternschnuppennacht angesagt gewesen war, hatte sie mich und Valentina geweckt und war mit uns nach draußen gegangen. Wir hatten uns mit Sarapes auf die Wiese vor dem Haus gelegt und den Himmel beobachtet. Meistens waren Valentina und ich irgendwann eingeschlafen, bis uns Papá in den frühen Morgenstunden geweckt und Atole mit Schokoladengeschmack gebracht hatte, das normalerweise zum Tag der Toten und zu Weihnachten getrunken wurde.

»Woran denkst du?«, fragte Cassie.

»An zu Hause.«

»Du vermisst Mexiko, oder?« Ihre Stimme wurde sanfter.

»Ja. Manchmal wünschte ich, wir wären dort geblieben.« Dann wäre ich nicht im Stadion gewesen und könnte weiterhin meinen Traum vom Profifußball träumen.

Ich spürte Cassies Blick auf mir und wandte den Kopf zur Seite. Unsere Gesichter waren sich so nah, dass ich meinen Kopf nur noch ein kleines bisschen mehr hätte drehen müssen, um ihre Lippen zu berühren. Meine Augen wanderten automatisch zu ihrem wunderschönen Mund, und ich schloss sie, weil ich Cassie sonst wirklich geküsst hätte.

»Magst du mir erzählen, was dich in den letzten Tagen beschäftigt hat?«, fragte sie.

Ich deutete ein Kopfschütteln an, denn ich wollte diesen Moment nicht ruinieren, indem ich an die Drachen dachte. »Können wir einfach nur hier liegen?«

Ich fühlte mich besser, als Cassie und ich die Treppen wieder nach unten stiegen. Irgendwann war es kühl geworden, doch dank Cassies Nähe hatte ich die Kälte kaum wahrgenommen. Wir waren uns nähergekommen, obwohl wir einander weder berührt noch geküsst hatten. Wir hatten beieinandergelegen und die Stille genossen, was es umso besonderer und intimer gemacht hatte.

Vor meinem Zimmer blieben wir stehen. »Das war schön, Cassie. Danke dafür.«

»Jederzeit.«

Wir tauschten ein zaghaftes Lächeln. Es fiel mir schwer, mich von ihr zu verabschieden, obwohl ich wusste, dass es definitiv besser war. Wenn sie jetzt noch mit auf mein Zimmer käme, konnte ich mich garantiert nicht mehr länger zurückhalten. Sie schien zu spüren, dass ich noch nicht bereit war, diesen Schritt zu gehen, auch wenn sie vermutlich genauso wenig wusste wie ich, warum ich mich innerlich so dagegen sträubte.

»Schlaf gut, Emiliano.«

Sie streckte die Hand nach mir aus und berührte mich so sanft, dass ich die Berührung so gut wie gar nicht wahrnahm. Dann ging sie. Ich sah ihr noch einen Moment hinterher, bevor ich die Tür mit einem dämlichen Lächeln auf den Lippen öffnete und stutzte, als ich auf einen breiten Rücken blickte, der sich über das freie Bett beugte. Bei genauerem Hinsehen fiel mir auf, dass der Typ einen Koffer auspackte. *Das war's dann wohl mit der Ruhe,* dachte ich. Ob er Sportler war? Die Muskeln spannten sich unter seinem schwarzen T-Shirt wie bei einem Footballspieler.

»Hi«, begrüßte ich ihn widerwillig.

Der Kerl fuhr herum, als hätte ich ihn bedroht. Nach einem kurzen Blick entspannte er sich wieder. »Sorry, ich hab dich nicht reinkommen hören. Schön, dich kennenzulernen. Ich bin Aiden.«

Mit ausgestreckter Hand kam er auf mich zu, doch ich wich zurück, bis ich die Tür in meinem Rücken spürte. Mein Kiefer spannte sich an, meine Hände krampften sich um die Griffe meiner Krücken.

Obwohl ich Aiden O'Rourke noch nie persönlich gegenübergestanden hatte, erkannte ich ihn sofort. Oft genug hatte ich dieses schiefe Grinsen auf Fotos und im Fernsehen gesehen. Am liebsten hätte ich mich auf ihn gestürzt, denn seine verfluchte Schwester hatte meine Zukunft zerstört.

»Was willst du hier?«, presste ich hervor.

Er zuckte zusammen. Mit dieser Begrüßung hatte er offensichtlich nicht gerechnet. »Sorry, kennen wir uns?«

»Und ob. Typen wie du denken, ihnen gehört die Welt.«

Aiden schien ein Seufzen zu unterdrücken. »Verstehe, du hast mich also erkannt. Von mir hast du nichts zu befürchten, okay? Ich will nur meinen Frieden.«

»Nichts ist okay, rein gar nichts. Hast du eigentlich den blassesten Schimmer, was deine Schwester angerichtet hat?«

»Sharni, natürlich.« Nun stieß der Drachenkönig doch ein Seufzen aus. »Was hat sie jetzt wieder angestellt?«

»Ist das dein beschissener Ernst?« Ich stieß mich von der Tür ab und machte ein paar drohende Schritte auf Aiden zu, der tatsächlich zurückwich. Dabei hätte er mich garantiert ohne große Anstrengung zerfleischen können. »Was sie angestellt hat? Muss ich dir das wirklich erklären?«

Aiden runzelte die Stirn. »Ich hab echt keine Ahnung, wovon du redest.«

»Ach ja? Deine Schwester fliegt über ein volles Fußballstadion, und du hast keine Ahnung, wovon ich rede? Du bist echt das Letzte.«

Aiden hob abwehrend die Hände. »Kein Grund, persönlich zu werden. Ich verstehe dich ja. Offenbar warst du auch im Stadion. Wurdest du dort verletzt?« Sein Blick wanderte kurz zu meinen Krücken, was mich nur noch wütender machte. »Was auch immer passiert ist, tut mir wirklich leid. Sharni wollte nur unser Volk retten, es war der einzige …«

»Das ist mir scheißegal«, brüllte ich, weil ich mich nicht länger beherrschen konnte und auch nicht wollte. »Denkt ihr, ihr seid die Einzigen, die Probleme haben?« Ich funkelte Aiden wütend an. »Raus hier!«

Aiden fuhr sich durch die Haare. Er wirkte zerknirscht, hatte aber gleichzeitig diesen arroganten Ausdruck im Gesicht, der ganz klar sagte, dass er überhaupt keine Lust auf diese Auseinandersetzung hatte. »Sorry, Mann, aber wir werden uns irgendwie arrangieren müssen. Dieses Zimmer gehört mir seit Semesteranfang, übrigens das komplette Zimmer und nicht nur die eine Hälfte. Das College hätte es theoretisch gar nicht weitervermieten dürfen, aber das ist okay. Mein Freund wird nicht länger hier studieren, du kannst also gern bleiben und seine Zimmerhälfte haben. Ich will damit nur sagen, dass ich mich von dir nicht werde rausschmeißen lassen.«

»Tja, dann haben wir ein Problem.« Ich ging zu meinem Bett, warf die Krücken beiseite und ließ mich auf die Matratze fallen. »Ich kann dich nicht leiden, und das wird sich auch nicht ändern, aber wenn dir das egal ist …«

»Es ist mir nicht egal«, setzte Aiden an.

»Im Übrigen kannst du mich ebenso wenig rauswerfen. Soweit ich weiß, bist du einfach abgehauen, ohne eine Nachricht über deinen Verbleib zu hinterlassen, du hast deinen Anspruch also verloren. Dieses Zimmer wurde mir vom Dekan höchstpersönlich zugeteilt.«

Aiden schüttelte frustriert den Kopf. »Okay, das bringt uns nicht weiter. Ich werde gehen, damit du Zeit hast, dich abzureagieren, aber ich komme wieder.«

»Das, was deine Schwester mir angetan hat, werde ich niemals vergessen, und wenn du hundert Jahre wegbleibst.«

Aiden erwiderte nichts. Er schnappte sich seine Lederjacke, die über dem Schreibtischstuhl hing, und verließ das Zimmer. Ich erwartete das Knallen der Tür, doch zu meiner Überraschung blieb es aus.

Ich ließ mich nach hinten fallen und starrte an die Decke. Wut pulsierte wie Säure durch meine Adern, vergiftete meine Gedanken. Die Ruhe, die ich kurz zuvor noch mit Cassie auf dem Dach empfunden hatte, war wie weggeblasen. Aiden hatte mein Leben nicht ruiniert, aber er trug eine Mitschuld. Ich hasste ihn aus tiefstem Herzen, obwohl ich ihn überhaupt nicht kannte.

Mein Atem ging viel zu schnell, und ich ballte die Hände zu Fäusten, um meine Wut nicht schon wieder an der Wand auszulassen. Da hörte ich Cassies Stimme.

»Kann ich irgendwas für dich tun?«

Ich wandte den Kopf zur Seite. Sie stand mitten im Zimmer. Ich hatte sie nicht hereinkommen hören, aber das war nicht das erste Mal. Sie hatte die Angewohnheit, sich unbemerkt anzuschleichen, wobei ich im Moment nicht behaupten konnte, dass mich ihre Anwesenheit störte.

»Ich wüsste nicht, was«, antwortete ich ehrlich.

Mehr sagte ich nicht. Auch Cassie schwieg, doch sie blieb. Das bemerkte ich aus dem Augenwinkel, obwohl ich meinen Blick wieder Richtung Decke gerichtet hatte. Ich war froh, dass sie da war, und wünschte zur selben Zeit, sie würde mich einfach in Ruhe lassen. Ich hasste es, wenn sie mich so sah.

Nach einer gefühlten Ewigkeit setzte sie sich in Bewegung und kam zu mir. Sie legte sich neben mich, so vorsichtig, dass ich ihr Gewicht auf der Matratze nicht spürte. Unsere Hände lagen nebeneinander, die Finger berührten sich nur fast, und trotzdem war ich mir ihrer Nähe so bewusst, dass meine Nervenenden kribbelten. Ich wandte den Kopf zur Seite und betrachtete Cassies Profil. Sie war so unglaublich schön. Ein Blick in diese blauen Augen, und ich vergaß sofort, woran ich gerade gedacht hatte. Ein Blick auf diese perfekt geschwungenen Lippen, und ich wollte sie auf der Stelle küssen. Dieser Wunsch wurde immer stärker und kostete mich all meine Selbstbeherrschung.

»Ich glaube, es ist besser, wenn du gehst«, sagte ich mit rauer Stimme, die ziemlich deutlich machen musste, dass ich das genaue Gegenteil wollte.

»Warum?« Cassies Erwiderung war nur ein Flüstern.

Nun wandte auch sie den Kopf zur Seite, sah mir direkt in die Augen. Ich schluckte schwer. Mit einem Mal waren wir uns noch näher. Ich hätte mich kaum bewegen müssen, um ihre Lippen auf meinen zu spüren. Um sie unter mir zu spüren.

»Weil ich sonst für nichts garantieren kann.«

Ein kaum merkliches Lächeln stahl sich auf ihr Gesicht und brachte mich beinahe um den Verstand. Das Blut schoss durch meine Adern, sammelte sich an einer ganz bestimmten Stelle, und ich krallte die Finger ins Bettlaken, um mich davon abzuhalten, Cassies Körper zu erkunden. Ich würde nicht den ersten Schritt machen, denn obwohl sie eine extreme Anziehungskraft auf mich ausübte, war ich mir nach wie vor nicht sicher, wie viel ich in eine Beziehung mit ihr investieren könnte. Sie bedeutete mir etwas, und ich wollte sie weder verletzen noch verlieren.

»Und das wäre so schlimm?«, fragte sie.

»Ja«, antwortete ich nach einer Weile und sah wieder zur Decke. Seufzend schloss ich die Augen. »Weil es im Moment nur ein anderes Ventil für meine Wut wäre, und das will ich nicht.« Zwar wollte ich sie mit jeder Faser meines Körpers, aber nicht so. Wenn wir uns küssten, sollte es nicht von meiner Wut auf die Drachen überlagert werden. Dann wollte ich nur sie spüren und nichts anderes.

Cassie erwiderte nichts. Ich atmete zweimal tief ein und aus, bevor ich mich ihr wieder zuwandte, doch sie war verschwunden. Fuck! Warum stieß ich sie immer wieder von mir? Ich richtete mich auf und konnte mich gerade noch zurückhalten, nicht doch noch die Wand mit der Faust zu malträtieren. Stattdessen griff ich nach dem Thriller auf dem Nachttisch und warf ihn quer durchs Zimmer. Mit einem lauten Knall landete er auf dem Boden.

Überdeutlich spürte ich, wie die Wut in mir kurz vor dem Überkochen war. Unter normalen Umständen wäre ich jetzt eine Runde laufen gegangen oder hätte ein paar Liegestütze gemacht, um mich abzureagieren, doch diese Möglichkeit hatten die Drachen mir genommen.

Ich erinnerte mich an die letzte Versammlung. Ohne darüber nachzudenken, angelte ich nach dem Handy, das auf der Fensterbank lag, um Andy anzurufen. Schon nach dem zweiten Klingeln hob er ab.

»Andy, hier ist Emiliano. Ich weiß, wie wir an den Drachenkönig herankommen.«

Kapitel 15

Valentina

Ich verlor jegliches Zeitgefühl, während ich auf der Bank unter der Platane saß, ins Leere starrte und vor mich hin zitterte. Ob vor Kälte oder Entsetzen wusste ich nicht zu sagen. Im Grunde spielte es auch keine Rolle. Alles in mir fühlte sich taub an, auch wenn ich mich bei der ganzen Flut an Gefühlen, die durch mich hindurchrauschten, fragte, wie das überhaupt möglich war.

Cassie war ein Geist. Sie musste ein Geist sein, eine andere Option gab es nicht, denn ich hatte sie mir garantiert nicht nur eingebildet. Sie war vor etwa drei Wochen gestorben, was ganz genau mit ihrem plötzlichen Auftauchen in meinem Zimmer zusammenpasste.

Jetzt, wo es raus war, fragte ich mich, warum mir nicht früher aufgefallen war, dass mit Cassie etwas nicht stimmte. Ich hatte sie nie etwas essen, schlafen oder ins Bad gehen sehen. Hin und wieder hatte sie mal auf dem Bett gelegen, aber ihr Bettzeug war nie unordentlich gewesen. Überhaupt war ihre Zimmerseite stets penibel aufgeräumt. Nie hatten Klamotten rumgelegen, im Bad hatte kein Duschgel von ihr gestanden. Wie selbstverständlich war ich davon ausgegangen, dass sie eine ordnungsliebende Frühaufsteherin war, und hatte ebenfalls auf Ordnung geachtet, um uns beiden das Zusammenleben nicht zu erschweren.

Cassie war also ein Geist – und sie schien es nicht einmal zu wissen. Nun war es wohl meine Aufgabe, ihr das so schonend wie möglich beizubringen, auch wenn ich keine Ahnung hatte, wie ich das anstellen sollte. Und viel Zeit lassen durfte ich mir auch nicht, denn irgendwann würde Cassie mitbekommen, dass ich eine neue Mitbewohnerin hatte, und das würde Fragen aufwerfen.

Stöhnend ließ ich den Kopf auf meine angewinkelten Knie sinken. Das Schlimmste an allem war, dass ich überhaupt nicht gemerkt hatte, was Cassie war – und mich vor Lily und meiner neuen Mitbewohnerin fast offenbart hätte. Wie hatte das passieren können? Wieso war die Fähigkeit, Geister zu sehen, schon vor dem Tag der Toten in mir erwacht? Abuelita hatte mich zwar gewarnt, doch ich hätte niemals vor der Halloweennacht damit gerechnet. Das verunsicherte mich. Was, wenn mir noch ein Geist begegnete und ich es wieder nicht mitbekam?

Für den Bruchteil einer Sekunde spielte ich mit dem Gedanken, mich bis Anfang November zu verschanzen, doch meinem Studium, der Theater-AG und meiner neuen Mitbewohnerin konnte ich nicht zwei Wochen lang aus dem Weg gehen. Und Lily … Der Gedanke, sie vierzehn Tage lang zu ignorieren, gefiel mir nicht. Wir verstanden uns gerade so gut, und ich könnte ihr nicht einmal sagen, warum ich auf Abstand ging. Das war keine Lösung. Nicht, wenn ich sie als Freundin behalten wollte. Konnte ich vielleicht …?

Nein! Kopfschüttelnd stand ich auf, streckte die Arme und dehnte meine Finger, um wieder Gefühl in meinen tauben Gliedern zu bekommen. Lily die Wahrheit über mich zu sagen war keine Option. Ich mochte sie, und ich hatte instinktiv Vertrauen zu ihr gefasst, aber so gut kannte ich sie noch nicht. Zwar hatte sie nicht negativ reagiert, als ich auf die Drachen zu sprechen gekommen war, doch das hieß noch lange nicht, dass sie auch cool bleiben würde, wenn sie erfuhr, dass die Mythen rund um den Día de los Muertos der Wahrheit entsprachen. Ich musste das allein durchstehen.

Mit fest um mich geschlungenen Armen ging ich zurück zu meinem Zimmer. Inzwischen war es ziemlich spät, und ich hoffte, dass meine neue Mitbewohnerin schon schlafen würde. Heute Nacht hatte ich wirklich keine Lust auf ein klärendes Gespräch, und ich war mir nicht sicher, ob es sinnvoll war zu behaupten, dass ich eine Freundin von Cassie gewesen war. Sie war zwar selbst davon ausgegangen, aber so gut kannte ich Cassie überhaupt nicht – noch etwas, das mir nie aufgefallen war. Wir hatten uns viel unterhalten, aber sie hatte erstaunlich wenig von sich erzählt.

Außerdem sollte ich mit meinen Behauptungen aufpassen, solange mir nicht klar war, wie gut meine neue Mitbewohnerin Cassie gekannt hatte, und heute Nacht würde mir sicher keine plausibel klingende Erklärung für mein Verhalten mehr einfallen. Der Tag war einfach zu lang und nervenaufreibend gewesen. Ich wollte nur in mein Bett und meine Probleme für ein paar Stunden vergessen. Dass ich mich davon gleich wieder verabschieden konnte, wurde mir klar, als ich das Licht sah, das durch den unteren Türspalt aus meinem Zimmer auf den Flur drang.

Seufzend holte ich Luft und drückte die Klinke nach unten. Meine neue Mitbewohnerin saß auf ihrem Bett, mit dem Rücken gegen die Wand gelehnt – und sie war nicht allein. Ein junger Mann saß neben ihr. Er hatte ein Bein aufgestellt, das andere auf der Matratze ausgestreckt und einen Arm um sie gelegt.

»Hi. Sorry, ich …«

… wollte vorhin nicht so einfach abhauen, hatte ich sagen wol-

len, denn ich würde mich garantiert nicht noch einmal fürs Stören entschuldigen. Wenn sie meinte, an ihrem ersten Abend gleich Männerbesuch anschleppen zu müssen, war das ihre Sache. Doch die Worte blieben mir im Hals stecken, als ich den Kerl auf dem Bett erkannte. Die dunklen Haare, der wachsame, aber nicht unfreundliche Blick aus den braunen Augen, das markante Gesicht mit dem Grübchen im Kinn … Kein Zweifel, das war Aiden O'Rourke, der König der Drachen. Ich hatte ihn auf genug Bildern gesehen, um ihn wiederzuerkennen. Demnach musste das Mädchen, das er im Arm hielt, Kailey sein, seine Freundin. Auch über sie hatte ich schon etwas gelesen, wenn auch nicht ganz so viele Bilder gesehen wie von Aiden oder seiner Schwester, weshalb ich sie nicht gleich erkannt hatte.

»Oh!« Das Wort rutschte mir heraus, ohne dass ich es hätte verhindern können, als nun auch der letzte Groschen fiel und mir klar wurde, dass meine neue Mitbewohnerin eine Drachin war. »*¡Puta madre!*« Verdammte scheiße! Konnte dieser Tag noch schlimmer werden?

Mein Instinkt riet mir, erneut zu verschwinden, doch dann dachte ich an die Reaktion von Mr Riley und den anderen aus der Theater-AG. Sie hatten sich Sorgen gemacht, weil sie nun wussten, dass Aiden und Kailey so überstürzt gegangen waren, um in den Krieg zu ziehen und ihr Volk vor dem Untergang zu bewahren. Alle – einschließlich der überheblichen Amber – hatten nur gut über Aiden und Kailey geredet, niemand hatte ein schlechtes Wort über sie verloren oder plötzlich Angst gezeigt. Und das war der ausschlaggebende Punkt, warum ich jetzt nicht erneut flüchtete. Das und die Tatsache, dass ich müde war und immer noch fror. Stöhnend schloss ich die Tür und lehnte den Kopf dagegen. Was auch immer die Drachen zurück nach Dublin geführt hatte, sie waren garantiert nicht hier, um mir etwas anzutun.

Aus den Augenwinkeln bemerkte ich eine Bewegung und zuckte instinktiv zusammen. *Okay, ganz ruhig. Ich brauche keine Angst vor ihnen zu haben.*

Ich richtete den Blick wieder nach vorn und sah, wie Aiden an die Bettkante rutschte. Kailey folgte ihm nach kurzem Zögern.

»Hi, ich bin Aiden, aber ich nehme an, das ist dir gerade selbst klar geworden.« Verlegen lächelte er mich an, und ich nickte müde.

»Das war nicht schwer zu erkennen, die Zeitungen sind voll von dir. Und du bist Kailey?« Ich sah zu ihr.

»Kailey Ainsley. Tut mir leid, ich hätte mich vorhin schon vorgestellt, aber …«

Ich winkte ab. »Das war meine Schuld. Valentina López.«

Beide lächelten ein wenig gequält, vermutlich genauso wie ich. Unschlüssig sahen wir einander an. Sie machten einen netten Eindruck, aber es war das erste Mal, dass ich mit Drachen zu tun hatte, und ich hatte absolut keine Ahnung, wie ich mich verhalten sollte. Waren sie wie normale Menschen? Zumindest sahen sie so aus, aber das war nicht ihre wahre Gestalt. Aidens Schwester hatte ich verwandelt im Fußballstadion gesehen, was beeindruckend und beängstigend gewesen war.

Ich brauche keine Angst vor ihnen zu haben.

»Hey, mach dir keinen Kopf«, sagte Aiden sanft. »Ich kann verstehen, dass das alles verwirrend für dich ist, aber du hast absolut nichts zu befürchten. Wie meine Schwester sagte: Ja, wir sind Drachen, aber wir sind auch Menschen. Wir schlafen, essen und gehen aufs Klo wie alle anderen.«

Gegen meinen Willen musste ich schmunzeln. »Ich erinnere

mich. Ich war live dabei, als deine Schwester diese nette Ansprache gehalten hat.«

»Ach, du auch?«, fragte Aiden überrascht.

Ich runzelte die Stirn. »Wieso auch?«

»Mein neuer Mitbewohner war wohl ebenfalls im Stadion, und er war alles andere als begeistert, als er mich in seinem Zimmer gesehen hat. Er hat mich quasi vor die Tür gesetzt.«

Eine böse Vorahnung erfasste mich. »Bitte sag mir nicht, dass Emiliano dein Zimmergenosse ist.«

»Doch, diesen Namen hat mir die Empfangsdame genannt, bei der ich mich zurückgemeldet habe. Er hat sich leider nicht vorgestellt.«

Stöhnend tapste ich zu meinem Bett und ließ mich rücklings darauf fallen. Jepp, dieser Tag war gerade noch schlimmer geworden. »Emiliano ist mein Bruder«, erklärte ich mit geschlossenen Augen. »Mein Zwillingsbruder, aber wir sind natürlich trotzdem zwei eigenständige Menschen mit unterschiedlichen Meinungen.«

»Das ist ja ein Zufall«, meinte Kailey.

»Nicht wirklich. Es waren nur eure beiden Zimmer frei, nachdem ihr verschwunden wart.« Ich setzte mich wieder auf, streifte mir die Ballerinas von den Füßen und lehnte mich gegen die Wand hinter mir. »Apropos, was macht ihr eigentlich hier? Doch nicht etwa studieren, oder?«

Kailey und Aiden tauschten einen kurzen Blick. »Ähm, doch«, erwiderte Kailey. »Nach all den Strapazen der vergangenen Wochen habe ich mir ein wenig Normalität gewünscht, und am Trinity College hat es uns wirklich gut gefallen. Aiden war so lieb und hat meinem Wunsch nachgegeben.«

»Als ob ich dir etwas abschlagen könnte.« Er strich ihr über die Haare und drückte ihr einen Kuss auf den Scheitel. »Nachdem du alles für mich aufgegeben hast, war es das Mindeste, was ich für dich tun konnte.«

Die beiden tauschten ein verliebtes Lächeln, das mich beinahe neidisch machte. Aber nur beinahe, denn ich wollte ihnen ihr Glück nicht missgönnen. Sie hatten es sicher mehr als verdient.

»Aber du bist doch jetzt der König deines Volkes. Musst du nicht – ich weiß auch nicht – bei den anderen Drachen sein und regieren?«, fragte ich Aiden ehrlich interessiert.

Leise seufzend fuhr er sich durch die Haare und senkte für einen Moment den Blick, sodass mir meine Frage fast leidtat. »Der Krieg hat vielen von uns das Leben gekostet. Es sind nicht mehr allzu viele Drachen übrig. Außerdem wurde unser Höhlensystem, in dem wir jahrhundertelang gelebt und uns verborgen gehalten haben, zu einem Großteil zerstört. Wir haben keine Heimat mehr, und die meisten Draconis wollen unsere neu gewonnene Freiheit auch genießen. Es gibt kein Volk mehr, das ich regieren müsste oder könnte.« Traurig zuckte er mit den Schultern.

Kailey legte ihm eine Hand auf den Rücken. »Es steht im Raum, dass die Drachen die irische Staatsbürgerschaft bekommen. Ob es nun dazu kommt oder nicht, Aiden wird künftig nicht mehr viel zu tun haben als König der Draconis, und deshalb war es an der Zeit, nach einer Alternative zu suchen. Wir wollen einfach nur in Frieden leben, verstehst du?«

Ich schluckte. Natürlich hatte ich im Fernsehen etwas aufgeschnappt und auch hier und da einen Artikel über den Krieg der Drachen gelesen, aber von Details und Bildern des Grauens waren wir Menschen verschont geblieben. Zu meiner Schande musste ich gestehen, dass ich mir auch nie wirklich Gedanken darüber gemacht hatte. Ich war zu sehr mit Emiliano und vor allem mit mir selbst beschäftigt gewesen, doch nach den Schilderungen der beiden traf es mich jetzt mit voller Wucht. Ich sah Truppen vor meinem inneren Auge, die aufeinander losgingen, Klingen, die gegeneinander schlugen, und fliegende Drachen, die verwundet vom Himmel fielen. Ich sah Zerstörung, Gewalt, Feuer und Blut, jede Menge Blut. Und ich sah eine eingestürzte Höhle voller Drachen, die wie Menschen aussahen und unter den Trümmern begraben lagen.

Als sich mein Blick auf die traurigen Gesichter von Aiden und Kailey fokussierte, schnappte ich nach Luft. »O Gott, ihr müsst mich für total unsensibel halten. Es tut mir so, so leid. Ich mag mir gar nicht vorstellen, was ihr in den vergangenen Wochen alles durchstehen musstet.«

Ich sah, wie auch Aiden schluckte. »Danke, das ist lieb von dir.«

Kailey nickte mir nur knapp zu, bevor sie ihr Gesicht abwandte, doch ich hatte trotzdem Tränen in ihren Augen schimmern sehen. Das schlechte Gewissen, weil ich mich vor den beiden gefürchtet hatte, legte sich wie ein Tuch über mich und machte mir das Atmen schwer. Sie waren furchtbar sympathisch, und deshalb konnte ich ihnen auch nicht länger böse sein, dass sie mit ihrer Offenbarungsaktion mein Leben noch komplizierter gemacht hatten. Hätte Aidens Schwester diesen Schritt nicht gewagt, würde es jetzt vielleicht keine Drachen mehr geben. Instinktiv hatte ich das Bedürfnis, irgendetwas für sie zu tun.

Spontan kam mir eine Idee, und ich zog meinen Pyjama unter dem Kopfkissen hervor. »Wisst ihr was? Ich schlafe heute Nacht bei meinem Bruder, dann habt ihr noch ein bisschen Zeit zusammen.«

»Das musst du nicht, Valentina.«

Ich erwiderte Aidens Lächeln. »Aber ich möchte es. Und vielleicht erreiche ich auch etwas bei Emiliano. Ich rede mal mit ihm«, sagte ich, obwohl ich nicht wirklich daran glaubte, dass es etwas bringen würde, denn seit seinem Unfall war er sturer als jeder Maulesel. Vermutlich würde er auch wenig begeistert sein, wenn ich nach Tagen des gegenseitigen Schweigens plötzlich vor seiner Tür stand und bei ihm übernachten wollte, aber da musste er durch. Vor allem, wenn er auf Aidens Anwesenheit verzichten wollte.

»Sind gemischte Zimmer überhaupt erlaubt? Ich will nicht, dass du unseretwegen Ärger bekommst«, meinte Aiden.

Er war mir gleich noch ein wenig sympathischer. »Emiliano ist mein Bruder, und ihr zwei habt genug durchgemacht. Ich glaube kaum, dass ihr Ärger bekommt, und falls doch, kennt mein Vater den Dekan.«

Aiden grinste verstohlen. »Ja, so was in der Art habe ich heute schon mal gehört. Dann danke.«

Schnell wischte sich Kailey über den rechten Augenwinkel und wandte sich mir wieder zu. »Valentina, Aiden hat mir erzählt, dass dein Bruder im Stadion verletzt wurde. Hat er deshalb so heftig reagiert? Hasst er die Drachen, so wie viele andere auch?«

Seufzend rutschte ich an die vordere Bettkante. »Er hat Fußball gespielt, wollte Profi werden, und er war wirklich gut. Er hätte alle Chancen gehabt, war gerade in der College-Mannschaft aufgenommen worden. Es war sein großer Traum, auf dem Platz zu stehen und für eine angesehene Mannschaft zu spielen, eines Tages vielleicht sogar für sein Land.«

Ich machte eine Pause, senkte den Blick und zupfte gedankenverloren am eingenähten Etikett meines Pyjamaoberteils herum. Es fühlte sich falsch an, Aiden davon zu erzählen, denn im Grunde wäre es Emilianos Aufgabe, und ich wollte dem Drachenkönig kein schlechtes Gewissen machen. Andererseits musste er wissen, was passiert war, denn Emiliano würde seinen Groll nicht so einfach ablegen, egal, was ich zu ihm sagen würde.

Ich sah wieder zu Aiden. »Dieser Traum ist leider zerplatzt, als deine Schwester über das Fußballstadion geflogen ist und Panik ausbrach. Emiliano wurde dabei so schwer verletzt, dass er nie professionell Fußball spielen wird.«

»Oh, verdammt! Das erklärt einiges.« Müde rieb sich Aiden über die Augen. »Es tut mir wirklich sehr leid, Valentina, das hat Sharni nicht gewollt. Sie wollte nur …«

Ich nickte. »Ja, ich weiß, sie wollte euer Volk retten. Das Ganze ist nur richtig blöd gelaufen. Deiner Schwester blieb nicht viel Zeit, um lange abzuwägen, sie musste handeln. Das verstehe ich, aber versucht auch, meinen Bruder zu verstehen, okay? Er meint es nicht böse. Der Unfall ist gerade erst passiert, und er hat sich noch nicht mit den Konsequenzen abgefunden.«

Und vielleicht würde er das nie. Emiliano stand an einem Scheideweg. Entweder er ging vor lauter Verzweiflung unter oder er versuchte, sich mit letzter Kraft über Wasser zu halten, bis ein rettendes Stück Holz vorbeischwamm. Ich würde alles geben, damit er nicht unterging und in seinem blinden Hass die falsche Abzweigung wählte.

Aiden nickte ebenfalls. »Natürlich, das kann ich sehr gut nachvollziehen. Wenn ich irgendetwas tun kann, für deinen Bruder oder für dich, lass es mich wissen.«

»Danke, aber solange du keine üblen Beinverletzungen heilen kannst, wird das wohl nichts.«

Nachdenklich legte Aiden den Kopf schief, wobei ihm eine dunkle Ponyfranse in die Augen fiel. Vermutlich hatte er seit einer Weile keine Zeit mehr gefunden, um zum Friseur zu gehen, und diese Tatsache ließ ihn noch menschlicher erscheinen. Es war, wie er und Sharni gesagt hatten: Er war ein Drache, aber er war auch ein Mensch, noch dazu ein sehr netter. Wenn sich die Leute bewusst machten, dass die Drachen ihnen in so vielen Dingen ähnlich waren, würde das sicher vielen die Angst nehmen. Und tatsächlich gab mir diese Vorstellung ein wenig Zuversicht, denn genau wie Aiden, Kailey und die anderen Drachen war auch ich in erster Linie ein Mensch, nur eben mit übernatürlichen Kräften.

»Nein, aber vielleicht …«, begann Aiden langsam.

Kailey stieß ihn in die Seite, woraufhin Aiden abrupt verstummte. Stirnrunzelnd betrachtete ich die beiden. Irgendetwas schienen sie mir zu verheimlichen, doch da ich nicht das Gefühl hatte, dass es dabei um Leben und Tod ging, beunruhigte es mich nicht.

Die vielen Fragen, die ich noch hatte, mussten warten. Ich rutschte vom Bett, holte ein paar Sachen aus dem Bad, frische Unterwäsche aus dem Schrank, und stopfte alles, was ich für die Nacht brauchte, in meine Sporttasche, die ich vorher auf dem Bett ausleerte. »Dann lass ich euch mal allein«, verabschiedete ich mich.

»Valentina?«, sagte Kailey hinter mir, und ich drehte mich noch einmal um. »Ich danke dir!«

»Gern. Und herzlich willkommen zurück am Trinity College.«

Ich verließ das Zimmer, schloss die Tür und lehnte mich mit geschlossenen Augen dagegen. Meine Reaktion fühlte sich richtig an, trotzdem fragte ich mich, ob es eine gute Idee war, mich mit zwei Drachen anzufreunden. Was würde Emiliano sagen, wenn ich mich auf Aidens Seite schlug? Nachdem ich Aiden und Kailey persönlich kennengelernt hatte, war mein Verständnis für die Drachen nur noch gewachsen. Das würde Emiliano nicht gefallen, aber ich konnte ihn auch nicht in sein Verderben laufen lassen. Der Hass tat ihm nicht gut. Es war okay, wenn er frustriert war und Angst vor der Zukunft hatte, aber Hass war keine Lösung für sein Problem. Das würde ihn nicht weiterbringen, es am Ende vielleicht sogar nur schlimmer machen.

»Ich weiß auch nicht, seit wann ich so gefühlsduselig bin«, hörte ich Kaileys gedämpfte Stimme aus dem Zimmer.

Keinesfalls wollte ich lauschen, deshalb stieß ich mich von der Tür ab und machte mich auf den Weg zu Emiliano.

Kapitel 16

Valentina

Ich warf die Tür ins Schloss und stieß einen unterdrückten Schrei aus. Studierende, die an mir vorbei den Gang entlangeilten, zuckten erschrocken zusammen, um mir gleich darauf vorwurfsvolle oder amüsierte Blicke zuzuwerfen.

Niemand schaffte es, mich so auf die Palme zu bringen wie Emiliano. Er war wirklich unmöglich. Gestern Nacht hatte ich keine Lust mehr auf ein Gespräch gehabt. Zum einen war ich zu müde gewesen, zum anderen hatte ich befürchtet, er könnte mich aus dem Zimmer werfen. Aber heute Morgen wollte ich es nicht länger aufschieben. Aiden und ich konnten schließlich nicht auf immer und ewig die Zimmer tauschen, also hatte ich vorsichtig das Thema Drachen angesprochen. Mein Bruder war sofort in die Luft gegangen, hatte mir nicht einmal die Chance gegeben, ihm einen anderen Standpunkt nahezubringen.

»Mag sein, dass die Drachen aufs Klo gehen. Trotzdem sind sie Monster«, hatte er mich beinahe angeschrien. »Wie kannst du so ruhig bleiben bei der Vorstellung, dir ein Zimmer mit einer dieser Bestien zu teilen?«

»Sie sind keine Bestien! Emiliano, bitte. Ich kann deine Empfindungen absolut nachvollziehen. Sogar Aiden hat Verständnis, aber du gibst ihm nicht mal die Chance, ihn kennenzulernen.«

»Warum sollte ich? Damit er mir die gleichen Lügen auftischt wie dir? Du bist naiv, Valentina, naiv und dumm, wenn du nicht sehen willst, welche Gefahr die Drachen für uns Menschen darstellen.«

Ich musste schwer schlucken, um mir Emilianos Worte nicht zu sehr zu Herzen zu nehmen. *Er meint es nicht böse, und er hält dich auch nicht wirklich für dumm.* »Aiden hat mir weder Lügen erzählt noch mich manipuliert, und dir hat er nichts getan. Sicher bist du sauer auf seine Schwester, das darfst du sein, aber auch sie hat dir nicht mit Absicht wehgetan. Sie wusste sich nicht anders zu helfen. Ist dir das klar? Ihr ganzes Volk stand kurz vor der Ausrottung.«

»Genau wie die Drachen uns Menschen damals ausrotten wollten.«

Ich runzelte die Stirn. »Was redest du da, Emiliano?«

»Wenn du dir so viele Gedanken über die Spezies der Drachen machst, solltest du dich vielleicht auch mal mit ihrer Vergangenheit beschäftigen. Sie haben uns Menschen einst beherrscht, hatten Spaß daran, uns zu jagen und zu quälen.«

Energisch schüttelte ich den Kopf. »Wo hast du denn den Blödsinn plötzlich her?«

»Das ist kein Blödsinn. Es sind Fakten aus einer verlässlichen Quelle. Du willst das nur nicht wahrhaben, weil du dem Drachenkönig mehr glaubst als deinem eigenen Bruder.«

»Emiliano!«, sagte ich warnend. »Red keinen Stuss. Ich glaube dir, aber du bist total verbohrt.«

»Nein, du bist zu gutgläubig, das warst du schon immer. Frag mal den Drachenkönig, warum er uns nichts von der Existenz der Hexen und Magier erzählt.«

»Bitte was?« Ungläubig starrte ich meinen Bruder an. »Hexen gibt es nur im Märchen.«

»So wie Drachen, ja? Warum ist das so unvorstellbar? Du weißt, dass es noch eine andere übernatürliche Art geben muss, irgendjemand hat die Drachen schließlich angegriffen.«

»Ja, schon, aber Hexen?«

Emiliano verdrehte die Augen. »Das Gleiche hättest du vor wenigen Wochen noch über Drachen gesagt. Denk mal darüber nach.«

Ich stieß ein Seufzen aus. »Okay, Punkt für dich. Aber denk du bitte mal darüber nach, was dir dein Hass auf die Drachen bringt.«

Emiliano sah mich müde an. »Ich will nicht länger mit dir diskutieren, Valentina. Du bist meine Schwester, du solltest auf meiner Seite stehen. Aber wenn du dir keine Gedanken darüber machen willst, wie gefährlich uns Drachen, Hexen und wer weiß welche Wesen noch werden können, bitte. Dann ist das halt so. Es steht dir frei zu gehen.«

Einige Sekunden hatte ich ihn angestarrt und nicht gewusst, ob ich lieber weinen oder schreien sollte. Schließlich hatte ich mich dazu entschlossen, ihn allein zu lassen. Ich wusste nicht, was ich noch tun sollte. Wie sollte ich ihm klarmachen, dass wir von Aiden und Kailey nichts zu befürchten hatten? Theoretisch konnten sie uns wehtun. Ja, das sah ich ein, denn auch wenn mein Zwillingsbruder das Gegenteil behauptete, war ich alles andere als dumm oder naiv. Aber nur, weil es theoretisch möglich war, hieß das nicht, dass sie es auch praktisch tun würden. Theoretisch könnte jeden Tag die Welt untergehen. Machten wir uns deshalb verrückt und bunkerten Unmengen an Konserven und Toilettenpapier im Keller?

Frustriert überlegte ich, in mein Zimmer zurückzukehren. Ich brauchte dringend eine Dusche, bevor ich mich in Englische Literatur setzen konnte, und viel Zeit blieb mir nicht, weil ich vor der ersten Vorlesung gern gefrühstückt hätte. Wenigstens ein Pumpkin

Spice Latte musste drin sein. Um einen Blick auf die Uhr zu werfen, holte ich mein Handy aus der Tasche und schaltete es ein. Meine Stimmung hob sich ein wenig, als ich sah, dass Lily zweimal versucht hatte, mich zu erreichen. Am Ende hatte sie eine Nachricht geschrieben.

Hey, ich wollte nur wissen, ob alles okay ist. Sag Bescheid, wenn ich irgendwie helfen kann.

Schnell schrieb ich ihr zurück, dass alles in Ordnung war und ich mich später noch mal melden würde, dann machte ich mich auf den Weg zu meinem Zimmer. Dummerweise hatte ich letzte Nacht meine Bücher vergessen. Ich klopfte an und wartete dieses Mal, bis ich von drinnen ein Zeichen bekam, dass ich eintreten konnte, bevor ich die Tür öffnete. Es fühlte sich seltsam an, schließlich war es auch mein Zimmer, aber nachdem Kailey im Gegensatz zu Cassie einen Freund hatte, musste ich mich wohl daran gewöhnen.

Meine Sorge war unbegründet. Kailey saß zwar noch im Schlafanzug auf ihrem Bett, die Haare ein Nest aus verknoteten Strähnen, doch Aiden trug seine Jeans und das schwarze T-Shirt vom Vortag. Seine Haare waren feucht, und im Zimmer roch es nach Seife und Wasserdampf. Er nickte mir abwesend zu, als ich den Raum betrat, denn er telefonierte gerade mit jemandem. Worum auch immer es ging, es schien ihm Bauchschmerzen zu bereiten. Ich sah kurz zu Kailey, doch die zuckte nur entschuldigend mit den Schultern.

»Aber das kann doch gar nicht sein«, meinte Aiden. Er klang gleichermaßen aufgebracht und verzweifelt, und ich fragte mich, ob die Drachen erneut angegriffen wurden. »Nein, wir müssen etwas unternehmen. Ich kümmere mich darum. Halt mich bitte weiterhin auf dem Laufenden, okay? Danke, Kiana.« Aiden legte auf, warf das Handy neben Kailey aufs Bett und ließ sich ebenfalls auf die Matratze fallen. »Das war Kiana. Es ist schon wieder eine Drachin verschwunden. Moina, sie ist mit Celmar und mir aufgewachsen.«

»Oh, Aiden.« Kailey rutschte vor und lehnte ihren Kopf an seine Schulter. »Was sollen wir jetzt machen?«

Er vergrub das Gesicht in seinen Händen. »Ich weiß es nicht. Ich weiß nur, dass es so nicht weitergeht. Wie viel muss mein Volk noch ertragen, bevor es endlich Frieden findet?«

Ich wandte den Blick von den beiden ab, fühlte mich wie ein Eindringling in meinem eigenen Zimmer. Das hier war nicht für meine Augen oder Ohren bestimmt, auch wenn mir mein wild klopfendes Herz etwas anderes sagte. Drachen waren verschwunden? Was hatte das nun wieder zu bedeuten? Zu gern hätte ich Aiden gefragt, doch ich wollte nicht stören und überlegte, im Bad zu verschwinden, als er den Kopf hob und zu mir sah, ein kaum merkliches Lächeln auf den Lippen.

»Hey, guten Morgen, Valentina. Wie ist die Lage?«

Ich verzog den Mund und schüttelte den Kopf. »Sorry, mein Bruder kann verdammt stur sein. Ich hätte wirklich gern bessere Nachrichten gehabt.«

Aiden seufzte leise. »Macht nichts, das war zu erwarten. Dein Bruder und ich werden uns schon irgendwie arrangieren. Trotzdem vielen Dank, ich weiß das zu schätzen.«

Ich nickte knapp. »Das mit den verschwundenen Drachen hört sich gar nicht gut an. Denkst du, euer Feind hat es erneut auf euch abgesehen?«

Aiden schüttelte den Kopf. »Das ist das Einzige, was wir mit ziemlicher Sicherheit ausschließen können.«

»Warum?«

Aiden lächelte traurig. »Das kann ich dir leider nicht sagen. Die Sache ist … kompliziert.«

»Nein, ich verstehe das.« Ich stellte meine Tasche ab und setzte mich auf mein Bett. »Im Gegensatz zu euch will sich euer Feind den Menschen nicht offenbaren. Aber habt ihr euch auch mal Gedanken darüber gemacht, wie das ankommt? Alle wissen jetzt, dass es da draußen noch mehr unbekannte und vielleicht sogar gefährliche Wesen gibt, und ihr deckt sie.«

»Ich kann mir vorstellen, wie das sein muss«, erwiderte Aiden.

Dieses Mal schüttelte ich den Kopf, auch wenn ich ihn nicht bedrängen wollte. »Das ist verdammt beängstigend, und es versetzt die Menschen in Panik. Das ist nicht gut, Aiden, ganz und gar nicht gut.«

»Denkst du, darüber zerbreche ich mir nicht den Kopf?« Er stand auf und lief ein paar Schritte im Zimmer auf und ab. »Permanent spreche ich Damian und Braxton darauf an, aber sie sind der Meinung, ich soll mich da raushalten.«

»Du bist immer noch der Drachenkönig, Aiden«, warf Kailey sanft ein. »Die beiden sind lediglich deine Berater. Am Ende entscheidest du. Wenn du den Menschen sagen willst, wer unser Feind ist, kannst du das machen. Ich weiß nur nicht, wie sinnvoll das wäre.«

»Aber du hast Valentina gehört. Das Unwissen macht ihnen Angst, versetzt sie in Panik, und Angst und Panik sind gefährlich. Du bekommst doch mit, wie die Leute gegen uns demonstrieren.«

»Und glaubst du wirklich, dass die Angst, die Panik und die Demonstrationen sich einfach in Luft auflösen, wenn du ihnen den Namen des Feindes nennst?«, warf Kailey ein. »Die Menschen haben immer Angst vor dem Unbekannten. Nur weil etwas einen Namen hat, ist es noch lange nicht greifbarer.«

»In dem Punkt muss ich dir recht geben«, stimmte ich Kailey zu. »Das Ganze ist wirklich nicht so einfach.«

»Willkommen in meiner Welt.« Aiden schnappte sich das Handy vom Bett. »Ich muss dringend mit Celmar telefonieren. Er ist mein bester Freund und soll versuchen, herauszufinden, was es mit den verschwundenen Drachen auf sich hat. Weißt du, ob dein Bruder schon Vorlesung hat, sodass ich in unserem Zimmer ungestört wäre?«

Ich schnaubte. »Da muss ich dich enttäuschen, denn ich fürchte, meinem Bruder ist das Studium gerade ziemlich egal. Du kannst hier telefonieren, ich muss sowieso duschen und dann auch wieder los.« Ich schnappte mir meine frische Wäsche und ging Richtung Bad, drehte mich dann aber noch einmal zu Aiden um. Ich musste einfach wissen, ob mein Bruder die Wahrheit gesagt hatte. »Eine Frage hätte ich noch. Gibt es Hexen?«

Aiden und Kailey wechselten einen erschrockenen Blick, und ich wusste sofort, dass es stimmte. Hatte mein Bruder dann auch mit der anderen Sache recht gehabt? Hatten die Drachen uns Menschen einst beherrscht? Ein Schauer lief mir über den Rücken.

Aiden trat näher zu mir und sah mich eindringlich an. »Wer hat dir von den Hexen erzählt?«

Ich zögerte, weil ich Emiliano nicht verraten wollte. Auch wenn ich nicht seiner Meinung war, war er immer noch mein Bruder. Er sollte nicht meinetwegen in Schwierigkeiten geraten.

Seufzend schüttelte Aiden den Kopf und trat einen Schritt zurück. »Entschuldige, du musst mir natürlich nicht antworten. Das Ganze ist nur unglaublich wichtig für mich.«

»Sag mir, warum«, bat ich, weil ich merkte, wie wichtig es ihm wirklich war.

»Hexen und Magier sind nicht unsere Feinde. Sie sind unsere Freunde. Sie haben uns im Krieg unterstützt, ohne sie wäre mein Volk längst ausgerottet worden. Ich bin ihnen etwas schuldig und muss alles in meiner Macht Stehende tun, damit sie nicht selbst in Schwierigkeiten geraten.«

»Ich verstehe«, erwiderte ich ehrlich. Trotzdem zögerte ich erneut.

Aiden schien zu spüren, dass mir noch etwas Sorgen bereitete. »Was?«, fragte er sanft.

»Würdest du … würdest du die Hexen um jeden Preis beschützen?« Ich senkte den Blick, während ich die Frage stellte, und bemerkte die Enttäuschung in Aidens braunen Augen, als ich ihn wieder ansah. »Ich hab das nicht so gemeint. Es ist nur …«

Er winkte ab. »Ich bin ein Drache, und du kennst mich kaum, aber bitte glaub mir. So bin ich nicht und war ich auch nie. Niemals würde ich Gewalt anwenden, um zu bekommen, was ich will. Ich habe mich lange gegen den Krieg gewehrt. Erst, als mein Volk mit dem Rücken zur Wand stand und es um Leben und Tod ging, habe ich zurückgeschlagen. Und ich wünschte jeden Tag, es hätte einen anderen Weg gegeben.«

Kailey stand auf, kam zu uns und legte die Arme um ihren Freund. »Aiden gehört zu den Guten, Valentina. Ich habe selbst eine Weile gebraucht, um das einzusehen, aber du wirst niemanden finden, egal ob Drache oder Mensch, der warmherziger ist als Aiden O'Rourke.«

Aiden verdrehte die Augen, lächelte aber dabei. »Das wird sie dir nicht glauben. Du bist meine Freundin.«

»Doch, ich glaube ihr. Ich glaube *euch*. Aber eine Sache liegt mir noch auf dem Herzen.«

»Was möchtest du wissen?«, fragte Aiden.

Ich schluckte. »Waren die Menschen einst euer Feind? Habt ihr gegen uns gekämpft?«

Der Drachenkönig stieß hörbar die Luft aus. »O Mann, wer auch immer deine Quelle ist, sie ist gut.« Er nickte. »Ja, es ist wahr, aber das ist sehr, sehr lange her. Unsere Vorfahren waren anders als wir, so wie ihr Menschen damals auch anders wart.«

Ich nickte, denn mehr musste er nicht sagen. »Mein Bruder hat mir davon erzählt, auch von den Hexen und Magiern. Woher er es weiß, kann ich nicht sagen, es ist kaum noch möglich, vernünftig mit ihm zu reden, aber ich habe eine Vermutung. Seit Kurzem trifft er sich mit Leuten, die ebenso wenig von euch Drachen halten wie er.«

Aiden und Kailey wechselten einen Blick, und ich wusste, was sie dachten, denn ich dachte dasselbe: Emiliano und die anderen würden diese Fakten früher oder später gegen die Drachen verwenden. Und wenn das auf den Demonstrationen die Runde machte … Mein Herz stolperte. O Gott, warum hatte ich nicht früher daran gedacht? War Emiliano etwa … Energisch schüttelte ich den Kopf. Nein, er war gestern ganz sicher nicht bei der Demonstration dabei gewesen, immerhin war er nach wie vor auf seine Krücken angewiesen. Außerdem würde er nicht dabei zusehen, wie Idioten ihre Aggressionen an unschuldigen Ladenbesitzern ausließen. Auch wenn er die Drachen noch so sehr hasste, so weit würde er niemals gehen.

»Ich danke dir für deinen Vertrauensvorschuss, Valentina«, riss Aiden mich aus meinen Grübeleien. »Damit stehe ich in deiner Schuld.«

»Blödsinn.«

»Doch«, unterbrach er mich. »Ich meinte es auch gestern schon ernst. Wenn ich etwas für dich oder deine Familie tun kann, lass es mich wissen.«

»Finde heraus, was es mit den verschwundenen Drachen auf sich hat«, sagte ich, denn ein Gedanke ließ mich nicht los: Hatte es jemand nur auf die Drachen abgesehen oder auch auf andere übernatürliche Wesen?

»Das werde ich.« Aiden presste die Kiefer aufeinander.

Ich nickte und stieß ein Seufzen aus. »Dann gibt es also euch Drachen, die Hexen und Magier, euren Feind und vermutlich noch mehr Wesen.« Mich zum Beispiel. Um meine Unsicherheit zu überspielen, lachte ich. »Gefühlt kommt jeden Tag eine neue Spezies hinzu.«

Kailey strich mir flüchtig über den Arm. »Das ist beängstigend, ich weiß, aber wir werden dich beschützen. Du bist nicht allein.«

Ich lächelte gequält. Was würde sie wohl sagen, wenn sie wusste, dass ich kein normaler Mensch war? Zumindest nicht nur? Trotzdem war ich dankbar. »Das ist lieb. Vielleicht ist es doch nicht so schlecht, dich als Zimmergenossin zu haben.«

Sie erwiderte mein Lächeln. »Ich bin auf jeden Fall froh darüber, und irgendwann werden wir dir auch ein paar Hexen und Magier aus den Londoner Hexenclans vorstellen. Die sind alle wirklich nett, du wirst sie mögen.«

Erneut nickte ich und fühlte mich ein kleines bisschen zuversichtlicher – denn das Auftauchen all dieser Wesen bedeutete auch, dass ich nicht allein war in der magischen Welt, die plötzlich für alle zur Wirklichkeit wurde.

Kapitel 17

Emiliano

»Okay, das reicht«, sagte ich zu Andy. »Lass uns abhauen. Ich hab echt keine Lust, von den Drachen erwischt zu werden.«

Andy zuckte mit den Schultern. »Hat deine Schwester nicht behauptet, die Drachen wären so sanftmütig?«

Ich schnaubte. »Ich hab meine Schwester echt gern, aber sie ist nicht nur viel zu vertrauensselig, sie leidet auch unter dem schlimmsten Helferkomplex, den du dir vorstellen kannst. Als Kind hat sie ernsthaft ein Krankenhaus für verletzte Regenwürmer, Fliegen und anderes Viehzeug gebaut.«

Andy lachte, während er die letzte Schreibtischschublade herauszog, um deren Inhalt quer im Zimmer zu verteilen.

»Warte«, hielt ich ihn zurück, als ich das bunt gestreifte Notizbuch bemerkte. »Ich glaube, das Zeug gehört Valentina.«

»Na und? Wenn du nicht willst, dass das Ganze auf dich zurückfällt, hältst du mich besser nicht auf.«

Ich zögerte kurz, weil mir der Gedanke nicht gefiel, meine Schwester in die Sache hineinzuziehen, aber natürlich hatte Andy recht. Valentina war nicht dumm, auch wenn ich ihr das in letzter Zeit hin und wieder vorwarf. Wenn jemand das Zimmer verwüstete und ihre Seite unberührt ließ, würde sie misstrauisch werden, deshalb hielt ich Andy nicht länger auf. Er ließ die Schublade an Ort und Stelle auf den Boden fallen. Ich hörte das Holz bersten, sah aber nicht hin, weil ich mit einem Schwung einen Teil von Valentinas Klamotten aus dem Schrank fegte. Ihre Shorts und Strumpfhosen landeten auf den ganzen anderen Sachen, die bereits auf dem Boden verteilt lagen. Ich ignorierte das schlechte Gewissen, das sich in mir ausbreitete, und eilte mit meinen Krücken zur Tür. Mit der rechten Krücke blieb ich in dem Kleiderberg am Boden hängen und fiel beinahe hin, konnte mich aber rechtzeitig wieder fangen. Andy ging an mir vorbei, öffnete mir die Tür, und wir verließen das Zimmer. Auf dem Flur war nicht viel los, die meisten Studierenden waren schon in den Vorlesungen oder frühstückten noch, und wir hasteten, so schnell es mir mit den blöden Krücken möglich war, zur Treppe und die Stufen hinunter. Unten atmete ich tief durch.

»Muffensausen?« Andy stieß lachend gegen meinen Arm.

»Quatsch, die Drachen haben es nicht anders verdient.« Aber warum fragte ich mich dann, ob wir zu weit gegangen waren? Ich schüttelte den Gedanken ab. »Okay, und was nun? Zurück aufs Zimmer kann ich vorerst nicht.«

»Du hockst sowieso zu viel in deiner Bude, Mann. Komm doch mit, ich bin mit Blake verabredet.«

»Und ich störe euch auch nicht?« Ich wackelte vielsagend mit den Augenbrauen.

»Blake und ich sind Freunde, okay?«

»Weiß sie das auch?«

Andy lachte bloß. Wir setzten uns in Bewegung und verließen das Wohnheim. Der Wind blies Wolken über den Himmel und bunte Blätter über die Wege und den Rasen. Es war trocken und sogar halbwegs mild, aber die Luft roch anders als in Mexiko zu dieser Zeit des Jahres. Es würde nicht mehr lange dauern, bis der Winter Einzug hielt.

Am Stamm einer Platane lehnte ein Mann um die dreißig, der vorgab zu lesen, doch ich durchschaute ihn sofort. Er war weder Student noch ein Tourist, der sich das Trinity College ansehen wollte. Dafür war das Alibi-Taschenbuch in seinen Händen zu zerfleddert und sein Blick zu sehr auf die Umgebung fixiert, vor allem auf die Türen des Wohnheims. Er war garantiert Fotograf, der hoffte, ein Bild vom Drachenkönig oder seiner Freundin schießen und teuer an das meistbietende Klatschblatt verkaufen zu können, dabei dürfte er gar nicht hier sein. Kurz nach der Rückkehr der Drachen hatte der Dekan die Studierenden mit einem Aushang am Schwarzen Brett darum gebeten, Presseleute, Fotografen oder verdächtige Personen auf dem Campus unverzüglich im Sekretariat zu melden oder den Sicherheitsleuten Bescheid zu geben, die neuerdings an den Eingängen zum Campus postiert waren.

Ich ignorierte den Mann. Wenn er den Drachen das Leben schwer machen wollte, hatte er meinen Segen.

»Was ist eigentlich mit dir und Prisha? Seid ihr auch bloß Freunde?«

»Apropos, hast du ihr meine Nummer gegeben?«, fragte ich zurück. Seit Kurzem textete sie mir ständig und ließ sich einfach nicht abwimmeln, auch wenn ich noch so vage und unverbindlich mit meinen Antworten blieb.

»Sorry, ich wusste nicht, dass deine Nummer geheim ist. Das nächste Mal frage ich dich vorher.«

»Ja, bitte«, murmelte ich.

Andy warf mir einen irritierten Seitenblick zu. »Welche Laus ist dir denn über die Leber gelaufen? Liebeskummer?«

Ich schnaubte, dabei hatte er nicht ganz unrecht. Okay, es war kein echter Liebeskummer, aber meine Gedanken kreisten permanent um ein und dasselbe Mädchen: Cassie. Seit sie letzte Nacht aus meinem Zimmer verschwunden war, hatte ich sie nicht mehr gesehen, und da ich ihre Nummer nicht hatte, konnte ich mich nicht bei ihr entschuldigen. Ich wusste nicht mal, ob sie überhaupt noch auf dem Campus war. Als Valentina bei mir übernachtet hatte, hatte sie eine neue Mitbewohnerin erwähnt, aber ich Trottel hatte erst zu spät geschaltet und sie nicht nach Cassie gefragt. War sie etwa ausgezogen?

Andy schien zu merken, dass er keine Antwort von mir zu erwarten hatte, denn er zuckte nur mit den Schultern und rümpfte die Nase, als wir an den beiden schwarz gekleideten Männern vorbeigingen, die das Tor des Regent House flankierten.

»Was für eine Geld- und Ressourcenverschwendung«, murmelte er, nachdem wir durch das Tor getreten waren. »Und das alles wegen zwei dämlicher Drachen.«

»Hat Blake ihrer Mutter eigentlich schon von den Hexenclans erzählt?«

Andy sah mich mit hochgezogenen Augenbrauen an. »Ist die Frage ernst gemeint? Denn hätte sie das getan, würde die Presse über nichts anderes mehr berichten. Du glaubst doch nicht, dass Shannon Kelly diese Neuigkeit für sich behalten würde. Die Frau steckt mitten im Wahlkampf.«

Ich deutete ein Schulterzucken an. »Hätte ja sein können, dass sie die Info aus taktischen Gründen zurückhält.«

Andy lachte auf. »Blakes Mutter? Never ever, aber du hast den Nagel trotzdem auf den Kopf getroffen, *wir* halten diese Information nämlich aus taktischen Gründen zurück. Die Zeit ist noch nicht reif, um die Hexen und Magier aus dem Sack zu lassen.«

»Okay, und wann ist sie es?«

»Bald. Vertrau mir, du wirst es merken.«

Ich erwiderte nichts. Manchmal legte Andy diese herablassende Seite an den Tag, die mir ziemlich auf den Keks ging, außerdem hatte ich nicht zum ersten Mal das Gefühl, dass er mir etwas verschwieg. Klar, er und Blake waren die Köpfe unserer Organisation, und ich hatte selbst gesagt, dass ich keine Führungsrolle einnehmen wollte. Trotzdem fühlte es sich an, als würde er mich von bestimmten Dingen ausschließen, und das ärgerte mich. Schließlich konnte es mir egal sein, wir waren keine Freunde.

Wir traten auf die Straße und bogen nach links ab. Aiden und Kailey traten in mein Blickfeld, gefolgt von einer Schar Presseleute. Das permanente Klicken von Kameras drang an mein Ohr, Fragen wurden den beiden zugerufen, auf die sie nicht eingingen. Kailey trug einen grünen Mantel und hatte die weite Kapuze über den Kopf gezogen, Aiden hatte wie ein Hollywoodschauspieler ein Cap und eine Sonnenbrille aufgesetzt. Trotzdem waren sie sofort zu erkennen, sodass sie sich das Affentheater auch hätten sparen können. Aiden hatte einen Arm um Kaileys Schultern gelegt und versuchte ziemlich erfolglos, sie von der Meute abzuschirmen. Als sie an uns vorbeieilten, grüßte er mich knapp mit einem Nicken, doch ich sah demonstrativ in eine andere Richtung. Es fehlte mir gerade noch, dass ich belagert und ausgefragt wurde, was der Drachenkönig am liebsten aß oder welches Duschgel er benutzte.

Aiden und Kailey verschwanden durch das Tor im Regent House, und die Presseleute blieben brav davor stehen. Einige zogen ab, andere postierten sich am Zaun, in der Hoffnung, dass die zwei Drachen den Campus bald wieder verlassen würden. Das konnte ich allerdings mit ziemlicher Sicherheit ausschließen, denn die beiden hatten jetzt erst mal andere Probleme am Hals.

»Lasst die Show beginnen«, murmelte Andy mit einem hämischen Grinsen.

Drei Stunden waren vergangen, als ich das Wohnheim wieder betrat. Andy, Blake und ich hatten Pizza bestellt, ein bisschen Pokémon gezockt und dann *Blade* laufen lassen. Irgendwann hatten die zwei angefangen, wild herumzuknutschen, während ich weiter stoisch auf den Flachbildfernseher gestarrt hatte, doch als ich aus den Augenwinkeln bemerkt hatte, wie Andys Hand unter Blakes Shirt gewandert war, hatte ich mich vom Acker gemacht. Theoretisch hätte ich den Drachen – und meiner Schwester – gern noch ein bisschen mehr Zeit gegeben, um sich abzureagieren, aber die drei Stunden hatten hoffentlich ausgereicht, um die Gemüter halbwegs zu beruhigen und aufzuräumen. Nicht, dass ich am Ende noch selbst mit anpacken musste.

Ich humpelte die Treppe nach oben, bog in den Gang ab und blieb vor meiner Zimmertür stehen, um einen Moment zu lauschen. Von drinnen waren keine Geräusche zu hören. Ob sie vielleicht in Valentinas Zimmer waren und dort für Ordnung sorgten? Ich öffnete die Tür, ohne anzuklopfen, und ließ meinen Blick automatisch über den Boden schweifen, auf dem keine Klamotten, Ordner oder Bücher mehr verstreut lagen. Nur auf meinem Bett türmten sich Hosen, T-Shirts, Pullover, Unterlagen aus dem Schreibtisch und der komplette Inhalt meiner Nachttischschublade. Ich unterdrückte ein Stöhnen, als ich mein blaues Lieblingsshirt in dem Haufen entdeckte. Die Sachen musste Andy aus meinen Schubladen und Schränken gezogen haben, als ich schon auf dem Weg zu Valentinas und Kaileys Zimmer gewesen war.

Der durchdringende Geruch von Farbe stieg mir in die Nase, und mein Blick wanderte weiter zu Aiden, Kailey und Valentina, die auf Aidens Bett standen und die rote Schrift an der Wand mit weißer Farbe übermalten. Die Buchstaben waren bereits zu schwach, um sie noch entziffern zu können, trotzdem wusste ich genau, was dort gestanden hatte. Dasselbe wie an der Wand über Kaileys Bett: *Verschwindet dorthin, wo ihr hergekommen seid!*

»Was ist denn hier los?«, fragte ich und versuchte, so überrascht und verwirrt wie möglich zu klingen. Schauspielerisches Talent lag bei uns nicht in der Familie, trotzdem hoffte ich, dass Valentina mich nicht durchschaute. Doch das konnte ich wohl vergessen. Meine Schwester warf den Pinsel in den Farbeimer auf dem Schreibtisch, stieg vom Bett und baute sich vor mir auf. Wütend funkelte sie mich an. Der weiße Klecks auf ihrer linken Wange nahm ihr jegliche einschüchternde Wirkung, aber die hatte sie auf mich ohnehin noch nie gehabt.

»Sag mir bitte, dass nicht du für diesen Scheiß verantwortlich bist!«

Augenblicklich gewann die Wut in mir die Oberhand, weil sie mir so etwas zutraute, und ich brauchte nicht länger zu schauspielern. »Echt jetzt? Warum sollte ich mein eigenes Zimmer verwüsten?« Insgeheim dankte ich Andy, dass er meine Hälfte nicht verschont hatte.

»Weil du Aiden hasst und aus deinem Zimmer ekeln willst? Und wer sonst hätte das bitte sein sollen? Die Tür war nicht aufgebrochen.«

Ich schnaubte. »Bitte, Valentina. Sag mir nicht, dass du dein Zimmer immer abschließt. Ich mache das jedenfalls nicht.«

»Wo kommst du jetzt eigentlich her?« Valentina musterte mich eindringlich. »Du hockst doch sonst den ganzen Tag hier drin. Wie kommt es, dass du ausgerechnet heute unterwegs warst? Hast dich wieder mit deiner idiotischen Gruppe getroffen, stimmt's?«

»Die Gruppe ist nicht idiotisch, und ich war bei einem Freund. Du kannst mein Alibi gern überprüfen, ich gebe dir Andys Nummer.«

Dieses Mal schnaubte Valentina. »Ihr lügt doch alle füreinander, also entschuldige bitte, wenn ich deinem Freund nicht glaube.« Bei dem Wort Freund malte sie Gänsefüßchen in die Luft.

Ich verengte die Augen zu Schlitzen. Dass sie mir vorwarf, keine echten Freunde hier in Irland zu haben, traf einen wunden Punkt bei mir. »Es reicht, okay? Ich muss mich nicht von meiner eigenen Schwester beschuldigen lassen.«

»Na schön, vielleicht hast du wirklich nichts getan, sondern deine angeblichen Freunde. Das ist auf jeden Fall eure Handschrift.« Sie zeigte auf die Wand hinter sich.

»Muss ich dich an die Demonstrationen erinnern, die überall in der Stadt veranstaltet werden? Es gibt genug Leute da draußen, die Drachen hassen.« Ich machte eine ausladende Geste mit einer meiner Krücken und fing Kaileys zornigen Blick auf. Ich hätte angenommen, dass die ganze Aktion sie mehr mitnehmen würde, aber da hatten wir sie wohl falsch eingeschätzt. Sie schien zäh zu sein. Aiden sah jedenfalls deutlich besorgter aus als seine Freundin, die mit jeder Pore Wut ausstrahlte.

»Und wie sollen die auf den Campus kommen? Wir haben hier Sicherheitsleute, falls dir das noch nicht aufgefallen ist.«

Ich verdrehte die Augen. »Stimmt, die sind ja auch so unauffällig. Aber woher bitte soll das Sicherheitspersonal wissen, wer hier studiert und wer nicht? Immerhin müssen wir keinen Ausweis vorzeigen. Im Übrigen habe ich vorhin erst einen Fotografen auf dem Campus gesehen.«

»Ich hoffe, du hast ihn im Sekretariat gemeldet«, bemerkte meine Schwester spitz.

Bevor ich etwas erwidern konnte, stieg Aiden von seinem Bett. »Das bringt doch nichts. Es ist nett, dass du uns verteidigst, Valentina, aber wir haben keine Beweise, dass dein Bruder für die Schweinerei verantwortlich ist, also lassen wir es gut sein.«

Er sah mich an, doch ich schwieg und verschränkte nur die Arme vor der Brust. Valentina ließ die Schultern hängen, und mit einem Mal wirkte sie so traurig und mitgenommen, dass es mir fast leidtat, sie so angeschnauzt zu haben.

»Braucht ihr mich noch?«, fragte sie.

Kailey, die nun ebenfalls vom Bett gestiegen war, schüttelte den Kopf und strich meiner Schwester über den Arm. »Danke für deine Hilfe, wir sehen uns später.«

Valentina schenkte ihr ein schwaches Lächeln, dann rauschte sie aus dem Zimmer, ohne mich noch eines Blickes zu würdigen. Ich musste schlucken, doch dann straffte ich die Schultern. »Ich verschwinde auch, von dem Farbgeruch bekomme ich Kopfschmerzen.«

Damit verließ ich mein Zimmer ebenfalls, ohne zu wissen, wo ich überhaupt hingehen sollte.

Mitten in der Nacht wachte ich auf. Meine Augenlider flackerten ein paarmal, doch ich war zu müde, um die Augen länger offen zu halten. Als ich mich auf die andere Seite drehen wollte, hörte ich ein Wimmern. Meine Nackenhaare stellten sich auf. Schlagartig war ich wach und nahm das Wechselspiel aus Schatten und Licht wahr, das der Mond auf mein Bett warf. Reglos blieb ich liegen und lauschte. Für wenige weitere Herzschläge war es still, dann ertönte das Wimmern erneut und gleich darauf ein Schrei, der mir durch Mark und Bein ging. In diesem Moment wurde mir bewusst, dass die Geräusche von meinem Mitbewohner stammten. Ich hörte, wie er in seinem Bett auffuhr, geweckt von seinem eigenen Schrei. Einige Sekunden lang drangen seine schweren Atemzüge an mein Ohr, während ich mich selbst kaum traute, Luft zu holen. Dann raschelte Aidens Bettzeug, gefolgt von Schritten, bis die Badezimmertür leise ins Schloss fiel. Kurz danach hörte ich das Rauschen des aufgedrehten Wasserhahns. Ich sah Aiden förmlich vor mir, wie er sich kaltes Wasser ins Gesicht spritzte.

Das Wasser wurde wieder ausgestellt, doch Aiden blieb im Bad. Eine Weile war es still. Ich drehte mich auf die andere Seite, sah das Licht, das durch den Spalt der geschlossenen Tür ins Zimmer fiel. Da hörte ich ein Schluchzen aus dem Bad. Einen Fluch auf den Lippen richtete ich mich auf und strich mir die wirren Haare aus der Stirn. Weinte der Drachenkönig jetzt etwa? Langsam setzten sich die Puzzlestücke in meinem müden Hirn zusammen, und mir wurde klar, dass Aiden einen Albtraum gehabt haben musste, der ihn wahrscheinlich in den Krieg zurückversetzt hatte. Scheiße! Unfähig, mich zu rühren, saß ich einfach nur da und starrte auf die Badezimmertür, lauschte den gelegentlichen Schluchzern, die mit der Zeit leiser wurden und schließlich ganz verebbten. Erst, als ich weitere Geräusche aus dem Bad vernahm, geriet ich wieder in Bewegung. Ich legte mich mit dem Gesicht zur Wand und stellte mich schlafend, keine Sekunde zu früh. Die Tür wurde leise geöffnet, und ich glaubte, ein erleichtertes Aufatmen von Aiden zu hören, als ich mich nicht rührte. Er legte sich zurück in sein Bett, doch es dauerte, bis er wieder in den Schlaf fand, denn er wälzte sich noch eine Weile von einer Seite auf die andere.

Auch ich kam nicht gleich wieder zur Ruhe, denn eine Frage geisterte in meinem Kopf herum: Warum hatte ich mich schlafend gestellt?

Kapitel 18

Lily

»Was war das denn heute?«, fragte ich, als Valentina und ich nach eineinhalb Stunden das Boxstudio verließen. Sie hatte sich total verausgabt, als würde sie an einer Meisterschaft teilnehmen wollen. Ihr Kopf war immer noch ziemlich rot von der Anstrengung.

Sie zuckte mit den Schultern, wobei der Gurt ihrer Sporttasche herunterrutschte. Sie schob ihn wieder nach oben. »Ich will mich nur verteidigen können, das ist alles. Deshalb gehen wir doch zum Boxen.«

Plötzlich war mir klar, was los war. Die Demonstration, in die wir geraten waren, schien Valentina mehr mitgenommen zu haben, als ich vermutet hatte. »Alles okay?«, fragte ich.

Sie schenkte mir ein dünnes Lächeln. »Sicher, bin nur müde vom Training.«

Kurz überlegte ich, sie auf die Demo anzusprechen, doch ich ließ es bleiben. »Und an der Drachenfront ist auch alles gut?«, fragte ich stattdessen.

Valentina verdrehte die Augen und ließ den Kopf kreisen, was ihre Halswirbel zum Knacken brachte. »Ich hab dir doch gesagt, dass ich mich gut mit Aiden und Kailey verstehe. Ich bin sicher, du würdest sie mögen, wenn ihr mal mehr als nur ein paar Worte miteinander wechseln würdet.«

Ich zuckte mit den Schultern. »Als ob das nur meine Schuld wäre. Sie sind doch dauernd auf dem Sprung.«

Valentina wurde ernst. »In der letzten Woche sind einige Drachen verschwunden.«

Überrascht sah ich sie an. »Was ist los?«

Sie zuckte mit den Schultern. »Das ist schwer zu erklären.«

»Versuch es mal. Ich bin nicht so begriffsstutzig, wie ich vielleicht aussehe.«

Valentina ging nicht auf meinen Scherz ein. Sie zögerte, zupfte am Kragen ihres senfgelben Parkas herum, den wir vor ein paar Tagen gekauft hatten, weil sie in ihrer Jeansjacke permanent gefroren hatte. »Mithilfe von Freunden ist Aiden dahintergekommen, dass die Drachen entweder tot sein müssen oder …« Sie brach ab, sowohl den Satz als auch unseren Blickkontakt.

»Was?«, fragte ich misstrauisch. Sie verheimlichte mir etwas, das war mehr als offensichtlich, und ich unterdrückte ein Stöhnen. Hatte ich doch gleich gewusst, dass die Drachen nichts Gutes zu bedeuten hatten. Ich musste Valentina unbedingt mehr für mich einnehmen. Ganz offensichtlich vertraute sie mir noch nicht genug, sonst hätte sie keine Geheimnisse vor mir.

Sie antwortete nicht sofort, sondern sah sich nach allen Seiten um, als hätte sie Angst, uns könnte jemand belauschen. Wir standen auf der Straße vor dem Boxstudio im Nieselregen, die Sonne war längst untergegangen. Die wenigen Menschen, die an uns vorbeigingen, schienen es eilig zu haben, auf jeden Fall interessierten sie sich nicht für uns.

Ich trat näher an Valentina heran und legte meine Hände auf ihre Oberarme. »Du kannst mir alles erzählen. Das weißt du, oder?«

Sie nickte, dieses Mal immerhin ohne zu zögern. »Das weiß ich, es ist nur ... Ich habe Aiden versprochen, niemandem gegenüber etwas zu sagen.«

»Verstehe«, murmelte ich und konnte die Enttäuschung in der Stimme nicht zurückhalten. Am meisten überraschte mich, dass es mich wirklich enttäuschte, ganz unabhängig von dem Plan, den ich verfolgte und der vorsah, dass Valentina keinerlei Geheimnisse vor mir hatte.

»Hey, das hat nichts mit dir zu tun. Glaub mir, ich will dich wirklich nicht vor den Kopf stoßen.«

Ich seufzte. »Ich dachte eigentlich, wir wären Freundinnen und würden einander alles erzählen. Ich dachte ... du vertraust mir.« Beim letzten Satz wurde ich unbewusst leiser.

»Ich vertraue dir.«

»Dann lass mich dir helfen. Lass mich für dich da sein.«

»Du bist doch für mich da«, sagte sie mit einem Lächeln, das ihre Augen strahlen ließ.

Mein Herz stolperte, trotzdem unterdrückte ich ein Seufzen und beschloss, es an dieser Stelle gut sein zu lassen. Hier auf der Straße würde sie sich mir bestimmt nicht anvertrauen. Außerdem war es jetzt vielleicht an der Zeit, ihr erst einmal mein eigenes Geheimnis zu verraten, damit sie wusste, dass ihre Geheimnisse bei mir sicher waren. Dass ich sie besser verstehen würde, als sie annahm.

»Darf ich dich wenigstens ablenken? Du solltest mal entspannen, jetzt, wo du kein Yoga mehr machst. Und da du meine Badewanne abzulehnen scheinst, müssen wir uns wohl etwas anderes überlegen.«

»Ich lehne deine Wanne nicht ab, ich würde nur lieber etwas mit dir zusammen machen.«

»Wer sagt, dass wir nicht zu zweit baden können?«

Valentinas Wangen färbten sich zartrosa, was mich zum Schmunzeln brachte. Gleichzeitig beschleunigte sich mein Herzschlag, als ich mir vorstellte, wie wir gemeinsam im warmen Wasser liegen würden, sie vor mir, mit ihrem Kopf an meine Brust gelehnt … Ich räusperte mich und schüttelte den Kopf. O Mann, ich musste aufpassen, sonst wurde mir Valentina am Ende noch gefährlich. »Was hältst du von Billard und einem Drink? Ich lade dich ein.«

»Bin dabei«, sagte sie, und ich fragte mich, ob ich mir die Enttäuschung, die ich kurz in ihren Augen hatte aufflackern sehen, nur eingebildet hatte.

Im Pub war es voll, laut und stickig, doch die Stimmung war super. Niemand nahm es einem übel, wenn man aus Versehen angerempelt wurde.

Eine Band stand auf der Bühne und spielte irische Musik. Selbst ich musste zugeben, dass sie verdammt gut war, obwohl ich irischer Musik eigentlich nicht so viel abgewinnen konnte. Ein Großteil der Gäste sang mit, auch Valentina summte immer wieder die eingängigen Melodien. Sie wirkte beinahe ausgelassen, was auch an dem Guinness liegen konnte, das sie ziemlich schnell getrunken hatte.

Ich leerte mein Glas und nahm die beiden Pints, in denen sich nur noch ein Rest Schaum befand. »Möchtest du noch eins?«

Valentina zögerte. »Ich glaube, ich sollte besser eine Cola nehmen.«

Ich winkte ab. Je lockerer sie wurde, desto besser für mich. »Wir sind hier, damit du dich entspannst und tust, worauf du Lust hast. Hör auf, über alles nachzudenken.«

»Na schön, überredet. Dann bitte noch ein Pint.«

»Gute Wahl. Und keine Sorge, notfalls bringe ich dich nach Hause und verfrachte dich persönlich ins Bett.«

Bevor sie etwas erwidern konnte, bahnte ich mir mit den leeren Gläsern, die ich über meinem Kopf in die Höhe hielt, einen Weg vom Billardtisch zur Bar, die ebenso überfüllt war. Überall standen Flaschen und Gläser, und doch strahlte der Tresen eine behagliche und einladende Atmosphäre aus. Das dunkle Holz war sauber und klebte nicht, als ich mich mit den Armen darauf abstützte und auf meine Bestellung wartete, die eine junge Frau trotz der vielen Arbeit überraschend schnell aufgenommen hatte.

Während ich wartete, sah ich mich im Pub um. Kurz glaubte ich, Lavaughn gesehen zu haben, und kniff die Augen zusammen, doch der Typ mit den schulterlangen Haaren war schon im Gewimmel verschwunden. Wahrscheinlich spielte mir mein Verstand einen Streich. Was sollte Lavaughn auch in Dublin? Er war garantiert zu Hause in New Orleans.

Mein Blick schweifte weiter umher, über die Wimpel unter der Decke, die nahezu mit Bildern tapezierten Wände und die wogenden Köpfe des bunt gemischten Publikums, um schließlich an Valentina hängen zu bleiben. Sie schien völlig in die Musik vertieft, bewegte sich leicht zur Melodie, als wäre sie allein. Wäre sie eine Voodoohexe, hätte man fast meinen können, sie würde sich in Trance befinden. Sie war allerdings weder Hexe noch Drachin, doch was war sie? Sie konnte Geister sehen, weshalb ich überhaupt erst auf sie aufmerksam geworden war, aber das allein brachte mich nicht weiter, und mein Onkel wurde allmählich ungeduldig. Erst heute Morgen hatte ich Kontakt zu ihm aufgenommen.

»Die Zeit drängt«, hatte Ajani gesagt. »Der Seelensammler, der mir dabei helfen will, wieder in die irdische Welt überzutreten, verliert die Geduld. Du musst dich beeilen, Lily, sonst ist es zu spät. So eine Chance wird sich uns nicht erneut bieten.«

Der Seelensammler wollte unbedingt die versprochene Seele, und Valentina war der Schlüssel dazu. Allerdings nützte mir der Schlüssel rein gar nichts, wenn ich nicht wusste, wo ich das richtige Schloss fand.

»Zehn Euro, bitte.« Die Bedienung schob mir zwei volle Pints zu.

Ich reichte ihr einen Schein und machte mich anschließend auf den Rückweg zum Billardtisch. Valentina und ich prosteten uns zu, bevor wir uns wieder dem Spiel widmeten. Sie stieß eine Kugel an, doch die rollte nur wenige Zentimeter über den grünen Stoff, bevor sie liegen blieb.

Stöhnend ließ Valentina das Queue sinken. »Können wir nicht lieber was anderes machen, tanzen zum Beispiel?«

Ich verzog den Mund. »Ich tanze nicht.«

»Wie, du tanzt nicht?«

Abrupt drehte sie sich zu mir. Ich schluckte, als mir ihr blumiger Duft in die Nase stieg. Normalerweise mochte ich diese extrem süßen Düfte überhaupt nicht, doch bei Valentina gefiel es mir. Es passte zu ihrer fröhlichen Natur.

Ich trat einen Schritt zurück, dabei hätte ich sie viel lieber an mich gezogen. »Ist es ein Naturgesetz, dass Frauen gern tanzen?«

»Nein.« Schnell schüttelte sie den Kopf. »Aber du hast Rhythmusgefühl, deshalb dachte ich, dass du auch gern tanzt.«

»Woher weißt du, dass ich Rhythmusgefühl habe?«

Sie grinste. »Du hast vorhin mit den Fingern auf dem Billardtisch zur Musik getrommelt.«

Ich lachte. »Vorschlag: Wenn du mich zur Halloweenparty auf dem Campus begleitest, tanze ich mit dir.«

Augenblicklich wurde sie ernst. »Eigentlich hatte ich nicht vor, auf diese Party zu gehen.«

»Warum nicht?«

Sie zuckte mit den Schultern. »Ich kann mit Halloween nicht so viel anfangen.«

»Das kaufe ich dir nicht ab. Ich wette, du verkleidest dich für dein Leben gern, und falls nicht, lässt du es eben bleiben.«

Sie schüttelte den Kopf, und ihr Ton wurde ungewohnt scharf. »Bitte, Lily, ich will da nicht hin, okay? Akzeptier das einfach.«

Kapitel 19

LILY

Ein Guinness später war die Stimmung zwischen Valentina und mir wieder ausgelassen. Zwischenzeitlich hatte ich echt befürchtet, es vermasselt zu haben, denn der Gedanke an die Halloweenparty schien Valentina heftige Bauchschmerzen zu bereiten. Dabei war mir die dämliche Party total egal. Ich wollte einfach nur Zeit mit Valentina verbringen, denn das war die einzige Möglichkeit, um an mein Ziel zu kommen. Aber jetzt hatte sie meine Neugier geweckt. Ich war mir sicher, dass eine Halloweenparty grundsätzlich genau ihr Ding war. Was also hielt sie davon ab? Oder lag es an mir? Wollte sie nur nicht mit mir hingehen?

»Oh, das ist eins meiner Lieblingslieder«, quietschte Valentina, die definitiv angetrunken war.

Belustigt zog ich die Augenbrauen hoch, als sie zu dem etwas zu hoch gesungenen Intro von *Heaven Is A Place On Earth* auf und ab sprang. Die Band hatte inzwischen zusammengepackt, stattdessen stand jetzt Karaoke auf dem Programm.

»Einen interessanten Musikgeschmack hast du.«

»Hey, das ist ein Klassiker.« Sie hüpfte auf mich zu, griff nach meinen Händen und begann, unsere Arme zu schwingen. »Jetzt komm schon, wackel mit di Hufte«, zitierte sie King Julien aus *Madagaskar*, weil ich ziemlich steif dastand. Ich verdrehte lachend die

Augen und musste zugeben, dass sie im Gegensatz zu mir wusste, wie man sich bewegte.

»Okay, warte«, sagte ich, weil ich keine Spielverderberin sein wollte. Ich ließ sie kurz los, um den Rest meines Guinness auszutrinken, dann nahm ich sie wieder bei den Händen und tanzte mit ihr.

Na gut, tanzen konnte man das vielleicht nicht nennen. Wir hüpften herum, drehten uns im Kreis und stießen mit den Hüften gegeneinander. Vermutlich sah das Ganze ziemlich albern aus, aber ich musste zugeben, dass ich schon lange nicht mehr so viel Spaß gehabt hatte. Ich hätte nie gedacht, dass ich mir mal wünschen würde, dieses Lied könnte länger dauern. Als die letzten Töne verklangen, standen wir wie bestellt und nicht abgeholt da, weil sich die nächsten Karaokesänger erst einmal sortieren mussten.

»Lass uns auch singen, ja? Bitte, bitte!«

»Gibt es irgendetwas, das du nicht kannst?«, fragte ich mit einem Augenrollen.

Valentina kicherte. »Ich kann nicht singen, aber ich mach es trotzdem gern. *¡Viva la vida!* Na komm, schlechter als ich bist du bestimmt nicht.«

»Ich weiß nicht«, wich ich aus, dabei sang ich eigentlich ganz gern. Aber sich bei einem Karaokeabend auf die Bühne zu stellen, bedeutete Aufmerksamkeit, und ich hasste es, wenn sämtliche Augen auf mich gerichtet waren.

»Och bitte. Wenn du mit mir singst, gehe ich vielleicht auch mit dir auf diese Halloweenparty. Also … bis kurz vor Mitternacht zumindest. Da muss ich wieder zu Hause sein.«

Ich musste lachen, auch wenn ich mich gleichzeitig fragte, was das nun wieder zu bedeuten hatte. »Mitternacht? Bist du etwa Cinderella?«

Sie zuckte mit den Schultern und schenkte mir einen koketten Augenaufschlag. »Wer weiß? Also, was sagst du?«

Ich stieß ein lautes Seufzen aus. »Na gut«, gab ich mich geschlagen, dabei war ich mir sicher, dass sie sich nicht an die Vereinbarung halten würde, denn momentan sprach der Alkohol aus ihr.

»Ja! Jetzt müssen wir uns nur noch ein Lied aussuchen. Wie wär's mit *Girls Just Want To Have Fun*?«

Ich verzog den Mund. »Wir müssen unbedingt noch mal über deinen Musikgeschmack reden. Ich werde ganz bestimmt nicht Cyndi Lauper singen.«

»Dann vielleicht *Walking On Sunshine*?« Als Antwort zog ich nur die Augenbrauen hoch, und Valentina stöhnte. »Wie wär's, wenn du mal einen Vorschlag machst?«

»Kennst du James Bond?«

Stirnrunzelnd sah sie mich an. »Singt da überhaupt irgendwer?«

Wieder lachte ich. »Du bist echt süß. Wahrscheinlich hast du das Intro im Kopf, aber die Filme haben auch einen Titelsong. Ich hatte an den von *Ein Quantum Trost* gedacht.«

»Oh, ist das der Teil, mit dem Tag …« Sie biss sich auf die Zunge. »Ich meine, wo der Anfang in Mexiko spielt?«

»Nee, das ist *Spectre*.«

Sie wirkte enttäuscht. »Okay. Sorry. *Spectre* habe ich natürlich mit meinem Bruder im Kino gesehen, aber ansonsten muss ich zugeben, dass ich mich mit James Bond nicht so gut auskenne.«

»Ich meine *Another Way To Die* von Alicia Keys und Jack White.«

Endlich hellte sich ihre Miene wieder auf. »Alicia Keys, sag das doch gleich. Ich kenne alle Lieder von ihr.« Sie nahm mich bei der Hand und zog mich bereits durch das Gedränge Richtung Bühne. »Welchen Part willst du übernehmen?«

»Alicia Keys, wenn das für dich okay ist.«

Sie nickte anerkennend und sprach mit dem Typen, der für die Musikauswahl verantwortlich war. Er trug unseren Song in die Liste ein, und wir mussten zum Glück nicht allzu lange warten, sonst hätte ich vielleicht doch noch gekniffen. Dabei konnte ich völlig unbesorgt sein. Wir waren nicht in London, sondern in einem Irish Pub, wo die wenigsten Gäste die ganze Zeit die Bühne im Blick behielten. Niemand kannte mich, niemand interessierte sich für mich. Es ging auch nicht darum, perfekt zu sein, was die drei Grazien auf der Bühne bewiesen, die gerade ziemlich falsch, aber dafür aus voller Kehle *Dancing Queen* von ABBA schmetterten.

Nachdem die drei jungen Frauen an uns vorbei zurück zu ihrem Tisch gegangen waren, wo sie grölend von drei jungen Männern empfangen wurden, waren Valentina und ich an der Reihe. Mit zwei Mikros bewaffnet stiegen wir auf die Bühne. Valentina bewegte sich supersexy zu dem abwechslungsreichen Intro, das beinahe eine dreiviertel Minute dauerte. Ich bereute es, ausgerechnet dieses Lied ausgesucht zu haben, weil ich im Gegensatz zu meiner Gesangspartnerin ziemlich unbeholfen herumstand, doch Valentina bezog mich kurzerhand in ihre Bewegungen ein, sodass es mir viel leichter fiel, mich fallen zu lassen.

Schließlich begann der Text, und Valentina startete mit den ersten zwei Zeilen. Okay, jetzt verstand ich, warum sie gesagt hatte, dass sie nicht singen konnte. Sie traf kaum einen Ton, was mich jedoch nur umso mehr beeindruckte. Es war ihr völlig egal, was andere von ihr dachten. Das bewunderte ich sehr an ihr.

Die nächsten zwei Zeilen übernahm ich, und ich fühlte, wie schon beim ersten Wort die Anspannung von mir abfiel. Es war jedes Mal dasselbe. Vorher war ich total aufgeregt, aber wenn ich erst mal sang, fühlte ich mich wie in meinem Element. Singen war eines der wenigen Dinge, die ich wirklich gut konnte, und wenn ich nicht so unter Lampenfieber leiden würde, hätte ich diesen Weg vielleicht sogar beruflich eingeschlagen. Ajani hatte mich stets dazu ermutigt. Er hatte mir beigebracht, Gitarre und Klavier zu spielen, seinetwegen hatte ich angefangen, Musik zu studieren. Doch dann war alles anders gekommen.

Valentina starrte mich gleichermaßen überrascht und begeistert an, sodass sie beinahe ihren Einsatz verpasste. Sie übernahm wieder zwei Zeilen, dann stellten wir uns voreinander und sangen gemeinsam den Refrain. Das Publikum jubelte uns zu, pfiff auf zwei Fingern, was Balsam für meine Seele war. Valentinas Augen funkelten, und endlich wusste ich auch, wie ich mich richtig zur Musik bewegen musste. Plötzlich fühlte es sich natürlich an und nicht mehr gezwungen, albern oder peinlich.

Ich war beinahe ein bisschen traurig, als das Lied zu Ende war. Valentina schlug ein, als ich meine Hand hochhielt, dann nahm sie meine Finger in ihre und zog mich unter dem frenetischen Applaus der Pubgäste von der Bühne. Unten fiel sie mir um den Hals.

»Wahnsinn, warum hast du nicht gesagt, dass du so gut singen kannst? Du klingst haargenau wie Alicia Keys.«

Ich spürte die Hitze in meinen Wangen, obwohl ich eigentlich nicht dazu neigte, rot zu werden. Valentinas Kompliment bedeutete mir viel. »Danke, lieb von dir.«

»Und ich meine es absolut ernst. Du solltest das professionell machen anstatt Kaffee zu verkaufen, auch wenn dein Pumpkin Spice Latte besser schmeckt als im Starbucks.«

»Na, jetzt übertreib mal nicht.«

Wir traten beiseite, weil der nächste Sänger auf die Bühne wollte.

Dieses Mal war es ein attraktiver Typ etwa Mitte zwanzig, der uns beiden zuzwinkerte, doch Valentina beachtete ihn kaum. Sie schien nur Augen für mich zu haben, und mein Herz, dass sich in den letzten Wochen so kalt und nutzlos angefühlt hatte, erwärmte sich unter ihrem Blick. *Jetzt,* dachte ich. Es war an der Zeit, ihr meine Wahrheit anzuvertrauen – weil ich es wollte. Nicht, weil es taktisch klug war.

»Tatsächlich habe ich sogar angefangen, Musik zu studieren, aber dann … Möchtest du, dass ich dir erzähle, was passiert ist?«

Sie wollte etwas sagen, doch dann nickte sie nur, weil uns plötzlich die rockigen Riffs von *I Believe In A Thing Called Love* in den Ohren dröhnten. Sie zog mich ein paar Schritte fort von der Bühne. »Darüber würde ich mich sehr freuen«, sagte sie nah an meinem Ohr, sodass mir ein Schauer über den Rücken lief.

Kailey und Aiden waren in Valentinas Zimmer gewesen, und da wir keine Lust gehabt hatten, noch mal durch die halbe Stadt zu meiner Wohnung zu laufen, hatten wir uns Valentinas bunt gestreiften Überwurf von ihrem Bett geschnappt, uns zwei Tassen Tee gemacht und waren wieder nach draußen gegangen. Und hier saßen wir nun auf dem Campus dicht nebeneinander auf der Bank unter einer Platane, die Decke um uns gehüllt, und schlürften Früchtetee.

Kurz vergewisserte ich mich, dass niemand in der Nähe war, doch der Campus war wie ausgestorben. Vielleicht lag es an dem kalten Wind, der die Bäume zum Rauschen brachte und rote, gelbe und braune Blätter vor uns durch die Luft wirbelte.

Ich holte tief Luft und wandte mich Valentina zu, die meinen Blick neugierig erwiderte, mich aber nicht drängte. Okay, kurz und schmerzlos. Mit der Taktik fuhr ich stets am besten, ging es nun um ein Pflaster oder die Wahrheit.

»Ich bin eine Hexe. Eine Voodoohexe, um genau zu sein.«

»Eine … wow!« Valentina schluckte und blinzelte ein paar Mal. »Du bist eine *Hexe*?«

Mein Herz machte einen Satz, weil sie mich nicht auf Voodoo reduzierte und so gefasst reagierte. »Genau.«

»Was für Kräfte hast du?«

»Voodoo funktioniert anders als die Magie, die du wahrscheinlich im Kopf hast. In erster Linie geht es bei uns um Rituale und darum, die Loa, also Voodoogötter, um Hilfe zu bitten.« Ich schob mir die Braids über die Schulter, die mir der Wind ins Gesicht klatschte. »Ich hätte es dir gern früher verraten, es ist nur …«

»Du musst dich nicht entschuldigen, Lily«, unterbrach sie mich und drehte sich noch etwas mehr in meine Richtung. »Im Gegenteil. Ich danke dir, dass du es mir anvertraust. Ich verspreche dir, dass dein Geheimnis bei mir sicher ist.«

Dieses Mal musste ich schlucken. »Ich bin auch irgendwie erleichtert, dass du es jetzt weißt. Das macht vieles leichter.«

Valentina senkte den Blick, wickelte sich die Fransen ihres Überwurfs immer wieder um Zeige- und Mittelfinger. Es war offensichtlich, dass sie etwas bedrückte, und ich wusste, dass sie darüber nachdachte, sich mir ebenfalls zu öffnen.

Tu es, dachte ich. *Du kannst mir vertrauen.* Doch gleichzeitig war mir klar, dass das gelogen war. Für Valentina wäre es definitiv besser, wenn sie mir nicht vertraute, sich von mir fernhielt. Ich musste erneut schlucken, senkte nun ebenfalls den Blick. Neben mir atmete Valentina hörbar ein.

»Ist das der Grund, warum du London verlassen hast?«

Sie hatte sich also dazu entschlossen, mir nicht die Wahrheit über sich zu erzählen. *Es ist besser so,* redete ich mir ein, gleichzeitig war ich enttäuscht. Ich unterdrückte ein Seufzen und nickte. »Ich *musste* London verlassen, mir blieb keine Wahl.«

»Was ist denn passiert?«

Ich zögerte. Was brachte es noch, ihr alles anzuvertrauen, wenn sie sich trotzdem vor mir verschloss? Doch ich wollte nicht so denken, außerdem war es mir ein inneres Bedürfnis, ihr die ganze Wahrheit zu sagen. Also erzählte ich ihr von meiner Familie und was in London geschehen war. Ich begann bei der Hexe Caroline, die den Stein ins Rollen gebracht hatte, obwohl sie zu dem Zeitpunkt nicht einmal gewusst hatte, dass sie eine Hexe war.

»Laut einer Prophezeiung von Merlin höchstpersönlich war einer der zwei mächtigsten Hexenclans Londons dank Caroline dem Untergang geweiht. Deshalb machten sich die Morgans und die Merlins auf die Jagd nach der Hexe, doch Carolines Kräfte sind gewaltig. Zudem hatte sie nicht nur die Unterstützung von Ash Morgan, sondern auch von meinem Cousin Henri. Am Ende stand sie sogar unter dem Schutz meiner Familie, doch dann hat sie sich mit den Morgans und Merlins gegen den Lecourt-Clan gestellt, gegen meine Familie. Sie haben unser Oberhaupt, meinen Onkel Ajani, getötet. Alle, die versucht haben, Ajani zu retten, wurden aus der Stadt gejagt. Ich wollte bleiben, doch kein Bitten und Betteln bei meinem Cousin Henri, der nach den schlimmen Ereignissen zum Oberhaupt unseres Voodooclans wurde, hat etwas gebracht. Und dabei ist er Ajanis Sohn«, sagte ich leise. »Ich verstehe Henri bis heute nicht. Er hat einfach dabei zugesehen, wie … wie sie seinen Dad getötet haben. Und dann hat er mich mitten in der Nacht ohne einen Cent Geld vor die Tür gesetzt, weil er der Meinung war, dass *ich* auf der falschen Seite gestanden hätte.« Ich stieß ein zittriges Seufzen aus. »So bin ich in New Orleans gelandet. Meine Tante war die Einzige in meiner Familie, die bereit war, mich aufzunehmen.«

»Oh, Lily.«

Valentina stellte ihre Tasse auf der Bank ab, legte ihren Kopf an meine Schulter und ihre Hand auf meine. Sie trug bunt gestreifte Handschuhe und einen passenden Schal, der an meiner Wange kratzte. Ich schloss die Augen, spürte dem Gefühl nach und war einfach nur erleichtert. So nah war mir schon lange niemand mehr gewesen. Vielleicht hatte ich auch noch nie jemanden so nah an mich herangelassen, doch jetzt fühlte es sich richtig an. In diesem Moment war mir völlig egal, dass Valentina alle meine Pläne durcheinanderbrachte. Ursprünglich sollte sie nur ein Mittel zum Zweck sein, doch ich konnte mein Herz nicht länger vor ihr verschließen. Valentina war der wunderbarste, verrückteste, liebenswerteste Mensch, der mir je begegnet war.

Eine Träne tropfte auf meine Hand, und ich brauchte einen Moment, um zu begreifen, dass sie nicht von mir stammte.

»Es tut mir so leid«, flüsterte Valentina. »Ich mag mir gar nicht vorstellen, was du alles durchgemacht hast.«

»Danke!« Ich flüsterte ebenfalls.

Ruckartig richtete sie sich auf. Trotz glänzender Augen wirkte sie entschlossen und brachte mein Herz damit zum Klopfen. »Ich muss dir auch etwas sagen, Lily.«

Kapitel 20

VALENTINA

Lily sah mich so erwartungsvoll an, dass ich für einige Sekunden den Blick senken musste. Mein Herz war noch damit beschäftigt, sie als Hexe einzuordnen, während mein Gehirn bereits ein paar Schritte weiter war. Sollte ich es ihr wirklich erzählen? Doch dann holte ich tief Luft und beschloss, es einfach zu tun. Ich hatte mich ohnehin längst dazu entschlossen. Was brachte es also, die Konsequenzen noch hundertmal durchzudenken?

»Die Existenz von euch Hexen ist nicht länger geheim.«

So, nun war es heraus, und tatsächlich fühlte ich mich nicht einmal schuldig, weil ich Lily eingeweiht hatte. Zwar hatte ich Aiden versprochen, niemandem etwas davon zu sagen, aber bei Lily war das etwas anderes. Aiden würde das verstehen, immerhin war sie selbst eine Hexe. Und nicht nur das, sie gehörte sogar einem Londoner Hexenclan an. Sie hatte das Recht zu erfahren, was sehr wahrscheinlich schon bald auf sie zukommen würde.

Lily starrte mich völlig perplex an. Auf der einen Seite wirkte sie überrascht, auf der anderen Seite hatte es den Anschein, als hätte sie mit etwas ganz anderem gerechnet. Sie zog das rechte Bein auf die Bank zwischen uns und setzte sich seitlich hin, um mich richtig ansehen zu können. »Was meinst du damit, dass unsere Existenz nicht länger geheim ist?«

»Mein Bruder.« Ich stieß ein Seufzen aus. »Emiliano hat von euch erfahren, wahrscheinlich über die Leute, mit denen er sich trifft.«

Bis jetzt hatte er Aiden oder mir nicht verraten, wer ihm von den Hexenclans in London erzählt hatte, doch ich war mir nach wie vor ziemlich sicher, dass es die anderen Drachenhasser gewesen sein mussten, mit denen er sich ständig traf. Noch hielten sie ihr Wissen über die Existenz der Hexen unter Verschluss, aber früher oder später würden sie damit an die Öffentlichkeit gehen, daran bestand kein Zweifel. Die Demonstrationen gegen die Drachen in Irland, vor allem in Dublin, nahmen zu, und inzwischen blieben sie in den seltensten Fällen friedlich. Erst gestern war es zu Auseinandersetzungen mit der Polizei gekommen, nachdem die Demonstranten spätabends in einen Laden eingebrochen waren und diesen verwüstet hatten. Dieses Mal war es ein Blumengeschäft gewesen, das die Drachen mit einem Schild in der Tür explizit in Irland willkommen hieß. Heute Morgen hatte ich Aufnahmen aus der Nacht auf Instagram gesehen. Es war beängstigend, wie die Polizei hatte eingreifen müssen. So etwas geschah sonst immer weit weg von der eigenen Realität, doch jetzt passierte es quasi vor der Haustür, und das machte mir Angst. Halloween stand kurz bevor, und spätestens dann gehörte auch ich zu den übernatürlichen Wesen. Eigentlich tat ich es jetzt schon, wobei meine übernatürlichen Fähigkeiten bisher ziemlich nutzlos waren. Zumindest Cassie hatte ich nicht helfen können.

Sie war spurlos verschwunden, seit Kailey und Aiden nach Dublin zurückgekehrt waren, und ich hatte ihr nicht einmal sagen können, dass sie ein Geist war. Ob sie es selbst herausgefunden hatte und inzwischen ins Jenseits übergetreten war? Ich hoffte es inständig, denn ich hatte mit Abuelita über Cassie geredet, um ihren Rat einzuholen. Offenbar war es einem Geist nach dem Tod nur sechs Wochen lang möglich, in der Zwischenwelt zu existieren. Danach war dessen Seele für immer verloren.

Ich schluckte, als ich daran dachte, dass Cassie dieses Schicksal ereilen könnte. Bei ihrer Rückkehr hatte Kailey gesagt, dass Cassie drei Wochen zuvor gestorben war, und das war inzwischen etwa zwei Wochen her. Ich selbst würde meine Fähigkeit, Geistern beim Übertritt ins Jenseits beizustehen, erst in der Halloweennacht erhalten, und dann blieben uns nur noch wenige Tage, sollte sich Cassie nach wie vor in der Zwischenwelt befinden. Insofern war es besser, wenn sie den Weg allein beschritten hatte, auch wenn ich mich gern von ihr verabschiedet hätte.

»Okay«, erwiderte Lily gedehnt. »Ich weiß gar nicht, was ich sagen soll. Und nun?«

Ich zuckte mit den Schultern. »Früher oder später werden sie das Ganze sicher öffentlich machen. Ich finde, du hast ein Recht, es zu wissen, auch wenn ich Aiden versprochen habe, niemandem etwas zu verraten. Du musst wissen, dass er …« Ich brach ab. Oje, wie musste sich das Folgende für Lily anhören? Unbewusst wurde meine Stimme leiser. »Er ist mit den Londoner Hexenclans befreundet. Sie haben seinem Volk im Krieg geholfen.«

»Bitte was?« Lily starrte mich an.

Ich nickte schuldbewusst. »Aiden sagt, ohne die Hexen würde es die Drachen nicht mehr geben, und tatsächlich haben sie einen sehr netten Eindruck gemacht. Inzwischen habe ich Caroline und Ash kennengelernt.«

Die beiden hatten wirklich sympathisch auf mich gewirkt, deshalb konnte ich immer noch nicht glauben, was Lily mir erzählt hatte. Warum hätte Caroline Lilys Onkel grundlos verraten sollen?

Schließlich hatte er ihr geholfen. Irgendetwas passte nicht zusammen, obwohl es durchaus möglich war, dass mich meine Menschenkenntnis – mal wieder – getäuscht hatte.

»Du hast sie kennengelernt?« Lily starrte mich erneut an, dann rieb sie sich mit den Händen über die Augen und schüttelte den Kopf. »Sorry, aber ich kann dir nicht folgen. Warum zum Teufel kennst du Caroline und Ash?«

Ich biss mir auf die Unterlippe. Lily schien wütend auf mich zu sein, und ich konnte es ihr nicht verdenken, nachdem ich wusste, was die Hexenclans ihrem Onkel angetan hatten.

»Aiden macht sich Sorgen um seine magischen Freunde in London, denn so wie die Dinge stehen, werdet ihr schon bald selbst ins Kreuzfeuer des ganzen Hasses geraten. Deshalb wollte er sich persönlich mit Caroline und Ash treffen, und Kailey hatte mir die Hexen ohnehin vorstellen wollen.«

Ich erzählte Lily von dem Treffen. Caroline hatte sich, Ash und Aidens Freund Celmar einfach in mein Zimmer teleportiert. Von Kailey wusste ich, dass jede Hexe beziehungsweise jeder Magier eine spezielle Fähigkeit hatte. Caroline konnte sich quasi beamen und Gegenstände bewegen, ihr Freund Arthur Morgan, den alle nur Ash nannten, die Zeit verlangsamen und Sharnis Freund Jared Merlin die Schwerkraft beeinflussen.

»Mithilfe von Magie haben Caroline und die anderen versucht, die verschwundenen Drachen ausfindig zu machen, konnten sie jedoch nicht orten«, erklärte ich Lily jetzt. »Und das lässt wohl nur den Schluss zu, dass sie entweder an einem Ort sind, der vor Magie geschützt ist, oder …«

»Dass sie tot sind«, beendete Lily den Satz. »Scheiße!«

»Es kommt noch schlimmer. Caroline und Ash haben auf den

Basaren für magische Artefakte in England, Irland und Schottland recherchiert. Eine Hexe, die keinem Clan angehört, ist wohl ebenfalls verschwunden. Auch sie lässt sich nicht mit Magie aufspüren.«

Lily stieß die Luft aus. »Das ist ein Albtraum.«

Ich nickte. »Das kannst du laut sagen. Ich hoffe, du bist jetzt nicht böse auf mich.«

»Warum sollte ich böse sein?«

»Wegen Caroline und Ash. Weil ich die beiden mag.«

Lily seufzte. »Ach, Valentina. Soll ich dir was sagen? Ich mochte Ash auch immer ziemlich gern, tatsächlich kenne ich ihn schon sehr lange. Er und mein Cousin Henri sind beste Freunde, deshalb hatten auch Ash und ich viel miteinander zu tun. Eine Zeitlang war ich sogar in ihn verknallt.«

»Echt? Aber ich dachte …« *Du stehst auf Mädchen.*

Ich biss mir auf die Zunge, bevor ich es aussprechen konnte. Ehrlich gesagt hatte ich es sogar gehofft, denn ich hatte Lily wirklich gern, aber offenbar hatte ich etwas falsch verstanden – mal wieder.

Schon in der Oberschule war mir das passiert. Damals hatte ich mich unsterblich in Camila verliebt, ein Mädchen aus der Parallelklasse. Wir hatten zusammen Englisch gehabt und gemeinsam ein Referat machen müssen. An jenem Nachmittag, als wir uns bei mir zu Hause getroffen hatten, hatten wir uns geküsst. Ich war mir sicher gewesen, dass es von ihr ausgegangen war, aber am nächsten Tag in der Schule hatten plötzlich alle Bescheid gewusst und sich den Rest meiner Schulzeit über mich lustig gemacht. Im Grunde hatten sie das schon vorher getan, denn ich war immer ein bisschen anders als sie gewesen. Aber es hatte mich nie gestört, wenn sie mich Papagei oder Kanarienvogel genannt hatten. Doch nachdem alle wussten, dass ich auf Mädchen stand, war es anders gewesen.

Nur mit Mühe konnte ich die Tränen unterdrücken, die sofort kamen, wenn ich an diese Zeit zurückdachte.

»Was ist los? Und jetzt rede dich nicht heraus, denn ich spüre ganz genau, dass dich etwas bedrückt.« Lily betrachtete mich besorgt. »Ich möchte dir so gern helfen, aber das kann ich nicht, wenn du mir nicht sagst, was nicht stimmt.«

Ich bin dabei, mich in dich zu verlieben. Und ich bin eine Catrina.

»Das kann ich nicht«, flüsterte ich tonlos und schüttelte den Kopf. Tränen tropften von meiner Wange.

»Doch, du kannst.« Lily nahm meine Hände in ihre. »Ich habe dir auch vertraut, oder nicht? Warum kannst *du* mir nicht vertrauen? Und ich dachte ... Ach, vergiss es.« Sie ließ mich wieder los, wandte sich ab. Plötzlich schien sie wütend zu sein, aber auch verletzt und verzweifelt.

Hastig wischte ich mir die Tränen von den Wangen. »Was?«, fragte ich und legte Lily eine Hand auf die Schulter. »Was hast du gedacht?«

Langsam drehte sie sich wieder zu mir um, und der intensive und gleichzeitig verletzte Blick, den sie mir zuwarf, ließ mein Herz schneller schlagen. Es schien zu wissen, was los war, doch es musste sich irren. Trotzdem fühlte sich mein Mund mit einem Mal ziemlich trocken an. Ich schluckte, befeuchtete meine Lippen. Lilys Blick verharrte einen Moment auf meinem Mund, bevor sie mir wieder in die Augen sah, und ich glaubte, darin das Gleiche zu sehen, was ich empfand. Doch das konnte einfach nicht sein. Sie hatte gesagt, dass sie in Ash verknallt gewesen war.

Ich wollte den Kopf abwenden, als Lily näher an mich heranrutschte. Sanft legte sie eine Hand auf meine linke Wange und küsste mich. *O mein Gott, passiert das gerade wirklich?* Instinktiv schloss ich die Augen, als mein Herz mit einem Satz begriff, dass ich mir den Kuss nicht einbildete.

Lilys Lippen fühlten sich so geschmeidig an, wie sie aussahen, und sie schmeckte nach Limonentee. Auch ich rutschte näher an sie heran, spürte ihren weichen und gleichzeitig trainierten Oberkörper an meinem. Eine meiner Hände wanderte zu ihrem Oberschenkel, die andere an ihren Rücken. Fast gleichzeitig kam uns ein Seufzen über die Lippen. Lily wollte sich zurückziehen, und ich gestattete ihr widerwillig ein Grinsen an meinen Lippen und einen kurzen Blick aus funkelnden Augen, bevor ich sie wieder an mich zog. Ich war noch nicht bereit, sie wieder freizugeben und diesen Kuss zu beenden, stattdessen vertiefte ich ihn. Lilys zweite Hand wanderte zu meinen Haaren, strich mir eine Strähne hinters Ohr und blieb auf meiner anderen Wange liegen. Als wir uns schließlich voneinander lösten, schlugen unsere Herzen um die Wette. Verlegen erwiderte ich ihren Blick und schob mir nun selbst eine Haarsträhne hinters Ohr, um meinen Händen etwas zu tun zu geben.

»Beantwortet das deine Frage?«, meinte Lily schmunzelnd.

Ich lächelte ebenfalls. »Ja, ich denke schon.«

»Verrätst du mir jetzt auch, was du vorhin gedacht hast?«

Blut schoss mir in die Wangen, und ich senkte kurz den Blick. »Ziemlich genau dasselbe. Aber die Tatsache, dass du früher auf Ash standest, hat mich verwirrt.«

Lily hob die Schultern. »Mann oder Frau. Am Ende spielt das doch keine Rolle. Ich verliebe mich in den Menschen. Und du bist ein ganz wunderbarer Mensch.«

Sie lehnte ihre Stirn gegen meine, und ich musste schlucken. Plötzlich fühlte ich mich furchtbar, weil sie sich mir anvertraut hatte und ich mein Geheimnis nach wie vor mit mir herumtrug. In diesem Moment lastete es schwer auf meiner Brust und raubte mir die Luft zum Atmen.

Lilys braune Augen, die winzige karamellfarbene Sprenkel hatten, betrachteten mich liebevoll, doch der Glanz wich einer bedrückenden Ernsthaftigkeit, als sie meinen Stimmungswechsel bemerkte. »Hab ich etwas Falsches gesagt?«

Schnell schüttelte ich den Kopf und knibbelte an der Nagelhaut meines rechten Daumens herum. Mein Herz, das sich gerade erst wieder beruhigt hatte, schlug mir erneut bis zum Hals.

Kailey und Aiden hatte ich mich bisher nicht anvertraut, was möglicherweise daran lag, dass wir noch keine Chance gehabt hatten, uns richtig kennenzulernen. Bei Lily hingegen war das anders. Sie hatte ich kennenlernen dürfen, bevor sie sich mir offenbart hatte, und sie war ein toller Mensch. Wir mochten einander, standen einander bei. Dass sie zudem eine Hexe war, war ein großer Vorteil für mich. Sie würde mich verstehen, könnte mir vielleicht sogar helfen.

»Valentina?«

Ich musste es ihr jetzt sagen, wenn ich es ihr überhaupt sagen wollte. Würde ich es später tun, wäre sie vielleicht sauer auf mich, und dann könnte ich sie verlieren. Dabei hatten wir uns gerade erst gefunden.

»Hey, ist alles okay?«

Für einen kurzen Moment schloss ich die Augen und holte tief Luft, bevor ich Lily wieder ansah. Sie hatte mir vertraut, also konnte ich ihr auch vertrauen. Daran musste ich einfach glauben.

»Du weißt noch nicht alles über mich«, sagte ich leise. »Ich bin eine Catrina.«

Kapitel 21

Lily

Mir war bewusst, dass ich Valentina anstarrte. Ich wollte es nicht, und je länger mein Schweigen andauerte, desto unschöner wurde das Ganze für sie. Das war mir klar, trotzdem konnte ich nicht anders. In meinem Inneren tobten so viele Gefühle gleichzeitig, dass ich nicht wusste, wohin damit.

Valentina senkte den Blick. »Sorry, ich dachte …«

Endlich erwachte ich aus meiner Starre. Bevor sie weitersprechen konnte, nahm ich ihr Gesicht erneut zwischen meine Hände und gab ihr einen langen Kuss. »Danke«, flüsterte ich an ihren Lippen. »Danke, dass du mir vertraust. Das bedeutet mir unglaublich viel.«

Erleichtert atmete sie auf. »Ich habe schon befürchtet, zu weit gegangen zu sein.«

Schnell schüttelte ich den Kopf. »Nein, nein, überhaupt nicht. Ich war nur ein bisschen überfordert mit deinem Geständnis, und ich habe keine Ahnung, was eine Catrina ist.«

Valentina lächelte verlegen. »Du kennst doch den James-Bond-Film *Spectre*. Erinnerst du dich an die Eröffnungsszene in Mexiko-Stadt?«

»Natürlich, ich hab den Film schon mindestens …«

Ich brach ab, als ich plötzlich die dazugehörigen Bilder im Kopf hatte. Daniel Craig alias James Bond mit – wie könnte es anders sein – einer wunderschönen Frau an seiner Seite, die Blumen im Haar trägt. Beide haben eine Maske auf und laufen durch die Straßen von Mexiko-Stadt, wo gerade eine Parade stattfindet, eine Parade zum Tag der Toten. Und in dem Zusammenhang hatte ich auch schon von der Catrina gehört. Mit großen Augen sah ich Valentina an und ließ mich nach hinten gegen die Rückenlehne der Bank sinken. Ich hatte mit vielem gerechnet, aber ganz sicher nicht damit.

»Wow«, war alles, was ich hervorbrachte.

Nickend lehnte sich Valentina neben mich. »Jepp.«

Ich schloss kurz die Augen und rief mir die Filmsequenz noch einmal ins Gedächtnis. Der Film startete mit den Worten *The dead are alive* und einem überdimensionalen, Zigarre rauchenden Skelett, das durch die Straßen von Mexiko-Stadt geschoben wird, vorbei an feiernden Leuten, die auf geschmückten Balkonen stehen. Die Straßen sind voll mit Menschen, die hauptsächlich schwarz oder weiß gekleidet sind. So gut wie alle tragen Skelettkostüme mit Masken, Blumen oder anderen Kopfbedeckungen. Schon damals fand ich das Ganze unglaublich faszinierend, doch niemals wäre ich auf die Idee gekommen, dass es tatsächlich so etwas wie eine Catrina gab, geschweige denn dass Valentina eine war.

Ich sah sie von der Seite an. »Was hast du für Fähigkeiten? Hat bestimmt irgendwas mit Toten zu tun, oder?«

Und vermutlich auch mit Geistern, nachdem ich sie mit Cassie hatte reden sehen. Ich selbst konnte Cassie nur dank der Hilfe eines speziellen Gris-Gris sehen, aber bei Valentina musste das anders sein, sonst hätte sie Cassie anfangs nicht für ihre Mitbewohnerin gehalten.

Wieder nickte sie. »Genau. Meine Aufgabe ist es, zwischen den Welten gefangenen Seelen beim Übertritt in das Reich der Toten zu helfen. Oder besser gesagt, das wird meine Aufgabe sein, denn eine vollwertige Catrina werde ich erst in der Nacht von Halloween auf den ersten November.«

Dann hatte Valentina also noch gar keine Kräfte?

»Oh«, entfuhr es mir enttäuscht. Und dann noch einmal lauter, als mir klar wurde, warum sie gesagt hatte, sie würde mich zur Halloweenparty begleiten, vor Mitternacht aber wieder gehen müssen. »Oh! Dann bist du also doch keine Cinderella. Na ja, eine Catrina ist sowieso viel cooler.«

»Dann macht es dir nichts aus?«

Ich schüttelte den Kopf. »Natürlich nicht, warum sollte es? Ich finde das Ganze superinteressant.«

Sie lehnte ihren Kopf an meine Schulter und schlang ihren Arm um mich. »Genau wie Voodoo. Du musst mir unbedingt mehr erzählen.«

Ein Lächeln stahl sich auf mein Gesicht. »Klar, gern. Ich glaube sogar, dass es zwischen unseren Traditionen einige Parallelen gibt. Ihr feiert den Tag der Toten Anfang November, richtig?«

»Richtig, wobei sich die Feierlichkeiten über mehrere Tage ziehen. In der Nacht von Halloween auf den ersten November kehren die Seelen verstorbener Kinder zurück ins Diesseits, und in der Nacht darauf die Seelen verstorbener Erwachsener.«

Mein Herz machte einen Satz. Besser hätte es gar nicht laufen können. »Wir feiern am ersten November das voodooistische Neujahr, und am zweiten November ehren auch wir verstorbene Familienmitglieder mit einem Fest.«

Überrascht sah Valentina mich an. »Wirklich? Das ist ja ein Zufall.«

»Schicksal.« Ich gab ihr einen Kuss auf die Nasenspitze. »Und es kommt noch besser: Zu offiziellen Anlässen kleiden wir uns ähnlich wie ihr, auch mit Totengesicht oder als Skelett. Vielleicht hast du an

Halloween schon mal jemanden gesehen, der sich als Voodoopriester beziehungsweise Priesterin verkleidet hat.«

»Ja, bei uns geht es allerdings bunter zu. Ein echtes Catrina-Outfit strotzt nur so vor Farben, genau wie das Make-up.«

Ich musste grinsen. »Kommt deine Vorliebe für Farben eventuell daher?«

Belustigt zuckte sie mit den Schultern. »Wer weiß? Und bei dir?« Ohne es zu wollen, spannte ich mich an, was Valentina sofort bemerkte. Entschuldigend sah sie mich an. »Ich wollte dir nicht zu nahetreten.«

»Keine Sorge, es ist nur ...« Ich stieß ein Seufzen aus. »Wir Voodoonsi werden oft nicht ernst genommen. Nicht einmal die Morgans und Merlins haben uns Lecourts als gleichwertige Magier angesehen. Ash war in seiner Familie die Ausnahme, doch seine Freundschaft zu meinem Cousin Henri wurde nur geduldet. Deshalb falle ich nicht gern auf.«

»Dabei bist du so schön.« Sie nahm eine meiner Braids in die Hand und wickelte sie sich um den Zeigefinger.

»Danke«, murmelte ich und wich nach einem knappen Lächeln ihrem Blick aus. Ich war es einfach nicht gewohnt, dass mir jemand Komplimente machte. Um von mir abzulenken, sagte ich: »Irgendwo habe ich mal gelesen, dass es die Parade in Mexiko-Stadt zum Tag der Toten vor dem James-Bond-Film gar nicht gab. Stimmt das?«

Zu meiner Überraschung nickte Valentina. »Paraden zum Día de los Muertos an sich waren nicht neu, in Oaxaca beispielsweise haben sie eine lange Tradition, aber in Mexiko-Stadt gab es bis zum Bond-Film tatsächlich noch keine. Die wurde erst danach eingeführt.«

»Das ist echt cool«, meinte ich.

Valentina grinste. »Nicht wahr? Du musst zum Tag der Toten

unbedingt mal nach Mexiko reisen. Es ist …« Ihr Enthusiasmus verpuffte mit einem Mal wie eine Seifenblase, und sie zupfte an einem losen Faden ihres bunt gestreiften Bettüberwurfs herum. »Es ist einfach nur magisch.«

Ihre Stimme war leiser, wehmütiger geworden, und ich ahnte, was es für sie bedeuten musste, die kommenden Feiertage hier in Irland feiern zu müssen, fernab von ihrer Kultur und ihrer Oma, die ihr offenbar sehr nahestand und ihr vermutlich gerade jetzt eine sehr große Hilfe gewesen wäre. Und dann hatte sie auch noch ständig im Hinterkopf, wie sehr einige Menschen die Drachen und alles andere Übernatürliche hassten – darunter ihr eigener Bruder.

»Weiß Emiliano eigentlich Bescheid?«, fragte ich.

Sie deutete ein Kopfschütteln an, und eine Träne rollte über ihre Wange, tropfte auf mich herab. Ich legte einen Arm um sie und streichelte über ihren oberen Rücken.

»Das wird schon. Ich bin da, vor mir brauchst du dich nicht länger zu verstellen.«

Sie schenkte mir ein trauriges Lächeln. »Du hast keine Ahnung, wie viel mir das bedeutet.«

Ein Kloß bildete sich in meinem Hals. Ich hatte sie genau dort, wo ich sie hatte haben wollen. Sie hatte mir die Wahrheit gesagt, vertraute mir blind, und trotzdem oder gerade deshalb fühlte ich mich schäbig. Der Gedanke, sie zu verletzen, sie zu verlieren, bescherte mir Übelkeit, aber mir blieb keine Wahl. Am Ende ging es nicht um sie oder mich, nicht um uns. Es ging um meinen Onkel.

Ich holte tief Luft. »Die ganze Situation mit den Drachen und den Demonstrationen ist beängstigend. Glaub mir, das geht mir nicht anders, aber das ist kein Grund, sich zu verstecken. Wenn wir stark sind und zusammenhalten, kann uns nichts passieren.«

»Das sagst du so einfach.«

»Es ist so einfach.« Ich setzte mich aufrechter hin, zwang Valentina, sich ebenfalls richtig hinzusetzen und mich anzusehen. »Wir übernatürliche Wesen werden immer mehr. Ich bin nicht allein, du bist nicht allein, und außerdem weiß niemand von uns. Auch wenn irgendwelche Idioten ausposaunen, dass Hexen und Magier existieren, bin ich selbst noch lange nicht enttarnt, und deine Kultur wird den meisten Europäern fremd sein. Wer weiß schon, was eine Catrina ist? Du brauchst dir wirklich keine Sorgen zu machen.«

Ein hoffnungsvoller Glanz trat in Valentinas Augen. »Du hast recht, das weiß ich. Es ist nur nicht immer so leicht, das nicht zu vergessen, wenn man mit seinen Gedanken und Ängsten allein ist.«

Ich drückte ihr einen Kuss auf die Lippen. »Du bist nicht allein. Also, wie sieht's aus? Stellst du dich deinen Ängsten und gehst Halloween mit mir aus?«

Augenblicklich verzog Valentina den Mund. »Weiß nicht. Grundsätzlich gehe ich sehr gern mit dir aus, aber ich bekomme meine Fähigkeit genau in dieser Nacht.«

Ich machte eine wegwerfende Handbewegung. »Wir verlassen die Party vor Mitternacht, Cinderella. Problem gelöst.«

»Und wenn ich mich vorher irgendwie verrate?« Gedankenverloren widmete sie sich wieder dem losen Faden. »Ich hab dir doch von meiner Mitbewohnerin Cassie erzählt, oder?«

Mein Mund wurde mit einem Mal trocken. »Ähm, ja. Warum fragst du?«

Valentina scannte kurz die Umgebung. In der Ferne waren ein paar Studierende zu sehen, doch die konnten uns unmöglich hören, selbst wenn Valentina in normaler Lautstärke weitergesprochen hätte. »Sie ist ein Geist, und ich habe es überhaupt nicht mitbekommen. Es wurde mir erst klar, als Kailey plötzlich aufgetaucht ist. Stell dir vor, so etwas passiert mir noch einmal, womöglich auf der Party, und ich unterhalte mich vor all den anderen mit der Luft.«

»Verstehe, das wusste ich nicht.« Ich schluckte, hoffte, dass ich überzeugender klang, als es sich in meinen Ohren anhörte. »Darüber würde ich mir trotzdem keine Gedanken machen. Oder hast du vor, dich bis nach Halloween in deinem Zimmer zu verbarrikadieren?«

»Ich habe ernsthaft darüber nachgedacht, aber da es auch Kaileys Zimmer ist …« Sie zuckte mit den Schultern.

»Es ist doch alles gut gegangen, und ich bin bei dir. Ich weiß jetzt Bescheid und würde dir sagen, wenn du dich merkwürdiger als sonst verhältst.« Ich lachte und fand, dass es irgendwie künstlich klang, doch Valentina schien das nicht zu bemerken.

»Vielen Dank auch«, sagte sie gespielt entrüstet.

»Immer gern.« Wenigstens hatte ich es geschafft, sie wieder aufzumuntern. Das war allerdings nur von kurzer Dauer, denn sie wurde sogleich wieder ernst.

»Warum willst du eigentlich unbedingt mit mir auf diese Halloweenparty? Können wir nicht etwas anderes machen? Zu Hause bleiben und Gruselfilme schauen oder so?«

»Ich würde gern mit dir angeben«, gestand ich leise und konnte in diesem Moment selbst nicht sagen, wie viel Wahrheit und wie viel Lüge in meiner Aussage steckte. »Die ganze Sache mit den Beziehungen war nicht immer leicht für mich.« Das war auf jeden Fall nicht gelogen.

»Ach, Lily. Ich weiß genau, was du meinst.« Valentina lehnte ihren Kopf wieder an meine Schulter und verschränkte ihre Finger mit meinen.

Ich räusperte mich. »Sag mal, was ist eigentlich aus dieser Cassie geworden?«, fragte ich beiläufig. »Spukt sie immer noch in deinem Zimmer herum?«

Seufzend deutete Valentina ein Schulterzucken an. »Ich habe keine Ahnung, wo Cassie ist. Sie ist wie vom Erdboden verschluckt, deshalb vermute ich, dass sie inzwischen ins Jenseits übergetreten ist.«

Mein Herz setzte für einen Schlag aus, um dann doppelt so schnell weiterzuschlagen. Nein. Nein, nein, nein, das konnte nicht sein. Das war unmöglich. Mein Onkel hätte das sicher mitbekommen und es mir gesagt. Cassie musste hier noch irgendwo sein, sie musste einfach.

»Alles okay?«, fragte Valentina stirnrunzelnd.

Ich zwang mich zu einem Lächeln. Wenn ich ihr nicht erklären wollte, warum sie und Cassie so wichtig für mich waren, musste ich mich später mit diesem Problem befassen. »Ja, klar. Also, wie sieht's aus? Gehen wir nun zusammen auf die Party? Nur für ein, zwei Stunden. Ich tanze auch mit dir und werfe mich in das farbenfrohste Kostüm, das ich auf die Schnelle auftreiben kann.«

Vor Valentinas und Kaileys Zimmertür blieb ich stehen und sah kurz an mir herab. Okay, vielleicht hatte ich mit meiner Ankündigung ein wenig übertrieben. Das Kostüm war alles andere als farbenfroh, trotzdem war ich mir ziemlich sicher, dass es Valentina gefallen würde. Ich klopfte an und lauschte angestrengt, um ihre Antwort nicht zu überhören, denn auf dem Gang war ziemlich viel los. Nicht nur auf dem Campus, die ganze Stadt schien heute auf den Beinen zu sein und verrückt zu spielen. Ein Halloween wie dieses hatte ich selten erlebt, aber für die irische Hauptstadt war das sicher nichts Neues. Immerhin hatte das Fest seinen Ursprung in Irland. Es würde mich nicht wundern, wenn man in ganz Dublin keinen einzigen Kürbis mehr kaufen konnte, denn vor jedem Geschäft, vor jeder Haustür hatte wenigstens ein geschnitztes Exemplar gestanden und in der einsetzenden Dämmerung geleuchtet. Außerdem war mindestens jeder zweite, der mir auf dem Weg hierher entgegengekommen war, verkleidet gewesen. Ich war von mehreren Möchtegern-Zombies, Vampiren und Werwölfen erschreckt worden, und ein Typ, der sich ein weißes Laken mit zwei Löchern für die Augen übergeworfen hatte, wollte mich unbedingt zu einem Date überreden. Als ich ihm geantwortet hatte, dass ich schon mit meiner Freundin verabredet war, hatte er mit einem deutlich hörbaren Grinsen gemeint, dass wir auch gern zu dritt ausgehen könnten. Am liebsten hätte ich ihm in die Weichteile getreten.

Der Renner in diesem Jahr waren allerdings Drachenkostüme. Vor wenigen Tagen noch war die Stadt zum Bram Stoker Festival voll mit Vampiren gewesen, jetzt wimmelte es nur so von Drachen. Kinder schienen diese Wesen besonders zu lieben, aber auch auf dem Campus waren mir einige rot und grün geschuppte Exemplare entgegengekommen. Ich fand den Gedanken irgendwie tröstlich und war mir sicher, dass es Valentina genauso gehen würde.

»Ja?«, hörte ich ihre Stimme von drinnen und öffnete die Tür. Mexikanische Musik mit Mundharmonikaklängen empfing mich. Valentina stand vor dem Schreibtisch, den sie in eine Art Schrein verwandelt hatte. Unten lag ein lilafarbenes Tuch, das mit einem halben Dutzend Bilderrahmen und Kerzen vollgestellt war. Unmengen von orangefarbenen und roten Blumen schmückten den Schrein. Dazwischen entdeckte ich DVDs, unzählige Pralinen in Goldfolie und sogar einen Laib Brot.

Valentina drehte sich zu mir um. Sie hatte sich als Prinzessin

Jasmin verkleidet und sah mit dem bauchfreien Oberteil und der Haremshose in leuchtendem Türkis zum Anbeißen aus. Dazu trug sie goldene Ballerinas und eine dunkelhaarige Perücke mit goldenem Diadem sowie einem in mehrere Partien unterteilten Pferdeschwanz, der ihr über die rechte Schulter fiel.

»Sexy«, meinte ich, doch sie reagierte nicht darauf. Stattdessen starrte sie mich ungläubig an.

»Du gehst als Voodoopriesterin?«, fragte sie leise, als könnte uns jemand belauschen. Zwar waren wir allein im Zimmer, doch aus den Augenwinkeln bemerkte ich die geschlossene Badezimmertür. Bestimmt war Kailey im Bad.

Ich zuckte mit den Schultern. »Warum nicht? Wird schon niemand Verdacht schöpfen. Übrigens laufen da draußen jede Menge Drachen herum.«

Valentinas Gesicht begann zu strahlen. »Wirklich? Das ist cool.« Sie kam zu mir, legte ihre Arme um meinen Hals und stellte sich auf die Zehenspitzen, um mir einen sanften Kuss zu geben. »Hi erst mal.«

»Hi.« Ich ließ nicht zu, dass sie sich wieder von mir löste, und zog sie stattdessen näher an mich heran. Mein Mund fand ihren, und ich nahm den Geschmack von dunkler Schokolade an ihr war. Am liebsten hätte ich den Kuss vertieft, doch ich zwang mich, diesen Moment zu genießen. Langsam bewegten sich Valentinas Lippen unter meinen, doch ihr Griff um meinen Nacken verstärkte sich. Ihr warmer Körper an meinem weckte in mir den Wunsch, den Abend mit ihr allein in diesem Zimmer zu verbringen, und ich überlegte gerade ernsthaft, es ihr vorzuschlagen, als ich hinter uns ein Räuspern wahrnahm. Augenblicklich löste sich Valentina von mir, doch ich hielt sie weiterhin umschlungen und wandte nur den Kopf zur Seite.

»Entschuldigt bitte, ich wollte nicht stören.« Kailey stand sichtlich verlegen im Türrahmen des Badezimmers. Sie trug ein knappes lindgrünes Kleid mit gezacktem Saum, grünen Sandalen und schillernden Flügeln auf dem Rücken.

»Du störst nicht«, antwortete Valentina. »Tinkerbell?«

»So was in der Art. Und du bist eine Voodoohexe?« Sie sah in meine Richtung.

Ich spürte Valentinas Blick auf mir, erwiderte ihn jedoch nicht. Wir hatten darüber gesprochen, ob ich mich den Drachen gegenüber zu erkennen geben wollte, doch ich hatte verneint. Wenn ich Kailey und Aiden erzählte, wer ich war, würden es am Ende auch Caroline und Ash erfahren, und dann kämen mit Sicherheit jede Menge Fragen auf mich zu, zum Beispiel was ich in Dublin zu suchen hatte. Darauf konnte ich verzichten.

»Richtig. Warum gehst du eigentlich nicht als Drachin? Da draußen laufen Dutzende von euch herum.«

»Echt? Das ist gut, das wird Aiden vielleicht ein bisschen beruhigen.«

»Und dich nicht?«, fragte ich skeptisch.

»Doch, natürlich, aber Aiden ist der Drachenkönig. Auf seinen Schultern lastet viel mehr Verantwortung als auf meinen.« Sie schenkte uns ein knappes Lächeln, bevor sie wieder zurück ins Bad ging. Dieses Mal ließ sie die Tür offen. Einen Moment sah ich dabei zu, wie sie grünen Lidschatten auftrug, dann wandte ich mich wieder meiner Freundin zu.

Freundin. Das Wort machte mich glücklich und gleichzeitig traurig, denn ich wusste, dass es nicht von Dauer sein würde. Nicht, wenn ich bei meinem Plan blieb, und es gab nun mal keine Alternative. Ich musste es tun, ich hatte keine Wahl, wenn ich Ajani helfen wollte.

»Was ist das da auf deinem Schreibtisch?« Ich deutete mit dem Kopf dorthin.

»Eine Ofrenda, ein Altar.« Valentina senkte die Stimme. »Er ist für die Seelen, um sie willkommen zu heißen. Hier in Dublin bringt das nicht sehr viel, weil meine Mutter in Mexiko gestorben ist, aber ich wollte trotzdem einen für sie machen. Es ist der erste Día de los Muertos, an dem …«

Sie brach ab, weil in diesem Moment die Tür aufging, aber ich nahm an, dass sie den Satz so oder so an dieser Stelle beendet hätte. Ich strich ihr kurz über den Arm, dann sah ich über meine Schulter zur Tür, wo der Drachenkönig stand. Er war als Musketier verkleidet.

»Von anklopfen hältst du nicht viel, hm?«, fragte ich unverwandt in seine Richtung.

»Sorry.« Verlegen fuhr er sich durch die dunklen Haare. »Eigentlich habe ich geklopft, aber offenbar zu leise.«

Valentina machte sich von mir los. »Ist alles okay?«

Seufzend schüttelte er den Kopf und ließ sich auf Kaileys Bett sinken. »Es ist wieder ein Drache spurlos verschwunden. Ich verstehe das einfach nicht.« Er sah von Valentina zu mir, als hätten wir eine Erklärung für ihn.

Kailey kam aus dem Bad. »Habe ich richtig gehört? Es ist schon wieder passiert?«

Aiden nickte frustriert. »Celmar hat mich gerade informiert. So geht das nicht weiter. Die Drachen sind in Panik, und ich finde, wir haben schon genug Angst gehabt. Wir müssen etwas unternehmen.«

Kailey ging zu ihrem Freund, setzte sich auf seinen Schoß und legte die Arme um ihn. »Was schlägst du vor?«

»Wenn ich das wüsste.« Für einen Moment vergrub er sein Gesicht an ihrer Halsbeuge. Die Geste ließ ihn ziemlich menschlich wirken, und zum ersten Mal sah ich in ihm nicht nur den Drachenkönig. »Ich sollte eine Ansprache halten an alle, die noch da sind. Caroline kommt gleich und … vermittelt«, fügte er nach einem flüchtigen Blick in meine Richtung hinzu.

»Kann ich irgendwie helfen?«, fragte Valentina.

Aiden schüttelte mit einem schwachen Lächeln den Kopf. »Das ist lieb, aber ich wüsste nicht, wie. Geht ihr schon mal auf die Party. Wir kommen nach.«

Im Klartext: Er wollte mich loswerden, weil Caroline jeden Moment hier auftauchen würde, um ihn wohin auch immer zu bringen. Aber das sollte mir nur recht sein, denn ich hatte ohnehin keine Lust, ihr über den Weg zu laufen.

Nickend nahm mich Valentina an die Hand. »In Ordnung, dann bis später. Viel Erfolg.«

Ich hob kurz die freie Hand und ließ mich von Valentina aus dem Zimmer ziehen. Auf dem Flur war es in der Zwischenzeit noch voller geworden. Fünf Kerle, die sich als Mitglieder der irischen 90er-Jahre-Boyband Boyzone verkleidet hatten, liefen mit einem Bierfass an uns vorbei und grölten laut Boyzones Hit *No Matter What*. Dem Geruch nach hatten sie bereits ordentlich vorgeglüht.

»Also, wollen wir uns wirklich auf den Weg machen?«, fragte ich, weil ich gar nicht mehr so genau wusste, warum ich unbedingt auf diese Party wollte.

Wir hatten bereits die Treppe erreicht, doch anstatt die Stufen nach unten zu nehmen, zog Valentina mich weiter. »Ich muss vorher nur kurz was erledigen. Dauert nicht lang.«

Kapitel 22

Emiliano

Wie sieht's aus? Bewegst du jetzt deinen Arsch hierher? Das Bier wird warm.

Ich verdrehte die Augen, als ich Andys Nachricht las.

Trink du es. Ich hab doch gesagt, dass ich hier noch nicht fertig bin.

Ich warf das Handy aufs Bett. Es vibrierte erneut, aber was auch immer Andy geantwortet hatte, es würde mich nur von meiner Aufgabe abhalten, die er mir aufs Auge gedrückt hatte.

Aiden hatte sich ewig in unserem Zimmer aufgehalten. Normalerweise war er in irgendwelchen Kursen, in der Theater-AG oder in Valentinas und Kaileys Zimmer. Aber heute hatte er die ganze Zeit mit dem Smartphone in der Hand auf seinem Bett gelegen, und als es geklingelt hatte, war er im Bad verschwunden. Obwohl ich mein Ohr fast gegen die Badezimmertür gedrückt hatte, hatte ich leider so gut wie kein Wort verstanden. Die paar Wörter, die ich hatte aufschnappen können, waren belanglos gewesen und brachten mich nicht weiter.

Als er schließlich wieder herausgekommen war – in einem affigen Musketierkostüm –, hatte er mich kaum beachtet und sich für seine Verhältnisse nur knapp verabschiedet, bevor er aus dem Zimmer gestürmt war. Dabei hatte er ziemlich angepisst gewirkt. Zu gern hätte ich gewusst, was ihm die Laune so verhagelt hatte, doch das würde er mir sicher nicht verraten. Ob er in Valentinas Gegenwart darüber sprach? Könnte ich vielleicht durch sie etwas in Erfahrung bringen?

Nein, unser Verhältnis war momentan miserabel, und das war noch positiv ausgedrückt. Ich verwarf den Gedanken sofort wieder, während ich die oberste Schublade von Aidens Schreibtisch aufzog und den Inhalt durchwühlte. Keine Ahnung, wonach ich suchte, nach irgendetwas Interessantem. Irgendetwas, das uns im Kampf gegen die Drachen helfen könnte. Es war an der Zeit, einen Schritt weiterzugehen. Die Demonstrationen, bei denen ich dank meiner Krücken meistens nur am Rande mitlief, reichten nicht mehr. Dabei hatten sich uns inzwischen einige Menschen angeschlossen, und es trauten sich immer mehr, ihre ehrliche Meinung in Bezug auf übernatürliches Leben zu teilen, obwohl wir nach wie vor in die radikale Ecke geschoben wurden. Das Demolieren von fremdem Eigentum half natürlich nicht gerade dabei, dieses Bild über uns zu ändern. Andy, Blake und ich hatten bereits nächtelang über die Randalierenden diskutiert, weil ich anfangs fand, dass sie zu weit gingen. Aber ich musste den beiden in gewisser Weise recht geben: Wir brauchten die öffentliche Aufmerksamkeit, sonst konnten wir nichts bewirken. Und wir hatten schon einiges bewirkt, seit wir nicht mehr nur stumm auf dem Campus oder in der Innenstadt unsere Schilder schwenkten. Trotzdem war es noch nicht genug. Die Umfragewerte für Shannon Kelly waren okay, wäre jedoch morgen Wahl, würde nach wie vor Padraig Lynch dieses Land regieren und bestimmen, wie es mit den Drachen weiterging. Und Lynch wollte die Drachen zu Iren machen. Wir mussten etwas tun, bevor es zu spät war. Lynch ließ sich von diesen Monstern an der Nase herumführen, und der Großteil des Volkes schaute wie paralysiert dabei zu.

Ich schloss die Schreibtischschublade wieder, nachdem ich dort nichts Spannendes entdeckt hatte, und öffnete die nächste, als die Zimmertür aufgerissen wurde. Mein Herz blieb beinahe stehen. Scheiße, wenn Aiden mich dabei erwischte, wie ich in seinen Sachen herumwühlte ... Würde er mir womöglich den Kopf abreißen? Die Kraft dazu hätte er, allerdings nicht das Temperament, wie ich zugeben musste. Seine blonde Freundin war um einiges aggressiver als Aiden, der eher besonnen vorging und sich nicht damit abfinden konnte, dass ich ihn ignorierte. Manchmal hatte ich sogar das Gefühl, er hatte sich in den Kopf gesetzt, mich zum Umdenken zu bewegen, doch da musste er schon mehr auffahren als seine stoische Freundlichkeit, die er jedem gegenüber an den Tag zu legen schien.

Kurzzeitig hatte ich mal überlegt, das Zimmer zu wechseln, weil ich die feindselige Stimmung zwischen uns zum Kotzen fand, aber die nette Dame mit den roten Fingernägeln, die Valentina und mich auf dem College willkommen geheißen hatte, hatte mich gleich wieder fortgeschickt. Es sei kein anderes Zimmer frei, und auf private Befindlichkeiten der Studierenden habe sie auch keine Lust. Wir seien ja wohl alt genug, um uns zu arrangieren. Andy war ebenfalls der Meinung, dass ich mich nicht so anstellen solle. Dass ich mir mit dem Drachenkönig ein Zimmer teilte, verschaffe uns uneingeschränkten Zugang zu ihm, was ein Vorteil sei, den wir bisher nur noch nicht richtig ausgespielt hätten. Bla, bla, bla. Am Ende hatte ich mich geschlagen gegeben.

Mit einer gespielten Lässigkeit wandte ich mich zur Tür um,

bereits eine Ausrede auf den Lippen, was ich an Aidens Seite des Schreibtisches zu suchen hatte, und verdrehte die Augen, als ich stattdessen meine Schwester sah. Wie ein Racheengel stand sie mit verschränkten Armen im Türrahmen und funkelte mich wütend an. Da sie dabei in einer Art Bauchtänzerinnenkostüm steckte, konnte ich sie jedoch nicht wirklich ernst nehmen.

»Was habe ich jetzt schon wieder verbrochen?«, fragte ich genervt.

Hinter Valentina nahm ich eine weitere junge Frau wahr. Ich hatte sie schon ein paar Mal auf dem Campus gesehen, entweder zusammen mit Valentina oder allein. Sie arbeitete am Kaffeewagen, wenn ich mich nicht irrte. Keine Ahnung, wer sie war, ich wusste nicht einmal, wie sie hieß, aber sie musste Valentina wichtig geworden sein, wenn sie jetzt mit ihr hier war.

»Sag du es mir«, antwortete Valentina. Sie klang wütend und enttäuscht und versuchte nicht einmal, wie sonst diplomatisch vorzugehen.

»Hör auf, in Rätseln zu reden, und sag mir, was du willst. Ich habe Besseres zu tun, als mir deine Vorwürfe anzuhören.«

Valentina trat weiter ins Zimmer und sprach dieses Mal leiser, auch wenn das alles andere als nötig war. Die Zimmertür stand zwar offen, aber draußen herrschten Lärm und Hektik, sodass sich niemand für uns interessierte. »Es sind mehrere Drachen spurlos verschwunden, okay? Findest du das etwa lustig?«

»Habe ich das gesagt? Was willst du von mir, Valentina?«

Sie musterte mich für drei quälend lange Sekunden, bevor sie mich fragte: »Hast du etwas damit zu tun?«

»Sag mal geht's noch? Ich weiß nichts von verschwundenen Drachen, und es interessiert mich auch nicht. Die Viecher können auf sich selbst aufpassen.«

Valentina ballte die Hände zu Fäusten. »Du bist so ein Arsch, Emiliano. Sie wurden entweder verschleppt oder ermordet. Wenn dich das kaltlässt, schäme ich mich echt, dass du mein Bruder bist.«

Ihre Worte versetzten mir einen Stich, trotzdem war ich nicht bereit, mich zu entschuldigen. Die Tatsache, dass sie so schlecht von mir dachte, enttäuschte mich nicht nur, sondern machte mich auch unglaublich wütend. »Jetzt hältst du mich also auch noch für einen Entführer oder Mörder? Vielen Dank auch, *Schwesterherz.*« Das letzte Wort schleuderte ich ihr wie ein Schimpfwort entgegen.

»Ihr geht zu weit! Du und deine beschissene Gruppe …«

»Ich habe nichts damit zu tun. Willst du es noch schriftlich haben?«, schrie ich sie an. Aus den Augenwinkeln bemerkte ich, wie sich nun doch ein paar Leute auf dem Flur zu uns umdrehten. »Verschwinde einfach, lass mich in Ruhe.«

»Nichts lieber als das. Komm, Lily, wir haben hier nichts mehr verloren.«

Sie drehte sich um und stürmte mit ihrer Freundin im Schlepptau aus dem Zimmer, ohne mich noch eines Blickes zu würdigen. Wütend humpelte ich zur Tür, die sie offen gelassen hatte, und knallte sie zu. Die Wut pulsierte durch meine Adern wie Gift, drohte mich zu ersticken, doch ich wollte nicht schon wieder ausflippen. Es kostete mich große Überwindung, bis ich es schaffte, mich mit geschlossenen Augen auf meine Atmung zu konzentrieren. Und plötzlich empfand ich nicht mehr nur Wut, sondern vor allem Enttäuschung. Meine eigene Schwester traute mir zu, einen Drachen zu entführen oder sogar zu töten. Wie hatte es so weit kommen können?

Kopfschüttelnd ging ich zurück zu Aidens Schreibtisch und nahm mir erneut die zweite Schublade vor, obwohl ich bezweifelte, dass ich etwas finden würde. Aiden würde wohl kaum Unterlagen in unserem Zimmer aufbewahren, aus denen hervorging, dass er sich mit den Hexen verbündete und den Untergang der Menschen plante, aber ich hatte trotzdem nicht vor aufzugeben. Schließlich brauchten wir irgendeinen Beweis, dass wir die Drachen lieber mit Vorsicht behandeln sollten.

Als ich ein leises Räuspern hinter mir wahrnahm, seufzte ich. »Wenn du nicht vorhast, dich zu entschuldigen, kannst du gleich wieder gehen«, sagte ich ruhig, weil ich nicht länger die Kraft hatte, mich mit meiner Schwester zu streiten. Doch als ich mich halb umwandte, stand mir nicht Valentina gegenüber, sondern Cassie. Mein Herz machte einen Satz, und erst jetzt wurde mir bewusst, wie sehr ich sie in den vergangenen Tagen vermisst hatte.

»Bitte schick mich nicht weg, Emiliano«, sagte sie kaum hörbar.

Die Verzweiflung, die ich in ihrer Stimme wahrnahm, versetzte mir einen weiteren Stich. Sie sah grauenvoll aus, blass und müde, das Gesicht voller Sorgen. Gleichzeitig war sie die schönste Frau, die mir je begegnet war. Ich schenkte Aidens Schreibtisch keine weitere Beachtung und trat auf Cassie zu.

»Natürlich nicht, du warst gar nicht gemeint. Meine Schwester und ich …« Ich machte eine fahrige Handbewegung. »Egal. Was ist los? Ist etwas passiert?«

Sie sah mir direkt in die Augen, und es schien eine kleine Ewigkeit zu dauern, bis sie schließlich leise antwortete: »Ich weiß es nicht. Ich glaube, irgendwas stimmt nicht mit mir.«

Kapitel 23

Lily

»Alles okay?«, fragte ich Valentina zum wiederholten Mal.

Inzwischen hatten wir die Halloweenparty erreicht, die auf dem Campus stattfand. Es war die Hölle los. Der große Saal war völlig überfüllt, und fast alle Gäste tanzten zu den grauenvollen Beats der Achtzigerjahre. Es roch nach einer Mischung aus Bier, Schweiß und zu süßen Parfüms. Die Dekoration war allerdings grandios. Von den Decken baumelten Spinnennetze und Fledermäuse, in den Ecken hingen Gespenster, und überall standen geschnitzte Kürbisse, die zusätzlich zu den Lichterketten für die Beleuchtung sorgten.

»Ja, alles gut«, antwortete Valentina. Mit verschränkten Armen stand sie neben mir, dabei hätte ihr die Musik – *Somebody's Watching Me* – eigentlich gefallen müssen.

»Bist du sicher? Kann ich irgendetwas für dich tun?«

Sie warf mir nur einen kurzen Seitenblick zu. »Kannst du meinen Bruder zur Vernunft bringen?«

Ich unterdrückte ein Seufzen. »Das muss er schon allein, fürchte ich, und irgendwann wird er auch einsehen, dass die übernatürlichen Wesen ihm nichts Böses wollen. Sag mal …« Ich zögerte. Bisher hatten wir nicht darüber gesprochen, dabei war die Frage mehr als naheliegend. »Hast du vor, Emiliano die Wahrheit über dich zu sagen?«

»Was würde das ändern?« In ihrer Stimme schwang Verbitterung mit und auch eine Spur Trotz.

»Na ja, du bist seine Schwester. Ich glaube nicht, dass er sich gegen dich wenden würde.«

Sie deutete ein Kopfschütteln an. »Ich weiß im Moment gar nichts, was meinen Bruder angeht.«

»Denkst du nicht …?«

Sie ließ mich nicht ausreden, stattdessen wandte sie sich so schwungvoll zu mir um, dass sie gegen einen Werwolf stieß, der hinter ihr vorbeilief und prompt etwas von seinem Bier verschüttete. Er fluchte, doch Valentina schenkte ihm ein schnelles Lächeln, das seinen Groll sofort verschwinden ließ, bevor sie sich wieder zu mir umdrehte. Ich konnte den Typen verstehen, Valentinas Lächeln war einfach umwerfend, so warm und voller Herzlichkeit. Man fühlte sich von ihr gemocht, selbst wenn sie einen überhaupt nicht kannte. Mir war es nicht anders gegangen, als sie mir im Yogastudio die Tür gegen den Kopf gerammt hatte.

Sie nahm meine Hand. »Lass uns tanzen.«

Ich verdrehte die Augen, wollte sie aber nur foppen. Um sie aufzumuntern, hätte ich sogar noch einmal Karaoke mit ihr gesungen. »Ausgerechnet zu *Ghostbusters*? Dein Musikgeschmack ist wirklich unterirdisch.«

»Hey, die Achtzigerjahre waren musikalisch gesehen genial.«

»Nur musikalisch gesehen? Die Mode müsste doch auch voll deinen Geschmack treffen. Ich meine, knallpinke Leggings! Wer kann da schon Nein sagen?«

Sie streckte mir die Zunge raus, doch ich sah das Glitzern in ihren Augen. Mission erfüllt. Ich ließ mich von ihr auf die Tanzfläche ziehen, ohne mir Gedanken darüber zu machen, ob ich mich blamieren könnte. Jetzt gerade war es mir schlichtweg egal, was die Leute dachten, denn ich wollte Valentina einfach nur glücklich sehen. Außerdem gingen nicht weit von uns entfernt ein paar Kerle in Ghostbusters-Kostümen zu dem passenden Lied total ab. Auf mich würde ohnehin niemand achten, und so tanzten wir wie im Pub ausgelassen miteinander. Ich spürte, wie sich Valentina mit jedem Song ein bisschen mehr entspannte, und als das markante Intro von Michael Jacksons *Thriller* lief, strahlte sie wieder wie immer.

»Du kennst nicht zufällig die Choreo dazu?«, fragte sie aufgeregt.

Ich zog die Augenbrauen hoch. »Nein«, erwiderte ich gedehnt, dabei teilte ich in diesem Fall sogar ihre Begeisterung. Seit ich denken konnte, war ich ein Fan von Michael Jacksons Musik. »Aber es wundert mich nicht, dass du sie kennst. Wahrscheinlich kannst du sie sogar nachtanzen.«

»*Claro que sí.* Meine beste Freundin aus México und ich haben sie vor vier Jahren gelernt. Die ist der Renner auf jeder Halloweenparty.«

»Na, dann los«, forderte ich sie auf. »Zeig her, was du draufhast.«

Valentina wartete nur kurz die entsprechende Stelle im Song ab und begann zu tanzen. Ich hatte das Musikvideo noch nie gesehen, erkannte aber trotzdem sofort Michael Jacksons einzigartigen Stil.

Die Leute neben Valentina traten ein paar Schritte zur Seite. Sie tanzten entweder an einer anderen Stelle weiter oder beobachteten sie neugierig. Ich bewunderte sie dafür, dass sie sich dadurch überhaupt nicht aus der Ruhe bringen ließ. Sie war kein Mensch, der unbedingt im Mittelpunkt stehen musste, aber wenn sie es tat, nahm sie es wie selbstverständlich hin, anstatt sich einschüchtern zu lassen. Von den Anwesenden schien niemand die Choreografie zu kennen, doch nach und nach reihten sich tatsächlich eine Handvoll Partygäste um Valentina und versuchten, ihre Schritte zu kopieren. Als das Lied mit dem gruseligen Lachen endete, kam Valentina mit strahlendem Gesicht auf mich zu. Ich hob die Hand, und sie klatschte ab, bevor sie mir um den Hals fiel.

»Das sah toll aus.«

Für einen Moment schloss ich die Augen, konzentrierte mich auf ihre Wärme und ihren Duft. Als ich die Augen wieder öffnete, bemerkte ich eine Blondine, die umringt von anderen Studentinnen an der Seite der Tanzfläche stand und zu uns herübersah. Sie hatte sich als Elsa aus *Frozen* verkleidet. Das Kostüm passte zu ihr, denn sie wirkte genauso unterkühlt wie die Eiskönigin. Ob sie über uns sprach?

»Kennst du die Barbie da drüben?«, fragte ich.

»Barbie? Du meinst doch nicht …« Valentina warf einen kurzen Blick über ihre Schulter und stöhnte leise. »Das ist Amber. Du weißt schon, die aus der Theater-AG.«

»Ach nee. Soll ich sie mir mal vorknöpfen?«

»Das würdest du tun?«

»Ich würde für dich den Mond vom Himmel holen«, antwortete ich leise.

Es war die Wahrheit, und ich hatte keine Ahnung, wohin das führen würde. Hoffentlich würde sie niemals herausfinden, warum wir uns kennengelernt hatten.

»George lassos the moon«, murmelte sie mit einem Lächeln auf den Lippen.

»Hm?«

Für einen Augenblick sah sie verträumt aus, doch nun winkte sie ab. »Ach nichts. Ist nur ein alter Film, den du sicher nicht kennst.«

»Fragst du dich nicht auch manchmal, ob du im falschen Jahrhundert geboren wurdest?«

»Manchmal?« Sie lachte. »Na komm, lass uns ein bisschen rausgehen. Mir ist beim Tanzen echt heiß geworden.«

»Das sah ja auch heiß aus.« Ich zwinkerte ihr zu, woraufhin sich ihre Wangen zartrosa färbten und ich mich noch etwas näher zu ihr beugte. »Und natürlich kenne ich *Ist das Leben nicht schön?*, das ist schließlich der beste Weihnachtsfilm aller Zeiten.«

»Du steckst voller Überraschungen, Liliana Lecourt.«

Liliana. Ich mochte den Namen nicht besonders. Seit ich denken konnte, war ich Lily gewesen, aber wenn Valentina mich mit ihrem südamerikanischen Akzent so nannte, klang es ganz anders. Viel weicher, sanfter, liebevoller.

Ich nahm ihre Hand und ging voraus, einmal quer über die Tanzfläche in Richtung einer offen stehenden doppelflügeligen Tür, die in eine Art Hintergarten führte.

Aus den Augenwinkeln bemerkte ich Amber, die uns nach wie vor beobachtete, doch ich schenkte ihr keinerlei Beachtung, was mir gar nicht so leichtfiel. Am liebsten hätte ich ihr die Meinung gegeigt, aber ich wollte Valentina nicht in Verlegenheit bringen. Außerdem wusste sie sich sehr gut selbst zu helfen.

Wir traten in die kühle Luft hinaus und wurden prompt von einem Zombie erschreckt, der an der Seite der Terrasse stand und mit einem Bewegungsmelder ausgestattet war. Valentina stieß einen leisen Schrei aus und drückte sich enger an mich, auch ich zuckte heftig zusammen. Hinter uns lachten ein paar Kerle, und als Valentina ebenfalls zu lachen begann, eine Hand immer noch auf ihr Herz gelegt, konnte ich nicht anders, als einzustimmen.

Hand in Hand schlenderten wir durch den verwinkelten Garten, der beinahe verwunschen wirkte. Die Halloweendekoration, die auch vor dem Außenbereich nicht haltgemacht hatte, verstärkte diesen Eindruck noch. So gut wie jeder Busch oder Strauch war mit Spinnennetzen behangen, von den Bäumen hingen Fledermäuse, Gespenster und fliegende Hexen. Der Mond versteckte sich immer wieder hinter vorbeiziehenden Wolken, aber unzählige Lichterketten und Kürbisse beleuchteten den Weg. Ohne uns abzusprechen, gingen Valentina und ich ein paar Schritte, vorbei an roten Rosen, violetten Astern und orangefarbenen Lampionblumen, und mit jedem Schritt wurde die Musik ein kleines bisschen leiser.

Hinter einem Busch raschelte es. Valentina zuckte erneut zusammen, doch als wir im Halbschatten ein heftig knutschendes Paar bemerkten, entfernten wir uns grinsend. Schließlich entdeckten wir eine weiß lackierte Bank, die unter einem Apfelbaum stand.

»Magst du dich setzen oder ist dir hier draußen zu kalt?«

»Beides«, antwortete Valentina und ging um die Bank herum. Abrupt ließ sie die Schultern hängen, gleichzeitig wirkte sie irgendwie belustigt. »So ein Pech, die ist schon besetzt.«

»Hä?« Ich folgte ihr und musste lachen, als ich die beiden als Vampire verkleideten Puppen entdeckte, die auf der Bank drapiert waren. »Ach, das geht schon.«

Ich quetschte mich zwischen sie, griff nach Valentinas Handgelenk und zog sie auf meinen Schoß. Einige Sekunden lang blickte sie mir direkt in die Augen, und ich hätte zu gern gewusst, was sie dachte. Fühlte sie sich unwohl? Vielleicht sogar das Gegenteil? Dann schlang sie plötzlich ihre Arme um meinen Hals, rutschte näher an mich heran und presste ihre Lippen auf meine. Mir entfuhr ein Seufzen, und meine Arme umschlangen sie ebenfalls. Ich schob eine Hand in ihren Nacken, die andere wanderte über ihren nackten

Rücken, der erstaunlich viel Hitze ausstrahlte. Meine Berührungen lösten eine Gänsehaut bei ihr aus, und ich bekam selbst eine.

Verdammt, warum fühlte sich das so gut an? Mein Leben wäre um einiges unkomplizierter, wenn es nicht so wäre. Andererseits konnte ich nicht abstreiten, dass Valentina es unglaublich bereicherte. Mit ihr fühlte sich alles besser und einfacher an, wahrhaftiger und bedeutsamer als jemals zuvor.

Ihre Lippen bewegten sich weich und warm unter meinen und ich war hin- und hergerissen, den Kuss zu intensivieren oder so zu belassen, denn er war perfekt. Gleichzeitig wollte ich mehr. Jede Faser meines Körpers wollte Valentina berühren und von ihr berührt werden.

Sie nahm mir die Entscheidung ab, indem sie noch näher an mich heranrutschte und die letzte Lücke zwischen uns schloss. Ihre Brüste pressten sich gegen meine, und ich konnte beinahe ihren schnellen Herzschlag spüren, der meinen eigenen spiegelte. Verlangen, das ich auf diese Weise schon lange nicht mehr empfunden hatte, fuhr durch meinen Körper, setzte ihn unter Strom. Valentina schob hinten eine Hand in mein schwarzes Voodookleid und fuhr sanft mit ihren Nägeln über meine Haut. Ein Schauer lief über meinen Rücken, und sie lächelte an meinem Mund, bis ich an ihrer Unterlippe knabberte. Ihr entfuhr ein Keuchen, und im nächsten Moment saß sie rittlings auf meinem Schoß. Nur am Rande bekam ich mit, wie eine der verkleideten Puppen mit einem dumpfen Geräusch auf dem Rasen landete, denn mein ganzer Körper reagierte auf Valentina. Sie war mir so nah und gleichzeitig nicht nah genug. Meine Hände legten sich auf ihren unteren Rücken und übten kaum Druck aus, doch in der nächsten Sekunde presste sich ihre Mitte gegen meine. Über meine Lippen kam ein leises Stöhnen, das Valentina mit einem Kuss auffing.

Fuck, was machte sie nur mit mir? Normalerweise hatte ich mich hervorragend unter Kontrolle, aber wenn sie nicht sofort aufhörte, würde ich an Ort und Stelle über sie herfallen. Meine Hand verselbstständigte sich bereits, schob sich zwischen unsere Körper und streichelte über Valentinas nackten Bauch, bis ich mit den Fingern die untere Wölbung ihrer Brust ertastete.

»O Gott.« Schwer atmend unterbrach sie den Kuss und legte ihre Stirn auf meine Schulter. »Wir müssen aufhören, sonst werden wir gleich wie das Pärchen hinter dem Busch erwischt.«

Ich nickte, mein Atem kam ebenso stoßweise wie ihrer. »Du hast recht«, flüsterte ich, weil ich meiner Stimme nicht traute. »Wir müssen aufhören.«

Langsam hob sie den Kopf und blickte mich an. Im Halbdunkeln wirkten ihre sonst so schokoladenbraunen Augen unergründlich. »Und was, wenn ich nicht aufhören will?«

Kapitel 24

Emiliano

Unauffällig musterte ich Cassie, die mit feuchten Augen auf den Bildschirm meines Laptops sah. Obwohl sie kurz davor war, in Tränen auszubrechen, schien es ihr besser zu gehen. Ein seliger Ausdruck lag auf ihrem Gesicht, aber ich machte mir wenig Hoffnung, dass ich der Grund dafür war. Schuld war vermutlich einzig und allein Robert Pattinson.

Nachdem Cassie ziemlich aufgelöst in meinem Zimmer aufgetaucht war und ich ihr halbwegs hatte versichern können, dass bestimmt alles gut werden würde, hatte ich uns Cola, Popcorn und Schokoriegel aus einem Snackautomaten auf dem Campus besorgt. Es fühlte sich scheinheilig an, denn immerhin konnte mir Cassie nicht einmal sagen, wo das Problem lag, und ich wusste besser als jeder andere, dass sich nicht immer alles wieder zum Guten wandte. Trotzdem wirkte Cassie viel ruhiger als noch vor vier Stunden, dabei hatte sie die Snacks nicht einmal angerührt.

Mein Handy vibrierte. Ich warf nur einen kurzen Blick darauf und stellte fest, dass es Andy war, der wissen wollte, ob ich vorhatte, heute noch auf Blakes Halloweenparty zu kommen. Genervt schaltete ich die Vibrationsfunktion aus und warf das Handy ans Fußende. Einerseits fand ich es nett, dass Andy mich offenbar gern dabei hätte, andererseits ging er mir mit seiner ständigen Fragerei auf den Keks. Bereits vor zwei Stunden, als Cassie und ich den zweiten Film gestartet hatten, hatte ich ihm geschrieben, dass es heute wohl nichts mehr werden würde, und inzwischen war es kurz vor Mitternacht.

Cassie hatte keine Lust zum Feiern, und ich wollte sie nicht allein lassen. Sie war mir wichtiger als jede Party, und so waren wir schließlich bei Netflix gelandet. Es hatte Cassie nicht allzu viel Mühe gekostet, mich zu *Twilight* und anschließend zu *New Moon* zu überreden, dabei hasste ich die Reihe um Bella und ihren Glitzervampir Edward. Valentina hatte mich einmal gezwungen, den Filmen zumindest eine Chance zu geben, doch ich hatte nach einer halben Stunde abgebrochen. Bei Cassie war das allerdings etwas anderes. Sie liebte die Twilight-Saga über alles, und ich konnte ihr keinen Wunsch abschlagen.

Mit einem Seufzen drehte sie den Kopf zu mir. »Andy schon wieder?«

Ich nickte. »Ihm scheint auf der Party langweilig zu sein.«

»Geh ruhig hin. Bei mir ist alles okay, wirklich. Du brauchst nicht den Babysitter zu spielen.«

»Und wenn ich es will?«

»Den Babysitter spielen?« Sie kicherte, und ich verdrehte die Augen.

»Bei dir bleiben.« Meine Stimme klang rau, ich konnte nichts dagegen machen. Cassie saß zurückgelehnt neben mir auf dem Bett, und ich war mir ihrer Nähe überaus bewusst, obwohl zwischen uns für meinen Geschmack noch zu viel Platz war.

Sie schluckte. »Dann bleib.«

Ohne sie aus den Augen zu lassen, klappte ich den Laptop zu, auf dem der Abspann von *New Moon* lief. Augenblicklich verstummte die Musik, und ich glaubte, meinen eigenen Herzschlag in meinen Ohren zu hören. Ich nahm den Laptop und beugte mich über Cassie, um ihn auf den Boden zu legen. Dabei kostete es mich all meine Selbstbeherrschung, mich im Anschluss nicht auf sie, sondern neben sie zu legen.

Sie rutschte ein Stück nach unten und legte ihre linke Hand an meine Wange. Ich schloss die Augen, doch ihre Berührung war wie immer so sanft, dass ich sie gar nicht wahrnahm. Verdammt, ich wollte sie endlich spüren. Die Konsequenzen und alles andere waren mir inzwischen egal.

Ich öffnete die Augen wieder, sah in Cassies das gleiche Verlangen, das mich erfasst hatte, und konnte mich nicht länger zurückhalten. Ich rutschte näher an sie heran, legte meine Lippen auf ihre – und spürte rein gar nichts. Unsere Blicke trafen sich, und ein seltsames Gefühl durchströmte mich. Ich versuchte Cassie näher an mich zu ziehen, mein Bein um sie zu schlingen, doch ich griff ins Leere.

»Was zur Hölle …?« Meine Stimme brach, und mein Körper begriff schneller als mein Kopf. Ich ging auf Abstand, setzte mich auf und starrte sie mit wild klopfendem Herzen an.

»Emiliano«, flüsterte sie und richtete sich ebenfalls auf.

Einige Sekunden sahen wir einander nur an, dann streckte sie mit zitternden Fingern die Hand nach mir aus und ließ sie auf mein Bein sinken. Weil ich eine Jeans trug und kaum merklich den Kopf schüttelte, berührte sie meinen nackten Unterarm. Ich starrte auf ihre Hand an meinem Arm, doch da war nichts. Kein Druck, kein Gewicht, keine Wärme. Obwohl ich mich davor fürchtete, legte ich meine Hand auf Cassies. Dieses Mal spürte ich eine Berührung. Es war meine eigene, denn ich griff durch Cassie hindurch. Abrupt zog ich meine Hand wieder zurück und fuhr mir durch die Haare.

»Fuck, was ist hier los? Was soll das?«

»Ich weiß es nicht«, flüsterte sie so leise, dass ich sie kaum verstand. »Ich habe doch gesagt, dass irgendetwas nicht mit mir stimmt. Bitte hilf mir, Emiliano.«

Sie sah dermaßen verzweifelt aus, dass ich sie am liebsten in den Arm genommen hätte, aber das ging ja nicht. Warum zum Teufel konnte ich sie nicht anfassen? Es musste eine plausible Erklärung dafür geben, doch mir wollte partout keine einfallen. Es sei denn ...

Vehement schüttelte ich den Kopf, nicht bereit, diesen Gedanken zuzulassen. »Ich kann dir nicht helfen, wenn du mir nichts über dich erzählst.«

»Was willst du denn wissen? Ich heiße Cassandra Murphy und bin hier in Dublin geboren, auch wenn ich mit meinen Eltern schon seit einigen Jahren in England lebe. Wir haben ein Haus in Ipswich, mein Dad arbeitet allerdings in einer Anwaltskanzlei in Lon–«

Erneut schüttelte ich den Kopf. »Das meine ich nicht. Wo warst du in den letzten Tagen? Wo wohnst du, seit Valentina diese Drachin zur Mitbewohnerin hat?«

»Das weiß ich nicht.« Wieder war ihre Stimme kaum zu hören.

»Scheiße, Cassie!«

Unter normalen Umständen hätte ich sie auf der Stelle ins Krankenhaus geschleppt, denn das klang beinahe so, als hätte sie Aussetzer und Gedächtnislücken. Vielleicht hatte sie eine multiple Persönlichkeitsstörung oder etwas in der Art, was dringend behandelt werden müsste. Doch in dieser verdammten Welt war nichts mehr normal, und eine Diagnose wie diese würde auch nicht erklären, warum wir einander nicht berühren konnten. Warum sie quasi wie Luft war.

Was ging hier vor?

Kapitel 25

Valentina

Lily zu küssen, fühlte sich unglaublich an. Ich konnte nicht genug von ihr bekommen, von ihrem Geschmack, ihrem Duft. Ihren Lippen auf meinen, wie sie sich bewegten, zusammenpassten, was sie in mir auslösten. Eine bisher nicht gekannte Hitze strömte durch meinen Körper und sammelte sich an einer ganz bestimmten Stelle, die vor Sehnsucht ziemlich wild pochte. Trotzdem oder gerade deshalb drosselte ich das Tempo.

»Alles okay?« Lily lehnte sich zurück.

»Entschuldige, habe ich zu laut gedacht?«

Sie lachte leise. »Das ist okay. Geht es dir zu schnell? Ich wollte nicht …« Sie wirkte tatsächlich verlegen, eine Eigenschaft, die ich bisher noch nicht an ihr beobachtet hatte.

Ich legte einen Finger auf ihre Lippen. »Du hast nichts falsch gemacht, wirklich.« Ich ließ den Blick umherschweifen, sah aber nicht viel. So weit hinten im Garten versuchte nur eine einsame Lichterkette die Dunkelheit zu erhellen, was nicht gerade von Erfolg gekrönt war, und der Mond war leider auch keine große Hilfe, da er sich hinter einem vorbeiziehenden Wolkenberg versteckte. »Ich möchte nur nicht als Flittchen abgestempelt werden.«

Lily lachte auf und räusperte sich, als sie meinen vorwurfsvollen Blick auffing, doch sie konnte nicht aufhören zu lachen.

»Was ist daran so lustig?«

»Tut mir leid«, japste sie.

Ich schüttelte den Kopf und beugte mich einfach ein Stück vor, um sie zu küssen. Augenblicklich verstummte sie und erwiderte meinen Kuss.

»Wenn du etwas nicht bist, dann ein Flittchen«, sagte sie schließlich. »Mach dir nicht so viele Gedanken. Was andere denken, kümmert dich doch sonst auch nicht, und das ist gut so. Einzig und allein was *du* denkst spielt eine Rolle.«

Ich nickte. »Nimm dir das bitte auch zu Herzen, Lily.«

»Es überrascht dich vielleicht, aber es ist mir gar nicht so wichtig, was andere über mich denken. Nur, wenn mir jemand wirklich etwas bedeutet …«

»… ist das nicht so einfach«, beendete ich ihren Satz und spielte an dem Bauchtanzgürtel herum, der zu meinem Kostüm gehörte und klimpernde Geräusche von sich gab. »Geht mir ebenso, vermutlich ist das völlig normal. Und trotzdem sollte man aufpassen, sich nicht selbst zu verlieren.«

»Dann pass gut auf dich auf, denn so wie du bist, bist du perfekt«, flüsterte Lily und spielte mit einer Strähne meiner Jasmin-Perücke.

Ihre Worte, ihre Stimmlage, ihre Berührungen jagten mir viele kleine Schauer über den Rücken. In diesem Moment war ich unglaublich froh, mich ihr anvertraut zu haben und die nächsten Stunden nicht allein durchstehen zu müssen. Abermals beugte ich mich vor, um sie zu küssen, ganz sanft dieses Mal, und dieser eine Kuss transportierte so viele Gefühle, dass mir ganz schwindelig wurde.

Ein dumpfes Geräusch ließ mich herumfahren. »Was war das? Ist da jemand?«

Eine Antwort bekam ich nicht, auch Lily schaute sich fragend um. Mein Blick schweifte umher und blieb an einem Eichhörnchen hängen, das regungslos unter dem Apfelbaum lag. Sofort rutschte ich von Lilys Schoß und kniete mich auf die Wiese.

»Was ist los?« Sie ging neben mir in die Hocke.

»Ich weiß es nicht.« Zögerlich streckte ich die Hand nach dem Tier aus. Ich wollte es nicht erschrecken und fürchtete mich gleichzeitig davor, dass es plötzlich hochfuhr, doch es reagierte nicht, als ich sein Fell berührte.

Lily schob sich an mir vorbei und tastete das Eichhörnchen vorsichtig ab, während sie gleichzeitig beruhigende Laute von sich gab. Das Tier regte sich nach wie vor nicht.

»Ist es tot?« Meine Stimme war nur ein Flüstern.

Zu meiner Erleichterung schüttelte Lily den Kopf. »Aber das Herz schlägt ganz unregelmäßig und schwach, es ist also nur eine Frage der Zeit.« Nachdenklich ließ sie sich zurück auf ihre Füße sinken und blickte hinauf in den Wipfel des Apfelbaums.

Ich bekam mit, dass Lily etwas sagte, doch ich hörte nur die Worte meiner Abuelita, die in meinem Kopf widerhallten und mein Herz zum Rasen brachten. Es hatte schon einmal funktioniert, bei der Orchidee im Büro meines Vaters. Die Chancen standen gut, dass es wieder funktionieren würde. Ich musste dem Tier helfen. Tat ich es nicht, würde es sterben.

»Nimm es nicht so schwer, das ist eben der Lauf der Dinge.«

Sanft strich mir Lily über den Rücken, doch ich nahm ihre Berührung kaum wahr und sah mich hektisch um. »Pass auf, dass uns niemand beobachtet.«

»Was? Warum?«

»Tu es einfach, okay?«

Meine Stimme war wahrscheinlich ein bisschen zu harsch, aber wir hatten keine Zeit zu verlieren. Glücklicherweise fragte Lily nicht weiter nach, sondern nickte bloß, während ich mich auf das kleine braune Büschel vor mir konzentrierte. Behutsam nahm ich das Eichhörnchen in eine Hand und legte die andere auf den kleinen kühlen Körper. Ich spürte den unsteten Herzschlag zwischen meinen Handflächen und hob das Tier automatisch nah an mein eigenes Herz. Ich schloss die Augen, sandte ihm Wärme, Energie und Kraft. Im Gegensatz zur Orchidee funktionierte es nicht sofort. Ich saß bestimmt eine Minute lang so da und betete, dass ich die Stärke hatte, das Tier zu retten. Und dann, ganz plötzlich, fiepte es und bewegte sich. Mir blieb keine Zeit zu reagieren, denn augenblicklich befreite es sich aus meinem losen Griff, flitzte über die Wiese und den Baumstamm hinauf, als hätte sein Leben nicht gerade an einem seidenen Faden gehangen.

Ich spürte Lilys ungläubigen Blick auf mir und wandte mich ihr zu.

»Warst du das?«

Ich nickte knapp. »Es war leichtsinnig, ich weiß.«

»Das war nicht leichtsinnig, sondern beeindruckend. Was genau sind das für Kräfte? Kannst du Tote zum Leben erwecken?«

»Nein, so funktioniert das nicht. Ich kann Leben verlängern, solange noch Leben da ist.«

»Aber …« Ein Rascheln ließ sie verstummen. Wir erhoben uns beide, sahen uns um, doch es war niemand zu sehen. »Wahrscheinlich war es nur der Wind oder ein weiteres Eichhörnchen«, vermutete Lily. »Also …«

Ich legte eine Hand auf ihren Arm, und sie verstummte erneut. »Lass uns später darüber reden. Es ist bald Mitternacht. Dann werde ich achtzehn und zur Catrina und hätte gern ein bisschen Privatsphäre.« In meinen Adern kribbelte es, doch dieses Mal hatte es nichts mit Lilys Küssen zu tun. Jetzt dauerte es nicht mehr lange.

Lily sah mich entgeistert an, als hätte ich ihr mitgeteilt, dass morgen mein Todestag sein würde. »Du hast gleich Geburtstag?«

Ich runzelte die Stirn. »Habe ich das nicht erwähnt?«

»Hast du nicht. Und ich habe kein Geschenk für dich.«

»Ich brauche kein Geschenk. Dass du da bist und mir beistehst, ist mehr, als ich mir in so kurzer Zeit hätte wünschen können.«

Sie küsste mich auf die Nasenspitze. »Sollen wir zu mir? Dort wärst du ungestört.«

Ich warf einen Blick auf die Uhr meines Handys und spürte augenblicklich Adrenalin durch meinen Körper fließen. Uns blieben nur noch knapp fünfzehn Minuten bis Mitternacht. Verdammt, wie hatte ich dermaßen die Zeit vergessen können, ausgerechnet in dieser Nacht?

»Das werden wir nicht schaffen. Lass uns ins Wohnheim gehen. Kailey ist bestimmt noch mit Aiden unterwegs oder auf der Party.«

»In Ordnung. Tut mir leid, falls ich dich zu lange aufgehalten oder abgelenkt habe.«

Ich trat näher auf sie zu und schlang meine Arme um ihren Nacken. »Ich dachte, es war Sinn und Zweck der Sache, mich abzulenken.«

»Schon, und es ehrt mich, dass du durch meine Küsse alles andere vergessen hast, aber … Egal.« Sie winkte ab. »Wie wär's, wenn wir hierbleiben? Es ist Halloween. Wenn du nachher als Catrina über den Campus läufst, wird sich niemand wundern.«

Ich schüttelte den Kopf. »Das ist mir zu unsicher. Außerdem haben mich zu viele in dem Jasmin-Kostüm gesehen. Weil ich auch unbedingt zu *Thriller* tanzen musste.« Ich verdrehte die Augen.

»Das war ziemlich süß. Na komm, beeilen wir uns.«

Sie nahm meine Hand, und wir hasteten über die Wiese zurück zum Saal, da wir auf die Schnelle keinen anderen Ausgang zum Campus finden konnten. Die Musik und all die Partygeräusche, die ich in der vergangenen Stunde ausgeblendet hatte, stürzten wie eine Welle über mich herein, als wir durch die Terrassentür traten. Dabei war die Songauswahl nach wie vor hervorragend. Gerade lief *Time Warp* aus der *Rocky Horror Picture Show*, und normalerweise hätte ich Lily sofort auf die Tanzfläche gezogen. Doch jetzt wollte ich einfach nur schnell in die rettenden vier Wände meines Wohnheimzimmers.

Lily zog mich durch die wogende Menge, als sie plötzlich abrupt stehen blieb. Ich stieß gegen sie und erkannte mit einem Seufzen den Grund für unseren plötzlichen Stopp. Amber hatte sich vor uns aufgebaut.

»Sorry, wir haben's eilig.« Ich wollte mich an ihr vorbeischieben, doch sie trat kurzerhand einen Schritt zur Seite und funkelte mich wütend an.

»Ich hätte nicht gedacht, dass man so tief sinken kann. Hast du es wirklich so nötig?«

Verwirrt legte ich die Stirn in Falten. »Wovon zum Teufel redest du?«

»Das naive Dummchen kaufe ich dir nicht ab, Valentina.«

Ich wedelte mit der Hand. »Okay, was auch immer. Lass uns das ein anderes Mal besprechen, wenn du nicht willst, dass ich dir vor die Füße kotze.« Auf die Schnelle fiel mir keine andere Ausrede ein, doch blöderweise schien mir Amber kein Wort zu glauben. Oder es war ihr schlichtweg egal.

»Stiehl dich nur davon, das wird dich auch nicht retten. Die Wahrheit kommt immer ans Licht.«

Irritiert blinzelte ich in ihre Richtung. Bei dem Wort *Wahrheit* klingelten bei mir sämtliche Alarmglocken, doch es konnte unmöglich sein, dass sie mehr über mich wusste. Sie musste von etwas anderem reden, und obwohl ich keine Lust hatte, dass sie irgendwelche Gerüchte über mich verbreitete, blieb mir im Moment keine Wahl. Sie stemmte die Hände in die Hüften, doch dieses Mal ließ ich mich nicht davon beeindrucken. Mit Lily direkt hinter mir schob ich Amber zur Seite, fest entschlossen, ihr keine weitere Beachtung zu schenken.

»Glaubst du wirklich, du kannst geheim halten, dass du mit einem Dozenten geschlafen hast, um an deine Rolle zu kommen?«, sagte Amber laut.

»Bitte was?«

Ich wirbelte zu ihr herum, starrte sie entgeistert an. Das musste ein Scherz sein, doch Amber sah gerade nicht so aus, als hätte sie auch nur einen Funken Humor. Zu allem Überfluss wurden nun auch immer mehr Leute auf uns aufmerksam. Gespräche verstummten, einige hörten auf zu tanzen. Ich unterdrückte ein Stöhnen. Ich hatte Kailey die Rolle der Lady de Winter nach ihrer Rückkehr zurückgeben wollen, doch sie hatte darauf bestanden, dass ich sie weiterhin spielte.

»Komm, lass dich von der nicht provozieren.« Lily griff nach meinem Handgelenk, und auch wenn mein Kopf wusste, dass ich schleunigst von dieser Party verschwinden sollte, bewegten sich meine Füße nicht.

»Was soll das, Amber? Hör auf, so einen Scheiß über mich zu verbreiten!«

»Bevor du hier aufgetaucht bist, hatte Mr Riley *mir* die Rolle der Lady de Winter versprochen.«

Stöhnend warf ich die Hände in die Luft. »Werd endlich erwachsen.« Nun schaffte ich es auch, meine Beine zu bewegen. Ich spürte Lilys Finger, die sich um meine schlossen, doch wir kamen nur ein paar Schritte.

»Gib es zu. Du hast mit Mr Riley geschlafen, um einen Vorteil für dich herauszuschlagen«, rief Amber hinter mir.

Ich wollte sie ignorieren, ich wollte es wirklich, doch mich trafen entrüstete und abfällige Blicke, und immer mehr Partygäste wollten wissen, was los war. Binnen Sekunden waren Lily und ich umzingelt, und ich fühlte mich gefangen wie ein Tier in einem Käfig.

»Was hat sie gemacht?«, tuschelten zwei Studentinnen, die ich schon mal in Englische Literatur gesehen hatte. »Dass sie sich nicht schämt.«

»Schade, dass ich kein Dozent bin«, meinte ein als Hulk verkleideter Student neben mir so laut, dass ich ihn unmöglich überhören konnte.

Wut stieg in mir auf, vertrieb die Verzweiflung. Erneut wirbelte ich zu Amber herum. »Die Rolle ist mir so was von egal. Ich würde niemals mit einem Dozenten ins Bett steigen, schon gar nicht deshalb. Hast du mal daran gedacht, dass du einfach nicht gut genug bist?«

Lachend machte Amber einen Schritt auf mich zu. »Ich bin gut, okay? Auf jeden Fall besser als eine wie du, die noch nie auf einer Bühne gestanden hat. Du hast überhaupt keine Erfahrung.«

»Ach, und deshalb muss ich automatisch schlecht sein? Ich habe *nicht* mit Mr Riley geschlafen! Wag es ja nicht, noch einmal solche Lügen über mich zu verbreiten.«

»Valentina!« Lily berührte mich am Arm und warf mir einen eindringlichen Blick zu.

Scheiße! Es konnte nicht mehr lange dauern, bis die Uhr Mitternacht schlug. Mein Herzschlag legte an Tempo zu, als mir klar wurde, dass etwas ganz anderes auf dem Spiel stand als mein guter Ruf. Ich musste hier weg. Jetzt. Sofort.

Lily packte mich am Handgelenk und zog mich durch die schaulustige Menge. Ich bekam Ellbogen in sämtliche Körperteile gerammt und stolperte mehr als einmal, was Lily und mich jedoch nicht davon abhielt, immer schneller zu laufen. Amber rief uns irgendetwas hinterher. Ich verstand es nicht genau, es spielte auch keine Rolle. Ich wollte einfach nur weg.

Lily wechselte kurzerhand den Kurs, zog mich die Treppe hoch, und es dauerte einen Moment, bis ich begriff, was sie vorhatte. Die Toiletten. Sie wollte mit mir dorthin, weil die Zeit mit Sicherheit nicht reichen würde, um das Wohnheim noch vor Mitternacht zu erreichen. Doch auch die Toiletten waren zu weit weg, wie ich plötzlich feststellen musste. Irgendeine Standuhr, die ich nicht sehen konnte, schlug Mitternacht. Jeder Schlag hallte in meinem Kopf wider, als würde jemand dagegenhämmern. Ich spürte bereits die Verwandlung, die in mir vorging. Das Ganze ließ sich nicht mehr aufhalten.

Scheiße! Scheiße, scheiße, scheiße!

Kapitel 26

Emiliano

Cassie schluchzte auf und schlug sich die Hand vor den Mund. Die Wut, die sich in meinem Bauch aufbauen wollte, verpuffte auf der Stelle.

»Bitte nicht weinen. Irgendwie kriegen wir das hin, okay? Wir kriegen das hin.«

Jetzt klang ich wie meine Schwester nach dem Vorfall im Fußballstadion, und ich hasste mich dafür. Wie bei ihr war es nichts als eine leere Floskel, ein Versuch, Cassie aufzumuntern. Dennoch verstand ich Valentina jetzt besser als in den vergangenen Wochen, denn es war auch der Versuch, meine eigene Hilflosigkeit zu unterdrücken.

»Und wie? Was, wenn ich … wenn ich …«

In der Ferne hörte ich die Kirchturmglocken, mein und Valentinas Geburtstag war angebrochen, doch ich verschwendete keinen weiteren Gedanken daran. Stattdessen legte ich reflexartig eine Hand auf Cassies Bein, um sie am Weiterreden zu hindern. Ich zuckte zurück, als ich den Jeansstoff unter meinen Fingern wahrnahm, sah in Cassies feuchte Augen, die meinen Blick ebenso überrascht erwiderten. Ihre Augen wirkten mit einem Mal riesig.

»Hast du … hast du das gespürt?«

Sie schluckte, nickte. Ihre Brust hob und senkte sich schnell. Es klang seltsam, doch dieser Anblick war neu für mich. Konnte es sein, dass Cassie bisher gar nicht geatmet hatte? Es war absurd. Nein, es war nicht nur absurd, es war unmöglich, aber ich war mir sicher, sie nie tief Luft holen gesehen zu haben, sie nie atmen gehört zu haben. Als hätte sie bisher nicht wirklich gelebt …

Abrupt schüttelte ich den Kopf, um diesen völlig verrückten Gedanken abzuschütteln. Stattdessen rutschte ich wieder näher an Cassie heran. Jetzt gerade atmete sie, und zwar ziemlich heftig. Langsam streckte ich meine Hand nach ihr aus, weil ich fürchtete, dass mir mein Gehirn einen Streich spielen und ich durch sie hindurchfassen würde, doch als meine Finger auf Cassies Wange trafen, ertastete ich warme Haut. Cassie schloss die Augen, schmiegte sich an meine Hand, und ich widerstand dem Drang, ebenfalls meine Augen zu schließen, weil ich sie ansehen wollte. Mein Herz schlug genauso schnell wie ihres. Ich nahm ihr Gesicht zwischen meine Hände und legte meine Stirn gegen ihre. Ihr heißer Atem traf meinen Mund, und ich atmete ihren Duft ein, keuchte auf. Sie roch unglaublich, so süß und intensiv. Wieso war mir nie aufgefallen, dass ich sie bisher nicht mit allen Sinnen wahrgenommen hatte?

»Emiliano«, hauchte sie meinen Namen, ihr Mund ganz nah an meinem.

Ich konnte mich nicht länger zurückhalten, wollte es auch nicht. Stattdessen küsste ich sie mit solch einer Heftigkeit, dass sie ebenfalls aufkeuchte. Heißes Verlangen durchströmte mich und machte es mir unmöglich, klar zu denken. Ich konnte nicht sagen, ob es von mir ausging oder von Cassie, doch in der nächsten Sekunde saß sie auf meinem Schoß. Sie endlich zu küssen und zu berühren, sie zu spüren, fühlte sich viel besser an, als ich je gehofft hatte.

Sie vergrub ihre Hände in meinen Haaren, während ich ihren

Körper erkundete. Ich fuhr über ihren Rücken, ihre Hüfte, Taille und den Bauch, bis ich eine Hand unter ihr Shirt schob. Von dort aus tastete ich mich langsam nach oben, spürte Cassies Gänsehaut nach, die ich verursachte, und wartete kurz, um sicherzugehen, dass sie das auch wirklich wollte. Sie hielt mich nicht auf, im Gegenteil. Sie bog sich mir entgegen und legte ihren Kopf in den Nacken. Ich berührte ihre Brüste, zuerst ganz sanft mit den Fingerspitzen, dann auch mit der Handfläche, küsste dabei ihren Hals, knabberte vorsichtig an ihrer Haut. Cassie stöhnte auf, und ich gab endlich dem Drang nach, den lästigen Stoff zwischen uns zu entfernen. Ich schob ihr das rosafarbene Shirt über den Kopf, öffnete mit einer Hand ihren BH und warf ihn auf den Boden. Gleich darauf folgte mein eigenes T-Shirt.

Cassie betrachtete meinen Oberkörper, fuhr sanft mit den Fingern mein Tattoo nach und bescherte damit nun mir eine Gänsehaut. Jetzt übernahm sie und senkte das Tempo, was all die Empfindungen in mir jedoch nicht weniger intensiv machte. Mit beiden Händen streichelte sie über meinen Rücken, meine Oberarme, meinen Bauch. Am Saum meiner Hose verweilte sie kurz und fuhr dann wieder nach oben, auch wenn ich mir gewünscht hätte, sie wäre weiter nach unten gewandert. Ihre Lippen liebkosten meine Haut, meinen Hals. Als sie den Weg schließlich wieder zu meinem Mund fanden, schlang Cassie ihre Arme um meinen Nacken und drückte ihren Oberkörper gegen meinen. Ihre Rundungen auf diese Weise zu spüren war unglaublich.

»Du hast keine Ahnung, was du mit mir machst«, murmelte ich.

»O doch, denn du machst dasselbe mit mir.«

Einen Moment hielt ich sie ganz fest, dann ließ sie sich nach hinten sinken und zog mich mit sich. Ich strich ihr eine rote Haarsträhne aus dem Gesicht, küsste ihre Stirn, ihre Wangen, ihren Mund. Cassies Hände strichen unterdessen über meinen Rücken, verschwanden im Saum meiner Jeans und kamen auf meinem Po zu liegen. Gleichzeitig drückte sie sich mir entgegen, und obwohl es sich unfassbar gut anfühlte, zog ich mich abrupt zurück. Schwer atmend setzte ich mich auf und versuchte erfolglos, Cassies nackten Oberkörper nicht anzustarren. Fuck! Ich wünschte, ich hätte keine Skrupel. Doch auch wenn es mir verdammt schwerfiel, mich an dieser Stelle zu unterbrechen, wusste ich, dass es nicht fair wäre weiterzumachen. Momentan stand mein Körper unter Dopamin, aber spätestens, wenn das verebbt war, konnte ich nicht länger ignorieren, was vorher gewesen war.

»Was ist los?«, fragte Cassie.

»Ich kann nicht … Wir sollten nicht … Ach, Scheiße!« Mit einer verzweifelten Geste fuhr ich mir durch die Haare.

Cassie setzte sich ebenfalls auf. Sie zog ihre Beine an und verbarg damit ihre Brüste, als wäre es ihr plötzlich unangenehm, halb nackt vor mir zu sitzen. Innerlich verfluchte ich mich. Mit einem Mal sah sie so verletzlich aus und unglaublich süß. Die leicht zerzausten Haare, die geröteten Wangen, die geschwollenen Lippen … Wie gern hätte ich sie erneut an mich gezogen, doch ich wusste, dass ich nicht die Kraft hatte, mich ein weiteres Mal zu stoppen.

»Willst du mich nicht mehr?«

»Und ob ich dich will.« Für einen Augenblick war ich versucht, ihre Hand auf die Beule in meiner Jeans zu legen, um ihr zu zeigen, wie sehr ich mich in diesem Moment nach ihr sehnte.

»Aber?«

Einige Sekunden lang betrachtete ich sie. Wie unschuldig sie vor mir saß … Unschuldig und verdammt sexy. Ich stieß ein Seufzen aus. »Hast du vergessen, dass wir uns vor wenigen Minuten nicht berühren konnten?«

Sie schüttelte den Kopf. »Wie könnte ich?«

»Und fragst du dich gar nicht, was das zu bedeuten hat?«

»Doch, natürlich, aber hier und jetzt ist das nicht wichtig, denn gerade *kann* ich dich berühren, und ich würde am liebsten nie wieder etwas anderes tun.«

Sie hatte recht, verdammt, sie hatte recht. Ich hatte keine Ahnung, was das Ganze zu bedeuten hatte, und um ehrlich zu sein, wollte ich es auch nicht herausfinden. Nicht jetzt, denn jetzt wollte ich ihren Körper weiter erkunden, spüren, wie er sich unter mir anfühlte, auf mir.

»Hör auf nachzudenken«, hauchte Cassie. Sie ging auf die Knie, kam wie eine Raubkatze näher auf mich zu.

Ich zwang mich, meine Augen auf ihrem Gesicht zu lassen. »Ich will nicht, dass du es nachher bereust.«

»Das werde ich nicht, Emiliano. Ich werde es bereuen, wenn wir unsere Chance verstreichen lassen. Aber wenn du denkst, dass du es bereuen wirst …«

Ich keuchte, als sie sich ein weiteres Mal auf meinen Schoß setzte. »Ich fürchte, ich bin gerade nicht zurechnungsfähig. Ich will dich, Cassie, aber ich will dich nicht verletzen. Und im Moment kann ich dir nicht versprechen, es nicht zu tun.«

Jegliche Verführungskünste waren mit einem Wimpernschlag verschwunden. Stattdessen nahmen ihre Augen einen liebevollen und zugleich traurigen Ausdruck an. Sie schlang die Arme um meinen Hals und ließ ihren Kopf auf meine Schulter sinken. »Und dafür liebe ich dich.«

Ihre Stimme war nur ein Flüstern, trotzdem war ich mir ziemlich sicher, mich nicht verhört zu haben. Mein Körper verspannte sich unter ihrer Umarmung, ohne dass ich es verhindern konnte, was Cassie ebenfalls bemerkte.

»Oh, ich … ähm …« Sie löste sich von mir und wandte verlegen den Blick ab. »Tut mir leid, ich wollte nicht …«

Abrupt zog ich sie zurück an meine Brust. Ich schloss die Augen, vergrub mein Gesicht in ihren Haaren und hielt sie ganz fest. »Entschuldige dich nicht, es gibt keinen Grund dafür.«

Sie hatte sich ebenfalls verspannt, doch nun lockerten sich ihre Muskeln wieder. Ihre Umarmung war allerdings so fest wie meine, als könnte sie sich verlieren, wenn sie mich nur eine Sekunde lang losließ. Meine Kehle wurde eng.

»Ich hab dich auch sehr gern, Cassie. Ich hoffe, das weißt du«, sagte ich mit belegter Stimme.

Sie nickte. »Das weiß ich, Emiliano.«

Eine Weile blieben wir so sitzen, doch schließlich zog ich sie in eine liegende Position. Ihr Kopf ruhte auf meiner nackten Brust, und es dauerte nicht lange, bis eine Träne auf mich herabtropfte. Ich schlang meine Arme fester um sie und küsste sie auf den Scheitel.

»Es wird alles wieder gut. Irgendwie kriegen wir das hin.«

Sie schniefte. »Versprichst du mir das?«

»Ich verspreche es dir«, erwiderte ich nach kurzem Zögern, doch wir wussten beide, dass es gelogen war.

Kapitel 27

Valentina

Vier. Fünf. Sechs.

Wir befanden uns auf der Treppe ins obere Geschoss, während die Standuhr erbarmungslos weiterschlug. Ausgerechnet auf der Treppe, wo mich alle sehen konnten – und mich dank Amber auch so gut wie alle auf dieser Party verstohlen musterten. *¡Qué mierda!*

Sieben. Acht. Neun.

Noch drei Sekunden. Lily zog mich weiter, doch drei Sekunden würden niemals reichen, um es ganz nach oben und außer Sichtweite zu schaffen.

Zehn.

Sollte ich über die Brüstung zurück nach unten springen? Könnte ich die Verwandlung vielleicht sogar aufhalten, wenn ich beim Aufprall das Bewusstsein verlor, sodass mich Lily aus der Schusslinie bringen konnte?

Elf.

Ich stolperte, und mir wurde auf einmal so schwindelig, dass ich mich an der Brüstung festhalten musste. Ich würgte, doch es kam nichts hervor. Wenigstens die Peinlichkeit, mich vor aller Augen übergeben zu müssen, blieb mir erspart. Etwas in mir fühlte sich an, als würde es zerreißen. Ich war nicht sicher, ob ich einen Schrei ausstieß. Irgendjemand schrie doch da, oder?

Zwölf.

Der letzte Schlag hallte in meinem Kopf wider, sodass ich gar nicht sagen konnte, ob es wirklich bereits Mitternacht war. Hatte ich mich möglicherweise verzählt? Hoffnung keimte in mir auf, und ich öffnete vorsichtig die Augen – ich hatte überhaupt nicht mitbekommen, dass ich sie zusammengekniffen hatte.

Alles um mich herum drehte sich, meine Finger krallten sich um die Balustrade, und es dauerte einige Sekunden, bis sich mein Blick fokussierte. Er fiel auf Lily, die versucht hatte, sich schützend vor mich zu stellen. Sie wirkte schuldbewusst, sah mich an und gleichzeitig auch nicht, so als wüsste sie nicht, wo sie mit ihren Augen verweilen sollte. Da wurde mir klar, dass es zu spät war. Ich hatte mich längst verwandelt. Als ich an mir heruntersah, bestätigte sich mein Verdacht. Die türkisfarbene Pumphose war verschwunden, stattdessen umspielte mich ein ausladendes Kleid mit Carmen-Ausschnitt, farbenprächtigen Blumenelementen und Stickereien. Mein Herz machte einen Satz, als könnte es im Gegensatz zu mir noch vor dem Schlimmsten davonlaufen.

Vorsichtig spähte ich an Lily vorbei. Einem Teil der Anwesenden schien sie tatsächlich den Blick auf mich versperrt zu haben, aber es waren einfach zu viele Leute auf dieser Party und ich auf dieser verfluchten Treppe viel zu sichtbar. Es konnte unmöglich sein, dass niemand von ihnen mitbekommen hatte, was passiert war. Prompt bemerkte ich ein paar Mädchen, die sich allesamt als Hermine Granger verkleidet hatten und mich anstarrten. Immer mehr Augenpaare, die nur mich fixierten, fielen mir in der Menge auf, und eine als Krankenschwester verkleidete Studentin zückte ihr Handy. Die plötzlich einsetzende Stille klingelte in meinen Ohren.

Kraftlos ließ ich mich auf eine Stufe sinken und schüttelte ungläubig den Kopf. »Nein! Nein!«, flüsterte ich immer wieder. Das konnte nicht sein. Das durfte nicht sein.

Ich zuckte zusammen, als ich Geräusche hörte, die nicht zur Situation passen wollten. Fröhliches Lachen, Stimmengewirr und schiefe Blockflötentöne. Ein paar helle Stimmen sangen den *Hokey Pokey*. Es klang beinahe so, als würde die Party weitergehen, doch ein flüchtiger Blick zeigte mir, dass mich immer noch alle anstarrten. Niemand sang, niemand lachte, niemand spielte Blockflöte.

Okay, jetzt wurde ich offenbar verrückt. Viel zu laut schnappte ich mehrmals nach Luft.

»Hey.« Lily nahm meine Hand zwischen ihre Finger. »Es wird alles gut, okay? Daran musst du glauben.«

In diesem Moment konnte ich an gar nichts glauben, trotzdem versuchte ich, ihren beruhigenden Blick festzuhalten und mich nicht panisch umzusehen, auch wenn ich mich fragte, wo all die Geräusche herkamen.

Jemand stieß gegen meine Hüfte und murmelte eine Entschuldigung. In der nächsten Sekunde geriet ein Paar braune Hosenbeine in mein Blickfeld. Dann noch eins und noch eins. Eine ganze Pilgerwanderung fand plötzlich auf der Treppe statt, von der jedoch niemand außer mir etwas mitzubekommen schien. Gut gelaunte Kinder strömten die Stufen nach unten, mischten sich tanzend und singend unter die Partygäste. Schlagartig wurde mir klar, was hier los war. Das waren die Seelen verstorbener Kinder, die Angelitos. Es war Mitternacht, und die Grenze zwischen dem Diesseits und dem Jenseits war für die nächsten zwei Nächte verschwommen.

Die Panik, weil ich aufgeflogen war, stieg noch weiter an, denn ich fühlte mich überfordert. Was wurde jetzt von mir erwartet?

Musste ich irgendetwas machen? Aber nicht hier auf der Party, oder? Hektisch ließ ich meinen Blick umherschweifen.

Lily, die irgendwann vor mir in die Hocke gegangen war, erhob sich und reichte mir auch noch ihre andere Hand. »Ich bring dich hier raus, okay?«

Ich wollte nicken, mich verkriechen, sie anschreien, dass jetzt alles egal war, doch ich tat nichts dergleichen. Stattdessen ließ ich mich wie ferngesteuert von ihr hochziehen und die Treppe nach unten bugsieren. Ich hielt den Blick gesenkt, was gar nicht so leicht war. Aus irgendeinem masochistischen Grund musste ich mir immer wieder ansehen, wie die Leute mich anstarrten, als wäre ich zu einem Monster geworden. Erschrockene, angewiderte, mitleidige Blicke trafen mich. Manche schauten auch bewusst weg. Niemand lächelte, während mich Lily schnell und gleichzeitig behutsam durch die Schneise führte, die sich binnen Sekunden gebildet hatte. Und im Hintergrund hörte ich das Gelächter der Kinder, als würden sie mich auslachen.

Kapitel 28

LILY

Am liebsten hätte ich die anderen angeschrien, als sie vor Valentina zurückwichen oder sie ansahen wie ein exotisches Tier im Zoo. Mein Atem ging viel zu schnell, auch wenn ich mich zwang, für Valentina Ruhe auszustrahlen. Gleichzeitig tobten Schuldgefühle in mir wie eine stürmische See bei Nacht.

Es war meine Schuld. Es war alles meine Schuld. Ich hatte Valentina dazu überredet, auf diese blöde Party zu gehen. Ich hatte die Zeit vergessen, ich hatte sie nicht vor Amber beschützt, und ich hatte sie den Blicken der Partymeute ausgesetzt. Denn natürlich hatten uns alle auf der Treppe hinterhergestarrt, nachdem Amber ihre Lügen über Valentina verbreitet hatte.

Amber, dieses Miststück! Allein bei dem Gedanken an sie hätte ich am liebsten kehrtgemacht und ihr deutlich die Meinung gesagt, doch ich musste und wollte für Valentina da sein. Amber war jetzt nicht wichtig, aber ich würde sie auf keinen Fall ungestraft davonkommen lassen. Sie war zu weit gegangen, und dafür würde sie büßen.

»Hey, guck mal her.« Ein als Ant-Man verkleideter Student mit dunklen Strubbelhaaren hielt sein Smartphone hoch, um Aufnahmen von Valentina zu machen.

»Sag mal, geht's noch?« Ich riss ihm das Telefon aus der Hand und hätte es auf den Boden gepfeffert, wenn in dem Moment nicht der Drachenkönig und seine Freundin neben uns aufgetaucht wären. Aiden schnappte sich das Handy und warf es dem Typen zu, der Mühe hatte, es aufzufangen.

»Das nächste Mal bin ich nicht so nett«, knurrte er, bevor er leiser an mich gewandt hinzufügte: »Der ist es nicht wert.«

Aiden und Kailey flankierten uns, und gemeinsam verließen wir die Party. Kühle Nachtluft empfing uns ebenso wie laute Musik, die von der großen Wiese zu uns herüberwehte. Dort schienen ein paar Leute ihre eigene Halloweenparty zu feiern, doch hier draußen interessierte sich niemand für uns. Es war beinahe so, als würde Valentina nur ein geniales Halloweenkostüm tragen.

Sie sah toll aus. Das farbenprächtige Kleid mit dem Carmen-Ausschnitt und dem schwingenden Rock betonte ihre zarte Taille, dazu trug sie riesige Goldohrringe, und das Catrina-Make-up war ein Traum. Ihre Augen waren schwarz umrandet und mit lilafarbenen Halbkreisen verziert. Auf der Stirn, am Kinn und auf den Wangen prangten fuchsiarote Blüten, und in ihren Haaren, die so dunkel waren, dass sie bei Nacht beinahe schwarz wirkten, steckten zwei übergroße rosafarbene Rosen.

Wir brachten Abstand zwischen uns und dem Gebäude, in dem die Party stattfand, bevor Aiden stehen blieb. Er stellte sich vor Valentina, die immer noch neben der Spur war, als hätte sie selbst zum ersten Mal in ihrem Leben eine Catrina gesehen, von deren Existenz sie bis dahin nichts gewusst hatte. Vermutlich war sie ziemlich blass unter der weißen Schminke, auch wenn man das nur erahnen konnte.

»Alles okay?«, fragte Aiden sie sanft, doch sie schien ihn überhaupt nicht richtig wahrzunehmen. Sie war völlig in ihrer eigenen

Gedankenwelt gefangen, schüttelte wie schon vorhin immer wieder den Kopf. Außerdem schielte sie ständig nach oben, so als würde dort ein fliegendes Monster lauern. Kailey und ich warfen uns einen besorgten Blick zu.

»Ich muss zurück«, flüsterte Valentina. »Die Angelitos. Wenn sie meine Hilfe brauchen, und ich bin nicht da …«

Aiden warf mir einen fragenden Blick zu, doch ich schob ihn beiseite und stellte mich vor Valentina. Wie selbstverständlich landeten meine Hände auf ihren Schultern. Im Gegensatz zu ihm wusste ich von den Kindern. Valentina hatte mir erzählt, dass ihre Seelen in der Nacht von Halloween auf den ersten November in unsere Welt kamen und in der folgenden Nacht die Seelen der verstorbenen Erwachsenen übertraten, in diesem Jahr zum ersten Mal auch Valentinas Mutter.

»Mach dir keinen Kopf. Jetzt kümmern wir uns erst mal um dich, okay? Du bist jetzt wichtiger.«

Endlich sah Valentina mich an. Sie schien mich tatsächlich zu sehen und nicht nur durch mich hindurchzuschauen. »Wir müssen trotzdem zurück, den Leuten erzählen, dass das hier«, sie zeigte an sich hinab, »nur ein toller Partytrick war.«

Vorsichtig schüttelte ich den Kopf. »Das wird uns niemand glauben.«

»Woher willst du das wissen?«, unterbrach sie mich, die Panik in ihrer Stimme war deutlich zu hören.

»Weil du dich innerhalb eines Wimpernschlags von einer Disneyprinzessin in eine Catrina verwandelt hast. Das aufwendige Make-up, das Kleid … Wie sollen wir das erklären? Vor der Offenbarung der Drachen hätten wir vielleicht eine Chance gehabt, aber inzwischen sind die Menschen viel offener und neugieriger. Sie warten nur auf die nächste Sensation.« Ich warf Aiden einen kurzen Seitenblick zu, der immerhin den Anstand hatte, schuldbewusst den Mund zu halten.

»Aber wir müssen doch irgendwas tun können«, sagte Valentina mit zitternder Stimme. »Es kann einfach nicht sein, dass jetzt alle wissen … Nein!«

»Ich fürchte …«, begann ich, als mich Valentina plötzlich von sich stieß. Die Geste kam so unvorbereitet, dass ich nach hinten taumelte.

»Das ist alles deine Schuld. *Du* hast mich auf diese dämliche Party geschleppt. *Du* hast mich die Treppe hochgezerrt, anstatt mich ins Freie zu bringen.«

Ihre Worte trafen mich wie ein Dolch ins Herz. Es war schlimm genug, dass ich mir selbst die Schuld auflud, doch Valentinas Vorwürfe machten das Ganze unumstößlich. Ich hatte ihr Leben ruiniert.

»Valentina, bitte. Es tut mir leid. Ich wollte nicht …«

»Warum sollte ich dich unbedingt auf diese Party begleiten?«, schrie sie mich an. Inzwischen liefen Tränen über ihre Wangen, die ihr Make-up allerdings nicht verschmierten. »Gehörte das alles zu irgendeinem perfiden Plan? Ich habe dir vertraut!«

Ich schluckte, war unfähig, auch nur ein Wort herauszubekommen, obwohl ich so viel zu sagen hatte. Doch mein Kopf fühlte sich leer an, ebenso wie mein Herz. Hilflos sah ich zu Kailey, die einen Arm um Valentinas Schultern legte.

»Beruhige dich, Süße. Es wird alles gut, das verspreche ich dir. Aiden und ich sind für dich da und passen auf dich auf.«

»Ihr seid doch mit schuld«, erwiderte Valentina. Ihre Stimme klang nun wieder gefasster, und sie funkelte Aiden böse an, ohne jedoch Kaileys Arm abzuschütteln.

Der Anblick versetzte mir einen Stich. Mein Herz stolperte und schlug viel zu schnell. Sie vertraute mir nicht mehr.

»Valentina, ich …«, setzte ich leise an, doch sie reagierte nicht auf mich, und als ich Kaileys Blick auffing, verstummte ich. Sie sah mich mitleidig an und gab mir deutlich zu verstehen, dass es besser war, Valentina jetzt ein bisschen Zeit zu lassen, um das Geschehene zu verdauen.

Vermutlich hatte sie recht, auch wenn es mir nicht leichtfiel, das zu akzeptieren. Es fühlte sich an, als hätte die Halloweenparty einen Graben zwischen uns gerissen und als würde dieser Graben nur noch breiter werden, wenn ich sie jetzt gehen ließ. Dabei waren wir uns gerade noch so nah gewesen.

»Na komm, ich bring dich ins Wohnheim und koche dir einen Tee. Dann sehen wir weiter.« Kailey zog Valentina sanft mit sich.

Aiden machte Anstalten, den beiden zu folgen, doch Kailey schüttelte kaum merklich den Kopf, als sie sich noch einmal zu uns umdrehte. Aus den Augenwinkeln bemerkte ich, wie Aiden mir einen hilflosen Blick zuwarf, den ich nicht erwiderte. Stattdessen starrte ich Valentina und Kailey hinterher, bis sie von der Dunkelheit verschluckt wurden.

»Happy Birthday, Valentina«, sagte ich tonlos.

Mit einer Tasse Tee in der Hand stand ich am Fenster im Wohnzimmer und starrte hinunter auf die Liffey, in der sich der Mond spiegelte. Trotzdem wirkte sie schwarz, schwarz und unergründlich wie ein Abgrund.

Mich fröstelte. Mir war immer noch kalt, obwohl die Tasse in meinen Händen mich längst hätte wärmen sollen. Der Duft von süßen Beeren stieg mir in die Nase, beruhigte mich allerdings nicht, ebenso wenig wie der Tee selbst, von dem ich immer wieder einen Schluck trank. Schließlich stellte ich die halb volle Tasse auf die Fensterbank, wandte mich ab und lief im Wohnzimmer hin und her. Ich fühlte mich rastlos, und so langsam dämmerte mir, dass daran nicht nur der Streit zwischen Valentina und mir schuld sein konnte. Noch etwas anderes ließ meinen erhöhten Puls nicht zur Ruhe kommen. Je mehr Schritte ich tat und je öfter mein Blick auf das Sideboard fiel, das im Flur zwischen der Wohnküche und der Tür zum Schlafzimmer an der Wand stand, desto mehr keimte ein Verdacht in mir auf. Doch ich war nicht in der Stimmung für eine Beschwörung, also versuchte ich, das Sideboard zu ignorieren. Die Lampionblumen, die darauf in einer weißen Vase standen, erinnerten mich zu allem Überfluss an Valentina, an die ich jetzt nicht denken wollte. Das wühlte mich nur noch mehr auf, und ich konnte nichts daran ändern. Nicht heute Nacht.

Ich nahm meine Tasse von der Fensterbank und warf mich mit der Fernbedienung in der Hand aufs Sofa, auf dem inzwischen ein paar bunte Kissen lagen, die aussahen, als hätte ich sie auf einem Basar im Orient gekauft und nicht in einem Geschäft auf der Grafton Street. Frustriert schaltete ich den überdimensionalen Fernseher ein. Ohne lange zu überlegen, startete ich eine Folge *The Bold Type*, eine meiner Lieblingsserien. Ablenken konnten mich Kat, Sutton und Jane heute allerdings nicht. Meine Gedanken wanderten immer wieder zu Valentina, mein Blick immer wieder zum Sideboard. Also schaltete ich die Serie aus und ging hinüber zum Sideboard, um die Kerzen, den Krug und alle anderen Dinge für den Beschwörungszauber herauszuholen.

»Ist gut, du hast gewonnen«, murmelte ich, während ich alles vorbereitete.

Je näher ich dem Ritual kam, desto mehr Aufregung ergriff mich, auch wenn ich mich zuerst dagegen gesträubt hatte. Mein Onkel war nach wie vor mein Fels in der Brandung, meine Bezugsperson. Ich hatte lediglich Angst, ihm zu erzählen, dass ich auf ganzer Linie versagt hatte. Ich hätte mit Valentina im Wohnheim bleiben oder sie mit zu mir nehmen sollen, oder ich hätte zumindest dafür sorgen müssen, dass sie die Party rechtzeitig wieder verließ. Am Ende hatte ich nur an mich gedacht, an mich und nicht an Ajani oder Valentina. Ich hatte den Fokus verloren, und jetzt musste ich dafür geradestehen.

Nachdem ich alles vorbereitet hatte, drehte ich mich singend und gegen den Uhrzeigersinn um den Schutzkreis, während sich meine Gedanken nach und nach in Luft auflösten. Ich fühlte mich wieder frei und unbeschwert, wie immer mitten in einem Ritual, als wäre alles möglich und es gäbe keinerlei Probleme. Was für ein schöner Ort wäre die Welt, wenn ich mich jeden Tag so fühlen könnte?

Doch die völlige Losgelöstheit hielt nicht lange an, denn nur wenige Sekunden später hörte ich die vertraute Stimme in meinem Kopf.

»Liebste Lily. Sag mir, dass es vollbracht ist. Hat deine Freundin heute Nacht endlich ihre Gabe empfangen?«

»Das hat sie«, erwiderte ich und stockte. Ich wollte meinen Onkel nicht enttäuschen und das wäre er unweigerlich, wenn er erfuhr, was passiert war.

»Sehr gut. Und wann wird sie Cassandra beim Übertritt ins Reich der Toten helfen?«

Ich schluckte. »Das weiß ich nicht, Onkel. Leider ist es nicht so gelaufen, wie es hätte laufen sollen.«

»Was heißt das?«

»Valentina ist aufgeflogen«, antwortete ich leise. »Ihre Verwandlung ist nicht geheim geblieben.«

»Nein!« Die laute Stimme meines Onkels dröhnte in meinem Kopf. »Wie konnte das passieren? Du hattest eine Aufgabe, Lily, nur eine Aufgabe!«

»Ich weiß«, flüsterte ich, plötzlich den Tränen nahe. »Es tut mir leid.«

»Okay, okay.« Ajani atmete tief durch. »Zumindest ist sie endlich eine Catrina. Sie soll der umherirrenden Seele helfen, alles andere ist ihr Problem und geht uns nichts an. Oder siehst du das anders?« Ajanis Stimme, die gerade ruhiger geworden war, nahm einen scharfen Unterton an.

»Nein«, antwortete ich mechanisch. »Trotzdem wird es nicht so leicht, denn Cassie ist nach wie vor wie vom Erdboden verschluckt.«

»Was treibst du eigentlich in Dublin?«, schrie mein Onkel mich beinahe an. »Du hast sie immer noch nicht gefunden? Ich dachte, du willst mir helfen.«

»Das will ich ja auch«, beschwichtigte ich ihn schnell. »Glaub mir, Ajani, ich *will* dir helfen, daran hat sich nichts geändert. Seit diese Drachin im Wohnheim aufgetaucht ist, ist Cassie verschwunden, aber ich werde sie finden.«

»Gut.« Ajani atmete erneut hörbar ein. »Lily, ich wollte dich nicht anfahren. Ich weiß, dass du alles in deiner Macht Stehende für mich tust, und ich weiß auch, wie wertvoll du bist. Es ist nur … es steht so viel auf dem Spiel. Wir dürfen das nicht vermasseln.«

»Wir werden es nicht vermasseln.«

»Gut«, sagte er erneut. »Dann mach dich an die Arbeit, uns bleiben nur noch wenige Tage. Sollte die Catrina ihrer Aufgabe bis dahin nicht nachgekommen sein, ist alles verloren.«

Ich straffte die Schultern. »Das wird nicht passieren, Onkel.«

Ich würde Cassie finden. Und ich würde Valentina dazu bringen, mir wieder zu vertrauen. Sie war aufgebracht gewesen, was nur allzu verständlich war, aber sie würde sich auch wieder einkriegen und mir verzeihen. Sie musste einfach, schließlich hing auch mein Leben davon ab. Wenn ich ihr Vertrauen nicht zurückgewann, hatte ich nicht nur sie verloren, sondern würde auch meinen Onkel endgültig verlieren. Dann wäre ich wieder ganz allein auf dieser Welt, und das musste ich um jeden Preis verhindern.

Kapitel 29

Emiliano

Cassie lag nach wie vor mit dem Kopf auf meinem Oberkörper und atmete gleichmäßig. Ob sie eingeschlafen war? Für mich war jedenfalls nicht an Schlaf zu denken, denn ich wollte keine Sekunde verschwenden. Die Vorstellung, sie vielleicht nicht wieder berühren zu können, ließ die Anzahl meiner Atemzüge pro Minute deutlich steigen, ebenso wie die Frage, *warum* ich sie zuerst nicht hatte berühren können. Ich wollte nicht darüber nachdenken, wollte den Moment auskosten, solange er anhielt, doch das war nicht so leicht. Im Hier und Jetzt zu leben war mir schon immer schwergefallen. Valentina konnte das viel besser als ich, wobei sie in letzter Zeit auch ihre Probleme zu haben schien. Was wohl mit ihr los war? Sie verhielt sich merkwürdig, seit wir zusammen im Fußballstadion gewesen waren, und ich war mir nicht sicher, ob das wirklich nur an mir lag.

Die Tür wurde geöffnet, ein Rumsen war zu hören, woraufhin jemand leise fluchte. Ich unterdrückte selbst ein Fluchen. Na toll, ich hatte gehofft, Aiden würde bei Kailey übernachten.

Das Licht im Bad wurde eingeschaltet, und ich blinzelte. »Kannst du vielleicht ein bisschen rücksichtsvoller sein? Cassie schläft.«

»Cassie?« Aiden, der im Türrahmen zum Bad stand, drehte sich zu mir um und riss die Augen auf, als sein Blick auf mich fiel. »Ach du Scheiße!«

»Hä?«, fragte ich mit gerunzelter Stirn.

Gleichzeitig regte sich Cassie und gähnte. »Hm, was ist los?«

»Das würde ich auch gern wissen«, murmelte ich.

Daraufhin runzelte nun auch Aiden die Stirn. »Mit wem redest du?« Seine Stimme hatte einen skeptischen Tonfall angenommen, gleichzeitig klang er irgendwie beruhigend, als wollte er mich bloß nicht aufregen.

»Ist das dein Ernst?«, fragte ich und schaltete die Nachttischlampe ein. Cassie setzte sich ebenfalls auf, und erst jetzt bemerkte ich, dass ihr Oberkörper immer noch nackt war. Schnell reichte ich ihr mein Shirt, doch Aiden beachtete sie überhaupt nicht. Stattdessen starrte er mich an. »Was ist dein Problem?«, schimpfte ich.

Wortlos zückte Aiden sein Smartphone, entsperrte es, tippte kurz darauf herum und warf es mir auf die Matratze, wobei er fast Cassie traf.

»Was soll ich damit?«, fragte ich gereizt.

»Wirf einen Blick in die Kamera.«

»Und warum?«

»Tu es einfach«, knurrte Aiden.

Augenrollend nahm ich das Handy, hielt es vor mein Gesicht – und atmete scharf ein. *¡Puta madre!* Was zum Teufel? Ich ließ das Handy aufs Bett fallen, sprang auf und lief an Aiden vorbei ins Badezimmer, um einen Blick in den Spiegel zu werfen. Ich war fassungslos. Mein Gesicht war weiß, meine Augen so dunkel umrandet, dass sie kaum zu erkennen waren. Auf meiner Nase prangte ein schwarzer Fleck, und auch meine Wangen zierte schwarze Farbe. Mein Mund erweckte den Anschein, als hätte ihn jemand zugenäht. Was hatte das zu bedeuten? Ich sah aus wie … wie eine Catrina. In Mexiko liefen viele Frauen am Día de los Muertos so herum, auch

Mamá, Abuelita und Valentina hatten sich stets gern so geschminkt. Aber was hatte das mit mir zu tun? Warum wirkte ich plötzlich wie eine verfluchte Catrina?

Ich rieb über meine Wangen, doch es verschmierte nichts. Für einen kurzen Moment presste ich die Augen zusammen und klammerte mich am Waschbecken fest, dann stieß ich mich ab und stürmte aus dem Bad. Ich ertrug diesen Anblick nicht länger. Als mein Blick jedoch auf Cassies schuldbewusste Miene fiel, blieb ich abrupt stehen. Sie hatte es gewusst. Verdammt, natürlich hatte sie das. Meine plötzliche Aufmachung konnte ihr nicht entgangen sein.

»Warum zur Hölle hast du nichts gesagt?«

Beim Klang meiner harschen Stimme zuckte sie zusammen. »Bitte sei mir nicht böse, Emiliano. Ich wollte … Wir hatten nur so wenig Zeit, und ich wollte sie nicht verschwenden.«

»Indem du mich anlügst?« Ernst sah ich sie an, doch sie schwieg. Sie wusste, dass es falsch gewesen war, aber das änderte nichts. Sie hatte mir etwas Wichtiges verschwiegen. Wie sollte ich darauf vertrauen, dass sie es nicht wieder tat? »Raus hier.«

»Emiliano, bitte!«

»Ich hab gesagt, raus hier«, schrie ich. Meine Brust hob und senkte sich unregelmäßig.

Cassie zuckte erneut zusammen. Sie blickte auf die Hände in ihrem Schoß, flüsterte eine Entschuldigung und war einen Wimpernschlag später von meinem Bett verschwunden. Hatte sich einfach in Luft aufgelöst. Fuck! Konnte es ernsthaft sein, dass sie … dass sie ein Geist war, ein Gespenst oder so was? Eine in unserer Welt umherirrende Seele? Schließlich ging es am Día de los Muertos um die Seelen verstorbener Menschen. Und ich sah wie eine verfluchte

Catrina aus. Es war nicht unwahrscheinlich, dass beides irgendwie zusammenhing, auch wenn wir nicht in Mexiko waren.

»Happy Birthday, bevor ich das vergesse. Erklärst du mir jetzt, mit wem du dich gestritten hast?«

Aiden hatte Cassie also tatsächlich nicht sehen können, ein weiteres Indiz für meinen Verdacht.

»Lass mich in Ruhe«, fuhr ich ihn an, obwohl er nichts dafür konnte. Aber Aiden erlebte mich in einem meiner verletzlichsten Momente, und dafür hasste ich ihn. Was passierte mit mir?

»Das kann ich nicht.« Aidens Stimme klang scharf. »Du hast gerade eine Cassie erwähnt. Erzähl mir von ihr, das ist wichtig.«

»Ich hab selbst keine Ahnung, was hier los ist, okay? Also nerv mich nicht.«

Aiden warf die Hände in die Luft. »Bei Voldragor, kannst du mal aufhören, dich wie ein Arschloch aufzuführen?«

Ich zuckte zusammen, überspielte das jedoch sofort. »Was willst du eigentlich von mir? Ich hab dir nichts getan, du hingegen …«

»Ach, hör doch auf«, unterbrach er mich gereizt. »Seit unserer ersten Begegnung verhältst du dich mir gegenüber wie ein Idiot. Ich sehe ein, dass du sauer auf Sharni bist, aber das gibt dir noch lange nicht das Recht, mich, deine Schwester und alle anderen wie Dreck zu behandeln.«

Ich knirschte mit den Zähnen. »Meine Beziehung zu meiner Schwester geht dich nichts an.«

»Das sehe ich anders. Hast du eigentlich irgendeine Vorstellung, was sie gerade durchmacht?«

Ich schnaubte, auch wenn sich kurz das schlechte Gewissen meldete. »Ich habe gerade genug eigene Probleme am Hals. Valentina kommt schon klar, sie kommt immer klar.«

»Das darf doch nicht wahr sein!« Frustriert schüttelte Aiden den Kopf. »Wie kannst du nur dermaßen egoistisch sein!«

»Das muss ich mir nicht …«

»*Du*«, er zeigte auf mich, und ich bemerkte die Ader, die wild an seiner Schläfe pochte, »hältst jetzt die Klappe und hörst dir an, was ich zu sagen habe, verstanden? Nicht alles auf dieser Welt dreht sich um Emiliano López. Tu mir den Gefallen und geh zu deiner Schwester, sie braucht dich jetzt. Und was mich angeht: Ich weiß, es ist dir scheißegal, aber vielleicht versuchst du ein einziges Mal, dich in meine Lage zu versetzen. Mein Onkel Darragh war vor vielen Jahren gezwungen, die Familie zu verlassen, weil er sich verliebt hat und unser Feind das niemals geduldet hätte. Das wusste ich aber nicht, stattdessen bin ich mit Hass aufgewachsen. Ich habe Darragh gehasst, weil er die Draconis im Stich gelassen hat. Nur seinetwegen musste mein Vater die Krone übernehmen, und ich wurde zum Thronfolger. Der Feind hat meine Mutter umgebracht, als ich noch ein kleiner Junge war, er hat meinen Vater vergiftet, bis dieser elend verreckt ist. Dann wurden wir in einen Krieg gezwungen, den wir niemals gewinnen konnten, also blieb uns keine Wahl. Unser Feind hat mein Volk abgeschlachtet, einen nach dem anderen, vor meinen Augen. Ich habe Familienmitglieder und Freunde verloren, konnte nichts dagegen tun, musste hilflos dabei zusehen. Und am Ende wurden alle, die noch übrig waren, bei lebendigem Leib verschüttet. Wir wären in den zerbombten Höhlen verhungert oder erstickt, wenn meine Schwester keine Hilfe geholt hätte. Sie war ganz allein da draußen, nachdem sie in unzähligen Schlachten ihr Leben riskiert hat, und hat keinen anderen Ausweg gesehen. Sie hatte Panik und Angst, und sie hat mit der Aktion ihr eigenes Leben riskiert. Ja, bei Voldragor, sie hätte sich nicht unbedingt das Fußballstadion aussuchen müssen, aber es war naheliegend. *Dort* waren Live-Kameras, *dort* hat man sie angehört. In diesem Moment hat jede Sekunde gezählt. Hätte Sharni diesen Schritt nicht gewagt, würde ich heute nicht vor dir stehen. Dann wäre mein Volk bis auf meine Schwester ausgerottet, und das haben wir nicht verdient. Wir haben nie einem Menschen etwas zuleide getan, also tu mir den Gefallen und schau in Zukunft über deinen Tellerrand.«

Schwer atmend schnappte er sich das Handy, das noch immer auf meinem Bett lag, steckte es in seine hintere Hosentasche und ging zur Tür. Ich starrte ihm hinterher, wusste nicht, was ich sagen sollte.

Bevor er das Zimmer verließ, drehte er sich noch einmal zu mir um. »Ach, übrigens. Die Idee, uns zu offenbaren, stammte von mir. Sharni und ich haben darüber geredet, bevor wir getrennt wurden, und über das Fußballstadion zu fliegen war Jareds Idee. Du kannst also auf Jared und mich sauer sein. Und lass endlich deine Schwester da raus, wenn du ihr schon nicht beistehen willst.« Mit diesen Worten ging Aiden und knallte die Tür hinter sich zu.

Völlig perplex starrte ich ihm hinterher.

Kapitel 30

Valentina

Ich stand im Bad und starrte bestimmt seit einer Viertelstunde in den Spiegel. Jetzt war ich also eine Catrina – eine Catrina, von der alle Welt wusste. Okay, nicht die ganze Welt, aber das war nur eine Frage der Zeit. Auch wenn ich unter Schock gestanden hatte, waren mir die vielen Handykameras auf der Party nicht entgangen. Irgendwann würde jemand dahinterkommen, was es mit meiner Verwandlung auf sich hatte, es war schließlich kein Geheimnis, dass ich aus Mexiko stammte. Und dann würden sie eins und eins zusammenzählen. Meine Aufgaben waren zwar nicht unbedingt offensichtlich, aber dass ich übernatürlich war, hatte niemand übersehen können. Was sollte ich jetzt nur machen?

Zu allem Überfluss hatte ich seit der Party einen ungebetenen Begleiter. Ich linste nach oben. Er saß nach wie vor auf dem Spiegelschrank, der über dem Waschbecken hing – ein lebendig gewordener Alebrije. Er sah aus wie eine blau-grüne Schlange mit zwei Flügeln und einem Drachenkopf und war schätzungsweise einen halben Meter groß.

»*Buenas noches.*« Der Alebrije winkte mit einem Flügel.

Ich verdrehte die Augen. »Was willst du von mir?« Ich sprach absichtlich Englisch. Vielleicht verstand er mich nicht. Doch so viel Glück hatte ich leider nicht.

In schnellem Spanisch antwortete der Alebrije: »Jetzt mal nicht so unfreundlich, ich will nur ein bisschen Gesellschaft. Hast du eine Ahnung, wie es ist, wenn man sich nie mit jemandem unterhalten kann?«

»Hör zu, ich hab gerade echt andere Probleme«, wechselte ich nun ebenfalls ins Spanische.

Er lachte auf. Oder sie? »Ja, das habe ich mitbekommen. War ganz schön heftig. Was hast du jetzt vor?«

»Wenn ich das wüsste«, murmelte ich.

Jemand klopfte vorsichtig an die Tür, gleich darauf war Kailey zu hören. »Alles okay da drin?«

»Verhalt dich wenigstens ruhig, wenn du mich schon nicht allein lassen willst«, bat ich den Alebrije und öffnete die Tür. Ich schenkte Kailey ein kleines Lächeln. Sie war nett zu mir, schien sich wirklich Sorgen um mich zu machen.

»Hey, ich wollte dich nicht stören, nur nach dir sehen.«

»Das ist lieb, danke.« Ich schaltete das Licht im Bad aus, ging hinüber zu meinem Bett und ließ mich auf die Matratze fallen. »Ganz ehrlich? Ich weiß nicht, was ich machen soll. Ich habe Angst. Im Gegensatz zu dir als Drachin könnte ich mich kaum wehren, falls mich jemand angreift. Und irgendwann werden sie bestimmt auf mich losgehen. Ich bin das gefundene Fressen für alle, die das Übernatürliche hassen.«

Ich sah Kailey schlucken, bevor sie nach der Teetasse auf dem Schreibtisch griff, sie mir reichte und es sich mit ihrer eigenen Tasse auf ihrem Bett gemütlich machte. Inzwischen hatte sie sich umgezogen, sie trug eine karierte Pyjamahose und einen waldgrünen Hoodie. »Das verstehe ich, aber wie gesagt, du bist nicht allein. Aiden und ich sind da, und wir können jederzeit Sharni oder einen der Magier nach Dublin holen. Du musst das nicht allein durchstehen.«

Dankbar nickte ich. »Wie ist es eigentlich für dich, sich zu verwandeln? Tut es weh?« Kailey schluckte erneut und wandte den Blick ab, woraufhin mein Herz stolperte. Sie verheimlichte mir etwas.

Bevor ich sie darauf ansprechen konnte, meinte sie: »Ich muss dir etwas sagen, Valentina.«

Sie stellte die Tasse beiseite, aus der sie keinen einzigen Schluck getrunken hatte, und rutschte nach vorn an die Bettkante. Sie holte tief Luft und schloss für einen Moment die Augen. Dann stand sie auf, nahm das braune Lederarmband ab, das sie stets um ihr linkes Handgelenk trug, und erwiderte meinen Blick. Ich runzelte die Stirn, verstand nicht, was sie mir damit sagen wollte. In der nächsten Sekunde strich sich Kailey auf beiden Seiten die Haare hinter die Ohren und wandte mir ihr Profil zu. Sofort sah ich, was los war: Sie hatte spitze Ohren.

»Oh!«, entfuhr es mir. »Du bist gar keine Drachin?«

Kopfschüttelnd ließ sie sich wieder aufs Bett fallen. »Nein, das habe ich nur behauptet, um mich nicht outen zu müssen. Ich bin eine Fae, eine Elfenkriegerin. Mein Volk hat die Drachen angegriffen.«

»Oh«, wiederholte ich und dann noch einmal, als mir klar wurde, was das bedeutete. »Oh! Wow, das kommt …«

»… überraschend? Ja, das stimmt wohl. Wir wollten dich nicht anlügen, es ist nur alles ziemlich kompliziert.«

Ich schüttelte den Kopf. »Keine Sorge, ich bin nicht sauer auf dich, im Gegenteil. Ich kann dich ziemlich gut verstehen. Wobei … du und Aiden seid Feinde, und jetzt seid ihr gemeinsam hier, als Paar?«

Seufzend nickte sie. »Ja, ich weiß. Wie gesagt, das Ganze ist ziemlich kompliziert. Die Kurzversion: Meine Königin hat mich hier aufs College geschickt, damit ich Aiden ausspioniere, der damals noch Drachenprinz war. Die Situation zwischen unseren Völkern war ziemlich angespannt. Wir haben einander schon immer abgrundtief gehasst, ohne eigentlich zu wissen, warum das so war. Hier am Trinity College waren Aiden und ich dann gezwungen, Zeit miteinander zu verbringen, uns näher kennenzulernen. Und na ja …« Sie zuckte mit den Schultern, ein leichtes Lächeln auf den Lippen. »Wie sich herausgestellt hat, ist Aiden gar nicht so übel, wie ich angenommen hatte. Tatsächlich spielt meine Königin ein falsches Spiel. Sie hat die Drachen mit erfundenen Gründen in einen Krieg gezwungen, um sie auszurotten.«

»Und dein Volk hat da mitgemacht?«, fragte ich überrascht, verzog aber sogleich den Mund. »Entschuldige, ich wollte dir nicht zu nahetreten.«

»Nein, schon gut.« Sie stieß erneut ein Seufzen aus. »Wir Fae sind ziemlich speziell, Einzelgänger, erfolgsorientiert und absolut loyal. Wir werden nicht dazu erzogen, Dinge zu hinterfragen, sondern blind zu gehorchen.«

»Das klingt ziemlich traurig und einsam.«

»Ja, du hast recht. Lange Zeit war mir das aber gar nicht bewusst. Wie gesagt, es liegt nicht in unserer Natur, die Königin, ihre Anweisungen oder unser System infrage zu stellen. Und wer je den Mut dazu aufgebracht hat, wurde aus dem Verkehr gezogen.« Ein Schleier legte sich auf Kaileys Gesicht. Sie trauerte um jemanden, das spürte ich, doch ich wollte nicht taktlos sein und fragte deshalb nicht nach.

»Das tut mir leid, das war bestimmt nicht leicht für dich.«

Sie nickte, und wir schwiegen eine Weile. Gedankenverloren

trank ich meinen Tee, der nur noch lauwarm war, und schielte dabei immer wieder hinüber zu dem Alebrije, der es sich auf dem Schrank gemütlich gemacht hatte und sich immerhin ruhig verhielt. Ich hatte noch so viele Fragen an Kailey, wollte sie jedoch nicht löchern.

»Danke für dein Vertrauen, Kailey.«

Sie grinste schief. »Frag mich ruhig, was du willst.«

»Ich möchte dich aber nicht nerven.«

Sie winkte ab und schnappte sich ihre Tasse. Inzwischen wirkte sie wieder deutlich entspannter, und ihre Augen hatten nicht mehr diesen traurigen Blick. »Du nervst nicht. Außerdem würde ich auch gern etwas mehr über dich erfahren.«

Nun musste ich ebenfalls grinsen. »Wenn das so ist. Mich würde interessieren, wie die Königin reagiert hat. Sie war bestimmt nicht begeistert, dass du ihr in den Rücken gefallen bist.«

Der Zug um Kaileys Mund verhärtete sich wieder. »Sie wollte allen weismachen, ich hätte in Dublin ohne ihre Anweisung gehandelt. Und seit ich die Seiten gewechselt habe, will sie mich hinrichten lassen, um mich zum Schweigen zu bringen. Ich kann nie wieder in meine Heimat zurück, mein Platz ist jetzt bei den Drachen. Aiden hat mich aufgenommen, obwohl sein Volk alles andere als begeistert war.«

»Aber die Drachen haben dich akzeptiert?«, fragte ich überrascht.

Kailey zuckte mit den Schultern. »Ihnen blieb keine Wahl, Aiden ist schließlich der König. Außerdem habe ich mich bewiesen. Ich habe an der Seite der Drachen gekämpft, mich gegen mein eigenes Volk gestellt.«

Eine Träne rollte mir plötzlich über die Wange, und ich wischte sie hastig weg. »Das klingt furchtbar. Du hattest doch sicher Familie und Freunde unter den Fae.«

Sie nickte. »Ich habe einen Onkel und einen Bruder, Damian und Sloan. Damian hat mit mir die Seiten gewechselt, tatsächlich hatte er schon lange den Plan, die Fae-Königin zu stürzen. Und mein Bruder Sloan hat uns im Krieg mit Informationen versorgt. Auch er ist nicht mit dem System in Fairyland einverstanden, allerdings hat das andere Gründe.«

»Fairyland«, murmelte ich. »Heißt dein Land so?«

Wieder nickte Kailey. »Fairyland existiert parallel zu dieser Welt, Menschen können unser Reich nicht betreten, zumindest nicht, dass ich wüsste. Die Königin hat immer behauptet, wir wären dort absolut sicher vor den Gefahren der Außenwelt, aber inzwischen weiß ich, was von ihren Wahrheiten zu halten ist.«

»Was machen dein Bruder und dein Onkel denn jetzt? Sie ... leben doch noch, oder?« Ich hatte das Gefühl, den Namen Damian schon einmal gehört zu haben.

»Ja, zum Glück haben wir alle diesen Krieg überlebt.« Kailey trank einen Schluck Tee. Einen Moment lang wirkte sie gedankenverloren, doch dann straffte sie die Schultern. »Mein Onkel arbeitet jetzt für Aiden. Er verhandelt mit den Politikern wegen der irischen Staatsbürgerschaft der Drachen.«

Ich riss die Augen auf. »Ernsthaft?«

Kailey entfuhr ein Kichern. »Klingt ziemlich schräg, oder? Aber mein Onkel war vorher Berater der Fae-Königin, er kennt sich also gut mit solchen Dingen aus. Tja, und mein Bruder ...« Kailey seufzte leise. »Sloan ist nach wie vor in Fairyland. Er will die Fae-Königin von innen heraus stürzen. Du darfst es niemandem sagen, aber er ist zum Glück nicht allein. Er und sein Freund haben im Untergrund eine ganze Gruppe um sich geschart.«

Ich verzog den Mund. »Wow, das klingt gefährlich.«

»Ist es auch. Natürlich hat der Krieg gegen die Drachen Fragen aufgeworfen, und mein ehemaliges Volk ist wenig begeistert, dass sie ihn verloren haben. Auch die Fae hatten viele Opfer zu beklagen. In Fairyland sind alle sehr naturverbunden, und dass die Königin in diesem Krieg ohne Skrupel die Natur zerstört hat und ein ganzes Volk ausrotten wollte, stieß nicht überall auf Verständnis. Und doch sind die Fae langsam, was das Umdenken angeht, und die Königin führt nach wie vor ein hartes Regime. Sloan hat keine leichte Aufgabe vor sich.«

»Okay, das ist heftig. Können wir von hier aus irgendetwas tun?«

Kailey lächelte. »Ich fürchte, uns sind momentan die Hände gebunden. Ich überlege auch schon die ganze Zeit, ob es eine Option wäre, mich als Fae zu erkennen zu geben, aber ich habe absolut keine Ahnung, wie sie in Fairyland reagieren würden. Manchmal sind sie einfach unberechenbar. Auch wenn die Menschen den Fae zahlenmäßig weit überlegen sind, hat das nichts zu bedeuten. Die Elfenarmee konnte es auch ohne Probleme mit den Drachen aufnehmen.«

Der Alebrije stieß einen Pfiff aus. »*¡Dios mío!*, das klingt aber gar nicht gut. Ist dieser Elfe eigentlich klar, was sie da sagt?«

Ich warf ihm einen bösen Blick zu und räusperte mich. »Aber die Fae planen nicht, gegen die Menschen vorzugehen, oder?«

»Nein«, erwiderte Kailey ohne zu zögern. »Das würde Sloan mich wissen lassen, keine Sorge. Auch ich habe den Menschen mein Leben zu verdanken, ich würde sie niemals ins offene Messer laufen lassen. Glaub mir, wenn es sein muss, decke ich die Existenz meines ehemaligen Volkes auf.«

Ich atmete aus, auch wenn ich nicht wirklich erleichtert war. Kailey hatte recht mit dem, was sie anfangs gesagt hatte. Nur weil etwas einen Namen hatte, machte es das nicht weniger Angst einflößend. Die Fae klangen nicht so, als würde man sich mit ihnen anlegen wollen, dabei war Kailey so sympathisch. Ich konnte mir kaum vorstellen, dass sie einmal anders gewesen war.

»*Gracias*«, sagte ich. »Ich weiß es wirklich zu schätzen, dass du mir gegenüber so offen bist.«

Sie lächelte. »Das war längst überfällig und hat dich hoffentlich ein bisschen abgelenkt.«

Ich lachte auf. »Zumindest kurzfristig, ja.«

»Weißt du, in den vergangenen Wochen stand ich so oft vor den Scherben meines Lebens, aber irgendwie ging es immer weiter. Momentan mag dir deine Situation aussichtslos erscheinen, aber das muss nichts heißen.«

»Hm, kann schon sein.« Mehr wusste ich nicht dazu zu sagen, denn im Moment hatte ich absolut keine Ahnung, wie sich das alles zum Guten wenden sollte. Übernatürliche Wesen würden nie wieder ganz in Frieden leben können, die Zeiten waren vorbei und würden auch nie wiederkommen. Dafür hatten die Drachen leider gesorgt, auch wenn ich ihnen deshalb keinen Vorwurf mehr machen konnte.

Kailey räusperte sich. »Und was hat es nun mit deiner Verwandlung auf sich?«

Verlegen sah ich sie an. »Ich bin eine Catrina. Hast du schon mal vom mexikanischen Tag der Toten gehört?«

»Der Día de los Muertos, richtig? Wie cool ist das denn? Ich wusste gar nicht, dass an den Mythen etwas dran ist.«

»Bis zu meinem fünften Geburtstag wusste ich das auch nicht. Selbst mein Bruder und mein Vater haben nach wie vor keine Ahnung, denn die Gabe der Catrina haben nur die Frauen der Familie.

Ich kann mit Geistern beziehungsweise Seelen kommunizieren, helfe ihnen bei Problemen oder beim Übertritt ins Totenreich.«

Kailey strich sich eine Haarsträhne hinter ihr spitzes Ohr, und ich versuchte, nicht zu sehr darauf zu starren. »Das klingt nach einer wichtigen Aufgabe, aber auch irgendwie belastend.«

Ich zuckte mit den Schultern. »Das wird sich zeigen, ich habe meine Fähigkeiten erst heute erhalten.«

»Gratuliere, Valentina. Und auch noch herzlichen Glückwunsch zum Geburtstag.«

Ich lächelte traurig. »Das war einer der wichtigsten Momente in meinem Leben. Aber es war nicht geplant, dass das halbe College Zeuge davon wird.«

»Natürlich nicht. Ich wünschte …«

Weiter kam Kailey nicht, weil ich plötzlich so heftig zusammenzuckte, dass mir meine fast leere Teetasse aus der Hand fiel. Polternd landete sie auf dem Boden, eine kleine Pfütze bildete sich. Cassie war auf einmal wie aus dem Nichts mitten im Zimmer erschienen, und sie sah aus, als würde sie jeden Moment zusammenbrechen.

»O mein Gott, Cassie. Was ist los?« Ich sprang vom Bett auf und ging zu ihr.

»*Cassie?*«, hörte ich Kailey murmeln, doch ich achtete nicht auf sie.

Stattdessen nahm ich Cassies Hand, in der Hoffnung, dass ich sie berühren konnte, und es klappte.

»Valentina, du musst mir helfen. Irgendetwas stimmt nicht mit mir«, flüsterte sie mit tränenerstickter Stimme.

Kapitel 31

Valentina

Verdammt! Cassie wusste also immer noch nicht, was los war. Ich schluckte und schloss für einen Moment die Augen, bevor ich sie zu meinem Bett führte.

»Na komm, setz dich erst mal.« Ich warf Kailey einen verstohlenen Blick zu, die mich neugierig betrachtete, aber keine Fragen stellte, wofür ich ihr sehr dankbar war. »Wo warst du in den vergangenen Tagen? Ich habe dich vermisst.«

Schulterzuckend senkte sie den Blick. Eine Träne tropfte auf ihre Hand. »Ehrlich gesagt weiß ich es nicht. Ich glaube … ich glaube, ich bin gar nicht richtig da. Weißt du, was ich meine?« Von unten sah sie mich an, und ich nickte langsam.

»Ja, das weiß ich, und ich habe auch eine Vermutung, woran das liegt.« Ich holte tief Luft. »Ich glaube, du bist ein Geist, eine verstorbene Seele, die aus irgendeinem Grund noch in unserer Welt gefangen ist.«

»Du meinst, ich bin … tot?« Cassies Augen weiteten sich, bevor sie sich erneut mit Tränen füllten.

Auch ich musste schniefen. Ihr das zu sagen, war so schwer. Ich hatte mir die Aufgabe der Catrina immer leichter vorgestellt. »Ich fürchte schon. Glaub mir, es tut mir unendlich leid. Du musst wissen, dass … Du kannst nicht ewig in der Zwischenwelt existieren,

Cassie. Aber keine Sorge«, fügte ich schnell hinzu. »Dafür bin ich da, ich helfe dir. Wir müssen nur wissen, wer du bist und wie beziehungsweise wann du gestorben bist. Wenn du versuchst, dich zu erinnern …«

»Das ist ja das Problem«, unterbrach Cassie mich. »Ich kann mich an nichts erinnern, zumindest an nichts aus den vergangenen Wochen.« Sie bedeckte ihr Gesicht mit den Händen und schluchzte so heftig, dass ihr ganzer Oberkörper bebte.

Ich warf einen hilflosen Blick zu Kailey und bemerkte, dass auch ihre Augen verdächtig glänzten. Fahrig wischte sie sich über die Augenwinkel und rutschte wieder näher an die Bettkante. »Du sprichst mit Cassie?«

Langsam sah Cassie auf, und das Herz schlug mir mit einem Mal bis zum Hals. »Stimmt, du kennst sie, richtig?« Wie hatte ich das vergessen können? Kailey hatte erwähnt, dass sie sich das Zimmer hier vorher mit Cassie geteilt hatte. Ich hatte überhaupt nicht mehr daran gedacht, weil ich Cassie in Sicherheit gehofft hatte und außerdem zu sehr mit mir selbst beschäftigt gewesen war.

»Ich denke schon. Heißt sie mit vollem Namen Cassandra Murphy?«

Fragend sah ich zu Cassie, die nickte. »Sie nickt«, gab ich mit belegter Stimme weiter.

»O mein Gott!« Kailey schlug sich eine Hand vor den Mund. Sie blickte direkt zu Cassie, um die ich einen Arm gelegt hatte. Sehen konnte Kailey sie jedoch nicht. »Es tut mir so leid, Cassie.«

»Was tut dir leid?«, fragte ich sanft.

Kailey wich meinem Blick aus. »Es ist unsere Schuld, dass Cassie gestorben ist. Aidens und meine.«

»Eure Schuld?« Cassies Stimme war nur ein Hauchen.

»Ihr wart Mitbewohnerinnen, richtig?«, fragte ich nach einer Weile, um Kailey zum Weiterreden zu animieren und ihr ein bisschen Zeit zu geben, sich zu sammeln.

»Mehr als das, wir waren Freundinnen.« Inzwischen konnte sie die Tränen kaum noch zurückhalten. »Cassie ist eine Hexe. Sie gehört zu einem irischen Hexenclan, der jahrhundertelang über den Frieden zwischen Drachen und Fae gewacht hat.«

»Drachen und Fae.« Es klang wie eine Feststellung und nicht wie eine Frage. Ob Cassie sich erinnerte?

»Als der Frieden erneut auf wackeligen Beinen stand, konnte der Hexenclan allerdings nicht eingreifen«, fuhr Kailey fort. »Bis auf einige wenige Mitglieder haben die Murphys nicht mehr die Macht dazu. Cassie hatte sich entschlossen, ebenfalls auf der Seite der Drachen zu kämpfen. Sie hat uns mit ihren Blitzen von einem Hügel aus Rückendeckung gegeben. Ihre Tante Isla hat sie unsichtbar gehext, so wie einen Teil von uns anderen auch, aber dieser Zauber hält nicht ewig. Als die Fae dahinterkamen, waren sie extrem wütend. Cassie wurde … erschossen.«

»Erschossen.« Instinktiv presste sich Cassie eine Hand auf den oberen Bauch. Ihre Stimme klang dünn und brüchig.

»Ich … Wir …« Kailey wischte sich mit beiden Händen über die Wangen. »Niemand von uns war bei ihr, als es passierte, nur Kiana, eine Drachin. Sharni ist sofort zu den beiden geflogen, als sie gemerkt hat, dass etwas nicht stimmt, aber da … war es schon zu spät.« Kailey spielte mit der Schlaufe ihrer Schlafanzughose und traute sich kaum, in unsere Richtung zu sehen.

»Es ist nicht deine Schuld, okay?«, sagte ich beruhigend, auch wenn in mir alles tobte. »Es ist einzig und allein die Schuld der Fae-Königin. Sie hat diesen Krieg angezettelt.«

Kailey nickte. »Das ist wahr, allerdings hat Cassies Tod auch Fragen aufgeworfen. Wir Fae benutzen keine Feuerwaffen, und Cassie ist die Einzige, die in diesem Krieg erschossen wurde. Und warum wurde Kiana verschont? Das ergibt keinen Sinn.«

Ich zog die Augenbrauen in die Höhe. »Ihr benutzt keine Waffen, aber sprengt ganze Höhlen in die Luft? Also nicht du, ich meine die Fae.«

Kailey nickte und schüttelte dann den Kopf. »Wir ehren die Natur, deshalb sind Feuerwaffen und Sprengstoff für uns tabu. Glaub mir, dass die Fae-Königin angeordnet hat, das Höhlensystem der Drachen zu zerstören, hat nicht nur mich schockiert.«

Seufzend wippte ich mit einem Fuß. »Aber wenn dein Volk – ehemaliges Volk – in diesem Krieg Sprengstoff verwendet hat, wäre es doch nicht so abwegig, dass auch Schusswaffen eingesetzt wurden, oder?«

Kailey zuckte mit den Schultern. »Theoretisch hast du recht. Praktisch bleibt die Frage, warum dann nur Cassie erschossen wurde. Feuerwaffen wären schließlich sehr viel effektiver gewesen als Pfeil und Bogen oder Schwerter.«

»Stimmt«, musste ich zugeben und warf Cassie einen Seitenblick zu. Sofort legte ich eine Hand auf ihre, die unter meiner zitterte. »Alles okay?«

Langsam schüttelte sie den Kopf. »Ich kann mich erinnern. An alles.«

»Oh, Cassie, kann ich irgendetwas tun?«

Sie schenkte mir ein trauriges Lächeln. »Sagst du Kailey bitte, dass … dass sie sich nicht die Schuld geben darf?«

Ich erwiderte Cassies Lächeln ebenso traurig und fuhr mit dem Daumen über ihren Handrücken, bevor ich die Nachricht an Kailey weitergab. Die beiden unterhielten sich mit meiner Hilfe, und ich spürte ihre tiefe Verbundenheit. Dabei hatten sie sich erst kennengelernt, als Kailey nach Dublin gekommen war, was noch gar nicht so lange zurücklag. Diese Tatsache ließ mein Herz einen kleinen Hüpfer machen, denn es zeigte mir, dass auch ich in Kailey eine wunderbare neue Freundin gefunden hatte. Sie würde mir beistehen, wie sie es versprochen hatte. Nicht nur sie, auch Aiden – und Lily.

Lily. Ich fühlte mich schlecht, weil ich sie unfair behandelt hatte. Sie hatte mir nur helfen wollen und konnte nichts dafür, dass am Ende erst recht alle Augen auf mich gerichtet gewesen waren. Es war einfach blöd gelaufen. Wenn ich wirklich jemanden dafür verantwortlich machen wollte, dann mich selbst. Ich hätte nicht auf diese Party gehen müssen, ich hätte nicht mit Lily im Garten herumknutschen sollen, und ich hätte schon gar nicht auf Ambers Vorwürfe eingehen dürfen.

»Entschuldigt, ich möchte Lily schnell schreiben.«

Kailey nickte mir gleichermaßen verständnisvoll und aufmunternd zu. Als ich nach meinem Handy griff, das mit dem Display nach unten auf dem Nachttisch gelegen hatte, sah ich, dass ich zwei verpasste Nachrichten von ihr hatte, eine Sprachnachricht und einen Youtube-Link. Augenblicklich nahm mein Herzschlag einen schnelleren Rhythmus an. Obwohl es mich in den Fingern kribbelte, zwang ich mich, zuerst Lilys Sprachnachricht abzuhören. Ich stand vom Bett auf und machte ein paar Schritte Richtung Bad, während ich das Handy an mein Ohr hielt. Es tat gut, Lilys Stimme zu hören.

»Hey. Entschuldige, ich wollte dir eigentlich ein bisschen Raum geben. Es fällt mir schwer, mich nicht noch einmal zu entschuldigen, aber ich werde es lassen, weil ich weiß, dass du es gerade nicht hören willst. Hör mir bitte trotzdem kurz zu. Im Netz kursieren ein paar Videos, die du dir ansehen solltest. Und … sag Bescheid, wenn du mich brauchst. Ich wäre wirklich gern für dich da.«

Mit einem Kloß im Hals klickte ich auf den Link und erkannte die Szene sofort, als sich das Video öffnete. »*¡Dios mío!*«, flüsterte ich, dabei hätte es mich nicht wundern dürfen. Ich hatte mitbekommen, wie mehr oder weniger unauffällig Videos und Fotos von mir gemacht wurden. Es war klar gewesen, dass irgendetwas davon früher oder später im Netz landen würde, und doch traf mich das hier völlig unvorbereitet. Es war ein Video von meiner Verwandlung. Jemand hatte mich um Schlag Mitternacht gefilmt und die Szene hochgeladen.

»Was ist los?«, fragte Kailey. Als ich nicht reagierte, stand sie auf und stellte sich hinter mich. Ein Blick auf mein Display genügte, und sie kannte die Antwort. »Oh, Scheiße.« In der nächsten Sekunde spürte ich eine Hand auf meiner Schulter.

Tränen schossen mir in die Augen. »Das ist ein Albtraum. Was soll ich denn jetzt machen?«

»Ich ...«, es klopfte an der Tür, »... weiß es nicht.« Kailey seufzte, legte ihr Armband aus geflochtenem Leder wieder an und ging zur Tür.

Eine junge Frau, höchstens Anfang zwanzig und mit schulterlangen braunen Haaren, stand davor und spähte für den Bruchteil einer Sekunde neugierig an Kailey vorbei. Ihr Blick landete direkt auf mir, und ich verspannte mich automatisch.

»Hi, ich bin Jenna von der Collegezeitung. Das ist doch das Zimmer von Valentina López, richtig? Würde sie mir vielleicht ein paar Fragen ...«

»Sorry, kein Bedarf«, erwiderte Kailey scharf und knallte ihr die Tür vor der Nase zu.

»Na super.« Ich ließ mich rücklings auf mein Bett fallen und versuchte, meine Angst hinunterzuschlucken. Meine Zimmernummer war damit also auch kein Geheimnis mehr.

Neben mir räusperte Cassie sich, inzwischen schien sie sich wieder halbwegs gefangen zu haben. »Ähm, darf ich fragen, was eigentlich passiert ist?« Ich gab ihr eine kurze Zusammenfassung des Abends, und sie verzog mitfühlend den Mund. »Oje, wie furchtbar.«

Ein erneutes Klopfen ließ uns alle stöhnen. Kailey riss die Tür auf, doch es war zum Glück Aiden, der davor stand. »Ach, du bist es.« Sie nahm seine Hand und zog ihn ins Zimmer.

Verlegen kratzte er sich im Nacken, den Blick auf mich gerichtet. »Sorry, ich wollte nur kurz mit Kailey sprechen. Soll ich wieder gehen?«

Ich schüttelte den Kopf, während Cassie Aidens Namen flüsterte.

»Hier wird's langsam ziemlich voll«, kommentierte der Alebrije von seinem Platz auf dem Schrank aus und plusterte sich auf. »Ich schaue später wieder vorbei.« Er breitete die Flügel aus und verschwand durch die Wand.

»Was ist los? Warum seid ihr so angespannt?«, wollte Aiden wissen.

»Das erkläre ich dir später.« Kailey wandte sich an mich. »Ich hätte da eine Idee. Was hältst du davon, wenn Caroline dich für ein paar Tage nach Mexiko bringt, bis sich die Lage hier ein bisschen beruhigt hat?«

Auf der Stelle pumpte mein Herz Adrenalin durch meinen Körper. México. Ich würde alles dafür geben, um meine Mutter zu sehen und mit ihr reden zu können. Sie und Abuelita waren jetzt genau die Menschen, die ich brauchte. Gleichzeitig wusste ich, dass ich nicht einfach abhauen konnte, denn hier in Irland wartete eine Aufgabe auf mich. Ich ließ die Schultern hängen, auch wenn ich es nicht wollte, um Cassie kein schlechtes Gewissen zu machen.

»Ich kann jetzt nicht weg, Cassie braucht meine Hilfe.«

»Cassie?«, fragte Aiden und sah von seiner Freundin zu mir und wieder zurück. »Warum reden heute alle über sie?«

Kailey legte ihm eine Hand auf den Arm. »Gleich.«

»Nein, warte«, unterbrach ich sie. »Was meinst du damit, Aiden? Wer hat ihren Namen noch erwähnt?«

Er fuhr sich durch die Haare, die schon wieder in sämtliche Richtungen abstanden. »Dein Bruder. Ihr solltet mal miteinander reden, denn er scheint das gleiche Schicksal zu teilen wie du.«

Ich fing Cassies schuldbewussten Blick auf und setzte mich kerzengerade hin. »Wie meinst du das? Was ist los?«

Schulterzuckend zog sich Aiden den Schreibtischstuhl heran und ließ sich darauf fallen. »Er sieht aus wie du.«

»Was? Du meinst ...« Ich schaffte es nicht, den Satz zu beenden, doch das war auch nicht nötig. Aidens Blick und sein Nicken sagten alles. Ohne darüber nachzudenken, sprang ich auf und steuerte die Tür an, doch Kailey hielt mich am Arm zurück. »Lass mich«, fuhr ich sie an. »Ich muss zu ihm.«

»Willst du da jetzt wirklich raus?«, fragte sie mich.

»Er ist mein Bruder, er braucht mich.« Und ich brauchte ihn.

»Das kann ich verstehen, Valentina, aber Kailey hat nicht ganz unrecht. Da draußen ist die Hölle los. Du wirst nicht unbemerkt zu unserem Zimmer kommen, außerdem ist Emiliano gerade ziemlich mies drauf. Ich fürchte, du würdest jetzt ohnehin nicht viel erreichen.«

Erneut ließ ich die Schultern sinken. »Ganz toll. Und nun?«

»Lass dich nach Mexiko bringen«, schlug Kailey abermals vor und ließ mich los. »Nur für ein oder zwei Tage. Bis dahin werden sich Emiliano und die Gemüter der anderen ein wenig beruhigt haben.«

»Ich weiß nicht.« Unsicher strich ich mir die Haare aus dem Gesicht. Es fühlte sich ungewohnt an, dass sie zumindest für den Moment wieder lang und dunkel waren statt kurz und rosafarben.

Ich hatte keine Ahnung, was ich denken sollte. Prinzipiell wollte ich nichts lieber, als nach Mexiko. Aber war es eine Lösung, vor allem davonzulaufen und Emiliano sich selbst zu überlassen? Würden sich die Dinge wirklich innerhalb weniger Tage beruhigen? Was die Drachen anging, war bisher alles nur noch schlimmer geworden. Doch bevor ich das Argument bringen konnte, war plötzlich ein Klirren zu hören. Cassie und ich stießen einen Schrei aus, und ich wirbelte zum Fenster herum. Das Herz klopfte mir bis zum Hals. Jemand hatte die Scheibe eingeworfen. Ein faustgroßer Stein lag mitten im Zimmer, Scherben verteilten sich auf der Fensterbank und dem Boden.

Noch ehe ich reagieren konnte, hatte Aiden bereits das Fenster aufgerissen und war aufs Fensterbrett gesprungen. Kailey eilte zu ihm und packte ihn am Arm. »Was hast du vor? Du willst dich doch jetzt nicht ernsthaft verwandeln!«

»Wer auch immer das war, hat eine Lektion verdient«, knurrte er.

»Das sehe ich auch so, aber wenn du ihn jetzt als Drache angreifst, machst du am Ende alles nur noch schlimmer.«

»Sie hat recht.« Ich schluckte, um meiner Stimme mehr Kraft zu verleihen. »Das war sicher nur ein dummer Streich.«

»Dabei hätte jemand ernsthaft verletzt werden können.« Aiden deutete mit dem Kopf auf den Stein, der nach wie vor auf dem Boden lag. Trotzdem sprang er leise fluchend von der Fensterbank.

Kailey wandte sich mir zu. »Was sagst du jetzt zu Mexiko? Ich denke, es wäre wirklich am besten.«

Einen Moment starrte ich auf die zerbrochene Scheibe. Kalte Luft strömte herein, und es fröstelte mich, was nicht nur mit der Kälte zusammenhing. »Und was ist mit meinem Bruder? Und mit Cassie?

Sie braucht mich doch.« Ich warf ihr einen Blick über die Schulter zu.

»Wie viel Zeit haben wir? Du hast erwähnt, dass sie nicht auf Dauer in der Zwischenwelt bleiben kann.«

»Laut Abuelita sechs Wochen ab dem Todestag.«

Kailey nickte. »Okay, das wird knapp, aber uns bleiben noch ein paar Tage. Und du könntest vorher mit deiner Großmutter sprechen.«

Ich zögerte, woraufhin Cassie neben mich trat und eine Hand auf meine Schulter legte. »Geh nach Mexiko«, sagte sie mit einem Lächeln, das nicht aufgesetzt wirkte. »Ich möchte sowieso zu meiner Familie, um mich zu verabschieden. Auch wenn sie mich leider nicht sehen können.«

»Bist du sicher?«, hakte ich nach. »Es fühlt sich nicht richtig an, wenn wir uns jetzt trennen. Und mein Bruder …«

»Um den kümmern wir uns, kümmere du dich um dich«, erwiderte Cassie sanft.

Zitternd stieß ich die Luft aus. »Na schön«, gab ich schließlich nach und spürte mein Herz flattern. Ich würde tatsächlich meine Mutter treffen! »Aber ich bleibe höchstens achtundvierzig Stunden in Mexiko.«

Kailey nickte. »Kein Problem, Caroline kann dich jederzeit zurückholen. Ich werde ihr gleich schreiben und sie auch bitten, die Scheibe zu reparieren.«

»Wartet mal«, meinte Aiden. »Wir sollten den Vorfall melden und deshalb erst mal alles so lassen, wie es ist.«

Seufzend nickte ich, auch wenn ich das Ganze am liebsten einfach nur vergessen würde. »Das sollten wir wohl. Und jetzt komm her. Du möchtest doch bestimmt Cassie begrüßen.«

Kapitel 32

Emiliano

In meinem Kopf wirbelten die Gedanken wie ein Schneesturm herum, während ich mir das Video auf meinem Handy zum bestimmt fünften Mal ansah. Es änderte nichts, auch dieses Mal verwandelte sich meine Schwester mit dem zwölften Schlag der Uhr vor aller Augen in eine Catrina. Was zum Teufel war hier los?

Eine weitere Nachricht von Andy ploppte auf.

Und?

Mist, er wartete immer noch auf eine Antwort von mir, ich konnte sie nicht mehr länger hinauszögern. Dabei war es nicht die Antwort, die mir Sorgen bereitete, sondern die nächste Frage, die er mir unweigerlich stellen würde. Ich öffnete unseren Chatverlauf. Andy hatte mir den Link mit dem Video weitergeleitet und mich gefragt, ob das nicht meine Schwester sei.

Das ist sie.

Nur wenige Sekunden später wurden die Häkchen blau, und WhatsApp verriet mir, dass Andy ebenfalls etwas schrieb.

Und? Was wirst du jetzt tun?

Fuck! Das waren genau die Worte, die ich nicht hatte lesen wollen, denn ich hatte keine Ahnung. Fluchend schaltete ich das Handy auf stumm und warf es auf die Matratze, bevor ich vom Bett sprang und ins Badezimmer ging. Ein Blick in den Spiegel genügte, um mir zu zeigen, dass ich nach wie vor wie das männliche Pendant einer Catrina aussah. Naiverweise hatte ich gehofft, das Ganze hätte sich über Nacht erledigt. Wie lange musste ich jetzt so herumlaufen? Etwa bis zum Ende des Día de los Muertos? Der hatte gerade erst angefangen.

»Scheiße!« Fluchend drehte ich dem Spiegel den Rücken zu. So konnte ich mich nicht nach draußen trauen.

»Deine Schwester hat ähnlich reagiert«, sagte jemand im Nebenraum, dessen Stimme ich nicht zuordnen konnte.

Ich zuckte zusammen und ließ meinen Blick durchs Zimmer wandern, bis ich den Eindringling auf dem Schreibtisch entdeckte. Hatte ich jetzt auch noch Halluzinationen? Mehrfach blinzelte ich, doch das blau-grün gemusterte Vieh war immer noch da. Mit hoch erhobenem Drachenkopf erwiderte es meinen Blick, der Rest ähnelte – bis auf die Flügel – einer Schlange.

»Wer zum Geier bist du?«

»Oh, wie schön, dass du fragst. Deine Schwester hat das leider versäumt. Ich bin Bronco.«

»Bronco«, wiederholte ich skeptisch und schüttelte den Kopf. »Und was hat dein Auftauchen nun wieder zu bedeuten?«

»Ich bin ein Alebrije, Glücksbringer und Helferlein für Catrinas, weshalb nur du und deine Schwester mich sehen könnt.«

»Ich bin aber keine Catrina.«

Der Alebrije zog eine Augenbraue hoch. »Ach nein? Hast du mal in den Spiegel geguckt?«

»Dämliches Vieh«, murmelte ich, ging hinüber zu meinem Bett und ließ mich darauf fallen.

»Hey, das habe ich gehört.«

»War ja auch Absicht.« Ich zog das Handy unter meinem Rücken hervor und sah, dass Andy eine weitere Nachricht geschickt hatte.

Wir müssen uns treffen und reden.

Ich stieß ein Stöhnen aus. Ganz toll, und wie sollte ich das bitte anstellen? Andy oder die anderen durften mich niemals so zu Gesicht bekommen. Oder konnte mir der Alebrije möglicherweise helfen? Ich schielte in seine Richtung.

»Was ist?«, fragte er und flog vom Schreibtisch hinüber zur Fensterbank, von wo aus er mich besser beobachten konnte. Ich hingegen musste nun den Kopf in den Nacken legen.

»Hast du dich nicht gerade als Helferlein für Catrinas ausgegeben? Dann hilf mir. Ich muss dieses Make-up loswerden.«

»Ähm, ja.« Bronco räusperte sich. »Was das angeht …«

Ich verdrehte die Augen. »Was? Zu viel versprochen?«

»Nicht direkt. Ich bin noch ganz neu in dem Bereich. Ihr seid meine ersten Catrinas, die ich betreuen darf.« Stolz plusterte er sich auf wie ein Papagei.

»Na super«, stöhnte ich. »Vermutlich hast du auch keine Ausbildung oder so was gemacht.«

»Learning by doing. Also, die Aufgaben einer Catrina haben sehr viel mit Emotionen zu tun. Hast du es schon auf diese Weise versucht? Dir das Make-up einfach weggewünscht?«

Ich angelte nach dem Thriller, der auf meinem Nachttisch lag, und bedachte das Vieh mit einem Blick aus verengten Augen. »Hau lieber ab oder ich werfe das Buch hier nach dir!«

»Na, na, redet man so mit seinem Mentor? Glaub mir, eines Tages wirst du mir noch sehr dankbar für meine Unterstützung sein.«

»Ich brauche deine Unterstützung aber nicht eines Tages, sondern jetzt. Und wenn du mir nicht helfen kannst, wär's schön, wenn du verschwindest. Ich würde gern duschen gehen, ohne Spanner.«

»Ts! Frechheit!« Bronco plusterte sich noch ein bisschen mehr auf und schimpfte vor sich hin, bevor er endlich seine Flügel ausbreitete und durch die Wand verschwand.

Ich warf den Thriller zurück auf den Nachttisch und schrieb Andy eine kurze Nachricht, dass ich mich später bei ihm melden würde, weil ich gerade keine Zeit hatte. Als ich das Handy beiseitelegen wollte, ließ mich ein Gedanke innehalten. Abuelita! Ihr Catrina-Make-up war genau wie das meiner Mutter stets perfekt gewesen. Es fühlte sich seltsam an, den Gedanken zuzulassen, aber konnte es sein, dass die beiden möglicherweise auch Catrinas waren? In dem Fall konnte mir meine Großmutter sicher helfen und wenn nicht, hatte sie zumindest mehr Ahnung von all den Mythen rund um den Tag der Toten als ich.

Ich war bereits dabei, ihre Nummer zu wählen, als mir einfiel, dass es in Mexiko mitten in der Nacht war. Mist. Auch wenn Oma mit Nachbarn oder Freunden auf dem Friedhof gefeiert hatte, würde sie jetzt längst zu Hause sein und schlafen. Ich musste wohl oder übel noch ein paar Stunden warten, bevor ich sie anrufen konnte. Stattdessen schwebte mein Finger über Valentinas Kontakt. Einige Sekunden zögerte ich noch, dann rief ich sie an. Sie war meine Schwester, verdammt. Was für ein riesengroßes Arschloch war ich, wenn ich mich nach allem, was passiert war, nicht erkundigte, wie es ihr ging? In diesem Punkt musste ich dem Drachenkönig leider zustimmen. Außerdem schienen Valentina und ich tatsächlich im selben Boot zu sitzen, auch wenn ich das nur ungern zugab.

Zu meinem Bedauern sprang bei Valentina sofort die Mailbox an. Fluchend legte ich auf, ohne eine Nachricht zu hinterlassen. In den vergangenen Wochen hatte ich sie richtig mies behandelt. Mit einem »Hey, tut mir leid, wie ich drauf gewesen bin, ruf mich doch mal zurück« war es nicht getan. Wir waren Zwillinge und auf ewig miteinander verbunden, aber diesmal musste ich trotzdem ein bisschen mehr auffahren.

Auf dem Weg ins Bad zog ich mir das T-Shirt über den Kopf und warf es achtlos in die Ecke, dann stieg ich unter die Dusche. Als ich eine halbe Stunde später nur mit einer Boxershorts bekleidet zurück ins Zimmer humpelte, saß Aiden auf seinem Bett. Schweigend beobachtete er, wie ich mir frische Klamotten aus dem Schrank holte und umständlich anzog.

»Was?«, fragte ich gereizt.

Er zuckte mit den Schultern. »Dein Handy brummt die ganze Zeit. Und ich dachte, es interessiert dich vielleicht, dass deine Schwester gerade in Mexiko ist.«

Ich fuhr zu ihm herum und stolperte beinahe über das zweite Hosenbein, in das ich noch nicht geschlüpft war. »Valentina ist in Mexiko?«

Aiden nickte. »Wir dachten, es ist besser, sie erst mal aus der Schusslinie zu bringen.«

Nachdenklich strich ich mir über das Kinn. Ich hatte mich seit einigen Wochen nicht mehr rasiert, den Bart lediglich gestutzt, doch so langsam ging mir das Gestrüpp auf den Keks. »Das erklärt jedenfalls, warum ich sie nicht erreichen konnte. Wahrscheinlich ist sie noch im Flugzeug.«

Aiden unterdrückte ein Schmunzeln. »Nicht ganz. Eine gute Freundin von mir kann teleportieren.«

Eine Hexe also. Ich wusste nicht, was ich dazu sagen, geschweige denn davon halten sollte, zog die Jeans an und griff nach meinem Handy. Wie befürchtet hatte Andy im Fünf-Minuten-Takt einige Nachrichten geschickt.

Wir sollten wirklich darüber reden, wie es jetzt weitergehen soll.

Ich kauf dir nicht ab, dass du keine Zeit hast. Ruf mich an, verdammt, es ist wichtig.

Wenn du jetzt auf Tauchstation gehst, muss ich davon ausgehen, dass du auf der Seite deiner Schwester stehst. Ich geb dir eine Stunde, um dich bei mir zu melden.

»Shit!« Ich warf das Handy auf die Matratze und ließ mich danebenfallen.

Aiden zog die Augenbrauen hoch. »Probleme?«

»Jepp, aber keine, bei denen du mir helfen kannst.«

Er zog die Schultern hoch. »Probier es doch mal. Ich bin dir was schuldig, also wenn ich helfen kann …«

»Das bezweifele ich. Ich muss das Make-up hier loswerden«, erwiderte ich und zeigte auf mein Gesicht.

»Okay«, meinte Aiden gedehnt. »Darf ich fragen warum?«

Ich schnaubte. »Sorry, aber das geht dich nichts an.«

»Ich denke doch, denn jetzt bin ich mir ziemlich sicher, dass ich dir helfen kann. Das werde ich allerdings nur tun, wenn ich deine Beweggründe kenne. Ich habe da eine Vermutung, und genau das macht mir Sorgen.«

Ich stöhnte. Man konnte dem Drachen viel nachsagen, aber blöd war er nicht. »Na schön, es geht um diese Gruppe, die es auf die übernatürlichen Wesen abgesehen hat. Der Anführer ist ein Freund von mir, und nach der Sache mit meiner Schwester will er mit mir reden, um zu sehen, auf welcher Seite ich stehe.«

»Und auf welcher Seite stehst du?«

Ich fuhr mir mit beiden Händen durch die feuchten Haare. »Ich habe keinen blassen Schimmer.«

»Na wenigstens bist du ehrlich.«

Ich lachte auf, auch wenn ich das Ganze alles andere als witzig fand. »Glaub mir, das überrascht mich selbst. Aber hab ich denn eine Wahl? Ich habe keine Ahnung, was ich machen soll.«

»Mir ist klar, dass du keine Ratschläge willst, schon gar nicht von mir, aber es geht hier nicht nur um deine Schwester. Ich meine, du gehörst jetzt selbst zu den übernatürlichen Wesen.«

»Denkst du, das weiß ich nicht?«, erwiderte ich heftiger, als beabsichtigt.

Aiden schien mir meinen Ausbruch nicht übel zu nehmen, dennoch schwiegen wir eine Weile, in der ich ihn immer wieder unauffällig musterte. Er wirkte müde, als hätte er seit Tagen nicht richtig geschlafen, und mir wurde bewusst, dass nicht nur die Albträume schuld daran waren, sondern dass auch ich meinen Teil dazu beigetragen hatte. Aus unerfindlichen Gründen tat es mir leid. Ich mochte Aiden nach wie vor nicht, dabei kannte ich ihn gar nicht, und was ich von ihm wusste, war alles andere als negativ. Zumindest musste ich ihm hoch anrechnen, dass er sich um meine Schwester kümmerte. Das wäre eigentlich meine oder Papás Aufgabe gewesen, aber ich war mir ziemlich sicher, dass Papá genau wie ich im Moment ein Totalausfall war. Das Auftauchen der Drachen war für ihn wie ein Sechser im Lotto und nahm seine volle Aufmerksamkeit in Anspruch.

»Also, wie dringend willst du das Make-up loswerden?«, fragte Aiden. »Soll sich meine gute Freundin das mal ansehen?«

»Die Hexe?« Ich knirschte mit den Zähnen, und Aiden hob abwehrend die Hände.

»War nur eine Frage, dann eben nicht.« Er griff nach einem Buch und ließ sich rücklings auf die Matratze fallen.

Ich schielte auf mein Handy und musste feststellen, dass die Stunde bald um war, die Andy mir gegeben hatte. Natürlich könnte ich ihn anrufen, doch inzwischen kannte ich ihn gut genug, um zu wissen, dass ihm das nicht reichen würde. Er würde sich persönlich mit mir treffen wollen – und ich *musste* mich mit ihm treffen, egal, auf welcher Seite ich am Ende stand. Es war besser, auf dem Laufenden zu bleiben. Besser für Valentina und besser für mich.

Ich atmete hörbar aus. »Also gut, frag sie.«

»Bitte?« Aiden sah von seinem Roman auf und erwiderte meinen Blick übertrieben freundlich.

Ich verdrehte die Augen. Jetzt musste ich also auch noch betteln. »Es wäre nett, wenn du deine Freundin für mich um Hilfe bittest.«

»Aber gern doch.« Aiden legte das Buch beiseite und schnappte sich stattdessen sein Handy. Er wählte eine Nummer und musste nicht lange warten, bis seine Freundin abhob. »Hey, Caroline, sorry, dass ich schon wieder störe. Valentinas Bruder könnte ein wenig Unterstützung gebrauchen ... Super, danke.«

Er legte auf, und noch während ich ihn fragte, wie es jetzt weiterging, stand plötzlich eine junge Frau mit dunklen Locken und hellbrauner Haut vor uns. Sie trug ein graues Shirt zu einer Jeans, in ihrem Dekolleté funkelte ein blutroter Anhänger an einer Silberkette. Sie wirkte erstaunlich normal und machte auf den ersten Blick einen ziemlich sympathischen Eindruck. Verdammt, wenn ich nicht gewusst hätte, dass sie eine Hexe war, hätte ich sie echt heiß gefunden.

»Hi, ich bin Caroline.« Sie hob eine Hand, und ich lächelte gezwungen.

»Emiliano.«

»Also, Emiliano, was kann ich für dich tun? Soll ich dich zu deiner Schwester bringen?«

»Keine schlechte Idee, aber ich habe etwas anderes zu erledigen. Dazu müsste ich allerdings die Schminke loswerden. Mich darf niemand so sehen.«

»Verstehe.« Nachdenklich verzog sie den Mund. »Keine Ahnung, ob das funktioniert, aber versuchen wir's.«

Sie kam zu meinem Bett und stellte sich vor mich, während Aiden sich kurz entschuldigte und im Bad verschwand. Mit ihren warmen braunen Augen musterte die Hexe mich, und ich hatte das Gefühl, sie würde bis in meine Seele schauen. Unwillkürlich schluckte ich.

»Muss ich irgendwas machen?«

Sie legte den Kopf schief und lächelte mich an. »Du könntest mir versprechen, meine Freunde und mich in Ruhe zu lassen. Wir haben niemandem etwas getan, und wir werden auch niemandem etwas tun. Du hast mein Wort.«

»Wir kennen uns nicht. Woher soll ich wissen, was dein Wort wert ist?«

Ihr Lächeln wurde breiter, und sie zuckte mit den Schultern. »Du wirst mir wohl vertrauen müssen. Weißt du, ich bin zur Hälfte eine Voodoohexe. Eigentlich bist du mir einen Gefallen schuldig, wenn ich dir helfe, aber das würde ich nicht verlangen, von niemandem. Du wärst sonst praktisch deinen freien Willen los, aber so bin ich nicht, okay? Du kannst mir wirklich vertrauen, Emiliano. Ich will es nur nicht bereuen, dass ich dir geholfen habe.«

Langsam nickte ich. »Also schön, ich verspreche dir, euch in Ruhe zu lassen.«

»Gut. Sorry, wir müssen ein bisschen auf Tuchfühlung gehen.«

Sie trat noch einen Schritt näher, schob sich zwischen meine Beine und legte ihre Hände auf meine Schultern. Ich unterdrückte den Impuls, ihrem intensiven Blick auszuweichen, hielt stattdessen ganz still und wartete darauf, dass etwas passierte. Doch es tat sich nichts. Sie sah mich einfach nur an mit diesem unergründlichen Blick, mit dem sie garantiert jeden Kerl dazu brachte, das zu tun, was sie wollte.

»Ups, du bist ja echt beschäftigt«, hörte ich auf einmal Andys Stimme.

Fuck! Warum hatte ich die verdammte Tür nicht abgeschlossen? Ich versteifte mich, starrte Caroline an. Sie bewegte sich nicht, doch an ihren Nägeln, die sich in meine Schultern krallten, bemerkte ich, dass sie ebenso erschrocken war wie ich. Ich wurde von Carolines Körper verdeckt, Andy konnte mich also nicht sehen. Trotzdem sollte ich mir schleunigst etwas einfallen lassen.

»Spiel mit«, raunte ich Caroline zu und sagte dann lauter: »Hau ab, Andy.«

Währenddessen umfasste ich Carolines Po, zog sie mit einem Ruck näher an mich heran und küsste ihren Bauch. Entrüstet sah sie auf mich herab, doch mein Blick musste so flehentlich sein, dass sie tatsächlich mitspielte. Sie legte ihren Kopf ein Stück in den Nacken und gab ein leises Stöhnen von sich.

»Hör nicht auf, Emiliano«, hauchte sie gerade so laut, dass Andy sie hören musste.

Andy lachte leise. Mann, konnte er nicht einfach gehen? »Verschwinde, Andy«, sagte ich noch einmal. »Ich komme gleich.«

»Darauf will ich wetten. Okay, ich hole mir in der Zwischenzeit einen Kaffee. Beeilt euch.«

Kurz darauf hörte ich die Tür ins Schloss fallen. Ich linste an Caroline vorbei, doch Andy war tatsächlich gegangen. Laut ausatmend rieb ich mir mit den Händen über die Augen und ließ mich nach hinten fallen. Das war gerade noch mal gut gegangen.

»Entschuldige«, murmelte ich und richtete mich wieder auf. »Und danke.«

Caroline stand immer noch vor mir, die Hände in die Hüften gestemmt. »Ich hab dir gesagt, du kannst dich auf mich verlassen. Und jetzt erklär mir bitte, was du mit Andy St. James zu schaffen hast.«

Ich konnte es immer noch nicht fassen, als ich die Treppen nach unten eilte und das Wohnheim verließ, um Andy am Kaffeewagen zu treffen. Kalte Luft und Sprühregen umfingen mich, was ich nur am Rand wahrnahm. Meine Gedanken waren nach wie vor bei Caroline, die es tatsächlich geschafft hatte, mein Catrina-Make-up verschwinden zu lassen. Doch was mich im Moment viel mehr beschäftigte, war die Tatsache, dass Andy und Caroline sich kannten. Es hätte mich nicht überraschen dürfen, immerhin hatte Andy selbst gesagt, dass er die Hexen während seiner Zeit in London kennengelernt hatte. Carolines kurze Zusammenfassung, was passiert war, hatte mich trotzdem umgehauen. Andy war Mitglied bei den sogenannten Maleficariern gewesen, die sich der Hexenverfolgung verschrieben hatten. Um die Hexenclans auszulöschen, hatten sie sich mit dem Anführer des Londoner Voodooclans zusammengetan. Doch der Plan war nicht aufgegangen, und Andy hatte fliehen müssen. Nun machte er da weiter, wo er in London aufgehört hatte.

Du bist keinen Deut besser, sagte eine Stimme in meinem Kopf. *Du siehst dabei zu, wie Eigentum zerstört wird, machst sogar selbst mit.*

Nein, dachte ich, ich war nicht wie Andy, denn ich würde niemals jemanden umbringen. Gleichzeitig fragte ich mich, wo unser Aktionismus hinführen sollte. Früher oder später würde das Ganze unweigerlich eskalieren, denn für eine friedliche Lösung war es zu spät. Wir hatten längst die falsche Abzweigung genommen, um diesen Weg noch gehen zu können. Es fröstelte mich, als mir klar wurde, dass ich meinen Teil dazu beigetragen hatte. Wollte ich wirklich so weitermachen? Wollte ich zum Mörder werden?

In der Ferne erkannte ich den Kaffeewagen und stockte, als ich Valentinas Freundin dort bedienen sah. Lily, wenn ich mich richtig an ihren Namen erinnerte. Sie bemerkte mich ebenfalls, doch ich konzentrierte mich auf Andy, der mit einem Pappbecher in der Hand ein paar Meter von ihr entfernt stand. Er hatte Schutz unter einer Platane gesucht und hob nur kurz grüßend eine Hand. Ich schlug den Kragen meiner Jacke höher und versuchte, sein dämliches Grinsen zu ignorieren, das mich irgendwie wütend machte.

»Hey, alles klar?«

Ich zog die Augenbrauen hoch. »Sei froh, dass meine Freundin nicht prüde ist. Das nächste Mal klopfst du bitte vorher an und wartest auf eine Reaktion.«

»Da hätte ich wahrscheinlich lange warten können. Ich wollte echt nicht stören, Mann, aber du siehst hoffentlich ein, dass die Angelegenheit dringend ist.«

Ich brummte nur zustimmend und widerstand dem Drang, mich zu Lily umzudrehen. Obwohl ich sie nicht sah, spürte ich ihren Blick in meinem Rücken.

»Wer ist eigentlich deine neue Schnecke? Hast gar nichts erzählt.«

»So richtig zusammen sind wir auch erst seit gestern. Deshalb konnte ich nicht zu Blakes Halloweenparty kommen.« Mein Magen verkrampfte sich, als ich an Cassie dachte. Dieses Mal hatte ich sie bestimmt endgültig vergrault.

Andys Grinsen wurde wieder schmutzig. »Verstehe, der Herr hatte Besseres zu tun. Dir sei verziehen. Also …«

»Warte, kann ich mir noch schnell einen Kaffee holen? Die Nacht war kurz.«

Andy lachte. »Okay, aber beeil dich. Ich hab heute noch mehr zu erledigen.«

Ich humpelte Richtung Kaffeewagen und war ausnahmsweise froh über den Regen, weil Andy unter der Platane stehen blieb, anstatt mir zu folgen. Es war riskant, denn es bestand durchaus die Möglichkeit, dass er noch nachkam, doch Lilys eindringlicher Blick ließ mich nicht los. Ich musste zumindest kurz mit ihr reden, und da ich keine Nummer von ihr hatte, blieb mir keine Wahl, als sie hier und jetzt abzupassen.

Ich wartete, bis der Typ vor mir bezahlt hatte und den Weg freimachte, doch bevor ich etwas sagen konnte, fixierte Lily mich und fragte: »Was willst du?«

»Seltsam, die gleiche Frage wollte ich dir stellen. Oder hast du mich nur aus Spaß beobachtet?«

Sie zögerte. »Wo steckt Valentina? Geht es ihr gut?«

Ich stutzte, bevor ich kurz nickte. »Flirte mit mir, okay? Wir wollen doch niemanden misstrauisch machen.«

Für den Bruchteil einer Sekunde huschte ihr Blick an mir vorbei, dann lehnte sie sich über den Tresen und schenkte mir ein Lächeln, das ihre Miene total veränderte, obwohl es ihre Augen nicht erreichte. »Hast du endlich eingesehen, dass du dich mit Abschaum abgibst?«

Ich ignorierte den Seitenhieb. »Was läuft da zwischen dir und meiner Schwester?«, fragte ich stattdessen.

Über Lilys dunkle Augen huschte ein Schatten. »Wir haben uns gestritten. Sie hat sich bei mir entschuldigt, aber ein Treffen abgelehnt. Geht's ihr gut? Ich mache mir Sorgen.«

»Ich habe noch nicht mit ihr gesprochen, aber du brauchst dir keine Sorgen zu machen.«

»Ich verstehe nicht, warum sie sich so seltsam verhält.«

»Das hat sicher nichts mit dir zu tun. Valentina wird ihre Gründe haben.«

Lily sah wenig überzeugt aus, doch mehr wollte ich nicht sagen. Wenn Valentina ihr ihren Aufenthalt in Mexiko verschwieg, würde ich es nicht ausplaudern.

»Emiliano?«, rief Andy hinter mir und zeigte auf seine Uhr, als ich mich zu ihm umdrehte.

Ich unterdrückte ein Stöhnen und nickte ihm zu, bevor ich mich wieder an Lily wandte. »Machst du mir einen Kaffee ohne Zucker und mit einem Spritzer Milch?«

»Du teilst also nicht die Vorliebe für zuckersüße Getränke wie deine Schwester.« Mit einem wehmütigen Lächeln machte sie sich an die Arbeit.

Ich verzog den Mund. »Igitt. Viel schlimmer ist aber, dass sie die Plörre auch noch kalt trinkt.«

Lily lachte, wurde aber sogleich wieder ernst. »Bestellst du ihr liebe Grüße von mir, solltest du mit ihr sprechen?«, fragte sie, während sie einen Deckel auf den Pappbecher drückte und mir zuschob.

»Klar, mach ich.« Ich reichte ihr einen Schein und starrte unschlüssig auf den Kaffee. Okay, und wie sollte ich den Becher jetzt transportieren? In der ganzen Aufregung hatte ich meine Krücken mal wieder total vergessen.

»Warte, ich helfe dir«, sagte Lily.

»Nicht nötig«, meinte Andy in diesem Moment hinter mir und griff an mir vorbei nach dem Kaffee. Inzwischen klang er ziemlich genervt. »Können wir dann endlich?«

»Nach dir.« Ich nickte Lily noch einmal unauffällig zu, bevor ich Andy folgte.

»Also, was soll das, Emiliano? Du gehst mir doch aus dem Weg, oder?«

»Blödsinn. Zu viel Sex und zu wenig Schlaf, das ist alles. Sollte doch nichts Neues für dich sein.«

Andy ging nicht auf meinen Spaß ein, sondern warf mir einen ernsten Seitenblick zu. »Du bist also immer noch auf unserer Seite? Obwohl deine Schwester jetzt eine von denen ist?«

»Natürlich«, erwiderte ich und hoffte, dass ich nicht gezögert hatte, denn in diesem Moment wurde mir eines klar: Ich stand nicht länger auf Andys Seite. Wie könnte ich? Nicht nur, dass Aiden und Caroline ganz anders waren als erwartet, sie hatten mir auch sofort geholfen – und das, nachdem ich mich vor allem Aiden gegenüber wie ein Arschloch verhalten hatte. Meine Schwester war eine Catrina, ich war selbst eine. Und ich hatte mich in ein übernatürliches Wesen verliebt.

Cassie. Ich war tatsächlich in sie verliebt. Es brachte nichts, das länger zu leugnen. Jetzt hoffte ich nur, dass ich das mit uns irgendwie wieder hinbiegen konnte, sofern wir überhaupt eine Zukunft hatten. Mir war noch nicht ganz klar, was genau Cassie war und ob wir wieder vor dem Problem stehen würden, einander nicht berühren zu können, doch auch in diesem Punkt würde Aiden mir sicher weiterhelfen und mich aufklären können. So, wie er auf ihren Namen reagiert hatte, schien er sie zu kennen.

»Ganz sicher?«, hakte Andy nach.

»Ja, verdammt. Oder meinst du, ich vergesse, was die Drachen mir angetan haben?« Demonstrativ hob ich eine Krücke. Er musste glauben, dass ich nach wie vor zu ihnen gehörte, damit er mir verriet, was sie als Nächstes planten.

Andy musterte mich einige Sekunden lang, bevor er nickte. »Okay, dann beweis es. Liefere uns deine Schwester aus.«

Kapitel 33

VALENTINA

Lächelnd streckte ich mich. Ich hatte so gut geschlafen wie schon lange nicht mehr. Das Bett war bequemer als sonst, und der Duft nach Copal und Orange, der mich einhüllte, war unglaublich vertraut. Die Sonne kitzelte mich an der Nase, es musste also bereits Mittag sein. Ich öffnete die Augen, um auf die Uhr zu sehen – und stutzte, als mein Blick auf das übergroße Frida-Kahlo-Poster über dem Schreibtisch, die Hängematte voller Stofftiere direkt unter der Decke und das schmale Regal mit den Duftkerzen und Bilderrahmen fiel. Ich lag in meinem Bett, zu Hause in San Andrés Mixquic, nicht im Wohnheim, und plötzlich prasselten die Erinnerungen der letzten Nacht wie Hagelkörner auf mich nieder: die Halloweenparty, all die erniedrigenden Blicke, der Streit mit Lily und die Videos von meiner Verwandlung, die im Netz kursierten. Caroline hatte mich nach Mexiko zu meiner Abuelita gebracht, und wir hatten zusammen meinen Geburtstag und die Ankunft der Angelitos auf dem Friedhof gefeiert, die ich dank der Zeitverschiebung nicht verpasst hatte. Stundenlang hatten wir geredet, waren aber zu keiner Lösung gekommen. Es gab keine Lösung für mein Problem. Die Katze war aus dem Sack, und solange wir die Zeit nicht zurückdrehen konnten, musste ich irgendwie versuchen, damit zu leben, dass nun jeder wusste, wer ich wirklich war.

¡Viva la vida! Es lebe das Leben!

Seufzend schälte ich mich aus der Decke und wollte eigentlich duschen, doch der Duft von Tomaten und Käse, der mich im Flur empfing, ließ mich nur einen kurzen Abstecher ins Bad machen, bevor ich in die Küche tapste. Meine Laune hob sich wieder ein bisschen. Es war so warm, dass ich weder Socken noch einen Pulli brauchte, und Abuelita stand am Herd und bereitete mein Lieblingsfrühstück zu: Chilaquiles, frittierte Tortillastückchen mit scharfer Tomatensoße, garniert mit geriebenem Käse, Kräutern, Avocado und einem Spiegelei.

»Mmh, das riecht lecker.«

Abuelita warf mir ein Lächeln über ihre Schulter zu. »*Buenos días, Querida*. Nimm dir schon mal einen Kaffee, das Essen ist gleich fertig.«

»Ich kann dir auch helfen«, bot ich an, doch meine Oma winkte ab. Also schenkte ich mir Kaffee ein, gab einen großen Schluck Milch und zwei Löffel Zucker dazu und setzte mich mit der Tasse an den Küchentisch, der bereits gedeckt war. »Hast du was dagegen, wenn ich María Elena anrufe? Ich würde sie gern treffen.«

»Solltest du nicht zuerst mit deinem Vater sprechen?«, fragte Abuelita sanft.

Ich mied ihren Blick, dabei wusste ich selbst, dass ich dringend mit ihm reden sollte. Aber mir fehlte der Mut dazu.

»Später, er ist sicher noch am College.«

»Na schön, dann ruf María Elena an. Es wäre schön, sie wiederzusehen. Früher ging sie hier ein und aus, seit du fort bist, habe ich sie nur zweimal im supermercado getroffen.«

Ich musste lächeln. Tatsächlich war ich nie auf die Idee gekommen, dass Abuelita sie ebenfalls vermissen könnte, dabei war es naheliegend. María Elena war seit unserer Kindergartenzeit bei uns ebenso zu Hause gewesen wie ich bei ihr, und plötzlich war sie wie eine Fremde, der Abuelita zufällig im Supermarkt über den Weg lief. Das musste sich seltsam für beide anfühlen.

Ich griff nach meinem Handy, das die ganze Nacht in der Küche gelegen hatte, und bekam ein schlechtes Gewissen, als ich sah, dass Lily mir erneut geschrieben und sogar angerufen hatte. Letzte Nacht hatte ich mich bei ihr entschuldigt, doch als sie vorgeschlagen hatte, heute vorbeizukommen, hatte ich abgelehnt, ohne ihr eine Erklärung dafür zu liefern. Es war einfach so viel los gewesen, und ich wollte ihr lieber persönlich sagen, dass ich in Mexiko war, um keinen falschen Eindruck zu vermitteln. Immerhin hatten wir uns gestritten, und auch wenn ich mich entschuldigt hatte, wollte ich nicht, dass sie meine Flucht womöglich auf sich bezog.

Ich öffnete die Liste verpasster Anrufe und stockte, als ich sah, dass gar nicht Lily mich hatte erreichen wollen, sondern Emiliano. Mein Herz machte einen Satz. Steckte er in Schwierigkeiten? Oder wollte er sich bei mir entschuldigen?

»*¿Qué pasa?*«, fragte Abuelita, als sie mit zwei voll beladenen Tellern zu mir an den Tisch trat. »Was ist los?«

Ich blickte von meinem Handy auf. »Emiliano hat angerufen.«

»Na sieh mal einer an, der Junge wird endlich vernünftig.« Abuelita schob mir einen Teller zu und setzte sich mir gegenüber. »Ich kann immer noch nicht glauben, dass er die Gabe ebenfalls geerbt hat.«

»Denkst du, er ruft deshalb an?« Ein Kloß bildete sich in meinem Hals, als mir der Gedanke kam, dass mein Bruder gar nicht mit mir sprechen wollte, sondern mit Abuelita.

Sie lächelte mir aufmunternd zu. »Es gibt nur einen Weg, das herauszufinden. Ruf ihn zurück.«

Ich nickte, griff dann aber nach meiner Gabel. Keine Ahnung, wovor ich auf einmal Angst hatte, denn ich konnte es gar nicht erwarten, mit meinem Bruder zu sprechen. Aber vielleicht bestand genau darin das Problem. Vielleicht hatte ich zu hohe Erwartungen und wäre am Ende nur enttäuscht. »Nach dem Essen. Wäre schade, wenn alles kalt wird.«

Abuelita schien ein Seufzen zu unterdrücken, sagte aber nichts und griff ebenfalls nach ihrem Besteck. Während des Essens erzählte sie mir von den vergangenen Wochen, und ich musste mich immer wieder zwingen, mich auf ihre Worte zu konzentrieren.

Nach dem Essen wollte ich ihr beim Abräumen helfen, doch sie riss mir den Teller beinahe aus der Hand. »Nichts da, du rufst jetzt deinen Bruder an. Na los, es wird Zeit, dass ihr euch vertragt.«

Mit zitternden Fingern nahm ich das Handy und wählte Emilianos Nummer. Während ich darauf wartete, dass er abnahm, schossen mir alle möglichen Gedanken durch den Kopf. Ich machte mir Sorgen um unsere Beziehung und natürlich auch um ihn. Was, wenn er ebenfalls aufgeflogen war? Seine Freunde hatten das Video von mir sicher gesehen. Emiliano musste sich nun endgültig entscheiden, auf welcher Seite er stand. Was, wenn er sich gegen mich entschied?

Doch Emiliano nahm nicht ab. Die Mailbox sprang an, und ich legte schweren Herzens auf.

»Hm?« Abuelita, die gerade die Spülmaschine einräumte, sah zu mir.

Ich zuckte mit den Schultern. »Er geht nicht dran.«

Meine Enttäuschung und Sorge standen mir offenbar auf der Stirn geschrieben, denn Abuelita erwiderte: »Mach dir keinen Kopf, er meldet sich bestimmt später. Magst du noch einen Kakao?«

Ich nickte, als mein Handy klingelte. *Seven Nation Army,* Emilianos Klingelton, den ich seit seinem Unfall längst hatte ändern wollen. Hastig nahm ich den Anruf entgegen.

»Emiliano?«

»Valentina, Gott sei Dank. Ist alles okay bei dir?«

Augenblicklich schossen mir Tränen in die Augen. In diesem Moment war ich mir sicher, dass zwischen uns alles wieder gut werden würde. »Ist es. Ich bin in México bei Abuelita. Es ging alles so schnell, dass ich noch keine Gelegenheit hatte, es dir zu sagen.«

»Das macht nichts, ich weiß es schon von Aiden.«

»Oh. Okay.« Eine Menge Fragen wirbelten wie bunte Blätter im Herbst durch meinen Kopf, und ich hatte keine Ahnung, welche ich zuerst stellen sollte.

»Hör zu, ich war ein Idiot. Es war dumm von mir, mich auf diese Weise gegen die Drachen zu stellen. Ich bin nach wie vor sauer, enttäuscht und frustriert, dass ich meine Karriere aufgeben muss, aber so läuft es manchmal im Leben. Niemand ist vor Schicksalsschlägen sicher. Ich weiß immer noch nicht, wie es weitergehen soll, aber ich weiß jetzt, dass es falsch war, mich zu verkriechen und Rachepläne zu schmieden.«

Erleichterung durchströmte mich und trieb mir noch mehr Tränen in die Augen. Emiliano hatte sich für mich entschieden. Ich war unendlich dankbar, dass ich meinen Bruder wiederhatte, und ließ mir von Abuelita ein Taschentuch reichen. Sie setzte sich zu mir an den Tisch und tupfte sich selbst mit einem bestickten Stofftaschentuch eine Träne aus dem Augenwinkel. »Du glaubst gar nicht, wie froh ich über deine Worte bin, Emiliano.«

»Dann verzeihst du mir?«, fragte er vorsichtig.

»Natürlich tue ich das. Wir sind Geschwister, Zwillinge. So schnell kannst du mich nicht vergraulen.«

Er holte tief Luft. »Ich muss dir noch etwas sagen. Zwei Sachen, um genau zu sein.«

»Aiden hat mir verraten, dass wir dasselbe Schicksal teilen. Sei ihm nicht böse, er hat sich bloß Sorgen gemacht. Wie geht es dir damit?«

Es dauerte eine Weile, bis er antwortete. »Keine Ahnung. Ich bin verwirrt.«

»Das bin ich auch«, gab ich zu. »Abuelita weiß leider ebenso wenig, was es mit deiner Verwandlung auf sich hat.«

»*Mierda*«, hörte ich Emiliano leise fluchen. »Ich hatte gehofft, sie könnte mir mehr sagen. Aber egal, das war gar nicht der Grund für meinen Anruf. Ich wollte dir erzählen, dass ich mich mit Andy getroffen habe. Er ist der Anführer unserer Gruppe.«

Ich schluckte, aber meine Stimme klang trotzdem dünn, als ich erwiderte: »Das habe ich mir schon gedacht.«

»Mach dir keine Sorgen. Ich tue nur so, als würde ich nach wie vor bei ihnen mitmachen, um auf dem Laufenden zu bleiben.«

»Und was haben sie vor?«

Emiliano holte ein weiteres Mal tief Luft. »Okay, bekomm jetzt keine Panik, Valentina. Ich soll dich ihnen ausliefern. Deshalb haben Aiden, Caroline, Kailey und ich uns überlegt, dass du vorerst in Mexiko bleiben solltest.«

Mein Magen verknotete sich, aber ich weigerte mich, die Angst zuzulassen. Stattdessen machte ich einen Scherz. »Du heckst Pläne mit den Drachen aus?«

Ich hörte Emiliano leise lachen. »Ja, ich weiß. Hättest du mir das gestern vorhergesagt, hätte ich dich nicht für voll genommen. Also, was sagst du?«

»Das ist eine bescheuerte Idee. Oder hast du vor, ebenfalls herzukommen?«

Ich konnte förmlich sehen, wie er den Kopf schüttelte. »Solange niemand von meiner Gabe weiß, bin ich sicher, und außerdem wird Andy misstrauisch, wenn ich mich absetze.«

»Das wird er auch, wenn du mich ihnen nicht auslieferst.« Ich fing Abuelitas fragenden Blick auf und signalisierte ihr, dass ich ihr gleich alles erklären würde.

»Wir überlegen uns was.«

»Du und die Drachen?« Obwohl die ganze Situation alles andere als lustig war, musste ich schmunzeln.

»Uns wird schon was einfallen. Auf jeden Fall ist es das Beste, wenn du in Mexiko bleibst.«

»Ich kann aber nicht in Mexiko bleiben, Emiliano. Cassie braucht meine Hilfe, und uns läuft die Zeit davon.«

»Ich weiß.« Mein Bruder stieß zittrig die Luft aus. »Hat Aiden dir erzählt, dass ich mich in sie verliebt habe?«

Ich verschluckte mich an meinem inzwischen nur noch lauwarmen Kakao, von dem ich gerade einen Schluck getrunken hatte, und musste husten. »Du hast was?«

»Mir war nicht klar, dass sie ein Geist ist, das habe ich erst von Aiden erfahren. Egal, ich werde mich um sie kümmern. Da ich sie ebenfalls sehe, kann ich ihr hoffentlich beim Übertritt helfen, und falls nicht, können wir dich immer noch holen.«

»*¡Dios mío, Emiliano, lo siento!*« Das tut mir leid.

»Schon gut«, erwiderte er, und obwohl ich wusste, dass nichts gut war, hakte ich nicht nach. Er brauchte Zeit, und die wollte ich ihm lassen. »Jedenfalls ist es nicht nötig, dass du gleich nach dem Día de los Muertos nach Dublin zurückkommst.«

Ich stieß ein Seufzen aus. Es war nie der Plan gewesen, länger als zwei Tage wegzubleiben, ansonsten hätte ich mich vorher noch mit Lily getroffen. Ganz zu schweigen, dass mir Emilianos Undercover-Aktion nicht behagte. Seine angeblichen Freunde sollte er sich besser nicht zu Feinden machen. Gleichzeitig durchströmte mich jedoch Erleichterung bei dem Gedanken, nicht sofort nach dem Tag der Toten zurück nach Irland zu müssen.

»Also, was sagst du?«, hakte Emiliano nach.

»Okay, okay, ich bleibe hier, aber ich möchte mich gern von Cassie verabschieden.«

»Das lässt sich bestimmt einrichten – sofern du Mamá nachher von mir grüßt.«

Ein Lächeln zupfte an meinen Mundwinkeln. »Das mache ich. Sag mal ... hast du schon mit Papá geredet?«

»Bisher nicht.«

Ich hörte ihm an, dass er dieses Gespräch genauso fürchtete wie ich. »Okay, also sag Bescheid, solltet ihr meine Hilfe brauchen.«

»Geht klar.«

Doch wir wussten beide, dass er das aller Wahrscheinlichkeit nach nicht tun würde. War es die richtige Entscheidung, in Mexiko zu bleiben? Von Kindesbeinen an hatte Mamá mir beigebracht, dass es keine Lösung war, vor Problemen wegzulaufen. Und nichts anderes tat ich hier.

Je näher wir dem Friedhof kamen, desto mehr Purzelbäume schlug mein Magen. Ich war überwältigt von all den Eindrücken, meine Sinne spielten wie schon am Vorabend verrückt. Es war beinahe, als würde ich den Día de los Muertos zum ersten Mal erleben. Der Copal duftete intensiver als früher, die Studentenblumen leuchteten oranger, der Hahnenkamm war purpurroter, und die Atole mit Guave hatte noch nie so süß geschmeckt. Menschen, die ich noch nie getroffen hatte, bewunderten mein Make-up und das wunderschöne Kleid, das ich trug, doch sie waren trotzdem keine Fremden. Heute waren wir alle hier, um der Toten zu gedenken, und das verband uns auf magische Weise miteinander. Und über all dem hingen die Klänge der Mariachi-Musik, die es unmöglich machte, diese besondere Zeit im Jahr mit Grübeln oder schlechter Laune zu verbringen. Das Lied, das gerade gespielt wurde, ließ mich an den Día de los Muertos vor sechs Jahren denken, als Mamá und Papá miteinander getanzt hatten. Neben der leichten Wehmut fühlte ich vor allem Vorfreude, weil ich Mamá schon bald wieder in die Arme schließen konnte.

»Ich liebe den November«, sagte Abuelita, die einen Süßigkeitenstand ansteuerte, um Zuckerwatte zu kaufen. Der Geschmack meiner Kindheit.

»Ich auch. Es ist schön, hier sein zu können, auch wenn ich mir andere Umstände für meinen Besuch gewünscht hätte.«

Abuelita schenkte mir ein Lächeln. »Das wird schon, immerhin haben diese Umstände dich und Emiliano wieder zusammengeführt.«

Ich nickte nur und beobachtete lächelnd die Angelitos, die sich einen Spaß daraus machten, Bonbons vom Stand stibitzen zu wollen, was natürlich nicht funktionierte. Auch meine Tante Juanita war dabei. Sie war mit acht Jahren gestorben und sah genauso aus wie auf den Bildern, die im Haus verteilt hingen oder die ich in Fotoalben gesehen hatte. Abuelita wuschelte ihr unauffällig durch die dunklen Locken, bevor sie die Zuckerwatte bestellte. Es war ein schöner Gedanke, dass ich meine frisch erwachte Fähigkeit niemals verlieren würde, auch wenn mich eines Tages die neue Generation ablösen würde.

Abuelita reichte mir die Zuckerwatte und steckte ihr Portemonnaie weg. »Möchtest du dir noch das Konzert ansehen oder sollen wir gleich auf den Friedhof gehen?«

»Meinetwegen können wir gleich zu den Gräbern.«

Während wir uns in den Menschenstrom auf dem Weg zum Cementerio de San Andrés Mixquic einreihten, saugte ich die Atmosphäre in mich auf, um mich an schlechten Tagen daran zu erinnern und vor allem erfreuen zu können. All das hier – der Día de los Muertos, sämtliche Traditionen, die damit zusammenhingen, und meine Fähigkeit – bedeutete mir viel. Das wollte ich mir von niemandem nehmen lassen. Kein Mensch hatte das Recht, über mich oder meine Gabe zu urteilen.

Schließlich erreichten wir das Grab meiner Mutter, das Abuelita wunderschön hergerichtet hatte. Es war üppig mit Hahnenkamm geschmückt, unzählige Kerzen leuchteten gegen die Dunkelheit an. Abuelita hatte Bilder von Mamá mit Emiliano, mir und unserem Vater aufgestellt, und zwischendrin funkelten in goldene Folie eingewickelte Pralinen. Ich schluckte gegen das trockene Gefühl in meinem Hals an. Es war das erste Mal, dass wir den Día de los Muertos an ihrem Grab feierten, und ich war unendlich dankbar, dass ich dabei sein konnte.

Abuelita stellte die Klappstühle auf und griff nach dem Picknickkorb. »Möchtest du schon etwas essen? Es gibt Burritos, Pitas Leibspeise.«

Ich musste lächeln, weil es sonst immer Hühnchen mit Reis und Mole Poblano gegeben hatte, Opa Héctors Lieblingsessen. »Das klingt toll, aber lass uns noch ein bisschen warten, wenn du nicht willst, dass ich platze. Ich habe das Gefühl, seit meiner Ankunft nur am Futtern zu sein.«

Abuelita lachte. »Das gehört nun mal zu den Feierlichkeiten dazu.«

»Schon, aber in diesem Jahr haben mir gefühlt alle aus San Andrés Mixquic ein Stück Pan de muerte zugesteckt.«

Abuelitas Lächeln wurde weicher. »Das haben sie wegen Pita gemacht, um dich zu trösten. Hier sorgen sich alle umeinander. Das mag ich so an diesem Ort.«

Da konnte ich ihr nur zustimmen. Gleichzeitig fragte ich mich, ob die Leute sich auch noch um mich sorgen würden, wenn sie erfuhren, was in Dublin passiert war. Tatsächlich wunderte es mich, dass mein Verwandlungsvideo hier offenbar noch keine Wellen geschlagen hatte. Zumindest hatte mich bisher niemand damit konfrontiert oder auch nur seltsam angesehen.

»Erzählst du mir eine Geschichte aus Mamás Kindheit?«, fragte ich, als mein Handy klingelte. Schuldbewusst zog ich es heraus. »Tut mir leid, ich stelle das sofort aus.« Doch als mein Blick auf das Display fiel, stutzte ich.

»Alles in Ordnung?«

Langsam hob ich den Blick. »Das ist Papá.«

»Dann heb ab, *Cariño*. Deine Mutter hätte nichts dagegen.«

Ich nickte, trotzdem zögerte ich. Inzwischen hatte er sicher das Video gesehen. Warum sollte er mich sonst anrufen? In Dublin war es mitten in der Nacht.

»Nun geh schon ran«, sagte Abuelita. Ich gab mir einen Ruck und nahm den Anruf entgegen.

»Valentina, *Querida*. Wie geht es dir? Ich weiß, wie gern du jetzt in Mexiko wärst, aber vielleicht magst du stattdessen morgen zu mir kommen? Ich mache Burritos.«

Obwohl ich verwirrt war, weil er nicht gleich meine Verwandlung zur Sprache brachte, musste ich lächeln. »Das ist eine total schöne Idee, Papá, aber ehrlich gesagt bin ich gerade in Mexiko. Eine ziemlich spontane Entscheidung«, fügte ich schnell hinzu, um ihn nicht vor den Kopf zu stoßen.

Einen Moment herrschte Schweigen am anderen Ende der Leitung. »Du bist was?«, fragte mein Vater dann und klang fast ein bisschen wütend.

Ich zuckte zusammen. Mit dieser Reaktion hatte ich nicht gerechnet. »Entschuldige, dass ich dir noch nichts gesagt habe, es ist nur so viel auf einmal passiert.«

»Darum geht es nicht. Dein Zuhause ist jetzt in Irland. Außerdem hatten wir eine Abmachung, Valentina, und ich finde es nicht fair, dass du dich nicht daran hältst.«

»Ich halte mich daran, Papá. Es ist nur ein Besuch über die Feiertage, ich hatte nicht vor, in Mexiko zu bleiben.«

»Dann bist du spätestens übermorgen wieder da?«

Ich runzelte die Stirn. Warum war ihm das so wichtig? »Ähm …«

»Okay, lass es mich anders ausdrücken: Du bist spätestens übermorgen wieder in Dublin, verstanden?«

»Ja, okay«, erwiderte ich nach kurzem Zögern, weil ich keine Lust hatte, mich jetzt mit ihm zu streiten.

»Gut, dann erzähl mal. Wie ist es auf dem Friedhof? Hat Abuelita Mamás Grab schön geschmückt?«

Zwei Stunden später war ich immer noch verwirrt wegen Papás Anruf. Warum war er so verstimmt gewesen? Und warum hatte er mit keinem Wort meine Verwandlung erwähnt? Ich konnte mir kaum vorstellen, dass die Sache an ihm vorbeigegangen war. Das ganze College sprach von nichts anderem. Mein Bruder und Aiden hielten sich zwar zurück – vermutlich wollten sie mir keine Angst machen –, aber ich hatte Kailey überredet, mich auf dem Laufenden zu halten, und was sie mir seit meiner spontanen Abreise geschrieben hatte, war alles andere als aufmunternd. Es gab Proteste auf dem Campus, bei denen gefordert wurde, mich des Colleges zu verweisen. Das musste mein Vater mitbekommen haben. Warum also wollte er, dass ich so bald wie möglich zurückkehrte? Sollte er nicht froh sein, dass ich erst mal in Sicherheit war?

Ein junges Mädchen näherte sich dem Grab meiner Mutter. Sie warf mir immer wieder schüchterne Blicke zu, und eine dunkle Vorahnung erfasste mich. Hoffentlich irrte ich mich.

»*Buenas noches*«, begrüßte sie Abuelita und mich. »Mein Name ist Frida. Ich möchte nicht stören, aber bist du nicht die aus dem Video? Du kannst mit Seelen kommunizieren, stimmt's?«

»Oh! Ich … ähm …« Bevor ich mir überlegen konnte, wie ich darauf reagieren sollte, brach Frida plötzlich in Tränen aus, und das schlechte Gewissen überkam mich, als ich die mir bekannte Trauer in ihren braunen Augen sah. »Du hast jemanden verloren, oder?«

Nickend wischte sie sich mit den Ärmeln ihres gelben Shirts über die Wangen. »Meine ältere Schwester ist Anfang des Jahres bei einem Autounfall gestorben. Ich würde so gern wissen, ob es ihr gut geht.«

Meine Schultern sackten nach unten, und ich merkte erst jetzt, wie angespannt ich gewesen war. Ich hatte mit allem gerechnet, aber nicht damit, dass sie mich um Hilfe bitten könnte. »Natürlich, das verstehe ich. Wie heißt sie denn?«

»Mercedes. Würdest du nach ihr Ausschau halten? Ich kann dir ein Foto von ihr zeigen.«

Sie wartete meine Antwort nicht ab und zog ihr Handy aus der Hosentasche, um in der Galerie zu scrollen. Es dauerte nicht lange, bis sie mir den Bildschirm unter die Nase hielt und ich auf das Foto von zwei Mädchen blickte. Sie hatten die gleiche Haar- und Augenfarbe, das gleiche Lächeln und spitze Kinn.

»Ich versuche es, aber ich kann dir leider nichts versprechen. Um Mitternacht wird es hier auf dem Friedhof nur so vor Seelen wimmeln.«

Frida nickte, doch dann zögerte sie. »Mercedes wird sicher an ihrem Grab sein, dort hinten. Vielleicht kannst du nachher kurz vorbeikommen, wenn du Zeit hast.«

Sie deutete Richtung Kirche, und während ich ihrem Blick folgte, bemerkte ich, wie unzählige Augenpaare auf mich gerichtet waren. Einige sahen schnell weg, andere begannen zu tuscheln. Oje, jetzt war das Video hier offenbar doch aufgetaucht. Ein ungutes Gefühl beschlich mich. Ausgerechnet jetzt, so kurz vor Mitternacht. Ich ließ meinen Blick erneut umherschweifen und stellte fest, dass die Leute auf dem Friedhof zumindest keinen aggressiven oder feindseligen Eindruck machten, im Gegenteil. Sie wirkten eher neugierig. Neugierig und hoffnungsvoll.

Ich wandte mich wieder Frida zu und schenkte ihr ein kurzes Lächeln. »Ist gut, ich werde sehen, ob ich es einrichten kann.«

Ihre Augen glänzten. »*¡Mil gracias!*«

Nachdem Frida im Getümmel verschwunden war, stieß Abuelita ein Seufzen aus. »Ich halte das für keine gute Idee, Valita. Es wird sich herumsprechen, und du kannst nicht jedem helfen.«

»So schlimm wird es sicher nicht werden«, meinte ich, doch ich sollte mich irren. Schon nach wenigen Minuten standen die Leute Schlange, um mich um Unterstützung zu bitten, und ich fühlte mich schlichtweg überfordert. Mir schwirrte der Kopf von all den Namen, Bildern und Geschichten, die ich in der letzten halben Stunde zu hören bekommen hatte. Ich wollte niemanden zurückweisen, niemandem die Hoffnung nehmen, doch Abuelita hatte recht. Nie und nimmer konnte ich allen helfen, und es reihten sich immer mehr Menschen in die Schlange ein. Plötzlich fiel mir das Atmen schwer, und mir wurde ganz heiß.

Abuelita erhob sich von ihrem Klappstuhl. »*Escucha, por favor*. Hört mal bitte her. Valentina hat in diesem Jahr selbst eine wichtige Person verloren, die sie gern wiedersehen würde, und es ist gleich Mitternacht. Gebt ihr doch bitte ein bisschen Zeit und Raum.«

»Ja, natürlich, Verzeihung. Daran haben wir nicht gedacht«, ertönte es von einigen, die sich sofort zurückzogen. Andere zögerten, doch am Ende ließen sie mich und Abuelita endlich allein.

Ich atmete auf, doch auf meiner Brust lastete nach wie vor ein Gewicht. Die Aufmerksamkeit, die Blicke blieben auf mich gerichtet. Ich fühlte mich beobachtet, beinahe gefangen.

Abuelita legte mir eine Hand auf die Schulter. »Na komm, vergiss das alles für einen Moment. Empfangen wir deine Mutter.«

Nickend stand ich auf. Ich hörte die Glocken schlagen und spürte mit einem Mal eine kleine Hand in meiner – meine Tante Juanita verabschiedete sich von mir, und wir lächelten einander zu. Mit dem zwölften Glockenschlag war sie plötzlich fort – und Mamá stand vor mir. Mir stockte der Atem. Sie war so schön, wie ich sie in Erinnerung hatte, und sie strahlte heller als jede Sonne.

»Valita, *Querida*, mein großes Mädchen. Komm her.«

Sie zog mich in eine innige Umarmung. Ich schloss die Augen, wollte ihren mir so vertrauten Duft einatmen, musste aber feststellen, dass sie überhaupt nicht duftete. Tränen schossen mir in die Augen, und ich spürte eine tiefe Traurigkeit in mir aufsteigen. Auf der einen Seite war es unglaublich wertvoll zu wissen, dass es Mamá gut ging. Ich war dankbar, sie zumindest einmal im Jahr wiedersehen zu dürfen. Auf der anderen Seite trauerte ich der Zeit nach, die wir noch gemeinsam hätten haben können.

»Sei nicht traurig, *Querida*«, flüsterte meine Mutter und strich mir über den Rücken. »Jetzt bin ich ja hier.«

Kapitel 34

Emiliano

> Hast du Lust, mich heute Mittag bei Blake zu treffen? Wir wollen ein bisschen zocken. Und natürlich würde ich gern wissen, wie der Stand der Dinge ist.

Dreimal hatte ich Andys Nachricht gelesen, bevor ich ihm geantwortet hatte, dass ich da sein würde. Was blieb mir auch für eine Wahl? Sagte ich ab, würde ihn das nur misstrauisch machen, und das war das Letzte, was ich jetzt gebrauchen konnte. Ich hätte nie gedacht, dass ich das mal sagen würde, aber ich würde mich besser fühlen, wenn Aiden jetzt hier wäre. Wir hätten uns zusammen überlegen können, was ich zu Andy sagen sollte, doch der Drachenkönig und Kailey waren mit Aidens Schwester und Freunden verabredet, um zu beraten, was sie wegen der verschwundenen Drachen unternehmen wollten. Offenbar war eine weitere Drachin wie vom Erdboden verschluckt. Insgeheim fragte ich mich, ob Andy und die anderen etwas damit zu tun hatten. Schon vor der Sache mit meiner Schwester hatte ich das Gefühl gehabt, dass Andy etwas vor mir verbarg. Nachdem ich inzwischen mehr über ihn erfahren hatte, traute ich ihm alles zu.

Meine Mission war jedenfalls klar: Ich musste ihm erklären, warum ich ihm Valentina noch nicht ausliefern konnte, und in Erfahrung bringen, ob die Gruppe etwas über die verschwundenen Drachen wusste, ohne selbst ins Kreuzfeuer zu geraten. Dummerweise hatte ich keine Ahnung, wie ich das anstellen sollte. Automatisch wurde ich langsamer, je näher ich Blakes Wohnung kam, die in Ballsbridge lag, einem wohlhabenden Vorort Dublins. Als ich schließlich vor der weiß lackierten Tür stand, hatte ich immer noch keine Eingebung, wie ich mich verhalten sollte, und beschloss kurzerhand, spontan zu agieren. Spontan war ich ohnehin am besten. Ich klingelte und stieg mit Schweißperlen auf der Stirn die Stufen nach oben, da der Altbau keinen Aufzug hatte und Blake ganz oben wohnte.

Andy empfing mich mit einem Grinsen in der offenen Tür. »Hey. Cool, dass du es geschafft hast.«

»Hi. Alles klar?«

Er nickte und ging voran ins Wohnzimmer. »Bei mir schon. Und wie sieht's bei dir aus?«

Ich folgte ihm den Flur entlang – der breiter war als mein Wohnheimzimmer – in den Wohnbereich, wo Blake es sich auf einem Sessel bequem gemacht hatte. Alles an dieser Wohnung strahlte Luxus aus, vom Stuck an der Decke bis hin zu den cremefarbenen Brokatvorhängen. Blakes viel zu süßes Parfüm erfüllte den ganzen Raum. Sie hatte ihre langen Beine über die Armlehne des Sessels geworfen und begrüßte mich mit einem Lächeln, das ich knapp erwiderte.

»Frag nicht«, antwortete ich und ließ mich ächzend auf das Sofa fallen. Die Krücken legte ich auf den Boden vor mich. »Meine Schwester ist bei ihrer Freundin abgetaucht, und ich habe keine Ahnung, wo die wohnt.«

Andy erwiderte meinen Blick mit hochgezogenen Augenbrauen.

»Seid ihr nicht Zwillinge? Ich dachte immer, Zwillinge würden sich besonders nahestehen.«

Ich schnaubte. »Sag das mal Valentina. Sie führt sich auf wie meine Mutter, seit ich den Unfall im Stadion hatte. Bis vor wenigen Tagen wusste ich nicht einmal, dass sie eine neue Freundin hier in Dublin hat.«

»Und woran liegt das?«, fragte Blake, die unaufhörlich mit einem Fuß wippte.

Ich wischte mir mit dem Handrücken über die Stirn und lehnte mich nach hinten. »Na ja, im Gegensatz zu mir sympathisiert sie mit den Drachen.«

»Und wie willst du das Problem jetzt lösen?«, wollte Andy wissen, der nach wie vor neben dem Sofa stand, auf dem ich saß. »Oder bist du hier, um uns zu sagen, dass du sie uns nicht ausliefern wirst?«

Ich schüttelte den Kopf. »Keine Sorge, ich kriege das hin, ich brauche nur ein wenig länger als geplant. In ein paar Tagen sind wir bei meinem Vater zum Essen eingeladen, sie wird auch dort sein. Dann schnappe ich sie mir.«

Dieses Mal schüttelte Andy den Kopf. »Wir übernehmen das. Sag uns einfach, wann und wo wir hinkommen müssen.«

»Wie du willst«, meinte ich schulterzuckend und hoffte, dass ich dabei so gleichgültig klang wie noch vor wenigen Tagen. »Hast du eine Cola für mich? Ich hab echt Durst.«

Nickend verließ Andy das Wohnzimmer, und ich unterdrückte ein erleichtertes Aufatmen. Damit hatten wir ein paar zusätzliche Tage gewonnen, in denen uns hoffentlich etwas einfallen würde. Idealerweise mussten wir die ganze Gruppe zerschlagen, denn wenn wir nur Andy aus dem Verkehr zogen, würden die anderen ohne ihn weitermachen.

Ich sah zu Blake, die gelangweilt den roten Nagellack auf ihren Fingernägeln inspizierte. »Wann steht eigentlich das nächste Treffen an?«, fragte ich beiläufig.

Bevor sie reagierte, stülpte mir plötzlich jemand von hinten einen Sack über den Kopf. Für zwei, vielleicht auch drei Sekunden war ich wie erstarrt, dann wollte ich um mich schlagen, doch meine Hände wurden bereits hinter mir gefesselt.

»Das braucht dich nicht länger zu interessieren, López«, antwortete Andy.

Hell, dunkel. Hell, dunkel. Mit zitternden Augenlidern kam ich zu mir. Mein Kopf dröhnte, meine Augen schmerzten vom grellen Neonlicht über mir. Das war nicht Blakes Kronleuchter. Wo zum Teufel war ich?

Aus den Augenwinkeln bemerkte ich einen Schatten. Ich wandte den Kopf zur Seite. Sofort erwachten meine Sinne, als hätte sie jemand angeknipst. Der scharfe Geruch von Desinfektionsmittel stieg mir in die Nase und ließ meine Augen brennen. Erst jetzt spürte ich die Kanüle in meiner linken Armbeuge, die Fesseln um meine Handgelenke und die Haare, die über die nackte Haut kitzelten. Sie gehörten zu Prisha, die neben mir stand und irgendetwas an meinem Arm machte. Ich war auf eine Liege gefesselt und bis auf die Jeans ausgezogen. Alle möglichen Schläuche führten zu meinen Venen oder davon weg.

»Was soll der Scheiß?«, fragte ich mit einer Stimme, die nicht nach meiner klang. Dafür war sie viel zu rau.

»Na, wieder wach?« Prisha schenkte mir ein kurzes Lächeln, bevor sie ein mit dunkelroter Flüssigkeit gefülltes Reagenzglas in einen Ständer auf einem Rolltisch stellte und ein leeres nahm, um es an die Kanüle an meinem Arm zu halten. Es füllte sich ebenfalls mit dunkelroter Flüssigkeit – mit meinem Blut.

Übelkeit stieg in mir auf, ich schmeckte bereits die Galle auf der Zunge und schluckte schwer. Panisch sah ich mich um. Auf einer zweiten Liege neben mir lag eine junge Frau. Sie hatte die Augen geschlossen, war vermutlich bewusstlos und wie ich an Händen und Beinen gefesselt. Ich riss mich von ihrem Anblick los, versuchte weitere Details wahrzunehmen. Wandschränke, die mit Spritzen und allen möglichen Behältern vollgestopft waren, fielen mir ins Auge. Es gab zwei Tischreihen, auf denen Computerbildschirme, Mikroskope und andere Dinge standen, die ich aus dem Biologieunterricht kannte. Eine Frau war damit beschäftigt, etwas zu untersuchen, das nur Blut sein konnte. Sie interessierte sich nicht für mich, als wäre ich überhaupt nicht hier.

Ich zuckte zusammen, als neben mir ein schmerzhaftes Stöhnen erklang. Mein Kopf fuhr herum, und ich erkannte Peter und Sean, Mitglieder in Andys Gruppe. Sie schleiften die nach wie vor gefesselte junge Frau aus dem Raum. Nur wenige Sekunden später hörte ich das Quietschen einer Eisentür. Ein Schauer lief mir über den Rücken. Ich war in einem beschissenen Labor, und wenn ich mich nicht täuschte, befanden sich nebenan Zellen. Zellen! Was bedeutete, dass dort jemand eingesperrt sein musste. Eine böse Vorahnung erfasste mich – die verschwundenen Drachen. Was, wenn sie hier waren?

Fuck, Fuck, Fuck! Ich hätte mich niemals dieser bescheuerten Gruppe anschließen dürfen.

»Ganz ruhig«, drang Prishas sanfte Stimme an mein Ohr, unterlegt von einem Piepen.

Ich wandte mich ihr zu, wobei ich das Dröhnen meines Schädels zu unterdrücken versuchte. Das Piepen musste von meinem beschleunigten Puls kommen. Ich nahm die Ausschläge auf dem Monitor wahr.

»Was soll das?«, fragte ich erneut. »Was macht ihr mit mir?«

»Wonach sieht es denn aus?«, fragte Prisha und klang dabei so liebenswürdig wie immer. Kurz fragte ich mich, ob ich möglicherweise bloß träumte, doch ich spürte ganz genau, wie das Blut durch meine Adern floss, als sie nach einem weiteren leeren Röhrchen griff.

»Hör sofort auf«, fuhr ich sie an.

»Ignorier ihn einfach, Prisha.« Ich sah zu Andy, der plötzlich mit verschränkten Armen auf der anderen Seite der Liege stand. Sein Gesichtsausdruck war eiskalt.

»Was soll das, Andy? Ich hab dir gesagt, dass ich euch meine Schwester ausliefere. Gib mir noch zwei, drei Tage Zeit.«

»Du wirst sie uns nicht ausliefern. Blut ist dicker als Wasser.«

»Wenn sie mir noch mehr Blut abnimmt, nicht mehr.« Ich warf Prisha einen kurzen Seitenblick zu. »Jetzt mal ehrlich, Andy, ich stehe auf eurer Seite. Du kannst dich auf mich verlassen.«

»Das habe ich nie getan. Ich weiß auch nicht, aber du warst von Anfang an anders als der Rest der Gruppe. Irgendwie nicht mit dem Herzen bei der Sache.«

Ich gab ein Schnauben von mir. »Bullshit. Oder war es etwa nicht meine Idee, den übernatürlichen Wesen entgegenzutreten?« Bei den Worten machte sich ein bitterer Geschmack in meinem Mund breit.

Andy grinste schief. »Ich habe dich in dem Glauben gelassen, richtig, aber im Gegensatz zu uns bist du bei den Demonstrationen nie aktiv geworden.«

»Wegen meiner verfluchten Verletzung«, schrie ich ihn beinahe an, woraufhin sich mein Hals noch wunder anfühlte.

Andy schüttelte den Kopf. »Nur eine willkommene Ausrede. Wie dem auch sei, wir werden uns deine Schwester schon holen.«

Er zog sein Handy aus der Tasche und begann, etwas zu tippen. Ich brauchte ein paar Sekunden, um zu realisieren, dass es gar nicht sein Handy war, sondern meins. Mir wurde abwechselnd heiß und kalt. »Gib das sofort her, du Dreckskerl!«

»Hab ich es dir nicht gesagt?«, meinte Andy zu Prisha und hob nur flüchtig den Blick vom Display. »Jetzt zeigt er sein wahres Gesicht.«

Enttäuscht schüttelte Prisha den Kopf. Sie stellte das volle Röhrchen weg und schloss endlich den Zugang zur Kanüle. »Und ich dachte, du glaubst an unsere Werte.«

Welche Werte?, wollte ich ihr entgegenschleudern, stattdessen schloss ich für einen Moment die Augen und holte tief Luft, um die Wut in mir unter Kontrolle zu bringen. Mit Wut kam ich hier nicht weit, denn diese Sprache beherrschten sie selbst viel zu gut.

»Hört zu, die Drachen sind überhaupt nicht so schlimm, wie wir angenommen haben. Theoretisch könnten sie Schaden anrichten, aber das würden sie niemals tun. Sie haben echt eine Menge durchgemacht in den vergangenen Wochen und wollen einfach nur in Frieden leben. Es ist noch nicht zu spät …«

»Liebe Valentina«, fiel Andy mir ins Wort und hielt mir den Bildschirm meines Handys vor die Nase. Die Buchstaben verschwammen vor meinen Augen, und ich blinzelte ein paar Mal. »Wir haben deinen Bruder. Wenn du ihn in einem Stück wiederhaben willst, musst du dich gegen ihn austauschen. Komm allein. Keine Drachen, keine Hexen, keine sonstigen übernatürlichen Wesen, sonst ist dein Bruder tot. Gezeichnet, Andy.«

»Damit kommst du nicht durch«, fuhr ich ihn an und bäumte

mich auf meiner Liege auf. Ich riss an den Fesseln, biss mir auf die Unterlippe, um den Schmerz in meinem linken Bein auszublenden, doch die Fesseln gaben keinen Millimeter nach.

»Könnt ihr mir erklären, was hier los ist?«, hörte ich eine vertraute Stimme in diesem Moment über das Rauschen des Blutes in meinen Ohren hinweg.

Ich erstarrte. Das konnte nicht sein. Nein, ich musste träumen. Es war absolut unmöglich, dass *er* in diesem Labor war. Doch als ich den Kopf zur Seite drehte, bestand kein Zweifel mehr. Da stand eindeutig mein Vater, die Aktentasche aus braunem Leder unter dem Arm, die Mamá ihm vor zehn Jahren zum Geburtstag geschenkt hatte.

Kapitel 35

VALENTINA

»Danke fürs Abholen«, sagte ich an Caroline gewandt, nachdem ich nicht mehr ganz so wackelig auf den Beinen war. Teleportation war extrem praktisch, schlug mir allerdings auch auf den Magen. Erschöpft ließ ich mich auf mein Bett im Wohnheimzimmer sinken.

Kailey kam aus dem Bad und reichte mir ein Glas Wasser. Ich nahm ein paar kleine Schlucke, bevor ich meinen Blick durch das überfüllte Zimmer schweifen ließ. Aiden lehnte mit verschränkten Armen an der Fensterbank und musterte mich besorgt, während Celmar, Sharni und noch ein Kerl auf Kaileys Bett saßen. Ich hatte ihn schon einmal mit Sharni gesehen, im Fußballstadion, und nahm an, dass er ihr Freund war, denn er hatte seine Hand besitzergreifend auf ihrem Oberschenkel platziert. Sharni betrachtete mich fasziniert, was vermutlich daran lag, dass ich nach wie vor das Catrina-Make-up trug. Sie war hübsch, daran änderte auch die Narbe nichts, die sich unterhalb ihres linken Auges über ihre Wange zog und die ich im Fußballstadion gar nicht bemerkt hatte. Von der Figur her ähnelte sie Kailey, allerdings hatte Sharni eine üppigere Oberweite, die in ihrem weit ausgeschnittenen Pullover gut zur Geltung kam, und ihre Haut wirkte nicht ganz so elfenbeinfarben wie Kaileys. Am Ringfinger der linken Hand trug sie fast den gleichen Ring wie Aiden. Er war aus Gold und mit Diamanten verziert. In der Mitte prangte eine Figur, die sich bei näherer Betrachtung als ein Drache entpuppte. Sharnis Drache war smaragdgrün, während Aidens bordeauxrot schimmerte.

Auch Ash war hier. Er hatte sich auf den Schreibtischstuhl gesetzt und zog Caroline auf seinen Schoß, die gerade zu ihm gegangen war. Die beiden versanken in einem Kuss, und Sehnsucht durchzuckte mich, Sehnsucht nach Lily. Sie fehlte mir, ich wäre jetzt unglaublich gern bei ihr.

Nach Andys Nachricht hatte ich sie noch von Mexiko aus angerufen, um sicherzugehen, dass es wenigstens ihr gut ging. Sie hatte sich gleich auf den Weg ins Wohnheim machen wollen, doch da war mir noch nicht klar gewesen, dass neben Caroline, Kailey und Aiden auch all die anderen hier sein würden, einschließlich Ash. Caroline war kein Problem, sie und Lily kannten sich nicht, aber mit Ash war sie quasi aufgewachsen. Deshalb zog ich schnell das Handy aus meiner Hosentasche – immerhin hatte ich das Catrina-Kleid ausziehen können –, um Lily darüber zu informieren, dass Ash auch hier war. Nachdem ich die Nachricht abgeschickt hatte, nahm ich Kaileys prüfenden Blick wahr. Sie setzte sich neben mich und wirkte ebenso besorgt wie Aiden.

»Also, was ist los?«, fragte sie. »Warum bist du zurückgekommen, obwohl wir ausgemacht haben, dass es in Mexiko sicherer für dich ist?«

Täuschte ich mich, oder schwang da ein leichter Vorwurf in ihrer Stimme mit?

»Glaub mir, du wirst es verstehen, aber erst einmal möchte ich euch danken, dass ihr sofort hergekommen seid. Ich weiß das wirklich sehr zu schätzen.« Ich lächelte in Sharnis Richtung. »Ich bin übrigens Valentina.«

Sie erwiderte mein Lächeln. »Sharni, Aidens Schwester. Und das ist Jared Merlin, mein Freund. Er ist Magier. Die anderen kennst du bereits, oder?«

Ich nickte. »Ehrlich gesagt habe ich nicht damit gerechnet, dass ihr alle herkommen würdet, aber das ist gut. Ich werde eure Hilfe brauchen.«

»Na ja, deine Nachricht an Caroline klang dringend«, meinte Aiden. »Und da wir gerade ohnehin alle zusammensaßen, hat es sich so ergeben. Was ist denn los?«

Nervös knetete ich meine Hände. Die Sorge und Anspannung, die ich kurz wegen meiner Kreislaufprobleme vergessen hatte, kehrten zurück. Neue Übelkeit stieg in mir auf, und ich trank noch einen Schluck Wasser. »Emiliano wurde entführt. Andy hat ihn, der Anführer dieser bescheuerten Gruppe. Er will mich im Austausch für ihn.«

Einen Moment herrschte Schweigen, dann redeten alle durcheinander. Sharni wollte wissen, was es mit dieser Gruppe auf sich hatte, und Kailey wechselte das Bett, um ihr alles zu erklären, während sich Aiden neben mich setzte.

»Geht es Emiliano gut?«

Ich zuckte mit den Schultern und fühlte mich plötzlich so hilflos wie schon lange nicht mehr. »Keine Ahnung. Andy hat mir die Nachricht vor etwa einer halben Stunde von Emilianos Handy aus geschickt, mehr weiß ich auch nicht.«

»Darf ich sie sehen?«

»Natürlich.« Ich griff nach dem Telefon, das hinter mir lag, öffnete die Nachricht und zeigte sie Aiden.

»Keine Drachen, keine Hexen, keine sonstigen übernatürlichen Wesen, sonst ist dein Bruder tot«, las er vor. »Gut, dass du nicht auf Andy gehört hast.«

»Natürlich will er, dass ich allein komme, aber ich bin nicht blöd. Jetzt ist nur die Frage, wie wir vorgehen sollen. Wenn er euch sieht ... Oder warte mal, Kailey hat etwas von einem Unsichtbarkeitszauber erzählt.«

Aiden nickte. »Richtig, meine Tante Isla hat diese Fähigkeit.«

Verwirrt schüttelte ich den Kopf. »Deine Tante Isla? Ich dachte, sie wäre mit Cassie verwandt. Und wie kann deine Tante eine Hexe sein?«

Aiden stieß ein leises Seufzen aus. »Isla und mein Onkel Darragh haben geheiratet. Darragh ist – war – ein Drache. Lange Geschichte, jedenfalls ist Isla sowohl Cassies als auch meine Tante.«

»Das mit deinem Onkel tut mir leid«, sagte ich. Ob er im Kampf gegen die Fae gestorben war? Ich vermutete es, denn Aidens Schmerz schien noch ganz frisch zu sein, doch ich fragte nicht nach. Es ging mich nichts an, und jetzt war auch nicht der richtige Zeitpunkt. Stattdessen zögerte ich, doch die Sache war zu wichtig, um nicht nachzuhaken. »Denkst du, deine Tante ...« Aiden schüttelte den Kopf, noch ehe ich zu Ende gesprochen hatte, und ich nickte schnell. »Natürlich, du hast recht. Deine Tante hat jetzt sicher andere Sorgen.«

Aiden lächelte traurig. »Das ist es nicht. Sie würde uns jederzeit helfen, aber sie kann nicht. Vielleicht hat Kailey dir erzählt, dass die Kräfte des Murphy-Clans aus unerklärlichen Gründen schwinden. Zuerst dachten wir, Isla muss sich nach dem Krieg erst wieder regenerieren, doch es sieht ganz so aus, als hätte sie ihre Macht verloren.«

Ich schlug mir eine Hand vor den Mund. »O Gott, wie furchtbar.«

»Uns wird schon was einfallen. Frag Andy erst mal, wo du ihn treffen sollst, und lass dir einen Beweis geben, dass Emiliano wirklich bei ihm ist. Nicht, dass er dich in eine Falle locken will.«

»Gute Idee«, erwiderte ich, denn daran hätte ich nicht gedacht. Dafür war meine Sorge um Emiliano zu groß.

Ich hatte die Nachricht an Andy gerade abgeschickt, als jemand an der Tür klopfte und sie gleich darauf öffnete. Für einen aberwitzigen Moment glaubte ich, es wäre mein Bruder, doch es war Lily. Bei ihrem Anblick machte mein Herz einen Satz. Sie war gekommen, obwohl Ash auch hier war. Oder hatte sie meine Nachricht gar nicht gelesen? Doch bevor ich mir nähere Gedanken dazu machen konnte, hatte sie mich auch schon auf meinem Bett entdeckt und stürmte auf mich zu. Sie sah ein bisschen blass aus, als hätte sie seit unserem Streit kaum geschlafen, und sie war auf Socken. Ihre Schuhe hatte sie vermutlich vor der Tür stehen lassen. Ich nahm an, dass es regnete, denn ihre Lederjacke war nass, als sie mich in ihre Arme schloss. Trotzdem schmiegte ich mich an sie und blinzelte eine Träne weg.

»Ich bin so froh, dass du hier bist«, flüsterte ich. »Verzeihst du mir?«

»Das hab ich doch längst.« Sie löste sich von mir und gab mir einen Kuss, der viel zu schnell vorbei war. »Wie geht es deinem Bruder?«

»Das weiß ich nicht, ich habe Andy gerade erst geantwortet.«

Aufmunternd strich sie mir über den Arm. »Gibt es denn schon einen Plan?«

Sie sah in die Runde und erstarrte, als sie Ash auf dem Schreibtischstuhl erblickte. Kurz flog ihr Blick zu mir, bevor sie wieder zu Ash sah. Er musterte sie nachdenklich, als fragte er sich, ob er ihr schon einmal begegnet war. *¡Mierda!*

»Ähm, lass uns kurz draußen reden.« Ich griff nach Lilys Hand, doch bevor wir das Zimmer verlassen konnten, setzte sich Ash kerzengerade hin.

»Das kann doch jetzt nicht wahr sein! Was willst du hier, Liliana Lecourt?«

Kapitel 36

Lily

Verdammt, was hatte Arthur Morgan hier zu suchen? Dass Caroline noch hier sein könnte, hatte ich gewusst und das Risiko in Kauf genommen. Tatsächlich waren wir uns nie wirklich begegnet, demnach war es also mehr als unwahrscheinlich, dass sie mich erkennen würde. Ash hingegen … Gut, ich hatte mich verändert. Während meiner Jugendzeit hatte ich die Haare kürzer und vor allem blond getragen. Erst nachdem Henri mich des Clans verwiesen hatte, war ich zu meiner normalen Haarfarbe zurückgekehrt. Trotzdem war mir klar, dass Ash mich erkennen würde, auch wenn er ganz sicher nicht hier in Dublin mit mir rechnete. Als Kinder und auch später hatten wir viel Zeit zusammen verbracht. Da prägte sich jede Kleinigkeit des anderen unweigerlich ein, sei es eine winzige Narbe, ein Muttermal oder eine bestimmte Art, die Augenbrauen zu heben.

Früher hatte ich Ash immer bewundert, unabhängig davon, dass ich eine Zeitlang in ihn verknallt gewesen war. Dass mein Voodooclan von allen verpönt war und seine Eltern es gar nicht gern gesehen hatten, wenn er sich mit Henri und mir traf, war ihm stets egal gewesen. Doch dann war Caroline nach London gekommen, und alles hatte sich geändert.

Ich konnte sie kaum ansehen. Wie sie da auf Ashs Schoß saß und mich musterte. Es war mir egal, dass die beiden zusammen waren, aber es war mir nicht egal, dass Caroline schuld war am Tod meines Onkels, denn vor ihrem Auftauchen war alles in Ordnung gewesen. Meine Hände ballten sich automatisch zu Fäusten, und ich entspannte mich erst wieder ein wenig, als Valentina meine Finger drückte. Ich holte tief Luft und zwang mich, in Ashs meerblaue Augen zu sehen, die mich noch vor ein paar Jahren unglaublich fasziniert hatten.

»Hallo, Ash. Schön, dich zu sehen.« Ich musste mich überwinden, freundlich zu bleiben.

»Ist das dein Ernst? Was willst du hier, Lily? Und woher kennst du Valentina?«

»Wir haben uns zufällig beim Sport getroffen und …«

Ash schnaubte. »Blödsinn, das glaube ich dir nicht. Du verfolgst doch garantiert einen Plan. Aber wenn du denkst, dass ich bei Henri ein gutes Wort für dich einlege, hast du dich geschnitten.«

Seine Worte und sein eiskalter Blick trafen mich mitten ins Herz, doch ich würde den Teufel tun, ihm das zu zeigen. Stattdessen straffte ich die Schultern, doch bevor ich etwas erwidern konnte, übernahm Valentina das Reden.

»Ash, ich weiß, wir kennen uns kaum, aber Lily ist meine Freundin. Ich vertraue ihr. Deshalb bitte ich dich, das ebenfalls zu tun.«

»Sei mir nicht böse, doch ich glaube, ich kenne Lily ein bisschen besser als du. Hat sie dir erzählt, was im Sommer vorgefallen ist?«

Ash bedachte Valentina mit einem beinahe mitleidigen Ausdruck in den Augen, den ich ihm am liebsten aus dem Gesicht geschlagen hätte. Was fiel ihm eigentlich ein? *Er* hatte dabei zugesehen, wie die Oberhäupter der Merlins und Morgans meinen Onkel getötet hatten. Und jetzt war ich die Böse?

»Natürlich habe ich das«, fuhr ich ihn an. »Valentina und ich haben keine Geheimnisse voreinander, also versuch gar nicht erst, einen Keil zwischen uns zu treiben.« Ein bitterer Geschmack breitete sich in meinem Mund aus, als mir klar wurde, dass ich sehr wohl etwas vor Valentina verheimlichte.

Der Drachenkönig machte mit beiden Händen auf sich aufmerksam. »Okay, Time-out. Kann uns mal jemand aufklären? Oder bin ich hier der Einzige, der kein Wort versteht?«

»Ich komme schon lange nicht mehr mit«, pflichtete ihm eine rotblonde Schönheit bei, die ich sofort als seine Schwester Sharni erkannte.

Das war also Sharni O'Rourke, doch im Moment war ich viel zu wütend auf Ash, um mich auf sie konzentrieren zu können.

»Liliana Lecourt, Voodoohexe und Cousine meines besten Freundes Henri.« Ash deutete auf mich. »Sie hat sich auf die Seite ihres Onkels Ajani gestellt. Er war das Oberhaupt des Voodooclans und wollte Caroline ihrer Kräfte berauben, um meinen und Jareds Clan auszulöschen.«

»Was für ein Scheiß«, fauchte ich. »*Ihr* habt ihn ermordet, deine Tante und dein Grandpa.« Ich zeigte zuerst auf Ash und dann auf Jared Merlin, dem ich in London ein paarmal begegnet war. Ehrlich gesagt hatte ich ihn nie ausstehen können. Er und sein Großvater George waren die arrogantesten Merlins, die ich kannte. Ein kleiner Teil von mir fragte sich, was Sharni an dem eingebildeten Typen fand, der Rest von mir kämpfte gegen das aufsteigende Adrenalin.

»Ja, weil er uns vernichten wollte«, erwiderte Ash scharf. »Mithilfe von Andy – der Andy, der Emiliano entführt und damals in London zu den Maleficariern gehört hat. Er hat für Ajani Voodoopuppen von allen Clanmitgliedern der Morgans und Merlins angefertigt und gedroht, uns alle zu verbrennen, wenn wir ihm Caroline nicht ausliefern.«

Vehement schüttelte ich den Kopf, noch ehe Ash ausgesprochen hatte. »Was für einen Mist habt ihr euch da zusammengereimt?«

»Du bist doch gar nicht dabei gewesen«, wurde Ash laut. »Wir standen alle in Flammen, sogar Henri und seine Grandma Gabrielle, weil sie sich von Ajani abgewandt haben.«

»Das glaube ich nicht. Mein Onkel war kein Monster, und er hätte sich nie, nie, niemals mit diesen fanatischen Hexenverfolgern zusammengetan.«

»Natürlich hätte er das«, mischte sich Jared Merlin ein. »Um sich an uns zu rächen, hätte er alles getan.«

Ich machte einen Schritt auf Jared zu, doch Valentina hielt meine Hand weiterhin fest in ihrer, weshalb ich mit abgewinkeltem Arm mitten im Raum stand. »Ich mag mich irren, aber du hast die Klappe immer am größten aufgerissen, wenn es darum ging, uns Voodoonsi schlechtzumachen. Mein Onkel hat dagegen niemals schlecht über euch Merlins oder Morgans geredet.«

»Mag sein, trotzdem wollte er uns umbringen«, beharrte Ash. »Oder warum hat sich Henri gegen seinen eigenen Vater gestellt? Hast du dich das jemals gefragt?«

Mein Schutzschild begann zu bröckeln, doch ich klammerte mich mit aller Macht daran fest. »Ajani war nicht so, Ash. Er war ein guter Mann, der einzige Vater, den ich je hatte. Er war immer für mich da, hat mich stets unterstützt. Du kanntest ihn doch gar nicht wirklich.«

»Das stimmt nicht«, erwiderte Ash, nun eine Spur sanfter. »Ich habe ganze Wochenenden bei euch zu Hause verbracht, oder hast du das vergessen? Ich weiß, wie nahe du und Ajani euch standet, wahrscheinlich sogar näher als Henri und er. Und dennoch bleibt die Frage, warum sich der eigene Sohn gegen seinen Vater stellt.«

»Henri war ziemlich heftig in Caroline verknallt, das wissen wir beide. Ich glaube kaum, dass er zu dem Zeitpunkt klar gedacht hat.«

Ash spannte sich merklich an, doch bevor er mir weitere Dinge an den Kopf werfen konnte, legte Caroline eine Hand auf seinen Arm. »Ash, bitte. Ich glaube, das ist nicht der richtige Zeitpunkt, euch zu streiten. Valentinas Bruder wurde entführt. Und außerdem bekomme ich allmählich das Gefühl, dass Lily gar nicht weiß, was ihr Onkel im Schilde geführt hat. Ajani war sehr charismatisch, auch mich hat er anfangs getäuscht.«

Sie sah zu mir, und plötzlich hatte ich einen Kloß im Hals. Schnell senkte ich den Blick und schüttelte den Kopf. »Ich will das nicht hören.« Meine Stimme klang nicht mehr wütend, sondern viel zu leise und zittrig.

»Ich glaube, du solltest es aber hören«, sagte Valentina sanft und trat dicht neben mich. »Ihr müsst einen Schlussstrich unter die ganze Sache ziehen. Wenn das alles auf einem Missverständnis beruht …« Sie zuckte mit den Schultern. »Hör dir an, was sie zu sagen haben.«

Ich schluckte. Die Sekunden verstrichen, in denen niemand ein Wort sagte. Alles, was ich hörte, war das Rauschen in meinen Ohren und mein Atem, der sich langsam beruhigte. Mit jedem Atemzug schien die Wut in mir mehr und mehr zu verschwinden. Ich konnte sie nicht länger festhalten, und vielleicht wollte ich das auch gar nicht. Vielleicht hatte Valentina recht, und es war Zeit für die Wahrheit – die ganze Wahrheit. Denn wenn es stimmte, was Ash über meinen Onkel erzählte …

»Okay«, sagte ich tonlos.

Ash nickte, und auch er wirkte nicht länger wütend, eher müde, so als hätte er einiges durchgemacht. Und vermutlich hatte er das auch. Valentina hatte mir anvertraut, dass er und ein paar andere Clanmitglieder die Drachen im Krieg unterstützt hatten.

»Kennst du Merlins Prophezeiung?«, begann Ash. »*Ein Kind, mächtig und gefahrvoll, der beiden größten Stämme Spross, beschenkt mit Kräften übervoll, einst freigesetzt, wüt' Todes Ross.* Dein Onkel wusste Bescheid, und er wusste auch, dass Caroline das Kind aus der Prophezeiung ist.«

»Er war bei meiner Geburt dabei«, fügte Caroline hinzu, als wüsste sie, dass ich diese Information brauchte, um alles verstehen zu können. »Er hat dabei geholfen, mich vor den Clans zu verstecken, und als die Zeit reif war, hat er mich nach London gelockt, um sich meine Kräfte zu holen.«

»Um die Morgans und Merlins auszulöschen?«, flüsterte ich.

Caroline nickte. »*Von den alten Stämmen zwei, die teilten sich die Welt, wird besteh'n nur einerlei, wenn einst das Urteil fällt.* Die Morgans und Merlins hielten sich immer für die mächtigsten Clans Londons, das wird dir nicht neu sein. Unseren Voodooclan haben sie nie in Betracht gezogen.«

Unseren. Sie schenkte mir ein trauriges Lächeln, das zusammen mit ihren Worten etwas mit meinem Herzen anstellte. Sie rissen es entzwei und klebten es gleichzeitig wieder zusammen.

»Ajani wusste seit Carolines Geburt, dass die Lecourts zusammen mit den Merlins zu den mächtigsten Clans Londons gehörten«, fügte Ash hinzu. »Wir Morgans wussten das offenbar nicht oder waren zu stolz, um das auch nur in Betracht zu ziehen. Dafür möchte ich mich im Namen meines Clans entschuldigen. Hätten wir uns weniger arrogant verhalten, wäre das alles vermutlich ganz anders ausgegangen.«

Sein aufrichtiger Blick ließ mich erneut schlucken. Ich nickte nur, weil ich meiner Stimme nicht traute und auch keine Ahnung hatte, was ich dazu sagen sollte. All diese Informationen überforderten mich, stellten meine ganze Welt auf den Kopf.

»Mit ein bisschen Abstand betrachtet kann ich Ajani sogar zum Teil verstehen«, fuhr Ash fort. »Die ganze Zeit durfte er sich anhören, dass Voodoo nur Magie zweiter Klasse sei. Euer Clan wurde nicht ernst genommen, nicht respektiert, nicht für ebenbürtig gehalten. Dein Onkel wollte meine und Jareds Familie in die Schranken weisen und uns zeigen, wie mächtig sein Clan war. In gewisser Weise ist das nachvollziehbar, aber er hat den völlig falschen Weg eingeschlagen. Er hätte nicht einmal davor zurückgeschreckt, Henri zu opfern, und er hätte auch dich geopfert, wenn du dabei gewesen wärst und dich gegen ihn gestellt hättest.«

Jared räusperte sich, und mein Blick flog zu ihm. »Man muss ihm allerdings zugestehen, dass wir ihm sonst wahrscheinlich weder geglaubt noch zugehört hätten.« Er zuckte mit den Schultern. »Wir haben unsere Lektion gelernt, aber für deinen Onkel war es leider zu spät.«

»Was Jared damit sagen will«, übernahm Caroline das Reden, »es tut uns unglaublich leid. Niemand von uns wollte Ajani umbringen, aber am Ende hatten wir keine Wahl. Hätten wir es nicht getan, wäre er zum Massenmörder geworden.«

Ich wollte die bösen Blicke der anderen nicht sehen, doch als ich trotzdem aufblickte, war da nur Mitgefühl und Verständnis, was meine Schutzmauer noch weiter bröckeln ließ. Aiden wirkte, als wüsste er ganz genau, was ich gerade durchmachte, sein Drachenkumpel schenkte mir ein aufmunterndes Lächeln, Sharni und Jared hielten sich an den Händen, und Kailey, Caroline und Ash zeigten so viel Mitleid, dass mir beinahe die Luft wegblieb.

»O Gott«, flüsterte ich und spürte, wie Tränen in mir aufstiegen. Dabei weinte ich nicht, niemals, deshalb kniff ich die Augen zusammen, presste die Lippen aufeinander und ballte meine zitternden Hände erneut zu Fäusten.

»Hey, ich bin da«, sagte Valentina leise neben mir.

Mit diesen vier Worten brachte sie meine Mauer endgültig zum Einstürzen. Ich schlug mir eine Hand vor den Mund, um ein Schluchzen zu unterdrücken, doch die Tränen konnte ich nicht länger zurückhalten. Valentina zog mich in ihre Arme und strich mir über den Rücken, und obwohl ich größer war als sie, fühlte ich mich in diesem Moment klein. Klein, aber auch geborgen, denn Valentina gab mir den Halt, den ich jetzt so dringend brauchte. Lautlos weinte ich an ihrer Schulter. Es war mir egal, was die anderen über mich dachten. Es war nicht wichtig. Wichtig war nur, was Valentina dachte.

Als ich mich von ihr losmachte und mir unauffällig die Tränen aus dem Gesicht wischte, trat Caroline mit einem Lächeln auf mich zu. »Darf ich dich auch in den Arm nehmen?«, fragte sie.

Überrascht starrte ich sie einen Moment lang an. »Ähm, klar.«

Sie schlang ihre Arme um mich und drückte mich fester, als ich es ihr zugetraut hätte. »Es tut mir leid, Lily. Wenn ich nicht nach London gekommen wäre … Ich wollte das alles nicht, das glaubst du mir hoffentlich.«

Zu meiner eigenen Überraschung nickte ich. Ich glaubte ihr. Ihr, Ash und sogar Jared Merlin, womit ich gleichzeitig akzeptierte, dass mein Onkel mich angelogen oder mir zumindest nicht die Wahrheit gesagt hatte. Natürlich war er nicht begeistert gewesen, wie man unseren Clan behandelt hatte, das war niemand von uns, doch er hatte mir gegenüber nie konkrete Pläne erwähnt, etwas dagegen zu unternehmen. Und er hatte mich auch nie gefragt, auf welcher Seite ich stand, wofür ich ihm auf verquere Weise dankbar war.

»Du trägst keine Schuld, Caroline.«

»Danke, Lily, ich bin froh, dass du das sagst.« Verlegen strich sie sich eine braune Locke hinters Ohr. »Darf ich dich etwas fragen? Ich überlege schon die ganze Zeit, warum du nicht dabei warst, als Ajani seinen Plan in die Tat umgesetzt hat.«

»Er hat mich weggeschickt«, antwortete ich leise, weil ich mir so dumm vorkam. »Zu meinem achtzehnten Geburtstag hatte er mir einen Segelkurs in Cornwall geschenkt, dort war ich ein paar Tage. Als ich nach Ajanis Tod zurückkam und nicht glauben wollte, was passiert war, hat Henri mich fortgejagt.« Meine Stimme brach, doch ich machte mir nicht die Mühe, mich zu räuspern.

»Ich rede mit Henri«, versprach Caroline und strich mir kurz über den Arm. »Er wird es verstehen.«

Ich zuckte mit den Schultern, weil ich mir da nicht so sicher war – und weil es noch etwas gab, das die anderen nicht wussten. Wenn sie erfuhren, dass ich in Ajanis Auftrag nach Dublin gekommen war, würden sie mich bestimmt aus der Stadt jagen – und ich hätte es nicht anders verdient. Ich hinterging Valentina, obwohl ich mich in sie verliebt hatte.

»Okay, nachdem die Frage geklärt wäre, ob wir Lily trauen können oder nicht, würde ich gern meinen Bruder befreien.«

»Warte«, sagte ich, ohne darüber nachzudenken, und griff nach Valentinas Hand. Alles in mir sträubte sich, ihr die Wahrheit zu sagen, denn ich wollte sie nicht verlieren. Ich wusste nicht, ob ich das verkraften würde, aber ich durfte nicht nur an mich denken. Früher oder später würde sie alles erfahren, und es war besser, wenn sie es von mir hörte. »Ash hat recht, du solltest mir nicht vertrauen.«

Kapitel 37

Emiliano

»Warum hat mich niemand eingeweiht?«, fragte Papá kopfschüttelnd und legte seine Aktentasche auf einem der Tische ab. »Immerhin geht es hier um meinen Sohn. Findet ihr nicht, ich hätte ein Recht gehabt, es vorher zu wissen?«

»Du weißt es *jetzt*«, erwiderte Andy und deutete auf den Rolltisch, der neben meiner Liege stand. »Dort ist sein Blut, untersuch es auf Anomalien.«

»Bis wann braucht ihr die Ergebnisse?«

»Wann ist Weihnachten?« Andy verdrehte die Augen. »So schnell wie möglich natürlich. Ich muss jetzt zur Versammlung, aber du kannst mich jederzeit anrufen, wenn du etwas herausgefunden hast. Ach, und ich lasse dir Peter und Sean hier. Nimm's nicht persönlich, mir fällt es nur gerade ein bisschen schwer, der Familie López zu vertrauen.«

Mein Vater erwiderte nichts, doch sein Nicken wirkte sehr verständnisvoll. Ohne mich eines Blickes zu würdigen, wandte er sich den Reagenzgläsern mit meinem Blut zu.

Mir wurde schlecht, dieses Mal so richtig. Meine Sicht verschwamm, und mir brach der Schweiß aus, während es mir gleichzeitig eiskalt den Rücken herunterlief. Ich hätte es wissen müssen. Papá mit seiner Faszination für ausgestorbene und seltene Wesen interessierte sich natürlich brennend für die Drachen. Ich hätte nur nie gedacht, dass er zustimmen würde, sie gefangen zu nehmen, um sie zu untersuchen. Dabei war es eigentlich logisch, wenn ich genau darüber nachdachte. Die Drachen hätten ihm sein Blut sicher nicht freiwillig gegeben, was ich sogar verstehen konnte. Wer wusste schon, was mein Vater damit vorhatte? Wobei ich ihm gar nichts Böses unterstellen wollte, er war einfach nur Wissenschaftler und stillte seine Neugierde. Trotzdem steckte er mit Andy und den anderen unter einer Decke, und ihnen traute ich nicht mehr über den Weg.

»Papá«, sagte ich. Meine Stimme klang viel zu leise und verletzt. Als wäre ich wieder fünf Jahre alt und hätte meinen Vater bei etwas Verbotenem erwischt. Doch er reagierte nicht. Vielleicht hatte er mich auch nicht gehört. Das redete ich mir zumindest ein, als er nach dem Rollwagen griff und sich damit auf den Weg zu einem der Labortische machte. Das war zumindest leichter zu ertragen als die grausame Wahrheit: Ich war nichts weiter als ein Versuchskaninchen für meinen eigenen Vater.

Plötzlich wirbelte er mit dem Rollwagen herum und stieß ihn mit voller Wucht gegen Andy, der ihm den Rücken zugedreht hatte. Andy taumelte vorwärts und ging zu Boden, Glas zerbrach klirrend auf den Fliesen, Blut und andere Flüssigkeiten spritzten in sämtliche Richtungen. Prisha, die nur ein paar Schritte entfernt gestanden hatte, stürzte sich von hinten auf Papá und drückte ihm mit ihren Armen die Luft ab. Sie drehten sich ein paarmal im Kreis, dann stolperte mein Vater rückwärts und ließ sich auf einen der Tische fallen. Prisha wurde unter ihm begraben. Ich hörte sie aufschreien und erwachte aus meiner seltsamen Trance. Erneut riss ich an den Fesseln, versuchte mich irgendwie zu befreien. Mein Vater hievte sich hoch und kam zu mir, wollte mir helfen, doch er hatte die Fessel an meinem linken Handgelenk noch nicht einmal gelockert, als Peter und Sean angerannt kamen. Sie packten meinen Vater an beiden Seiten, doch er ging in die Knie, kam mit Schwung wieder hoch und schaffte es, sich loszureißen. Er verpasste dem zwei Meter großen Peter einen Schlag, sodass dieser das Gleichgewicht verlor. Blut tropfte aus seiner Nase. Daraufhin wirbelte Papá zu Sean herum. Die beiden landeten auf dem Boden, rollten sich herum. Einer von ihnen erwischte den Monitor, an dem ich angeschlossen war. Das Gerät kippte um und riss einen der Schläuche an meinem Arm heraus. Ich unterdrückte einen Schmerzensschrei.

Andy, der sich längst aufgerappelt hatte, schnappte sich eins der Mikroskope.

»Vorsicht!«, rief ich noch, doch es war zu spät. Andy hatte meinem Vater einen Schlag auf den Kopf verpasst. Reglos blieb er auf Sean liegen. Andy rollte ihn zur Seite, um seinem Kumpel aufzuhelfen.

»Du verfluchter Dreckskerl!«, knurrte ich.

Andy trat auf mich zu. »An deiner Stelle würde ich aufpassen, was ich sage, denn wir sitzen ja wohl eindeutig am längeren Hebel.« Er wischte sich die Hände an der Jeans ab und wandte sich den anderen zu. »Prisha, würdest du Emiliano bitte noch einmal Blut abnehmen? Sean und Peter, ihr sperrt den Professor erst mal in eine Zelle. Ich muss mir noch überlegen, was wir mit ihm machen. Und dann räumt die Sauerei auf.« Ohne mich weiter zu beachten, verließ er das Labor.

Mir blieb nichts anderes übrig, als tatenlos dabei zuzusehen, wie Sean und Peter meinen Vater fortschleiften und Prisha sich erneut an meinem Arm zu schaffen machte. Dieses Mal strafte sie mich mit eiskalten Blicken, das liebenswürdige Lächeln war verschwunden.

»Ich fasse es nicht, dass du dich echt gegen uns stellst«, meinte sie schließlich.

»Und ich fasse es nicht, dass du bei der Schweinerei hier mitmachst. Ihr quält die Drachen, ist dir das eigentlich klar?«

Es war ein Schuss ins Blaue. Ich wollte wissen, ob ich mit meiner Vermutung, dass sie in diesem Labor Drachen untersuchten und gefangen hielten, richtig lag, und tatsächlich weiteten sich Prishas Augen.

»Woher weißt du …« Ich konnte sehen, wie sie sich auf die Zunge biss, dann war ihr Gesicht wieder eine Maske aus Verachtung. »Übernatürliche Wesen sind Missgeburten. Irgendwie müssen wir uns gegen sie wehren, dieser Meinung warst du sogar selbst – bis deine Schwester ebenfalls zur Missgeburt wurde.«

Sie beugte sich über meinen Arm, und ich hätte am liebsten mit meinem Kopf gegen ihren geschlagen. Ich tat es nur nicht, weil sie eine Frau war, aber in diesem Moment verachtete ich sie mehr als irgendjemanden sonst.

Meine Augenlider flackerten, und ich fragte mich, ob ich schon wieder bewusstlos gewesen war. Hatte Prisha mir irgendein Mittel über die Infusion verabreicht oder zu viel Blut abgenommen? Vielleicht war ich auch nach all der Aufregung, dem Blutverlust und dem Sinken meines Adrenalinpegels so müde gewesen, dass ich weggedöst war. Am Ende spielte es keine Rolle.

Wie viel Zeit war vergangen? Unauffällig sah ich mich um, doch da es keine Fenster gab und ich nach wie vor an die Liege gefesselt war, konnte ich es nicht einschätzen.

Die Blutspritzer und Scherben auf dem Boden waren verschwunden, Zitronenduft mischte sich unter den Desinfektionsmittelgeruch. Auf einem der vielen Labortische standen ein paar Röhrchen Blut neben einem Mikroskop. Ich wollte lieber nicht darüber nachdenken, ob das mein Blut war, und ließ den Blick weiter durch das Labor schweifen. Die restlichen Mikroskope und anderen Dinge waren allesamt weggeräumt worden, nur die Computerbildschirme standen noch da. Seltsam, der Raum wirkte wie ausgestorben. Ich sah und hörte auch niemanden, kein einziges Geräusch. Oder doch, da waren leise Stimmen. So leise, dass ich weder ein Wort verstand noch sagen konnte, ob ein Mann oder eine Frau sprach.

Kurz schloss ich die Augen und unterdrückte einen Fluch. Ich konnte doch nicht einfach hier herumliegen und darauf warten, was als Nächstes passierte!

Die Stimmen näherten sich, und ich ließ die Augen zu, zwang mich, ruhig und gleichmäßig zu atmen, obwohl mein Herz wie wild in meiner Brust klopfte. Ich hoffte inständig, dass niemand auf mich achtete oder davon ausging, ich könnte inzwischen aufgewacht sein. Eventuell würde ich irgendetwas erfahren, irgendeine Information aufschnappen, sodass ich mich nicht mehr ganz so hilf- und nutzlos fühlte.

»Nein, es ist alles vorbereitet«, sagte in diesem Moment eine männliche Stimme, die nach Peter klang.

»Perfekt, dann warten wir. Kann ja nicht mehr lange dauern.«

Andy! Ich konnte sein gehässiges Grinsen, das ich so sehr hasste, in seinem Tonfall hören. War er schon von der Versammlung zurück? Dann musste ich ziemlich lange weggetreten gewesen sein. Oder hatte Andy die Versammlung nur vorgetäuscht? Aber warum sollte er so etwas tun?

Peter lachte. »Wenn sie kommt und übernatürliche Unterstützung mitbringt – und davon gehe ich ganz stark aus –, wird es ein Blutbad geben.«

»Psst«, zischte Andy, doch das Geräusch wurde vom Rauschen des Blutes in meinen Ohren übertönt.

Eine Falle! Sie wollten sich nicht nur Valentina holen, sondern auch Aiden und die anderen. Verdammt, ich musste sie warnen. Aber wie, solange ich gefesselt war?

Cassie! Natürlich, Valentina und ich waren die Einzigen, die sie sehen konnten. Zwar hatte ich seit unserem Streit an Halloween mehrfach erfolglos versucht, Kontakt zu ihr aufzunehmen, um mich bei ihr zu entschuldigen und ihr zu helfen, den Weg ins Jenseits anzutreten, aber ich musste es trotzdem probieren. Vielleicht hörte sie mich dieses Mal. Mantraartig wiederholte ich ihren Namen in meinem Kopf, rief mir ihre blauen Augen in Erinnerung, ihre zarte Haut und ihren Duft, bis ich ganz von ihr erfüllt war.

Sie fehlte mir jetzt schon unglaublich, und bei dem Gedanken daran, sie für immer zu verlieren, schnürte sich mir die Kehle zu. Aber was blieb mir für eine Wahl? Ich musste sie gehen lassen, auch wenn es das Schwerste war, das ich jemals tun würde.

Cassie, bitte. Ich brauche dich, komm zu mir, dachte ich nach einigen Minuten ein letztes Mal.

Sie kam nicht, und ich unterdrückte nur mit Mühe einen lauten Fluch. Nachdem sich die Stimmen entfernt hatten, war ich wieder allein in dem verfluchten Labor, doch sicher konnte ich mir nicht sein. Vermutlich lagen Andy und seine Handlanger irgendwo auf der Lauer, denn es dauerte bestimmt nicht mehr lange, bis Valentina und die anderen hier aufschlugen. Ich musste mir schleunigst etwas einfallen lassen.

Machte ich etwas falsch? War Cassie immer noch sauer auf mich? Oder lag es daran, dass sie gerade nicht in Dublin war? Aiden hatte mir erzählt, dass sie sich von ihrer Familie verabschieden wollte, die teilweise in England und auf der Halbinsel Howth nördlich von Dublin lebte. Wahrscheinlich war sie nach wie vor dort, auch wenn die Zeit für sie allmählich knapp wurde. Ich konnte sie verstehen. Wenn es mir schon so schwerfiel, sie gehen zu lassen, wie musste sie sich dann damit fühlen, ihre Familie ein letztes Mal zu sehen?

Meine Gedanken wanderten zu meiner Mutter und von ihr weiter zu Bronco. Sie hätte das nervige Vieh bestimmt sofort in ihr Herz geschlossen.

O mein Gott, der Alebrije! Auch er konnte mir helfen. Doch wie nahm ich Kontakt zu ihm auf? Wie zu einem Geist? Ich konzentrierte mich auf ihn. Er war blau-grün gewesen, richtig? Mit einem Schlangenkörper, einem Drachenkopf und Flügeln. Kleine schwarze Knopfaugen, ein vorlautes Maul. Ich sah ihn vor meinem inneren Auge, ein bisschen abstrakt zwar, aber immerhin. Mehr und mehr Details fielen mir ein, bis er immer weiter an Farbe gewann, als würde ich ein Bild ausmalen.

Ich fühlte mich leicht, beinahe schwerelos, und voller Hoffnung. In meinem Kopf hörte ich sogar fröhliche Musik. Dieses Mal hatte es geklappt, ganz sicher, doch als ich die Augen öffnete, erstarrte ich. Bronco war nicht da, aber ich lag auch nicht länger gefesselt auf der Liege. Ich war nicht einmal mehr in dem Labor. Wo zum Teufel war ich?

Ich kannte die Antwort, ohne mich umsehen zu müssen. Trotzdem tat ich es, indem ich mich einmal langsam im Kreis drehte. Kleine Häuser mit bunten Fassaden reihten sich aneinander und übereinander, immer weiter einen Berg hinauf, in den eine Treppe gehauen war. Vorgärten und Balkonkästen konkurrierten um die schönste Blumenpracht, die Luft war erfüllt von Vogelgezwitscher und Zuckerwatteduft. Altmodische Laternen hüllten alles in ein behagliches Licht, und an der Straßenecke stand eine Gruppe Männer. Von ihnen stammte die Musik, von der ich geglaubt hatte, sie nur in meinem Kopf zu hören.

Nein. Nein, nein, nein! Es war unmöglich, dass ich hier war. Außerdem hatte mir Abuelita bei unserem letzten Telefonat davon abgeraten, diesen Weg anzutreten. Wie also war ich hergekommen? Trotz aller Zweifel war das hier unumstritten das Jenseits, das Paradies, der Himmel, das Totenreich. Wie man es auch nannte, am Ende kam es auf dasselbe hinaus. Ich war nicht länger in der Welt, die ich kannte, wobei das auf meinen Körper durchaus zutraf. Nur mein Geist befand sich in einer Art Paralleluniversum.

Ich fuhr mir durch die Haare, holte dann aber tief Luft. Okay, keine Panik. Wenn ich schon mal hier war, konnte ich auch nach Hilfe suchen. Es war nach wie vor der Tag der Toten. Mamá war sicher noch im Diesseits, ebenso wie viele andere Seelen, aber vielleicht fand ich eine alte Nachbarin oder Freundin von Abuelita, die ich zu ihr schicken konnte, denn Valentina musste zurück in Dublin sein. Seelen waren nicht viel anders als wir Menschen, und es gab immer welche, denen der ganze Trubel zu viel war oder die schlichtweg niemanden mehr hatten, den sie auf der anderen Seite besuchen konnten. Aber wie sollte ich so eine Seele finden? Erneut drehte ich mich im Kreis und ließ meinen Blick über die vielen Häuserdächer schweifen. Es würde Stunden dauern, wenn nicht gar Tage, hier alles abzusuchen, doch so viel Zeit hatte ich nicht. So viel Zeit hatte Valentina nicht. Verdammt!

»Hey, alles in Ordnung? Du wirkst ein bisschen verloren. Bist du neu hier?«

Ich wandte mich der angenehm tiefen Stimme zu und stellte überrascht fest, dass einer der Musiker auf mich zu gekommen war. Die Gitarre baumelte an einem Band über seiner linken Schulter. Aus tiefbraunen Augen musterte er mich freundlich.

»Ähm, nein, ich bin quasi auf der Durchreise«, antwortete ich.

»Aber dich bedrückt doch etwas?« Er legte den Kopf schief. »Immer raus mit der Sprache. Wenn ich dir irgendwie helfen kann, tue ich es gern.«

Ich zögerte, denn nach dem Reinfall mit Andy war ich lieber vorsichtig. »Danke, aber ich komme klar.«

»Sicher? In dem Fall solltest du wissen, dass sich dein Geist nicht ewig hier aufhalten kann. Im Moment stehen alle Tore offen, da ist es leicht, zu kommen und zu gehen, doch wenn sie erst mal wieder geschlossen sind ...« Er zuckte mit den Schultern.

Mist, er hatte recht. Abuelita hatte mich und Valentina gewarnt, denn das Totenreich barg einige Gefahren. Die größte von allen war, dass man sich viel zu wohl fühlte und am Ende nicht mehr weg wollte, unabhängig davon, ob man es theoretisch konnte oder nicht. Ich unterdrückte ein Seufzen. Okay, was hatte ich schon zu verlieren?

»Sie sind nicht zufällig Mexikaner?«

Er lachte. »Nein, leider nicht. Ich bin gebürtiger Jamaikaner und habe viele Jahre in England gelebt. Ajani Lecourt.« Er streckte mir seine dunkelbraune Hand entgegen, und ich schüttelte sie.

»Emiliano López.«

Seine Augen blitzten auf. »Freut mich, Emiliano. Also, warum brauchst du einen Mexikaner?«

Nun stieß ich doch ein Seufzen aus. »Weil Tag der Toten ist und ich dringend Kontakt zu jemandem im Diesseits aufnehmen muss. Lange Geschichte.«

»Wenn es weiter nichts ist. Ich habe Voodoo praktiziert, weshalb ich durchaus Möglichkeiten kenne, so einen Kontakt herzustellen.«

»Ich weiß nicht«, erwiderte ich vorsichtig, weil ich mich an Carolines Worte erinnerte. Hatte sie nicht gesagt, man sei einem Voodoomagier einen Gefallen schuldig, wenn er einem half? *Jede* Art von Gefallen? Das behagte mir nicht, immerhin kannte ich Ajani Lecourt überhaupt nicht. Wer wusste, was er nachher von mir verlangte.

»Wie du willst, war nur ein Angebot. Aber ich könnte meine Nichte Lily kontaktieren, wenn du es dir anders überlegst.«

»Lily?« Ich stutzte, weil ich sofort an Valentinas Lily denken musste.

»Liliana Lecourt. Du wirst sie nicht kennen, das wäre schon ein merkwürdiger Zufall.«

»Da ich bisher weder in England noch Jamaika war …« Ich zuckte mit den Schultern.

»O nein, sie ist momentan in Dublin, aber das spielt auch keine Rolle. Im Grunde bräuchte ich nur die Nummer der Person, die du erreichen willst, und die Nachricht an diese Person, dann könnte ich beides an Lily weiterleiten.«

»Dublin?« Meine Aufmerksamkeit war an diesem einen Wort hängen geblieben. Das konnte jetzt kein Zufall mehr sein, oder? »Ihre Nichte ist in Dublin? Hat sie dunkle, schulterlange Braids und trägt das Herz auf der Zunge?«

»Das klingt nach meiner Lily. Sag bloß, du kennst sie?«

Ich nickte, schüttelte den Kopf. Beides gleichzeitig. »Flüchtig, wenn sie es denn ist. Sie ist die Freundin meiner Schwester Valentina, die ich erreichen will.«

Ajani stemmte die Hände in die Hüften. »Das gibt es doch nicht. Lily hat mir von Valentina erzählt. Und das ist deine Schwester? Die Welt ist ein Dorf.«

Ich erwiderte nichts und fuhr mir stattdessen nachdenklich durch die Haare. Was sollte ich machen? Ich wollte Ajani Lecourt keinen Gefallen schuldig sein, aber hatte ich eine Wahl? Ich musste meine Schwester und die anderen warnen, und das war die perfekte Gelegenheit. Eine bessere würde ich ganz sicher nicht bekommen. Außerdem musste ich so schnell wie möglich zurück, und das nicht nur, weil sich die Tore zwischen den Welten bald schließen würden und ich jetzt schon spürte, wie die fröhliche Ausgelassenheit auf mich überging. Sobald Valentina im Labor war, wollte ich sie unterstützen und nicht bewusstlos herumliegen.

Okay, ganz ruhig. Ajani und Lily kannten sich, waren sogar miteinander verwandt. Was konnte er also schon für einen Gefallen von mir einfordern? Wahrscheinlich machte ich mich nur verrückt, weil ich mit Andy und seiner sogenannten Selbsthilfegruppe dermaßen auf die Schnauze gefallen war.

»Also, was meinst du?«, fragte Ajani. »Soll ich dir helfen?«

Kapitel 38

VALENTINA

Mein Herz stolperte, mein Mund wurde staubtrocken. Ich starrte Lily an, die mir gerade noch so unglaublich leidgetan hatte, dass ich beinahe selbst in Tränen ausgebrochen wäre. Und jetzt stand sie vor mir, mit einem ernsten Ausdruck in den Augen, den ich noch nie an ihr gesehen hatte, und behauptete, ich könne ihr nicht trauen. *¿Dios mío,* wann hörte das endlich auf?

»Wie … wie meinst du das?«, stammelte ich mit dünner Stimme und war trotzdem bereit, mich an jeden Strohhalm zu klammern.

Lily schluckte schwer. »Ash hat mir vorgeworfen, dass ich einen Plan verfolge. Er hat recht. Nur hat dieser Plan nichts mit Henri zu tun – sondern mit dir.«

»Mit … mir?« Ich schüttelte den Kopf, verstand kein Wort und sah in die Runde, doch die anderen schienen genauso ratlos zu sein wie ich, wobei Ash und Jared ziemlich skeptisch wirkten.

Lily fuhr sich durch ihre Braids, die sie heute nicht zusammengebunden trug. Mit großen Augen betrachtete sie mich und holte tief Luft. »Ajani und ich hatten dank eines Beschwörungsrituals Kontakt«, platzte sie heraus, woraufhin Ash scharf die Luft einsog. »Er hat gesagt, wir könnten wieder zusammen sein, wenn ich ihm helfe, denn er ist einen Deal mit einem Diab, einem Seelensammler, eingegangen.«

»Was für ein Deal?«, wollte Ash wissen.

»Der Diab wird Ajani zurück unter die Lebenden bringen, wenn er im Gegenzug die Seele der mächtigsten Murphy-Hexe bekommt. Und da Cassandra Murphy nach wie vor zwischen den Welten wandelt, sollte ich Cassies Spur aufnehmen. Dabei bin ich auf dich aufmerksam geworden, Valentina. Zu diesem Zeitpunkt wusste ich nicht, dass du eine Catrina bist, aber ich habe dich mit Cassie reden sehen und bin deshalb davon ausgegangen, dass du mir helfen kannst.«

»Fuck!«, fluchte Celmar unterdrückt, der Cassie sehr gemocht hatte. Ansonsten war es so still im Zimmer, dass man Schnee hätte fallen hören können.

Mit offenem Mund starrte ich Lily an. »Du hast mich benutzt«, flüsterte ich nach einer Weile, während sich Puzzlestück für Puzzlestück zusammensetzte. Sie schüttelte den Kopf, aber ich ließ sie nicht zu Wort kommen. »Natürlich hast du das. Du willst, dass ich Cassie ins Totenreich führe, und zwar nicht um ihretwillen, sondern damit du deinen Onkel zurückbekommst.« Mir wurde schlecht, und mit einem Mal drehte sich alles. Ich taumelte ein paar Schritte rückwärts und sank auf meine Matratze.

»Das wollte ich, ja«, gab Lily zu, »aber jetzt weiß ich, was Ajani im Sommer wirklich getan hat. Und das ändert alles. Um ehrlich zu sein, hatte ich schon vorher Zweifel. Valentina, sieh mich an.«

Erst jetzt fiel mir auf, dass ich auf den Boden vor mir starrte. Langsam hob ich den Kopf. Lily war in wenigen Schritten bei mir, kniete sich vor mich hin und nahm meine Hände in ihre. Ich wollte sie ihr entreißen, aber mein Körper machte nicht mit. Der niedergeschlagene Ausdruck in ihren Augen wirkte so echt.

»Mit jedem Tag, den ich mit dir verbracht habe, fiel es mir schwerer, an dem Plan festzuhalten. Weil ich dir so viel verheimlichen musste und dich nicht verlieren wollte, falls du dahinterkommst. Weil ... weil ich mich in dich verliebt habe. Hörst du? Ich liebe dich, und das ist mir wichtiger als Ajani. Wichtiger als alles andere.« Ihre Augen schwammen, und auch meine füllten sich erneut mit Tränen.

Aus den Augenwinkeln bemerkte ich, wie sich Ash mit den Händen über das Gesicht fuhr. »Ist dir eigentlich klar, was du beinahe getan hast, Lily?«

»Jetzt schon«, erwiderte sie, ohne den Blick von mir zu nehmen. »Bis eben kannte ich die Wahrheit über Ajani nicht. Ich war verzweifelt, habe mich vollkommen allein gelassen gefühlt. Ajani war wie ein Vater für mich. Als er gesagt hat, wir könnten wieder zusammen sein ...« Ihre Stimme brach. »Ich habe nicht mehr klar gedacht, aber ihr habt natürlich recht. Ich hätte von Anfang an wissen müssen, dass es falsch ist, und ich hätte dir nichts vorspielen dürfen, Valentina. Wobei ...« Sie schluckte und senkte den Blick auf unsere Hände. Eine Träne tropfte auf meine Haut. »Was meine Gefühle betrifft, habe ich dir nie etwas vorgespielt, sie waren immer echt.«

»Ich glaube dir«, erwiderte ich, ohne dass mein Gehirn Zeit hatte, über ihre Worte nachzudenken. Dennoch spürte ich tief in mir, dass es die Wahrheit war, denn das zwischen uns fühlte sich wahrhaftig an. Ich würde es wissen, wenn sie log, denn ich hatte immer geahnt, dass sie etwas beschäftigte, was sie mir nicht anvertrauen wollte. Außerdem konnte ich verstehen, warum sie so gehandelt hatte.

»Wirklich?«, flüsterte sie und sah mich von unten an. Ich nickte, und sie fiel mir um den Hals. »Du glaubst gar nicht, wie erleichtert ich bin. Danke, Valentina.«

Ich nahm mir einen Moment, um sie an mich zu drücken, und obwohl ich sie gern noch länger gehalten hätte, löste ich mich schließlich von ihr. »Wir müssen uns um Emiliano und dann um Cassie kümmern. Morgen Nacht verstreicht ihre Frist. Wenn sie bis dahin nicht ins Totenreich übergetreten ist, wird ihre Seele niemals Ruhe finden.«

Das schlechte Gewissen nagte an mir, weil bisher weder mein Bruder noch ich der Hexe hatten helfen können. Gleichzeitig war ich froh darüber, denn allein die Vorstellung, dass jemand Seelen sammelte und Cassie demjenigen in die Hände fallen könnte, ließ Übelkeit in mir aufsteigen.

»Ich werde nicht zulassen, dass dieser Seelensammler Cassie bekommt«, stieß Celmar zwischen zusammengebissenen Zähnen hervor.

»Ganz ruhig, Celmar, das will niemand von uns«, erwiderte Aiden. »Wir lassen uns etwas einfallen, aber zuerst befreien wir Emiliano. Hat Andy inzwischen geantwortet?«

Er sah zu mir, und ich griff nach meinem Handy. Mein Herz machte einen Satz, als mir die ungelesene Nachricht ins Auge sprang. Mit zitternden Fingern tippte ich darauf und las sie laut vor. Andy hatte nicht viel geschrieben. Er hatte mich noch einmal ermahnt, allein zu kommen, und mir einen Zeitpunkt sowie den Ort des Treffpunkts genannt – eine Adresse in den Dublin Docklands, dem Hafenviertel der Stadt. Ich wollte das Handy gerade weglegen, als noch eine Nachricht von ihm kam, oder besser gesagt ein Video: Emilianos Gesicht in Nahaufnahme. Er schien zu schlafen, aber er atmete.

Dios mío, war er bewusstlos? Hatten sie ihm etwas gegeben? Ging es ihm gut?

Wortlos reichte ich das Handy an Aiden weiter, der sich das Video ganz genau ansah. »Andy ist nicht blöd, leider kann man im Hintergrund so gut wie nichts erkennen«, meinte er schließlich. »Aber dein Bruder lebt, und das ist erst mal die Hauptsache. Also los.«

»Aber wir haben noch eine halbe Stunde«, wandte ich mit zitternder Stimme ein.

»Na und? Du sollst auch allein kommen«, erwiderte Sharni und schob sich nach vorn an den Rand der Matratze. »Mit Terroristen verhandelt man nicht. Vertrau uns, wir werden im Vorteil sein.«

»Okay, gehen wir.«

»Warte kurz.« Caroline rutschte von Ashs Schoß und kam zu mir. »Soll ich noch dein Catrina-Make-up verschwinden lassen?«

Zuerst war ich unsicher, doch dann sah ich in ihre warmen braunen Augen und straffte die Schultern. »Ich werde so gehen.« Ich war eine Catrina, und ich würde mich nicht verleugnen. Entweder die Welt kam damit klar oder nicht.

Auf Carolines Lippen stahl sich ein Grinsen, und sie strich mir über den Arm. »Richtig so, zeigen wir es ihnen.«

Keine Ahnung, wie sie das anstellte, aber ich fühlte mich auf der Stelle zuversichtlicher. Innerhalb kürzester Zeit waren sie und die anderen in mein Leben getreten, und ich war so dankbar, sie an meiner Seite zu wissen. Gemeinsam würden wir es schaffen. Gemeinsam würden wir meinen Bruder befreien.

Ich wandte mich Lily zu und erschrak, als ich ihren leeren Blick bemerkte. In zwei Schritten war ich bei ihr und nahm sie bei den Schultern. »Lily, ist alles okay? Lily?« Sie gab keine Antwort, schien mich nicht einmal wahrzunehmen. Zwar bewegte sich ihr Mund kaum merklich, aber es kam kein hörbares Wort über ihre Lippen. Ich wollte sie rütteln und spürte in derselben Sekunde eine Hand auf meiner eigenen Schulter.

»Nicht«, sagte Caroline schnell. »Ich glaube, sie befindet sich in

Trance. Am besten, wir lassen sie kurz in Ruhe. Sie wird von allein wieder zu sich kommen.«

»Aber …«

»Ihr wird nichts geschehen«, versprach Caroline.

Einige Sekunden lang zögerte ich, doch dann nahm ich die Hände von Lilys Schultern und trat einen Schritt zurück. Tatsächlich wirkte Lily nicht, als hätte sie Schmerzen, trotzdem machte ich mir Sorgen.

»Das ist ein bisschen gruselig, oder?«, meinte Ash, der sich neben mich stellte. »Aber du gewöhnst dich daran. Voodoo ist ganz anders als meine oder Jareds Magie und unglaublich machtvoll.«

»Was ist denn mit ihr?«, fragte Kailey leise, die zu uns herübergekommen war.

Mein Blick fiel auf Ashs angespannten Kiefer. »Ich nehme an, Ajani hat zu ihr Kontakt aufgenommen, auch wenn mir dieses Vorgehen völlig neu ist. Ich dachte immer, es funktioniert nur andersherum. Offenbar habe ich mich getäuscht.«

»Nicht zwingend«, erwiderte ich, schon wieder etwas ruhiger. »Die Tore ins Jenseits stehen momentan offen, es ist Tag der Toten. Lily hat mir zudem erzählt, dass der zweite November auch im Voodoo eine Art Feiertag ist.«

»Sie kommt zu sich.« Caroline bedeutete uns, still zu sein.

Aufmerksam beobachtete ich, wie Lily ein paarmal blinzelte, bevor sich ihr Blick fokussierte. Ich verspürte den Drang, sofort zu ihr zu eilen, hielt mich jedoch zurück und ließ Caroline den Vortritt, die Lily zu meinem Bett führte, damit sie sich setzen konnte.

»Ajani?«, fragte sie.

Lily nickte, ihr Blick ruhte auf mir. »Er hat eine Nachricht von Emiliano für uns.«

»Von meinem Bruder?« Nun lief ich doch zu den beiden und hockte mich vor Lily. »Was hat er gesagt?«

»Er hat uns gewarnt. Das Ganze ist eine Falle.«

»Erzähl uns was Neues«, meinte Sharni, die ihre rotblonden Haare gerade zu einem Pferdeschwanz zusammenband. »Natürlich ist das eine Falle, das wussten wir auch vorher.«

Ich warf ihr einen ungläubigen Blick zu, woraufhin sie nur mit den Achseln zuckte. »Hat er gesagt, was uns erwartet?«, wandte ich mich wieder an Lily.

»Es wird ein Blutbad geben, wenn du Unterstützung mitbringst. Dein Bruder weiß nicht, wie viele es sind, aber sie sind auf jeden Fall vorbereitet. Außerdem wurden auch die verschwundenen Drachen an den Ort verschleppt, wo er gefangen gehalten wird.«

»Sind sie verletzt?«, fragte Aiden sofort.

Lily zuckte mit den Schultern. »Das hat er nicht gesagt.«

Aiden fluchte unterdrückt. »Okay, das ändert nichts. Valentina geht nicht allein, jetzt erst recht nicht.«

»Sehe ich ebenso, wir sind immerhin Drachen. Was sollen sie uns schon anhaben?« Sharni grinste, auch wenn ich nicht verstand, was daran so lustig war. Zu meiner Überraschung grinste nun auch der sonst so besonnene Aiden. Okay, das musste ein Insider zwischen Geschwistern sein.

»Soll ich uns trotzdem teleportieren? Andy weiß zwar nicht, dass wir uns kennen, aber er könnte dennoch damit rechnen.« Caroline sah in die Runde.

»Auf jeden Fall, das scheint mir trotz allem das Sinnvollste zu sein«, erwiderte Aiden und vergewisserte sich mit einem Blick bei mir, dass ich einverstanden war.

»Moment mal«, ging Jared Merlin dazwischen. »Bin ich der Einzige, der sich fragt, wie Emiliano Kontakt zu Ajani aufgenommen hat? Vielleicht ist das nur wieder eine Masche des Voodoonsi.«

»Du meinst, Ajani und Andy arbeiten erneut zusammen?« Caroline legte den Kopf in den Nacken. »Himmel, wann ist das Leben so kompliziert geworden?«

Als sich die Drachen offenbart haben, wollte ich zuerst erwidern, tat es aber nicht, weil ich niemandem ein schlechtes Gewissen machen wollte. Außerdem traf das nur in meinem Fall zu, denn die Hexenclans hatten vorher schon ihre Probleme mit den beiden gehabt.

»Hat dein Onkel dir gesagt, wie es zu dem Kontakt mit meinem Bruder kam?«, fragte ich Lily.

Sie biss sich auf eine Seite der Unterlippe. »Emilianos Geist ist im Totenreich.«

»Was?« Erschrocken riss ich die Augen auf. Abuelita hatte uns gewarnt, nur im Notfall zu diesem Mittel zu greifen. Wie hatte er so leichtsinnig sein können? Entschlossen erhob ich mich. »Okay, lasst uns gehen. Wir müssen meinen Bruder befreien, damit ich ihm in den Arsch treten kann.«

Kapitel 39

Emiliano

Wie ein Ertrinkender schnappte ich nach Luft, als mein Geist zurück in meinen Körper fuhr. Instinktiv wollte ich mich aufsetzen, doch die Fesseln an meinen Handgelenken hinderten mich daran. Einen Fluch unterdrückend sah ich mich um. Wo auch immer Andy und die anderen auf Valentina warteten, sie waren nicht im Labor. Wenn ich nur wüsste, was genau sie planten. Hoffentlich hielt dieser Ajani Lecourt wenigstens sein Wort und leitete meine Nachricht an Lily weiter.

Ich wandte den Kopf wieder zur anderen Seite und erschrak, als Cassie plötzlich neben mir stand. Nur eine Sekunde später durchflutete mich Erleichterung.

»Du hast mich gerufen?« Sie klang schüchtern, als wäre sie sich nicht sicher, wie wir jetzt zueinander standen. Seltsamerweise beruhigte mich das, anstatt mich ebenfalls zu verunsichern.

»Danke, dass du gekommen bist, das bedeutet mir viel«, flüsterte ich, um niemanden auf uns aufmerksam zu machen.

»Ich wäre schon eher gekommen, aber …« Ihr Blick fiel auf meine Fesseln, und sie zuckte zusammen. »O mein Gott, was ist passiert?«

Ohne meine Antwort abzuwarten, machte sie sich daran, mich zu befreien. Ich spürte ihre kühlen Finger auf meiner Haut, und tatsächlich konnte sie auch die Fesseln berühren. Wir wechselten einen überraschten Blick, ehe sie mich losmachte. Nachdem ich mir über die Handgelenke gerieben hatte, zog ich Cassie für einen Atemzug fest an mich. Dann sah ich mich nach einem Telefon um, konnte aber weder ein Handy noch einen Festnetzanschluss entdecken. Kurz zögerte ich und schaute über meine Schulter zum Durchgang, hinter dem ich die Zellen vermutete. Es behagte mir nicht, ohne meinen Vater zu gehen, gleichzeitig wusste ich, dass ich gegen Andy und die anderen nicht den Hauch einer Chance hatte. Auch wenn es mir schwerfiel, ich musste Papá vorerst zurücklassen.

»Lass uns abhauen, ich muss so schnell wie möglich zu meiner Schwester.«

Ich rutschte von der Liege und biss die Zähne zusammen, als mich ein heftiger Schmerz durchfuhr. Das verfluchte Bein. Und meine Krücken waren nirgendwo zu sehen. Dann musste es eben ohne gehen. Cassie legte einen Arm um meine Taille, doch ich traute mich nicht, mich auf ihr aufzustützen, und humpelte neben ihr auf eine unscheinbare Tür am anderen Ende des Labors zu. Wir waren kaum ein paar Schritte gekommen, als ich hinter uns ein leises Lachen vernahm.

»Wie auch immer du dich befreien konntest, du wirst nicht weit kommen. Das ist dir klar, oder?«

Bevor ich mich zu Andy umdrehen konnte, tauchte Valentina wie aus dem Nichts in der Mitte des Raumes auf, Caroline an ihrer einen Seite, Lily an der anderen. Sie hatten Ash, Aiden, Kailey, Celmar und Sharni dabei, der ich seit der Sache im Fußballstadion zum ersten Mal gegenüberstand, außerdem Jared Merlin, den ich ebenfalls nur aus dem Stadion und vom Hörensagen her kannte. Erleichterung mischte sich mit Panik.

Warum waren sie hier? Hatte Ajani meine Nachricht nicht weitergeleitet?

»Haut ab, das ist eine Falle!«, schrie ich.

»Los!«, kam es gleichzeitig von Aiden, der auf mich zueilte.

»Angriff!«, befahl Andy in derselben Sekunde.

Dann ging alles ganz schnell. Hinter Andy tauchten weitere Kerle auf, mit Gewehren in den Händen, und die Tür, durch die Cassie und ich hatten verschwinden wollen, wurde aufgerissen. Peter, Sean und noch mehr Leute, die ich auf die Schnelle nicht einordnen konnte, stürmten herein. Von beiden Seiten zielten sie auf die Gruppe um meine Schwester. Geschosse sausten durch die Luft, Schreie drangen an mein Ohr.

Ash musste die Zeit verlangsamt haben, denn in der nächsten Sekunde prallte ich hart auf dem Boden auf, ohne getroffen worden zu sein. Aiden landete auf mir. Die Luft wurde aus meiner Lunge gepresst, und ich bekam nur wie durch einen Schleier mit, dass auch Kailey und Sharni auf dem Boden lagen. Meine Schwester, wo war meine Schwester? Gewehre knallten auf die Fliesen, die Munition fiel mitten auf ihrem Weg aus der Luft, als würde sie Tonnen wiegen.

Ich entdeckte Valentina, die halb unter Lily lag und nicht verletzt wirkte, und sah nach Aiden, nachdem ich mich unter ihm befreit hatte. Erleichtert stellte ich fest, dass auch er nicht durchlöchert war, doch etwas steckte in seinem Rücken. Ich sah genauer hin. Eine Spritze? Das war krank, absolut krank. Was hatten sie vor? Vorsichtig zog ich die Spritze heraus, doch was auch immer sich darin befunden hatte, war nun in Aidens Körper.

Suchend sah ich mich nach Cassie um, die Kailey gerade von einer Spritze befreite, und robbte zu ihr. »Kannst du nach meinem Vater sehen und versuchen, ihn zu befreien?«, raunte ich ihr zu und gab ihr eine knappe Beschreibung von Papá. »Und befreit auch die anderen aus den Zellen, wenn ihr könnt.«

Cassie drückte mir einen Kuss auf die Wange und verschwand im Tumult, während Kailey langsam zu sich kam. Sie wirkte benommen, aber ansonsten okay.

»Was ist passiert?«, fragte sie und erschrak, als ihr Blick auf Aiden fiel, der nach wie vor reglos dalag. »Aiden!«

»Er hat wie du eine Spritze mit irgendeiner Substanz abbekommen.«

»Eine Spritze?«, fragte Kailey verwundert. Ihre Hand tastete automatisch über ihre Schulter.

»Lasst uns abhauen«, hörte ich Caroline sagen, die ihre Hände in Andys Richtung ausgestreckt hatte, ganz auf ihn und seine Leute konzentriert. Wenn ich mich nicht irrte, entwaffnete sie unsere Gegner mit ihren Hexenkräften, auf jeden Fall flogen die Gewehre – offenbar Betäubungsgewehre – durch die Luft und knallten gegen eine Wand. Mit dem Rücken zu ihr tat Jared das Gleiche auf der anderen Seite, dort landete das letzte Gewehr auf den Fliesen.

Andy und die anderen hatten den Magiern nichts entgegenzusetzen, sie versuchten es auch gar nicht erst. Niemand schnappte sich erneut eine Waffe, niemand wagte einen Angriffsversuch. Und genau das, ihre Untätigkeit, beunruhigte mich. Sie standen einfach nur da, doch Andy hatte im Vorfeld von einem Blutbad gesprochen.

Irgendetwas stimmt hier nicht. Ich hatte den Gedanken noch nicht zu Ende gedacht, als Sharni und Aiden fast zeitgleich ein Ächzen von sich gaben. Sie rappelten sich auf, zuerst Sharni, dann ihr Bruder. Für den Bruchteil einer Sekunde glaubte ich, mich geirrt zu haben, doch dann spannten sich die Geschwister an. Beide verkrampften die Hände auf dem Boden, krümmten ihre Rücken.

»Verschwindet«, knurrte Aiden erstickt.

»Oh, Scheiße«, fluchte Celmar, der als Einziger von den Drachen keine Spritze abbekommen hatte. »Nichts wie weg hier, sie verwandeln sich.«

Aus den Augenwinkeln bemerkte ich, wie sich Andy und sein Gefolge zurückzogen, wobei mir Andys selbstgefälliges Grinsen nicht entging. Verdammt, ich hatte doch recht gehabt. Andy und die anderen schienen es auf die Drachen abgesehen zu haben und hatten Celmar offenbar nicht als solchen erkannt. Ob in der Spritze ein Mittel gewesen war, das sie zur Verwandlung zwang? War das überhaupt möglich?

Wir mussten ganz schnell Platz zwischen uns und die Drachengeschwister bringen. Ich rappelte mich auf und humpelte ans andere Ende des Raumes. Doch noch bevor ich die Tür erreichte, wurde ich plötzlich wie von einer Druckwelle erfasst und nach vorn geschleudert. Gerade noch konnte ich mich mit den Händen abstützen. Trotzdem schoss ein quälender Schmerz durch mein verletztes Bein und durch meine Handgelenke. Einen Schrei konnte ich nicht unterdrücken, den allerdings niemand hörte, denn in der gleichen Sekunde prasselten Steine, Bretter und Metallstücke auf uns herab. Eine Staubwolke verhüllte mir die Sicht, brachte meine Augen zum Tränen und mich zum Husten. Eine Hand packte mich am Arm, zog mich unter einen der Labortische, der unversehrt geblieben war. Es war Jared Merlin.

»Alles okay?«, fragte er. Auf seiner rechten Wange war ein blutiger Kratzer, seine Haare waren mit Staub bedeckt, sodass sie weiß und nicht mehr blond wirkten. Ansonsten schien er unverletzt. Hektisch sah er sich um, während er auf meine Antwort wartete, die ich ihm nicht gab.

»Hast du Valentina gesehen?«

Er schüttelte den Kopf, Staub rieselte aus seinen Haaren. »Was bei Merlins Bart ist hier passiert? Warum haben sie sich verwandelt?«

»Keine Ahnung. Ich weiß nur, dass sie von einer Spritze getroffen wurden. Das hier ist irgendein krankes Labor. Sie haben auch mir Blut abgenommen. Hat euch Ajani nicht gewarnt?«

»Hat er, aber auf Ajanis Wort ist wenig Verlass. Und wer rechnet denn mit so was?«

Bevor ich antworten konnte, war ein Brüllen zu hören, das mich zusammenzucken ließ. In der nächsten Sekunde schoss eine Feuersalve durchs Labor, und Lily hechtete zu uns unter den Tisch. Sie konnte ihre Beine gerade noch rechtzeitig an ihre Brust ziehen, sonst hätte ihre Jeans vermutlich Feuer gefangen.

»Sharni, hör auf damit!«, hörte ich Celmar schreien.

Lily wischte sich mit dem Handrücken über die Stirn und hinterließ dort eine schwarze Spur. »Die Drachen sind völlig durchgedreht. Was zum Teufel …?«

»Wo steckt meine Schwester?«, unterbrach ich sie.

Nun sah Lily ebenfalls alarmiert aus. »Ich dachte, sie ist bei euch.«

Ohne darüber nachzudenken, kroch ich unter dem Tisch hervor. Ein Splitter bohrte sich in meine Handfläche, mein Bein pochte vor Schmerzen, doch das war mir egal. Einzig und allein meine Schwester war jetzt wichtig. Ich musste sie finden. Wenn sie unter den Trümmern begraben lag … Allein der Gedanke erschwerte mir das Atmen – genau wie der Staub und der Rauch. Mein Blick huschte durch das Labor oder was noch davon übrig war. Die Drachen hatten ein Loch in die Decke gerissen und alles zertrümmert, was ihnen in die Quere gekommen war. Ein Tisch hatte gebrannt, der Computer darauf war bis zur Unkenntlichkeit verkohlt und verströmte einen beißenden Gestank. Automatisch atmete ich noch flacher.

Mein Blick wanderte weiter zu Sharni, die eine erneute Feuersalve in Celmars Richtung ausstieß. Fluchend sprang er zur Seite, rollte sich ab und war binnen weniger Sekunden wieder auf den Beinen.

»Kailey«, schrie er, die allerdings auf Aiden fixiert war. Warum hatte *sie* sich eigentlich nicht verwandelt? Oder war meine Theorie mit der Spritze doch falsch?

Beruhigend redete sie auf Aiden ein, was jedoch nicht viel brachte. Rauch stieg aus seiner Nase, seine Augen glühten beinahe. Verdammt, die Drachen hatten immer behauptet, friedlich zu sein, und jetzt griffen sie ihre Freunde an. Ich wollte es nicht, doch für den Bruchteil einer Sekunde fragte ich mich, ob Andy nicht doch recht gehabt und ich mich für die falsche Seite entschieden hatte.

»Aiden, bitte. Das bist nicht du. Hör auf, kämpf dagegen an. Du schaffst das, das weiß ich.«

Wogegen auch immer Aiden ankämpfen sollte, er verlor. Im nächsten Moment spuckte er Feuer, wobei ... das war kein Feuer. Das war Eis. Knisterndes Eis breitete sich aus und hätte auch Kailey erwischt, wenn sie nicht gekonnt aus dem Weg gesprungen wäre. Ein Frösteln erfasste mich, aber immerhin löschte das Eis Sharnis Feuer, das sie zuvor gelegt hatte.

Am anderen Ende des Raums entdeckte ich Caroline und Ash. Warum unternahmen die beiden nichts? Wofür waren sie Magier? Da trat Caroline, die Ash halb verdeckt hatte, einen Schritt zur Seite, und mein Blick fiel auf meine Schwester. Ash trug sie wie seine frisch angetraute Braut auf seinen Armen. Ihr Kopf hing seltsam nach hinten. *Dios mío,* da war Blut, so viel Blut. Ich wollte zu ihnen, doch in genau diesem Moment sprang Celmar auf Sharnis Rücken. Ihr Brüllen vibrierte in meinem Körper, während sie sich wild im Kreis drehte und versuchte, mit ihrem Maul nach Celmar zu schnappen. Mit Schwanz und Flügeln schlug sie um sich, traf ein Regal, das zusammenbrach. Glas klirrte, Chemikalien spritzten in sämtliche Richtungen, Trümmer flogen durch die Luft. Kailey und ich retteten uns gleichzeitig hinter einer umgekippten Liege.

»Ich verstehe das nicht. Hat das etwas mit den Spritzen zu tun?« Kailey klang atemlos.

Ich hatte auch tausend Fragen, doch die Antworten mussten warten. »Das ist im Moment egal. Wir müssen sie erst mal stoppen.«

»Und wie? Ich will den beiden nicht wehtun.« Kailey klang panisch und tat mir beinahe leid.

»Ich weiß, aber dann werden sie uns umbringen. Du bist selbst ein Drache, du müsstest doch wissen, wie du sie aufhalten kannst.«

Sie warf mir einen irritierten Blick zu, dann blitzte Erkenntnis in ihren grünen Augen auf, und sie seufzte. »Ja, indem man sie tötet.«

Sie schloss für einen Moment die Augen und holte tief Luft. Hastig rutschte ich weg, weil ich nicht von ihrer riesigen Gestalt zermalmt werden wollte, wenn sie sich ebenfalls verwandelte. Doch anstatt zur Drachin zu werden, zog sie zwei Messer aus ihren Hosentaschen und sprang auf. Noch während ich mich fragte, was sie mit den winzigen Dingern gegen die riesigen Drachen ausrichten wollte, verwandelten sich die Messer in Langschwerter. Sharni brüllte erneut. Ich hörte, wie sie Feuer spuckte. In der nächsten Sekunde mischte sich ein tieferes Brüllen unter ihres, das Bersten von Holz drang an mein Ohr. Eine böse Vorahnung erfasste mich, und ich blickte über den Rand der Liege hinweg. Ein dritter Drache mit grauen Schuppen war aufgetaucht und brüllte aus Leibeskräften. Celmar?

Das Herz hämmerte in meiner Brust. Wie sollten wir gegen drei Drachen ankommen? Doch da stürzte sich der graue Drache auf Sharni. Die beiden verkeilten sich ineinander, rollten über die Trümmer hinweg, direkt auf Caroline und Ash zu, die meine Schwester gerade auf einem der wenigen noch nicht zerborstenen Tische abgelegt hatten.

»Passt auf!«, brüllte ich.

Caroline drehte sich um und riss die Augen auf, als sie Sharni und Celmar sah. Sie stürzte sich regelrecht auf Valentina und Ash und teleportierte sie fort. Nur eine Sekunde später krachte der Tisch, auf dem Valentina vorher noch gelegen hatte, unter Sharnis Schwanz zusammen, und die beiden Drachen brachten einen Teil der Wand zum Einsturz. Gesteinsbrocken prasselten herunter, eine Staubwolke wirbelte auf. Wo hatte Caroline meine Schwester und Ash hingebracht?

»Ich will das nicht, aber du lässt mir keine Wahl«, hörte ich Kailey schreien, die sich mit Aiden einen Kampf lieferte. Mit einem ihrer Schwerter schlug sie gegen Aidens Maul, woraufhin dieser brüllte. Blut tropfte aus seiner Wunde, benetzte den Boden und seine Freundin.

Selten war ich mir so hilflos vorgekommen. Aber was sollte ich mit meinen popeligen Kräften gegen diese Ungetüme ausrichten? Ich konnte mit Geistern kommunizieren, aber das würde uns hier und jetzt nicht retten.

Cassie! Ob sie meinen Vater inzwischen befreit hatte? Warum auch immer er sich darauf eingelassen hatte, er arbeitete in diesem Labor. Vielleicht konnte er uns sagen, was los war. Im Moment schien er unsere einzige Chance zu sein. Ich wollte mich gerade auf den Weg machen, als Caroline neben mir auftauchte.

»Das war knapp, danke«, sagte sie und pustete sich eine staubige Locke aus der Stirn.

»Wo sind Valentina und Ash jetzt? Geht es meiner Schwester gut?«

»Mach dir keine Sorgen.« Caroline schenkte mir einen kurzen Seitenblick. »Ich glaube, das sah schlimmer aus, als es ist. Sie hat etwas am Kopf abbekommen. Ash ist bei ihr im Wohnheim, um sich das genauer anzusehen und die Wunde zu versorgen.«

Scheiße, sie *glaubte*, dass Valentina nicht schwer verletzt war? Aber wenigstens war meine Schwester erst mal in Sicherheit. »Ich gehe und suche meinen Vater.«

»Deinen Vater?«, fragte Caroline verwirrt. »Soll ich dich zu ihm bringen?«

Ich schüttelte den Kopf. »Du wirst *hier* gebraucht, außerdem ist er irgendwo in diesem Labor. Ich hoffe, dass er uns helfen kann.«

Caroline hakte nicht weiter nach, obwohl ich die Fragen in ihren schokoladenbraunen Augen aufblitzen sah. Stattdessen griff sie in ihre Jeanstasche und drückte mir einen blauen Zettel samt Feuerzeug in die Hand. »Verbrenn den Zettel, wenn du mich brauchst. Ich halte dir den Rücken frei.«

Ich humpelte los, ohne mich noch einmal umzudrehen.

Kapitel 40

Lily

»Verdammt, wir sitzen hier in der Falle«, fluchte Jared, nachdem er zurück unter den Tisch gekrochen war, um Sharnis Klaue auszuweichen. Zum wiederholten Male fuhr er sich durch die verstaubten Haare, die in sämtliche Richtungen abstanden.

Er hatte recht. Wir hockten immer noch unter dem Tisch, der inzwischen direkt an der Wand klebte und von drei Seiten zugeschüttet war. Vor der einzigen offenen Seite hatten sich Sharni und Celmar ineinander verkeilt. Jared und ich hatten schon mehrfach versucht, aus unserer Deckung zu kriechen, mussten jedoch jedes Mal vor einem umherschlagenden Schwanz oder Flügel zurückweichen. Trotzdem machten mich seine Worte wütend.

»Dann unternimm doch endlich was«, fauchte ich.

»Warum unternimmst du nichts? Immerhin gehörst du zu einem überaus mächtigen Clan, wie uns dein Onkel vergangenen Sommer unbedingt beweisen musste.«

Ich knirschte mit den Zähnen, was im Knistern von Aidens Eisfeuer unterging. »Du weißt ganz genau, dass Voodoo eine gewisse Vorbereitung benötigt. Du hingegen kannst einfach drauflos zaubern. Außerdem ist Sharni *deine* Freundin und nicht meine.« Ich rechnete mit einem fiesen Konter, doch meine Worte hatten Jared den Wind aus den Segeln genommen.

»Erinnere mich nicht daran. Ich habe keine Ahnung, was mit ihr los ist. Versteh mich nicht falsch, sie kann unglaublich temperamentvoll und leidenschaftlich sein, aber so wütend habe ich sie nicht einmal erlebt, als ihr Bruder in dem eingestürzten Höhlensystem war und sie nicht wusste, ob er überlebt hat. Emiliano hat etwas von Spritzen gesagt und dass das hier ein Labor ist. Das muss mit ihrer Wesensveränderung zusammenhängen, anders kann ich es mir nicht erklären.«

Ich verspürte Mitleid, auch wenn ich es nicht wollte, denn ich hasste Jared Merlin. »Kümmern wir uns später um das Warum. Jetzt müssen wir erst einmal herausfinden, wie wir sie zur Vernunft bringen können.«

Sharni und Celmar stoben auseinander, wobei Sharni die Decke erwischte, in der bereits ein großes Loch prangte. Steine und andere Trümmer prasselten auf die Tischplatte, unter der wir hockten.

»Das ist ja das Problem. Wenn wir sie nicht lebensgefährlich verletzen wollen, sind wir so gut wie machtlos«, murmelte Jared.

Hatte er das wirklich gerade gesagt? Ich überspielte meine Panik, indem ich erwiderte: »Lass das bloß nicht Andy oder einen seiner irren Freunde hören.«

Celmar holte Sharni zurück auf den Boden, und ihr Schwanz zuckte unter unseren Tisch. Ich musste beinahe auf Jareds Schoß springen, um auszuweichen. Sie erwischte eines der Tischbeine, und ich sah mich schon unter der schweren Platte begraben, doch Jared reagierte blitzschnell. Er stützte die Platte von unten ab, und zum ersten Mal in meinem Leben war ich froh, dass er mit seinen Kräften die Schwerkraft beeinflussen konnte. Meine Erleichterung hielt allerdings nicht lange an, denn im nächsten Moment stieß Sharni einen Feuerschwall in unsere Richtung aus. Ich schrie und kniff instinktiv die Augen zu. Einige Sekunden spürte ich nur mein panisch klopfendes Herz, das mich noch umbringen würde, wenn es das Drachenfeuer nicht tat, doch es passierte nichts. Vorsichtig öffnete ich die Augen. Da waren keine Flammen mehr, nur Rauch, der mir den Blick vernebelte. Irritiert blinzelte ich.

»Kailey«, erklärte Jared, der noch nie so erleichtert geklungen hatte.

»Kailey?«, hakte ich nicht weniger irritiert nach, woraufhin Jared ein Seufzen ausstieß.

»Du erfährst es ja ohnehin. Hast du dich nicht gefragt, warum sie sich bisher nicht verwandelt hat?«

»Doch, natürlich, aber …«

»Sie ist keine Drachin, sondern eine Fae.«

Fae. Das Wort hallte in meinem Kopf wider, und ich starrte Jared an. »Okay«, sagte ich schließlich nur, obwohl ich völlig verwirrt war. Aber es blieb keine Zeit für Erklärungen, weil Sharni und Celmar schon wieder ineinander verkeilt über den Boden rollten – direkt auf unser Versteck zu. Mist, wir mussten hier weg. Ich rutschte weiter nach hinten und knallte gegen die Wand hinter mir.

Fuck! Ein Loa, ich brauchte die Hilfe eines Loas, doch welche Voodoogottheit war in diesem Fall die Richtige? Mein Hirn fühlte sich leer an. Ich war absolut unfähig, auch nur einen klaren Gedanken zu fassen, während Sharnis mit Stacheln besetzter Rumpf immer näher kam.

Da erschien Caroline wie aus dem Nichts auf dem Durcheinander von grünen und grauen Schuppen, und in der nächsten Sekunde waren die Hexe und die Drachen verschwunden. Meine Schultern sackten nach unten, erleichtert wischte ich mir mit dem Handrücken den Schweiß von der Stirn.

»Scheiße, war das knapp.«

Vorsichtig lugte ich unter dem Tisch hervor. Der Abstand zu Aiden und Kailey war groß genug, sodass wir unser Versteck endlich verlassen konnten. Ich kroch hervor, dicht gefolgt von Jared. Hinter uns krachte der Tisch zusammen, doch ich achtete nicht darauf, sondern sah mich suchend um. Wo steckten die anderen? Wo war Valentina?

Ich zuckte zurück, als Caroline direkt vor mir erschien. »Ups, sorry«, entschuldigte sie sich und trat einen Schritt beiseite. Der Ärmel ihres Shirts war aufgeschlitzt, Blut schimmerte hindurch.

»Soll ich mal schauen?«, bot ich an, doch sie zog ihren Arm zurück.

»Das ist jetzt nicht wichtig.«

»Wo hast du Sharni und Celmar gelassen?«, wollte Jared wissen. »Und wo stecken die anderen?«

»Ich habe die Drachen in den Connemara-Nationalpark gebracht. Auf die Schnelle ist mir nichts Besseres eingefallen, aber dort können sie nicht ewig bleiben. Sharni wird Celmar noch umbringen.«

»Und Valentina?«, fragte ich. Celmars Schicksal war mir nicht egal, er hatte mir und Jared immerhin so gut es ging die fuchsteufelswilde Sharni vom Hals gehalten, aber im Moment machte ich mir mehr Sorgen um meine Freundin.

»Valentina hat sich am Kopf verletzt und ist vorerst in Sicherheit. Ash ist bei ihr, um die Wunde zu versorgen. Und Emiliano wollte seinen Vater suchen, der hier irgendwo ist.«

Ich sah zu Jared, der genau wie ich nicht zu wissen schien, was der Vater der Zwillinge hier verloren hatte. Doch bevor wir nachhaken konnten, flog plötzlich ein Schwert von Kailey in unsere Richtung, und wir stoben auseinander. Die Klinge war blutverschmiert, und ein Schauer rieselte über meinen Rücken. Keine Ahnung, wie das passiert war, aber der Drachenkönig war mir mit seiner ruhigen Art irgendwie ans Herz gewachsen. Ich wollte nicht, dass er ernsthaft verletzt wurde, aber ebenso wenig wollte ich, dass jemand anderes verletzt wurde.

Caroline hob das Schwert mithilfe ihrer Kräfte auf und teleportierte es zurück zu Kailey, die ihren Arm in die Luft gestreckt hatte, es auffing, sich gleich darauf um die eigene Achse drehte und dem bordeauxroten Drachen gegen das Maul schlug. Das darauffolgende Brüllen ließ die Wände erzittern.

»Zwing mich nicht dazu«, schrie Kailey. »Ich habe nicht Seite an Seite mit dir gegen die Fae gekämpft, um dich jetzt zu töten. Das kannst du dir abschminken, Aiden O'Rourke, hörst du?«

Aiden spuckte knisterndes Eisfeuer, doch Kailey konnte er damit nicht aus der Reserve locken. Sie war gut, und sie kämpfte keinesfalls zum ersten Mal gegen einen Drachen. Gekonnt sprang sie aus dem Weg, rollte sich ab und war binnen weniger Sekunden wieder auf den Beinen, um Aiden ein Schwert in die Flanke zu rammen und auf seinen Rücken zu klettern. Aiden brüllte und schlug um sich. Mit seinem Schwanz, der wie Sharnis mit Stacheln besetzt war, hätte er Kailey beinahe von seinem Rumpf gefegt, doch sie machte kurzen Prozess mit ihrem Schwert. Aidens Schmerzenslaut klang beinahe wie ein Jaulen, und mein Herz sackte ein paar Zentimeter tiefer.

Frustriert fuhr ich mir durch die Braids. »Wir können doch nicht einfach nur herumstehen und zusehen.«

»Ich will Aiden nicht wehtun«, erwiderte Caroline, die ebenso verzweifelt klang wie ich.

»Wieso? Er hat doch auch kein Problem damit.« Jared klang

gleichgültig, doch die feinen Nuancen in seiner Stimme verrieten mir, dass ihm Aidens Schicksal nicht egal war.

Caroline seufzte. »Soll ich die beiden auch in den Connemara-Nationalpark bringen?«

Ich schüttelte den Kopf, doch bevor ich erklären konnte, dass unser Problem damit nur an einen anderen Ort verlagert wurde, blinkte das Armband an Carolines linkem Handgelenk in einem leuchtenden Grün.

»Ash braucht meine Hilfe.« Gleich darauf war sie verschwunden.

Valentina! Hoffentlich ging es ihr gut.

Aiden ließ mir keine Zeit, mir weitere Sorgen zu machen, denn in diesem Moment stieß er Kailey mit der vollen Wucht seines Schwanzes von seinem Rücken. Sie flog auf die Wand zu. Erschrocken schnappte ich nach Luft. Wenn sie dagegen knallte … Doch plötzlich verlangsamte sich ihr Flug, und sie segelte dank Jared leicht wie eine Feder zu Boden.

Unterdessen warf ich alle Bedenken über Bord und bückte mich nach einem Stein, der aus der Decke herausgebrochen war, um ihn auf Aiden zu schleudern. Der Stein traf ihn am Kopf, woraufhin Aiden wütend brüllte und Eisfeuer in meine Richtung spie. Schnell sprang ich zur Seite und ächzte, als ein hässlicher Schmerz durch meine linke Schulter fuhr. Bei Kailey sah das irgendwie eleganter aus.

»Bist du verrückt geworden?«, schrie Jared mich an. »Du kannst doch einen Drachen nicht so reizen.«

»Hilf mir lieber«, fuhr ich ihn an, rappelte mich auf und griff nach dem nächsten Stein.

Er war nicht besonders groß, aber dank Jareds Kräfte um einiges schwerer, als er Aiden traf. Sein Gebrüll klang dieses Mal anders, und ich wusste, dass er Schmerzen hatte. Mitleid durchzuckte mich, trotzdem griff ich nach dem nächsten Stein. Ich gönnte Aiden keine Verschnaufpause, bombardierte ihn regelrecht, während sich nun auch Jared ein Wurfgeschoss nach dem anderen schnappte.

»Hört auf!«, schrie Kailey.

Es brach mir das Herz, trotzdem machte ich weiter. Ich durfte nicht aufhören, denn dann würde Aiden uns töten. Jared hatte recht gehabt, einen Drachen sollte man nicht reizen, doch die Einsicht kam zu spät. Plötzlich setzte sich Aiden in Bewegung und stob auf uns zu. Jared schaffte es, rechtzeitig beiseite zu hechten. Ich hatte nicht so viel Glück. Aidens Kopf erwischte mich, und ich wurde zur Seite geschleudert, verlor jegliche Orientierung. Jared musste meinen Aufprall abgebremst haben, denn ich landete vergleichsweise weich auf einem zertrümmerten Tisch. Die rechte Seite, wo Aiden mich getroffen hatte, schmerzte höllisch, tat bei jedem Atemzug weh, und der Drache ließ nicht von mir ab. Dieses Mal würde er kurzen Prozess mit mir machen. Jared bewarf ihn erneut mit Steinen – erfolglos.

Ich rappelte mich auf – gar nicht so einfach auf dem unebenen Grund und mit den Schmerzen – und wusste, dass ich nicht schnell genug sein würde. Scheiße, ich wollte nicht sterben. Hastig griff ich nach einem Brett, aus dem Nägel hervorschauten, um mich wenigstens irgendwie gegen Aiden zur Wehr zu setzen. Da bemerkte ich Kailey aus den Augenwinkeln, die mit ihren Schwertern auf Aiden losging. Eine Klinge rammte sie ihm in die Flanke, die andere in den Bauch. Aiden wankte noch ein paar Schritte, dann krachte er auf den Boden und stieß sich das Schwert am Bauch dabei noch tiefer ins Fleisch. Er schnaubte zittrig, und eine Pfütze aus Blut bildete sich unter ihm, die sich immer weiter ausbreitete. Unfähig, mich zu bewegen, starrte ich den Drachen an, dessen Augenlider flackerten.

Im nächsten Moment hörte ich Caroline erstickt aufschreien. Sie hatte sich mit Ash und Valentina zurück zu uns teleportiert. Auch Emiliano war wieder da, zusammen mit einer jungen Frau und einem Mann, der ihm sehr ähnlich sah.

Wir alle starrten wie hypnotisiert auf den bordeauxroten Drachen, dessen unregelmäßige Atemzüge klangen, als würden sie ihm unglaubliche Schmerzen bereiten. Dann stürzte Kailey auf ihn zu und befreite ihn von dem Schwert in seiner Flanke. Aiden wandte leicht den Kopf zu ihr, seine Augen glühten nicht länger vor Wut, sondern wirkten beinahe menschlich.

»Es tut mir so leid.« Schluchzend schmiegte Kailey ihren Kopf an seinen Hals.

Was hatte ich getan? Wenn ich ihn nicht mit Steinen beworfen und dadurch noch rasender gemacht hätte, wäre das alles nicht passiert. Tränen verschleierten mir die Sicht, ich blinzelte, und als ich wieder klar sah, war der Drache verschwunden. Aiden lag mit blutüberströmtem Oberkörper und nackt auf Kaileys Schoß.

Valentina, die einen Verband um den Kopf trug, stürzte auf die beiden zu. Schlitternd kam sie zum Stehen und kniete sich in die Lache aus Blut. Sie legte beide Hände auf Aidens linke Brust und schloss die Augen. Kaum merklich wippte sie vor und zurück. Ihr Mund bewegte sich, als würde sie etwas murmeln, doch es kam kein Wort über ihre Lippen.

O Gott, sie versuchte, Aiden zu retten, so wie sie es während der Halloweenparty im Garten mit dem Eichhörnchen getan hatte. Ich wünschte, ich könnte ihr irgendwie helfen, doch ich stand einfach nur da und starrte in Aidens Gesicht, wartete darauf, dass er nach Luft schnappte. Nichts geschah, und die Sekunden verstrichen, rannen uns durch die Finger und wurden zu Minuten, während sich die

Blutlache immer weiter ausbreitete. Inzwischen stand ich selbst in einer roten Pfütze, doch das nahm ich kaum wahr. Alles, was ich wahrnahm, war die Stille, die beinahe wehtat.

Irgendwann öffnete Valentina ihre glänzenden Augen, in denen Panik und Verzweiflung lagen – und Resignation. Hatte sie aufgegeben? War er tot?

»Bitte nicht«, kam es kaum hörbar über meine Lippen. Aiden durfte nicht tot sein, das würde ich mir nie verzeihen.

Kailey flüsterte unter Tränen immer wieder Aidens Namen, Caroline barg ihr Gesicht an Ashs Brust, der zwar seine Arme um sie schlang, aber ansonsten wie erstarrt wirkte.

»Emiliano!« Valentinas panische Stimme durchschnitt mit einem Mal die Stille. Sie bedeutete ihrem Bruder, zu ihr zu kommen, ohne ihre Hände von Aidens Brust zu nehmen. Humpelnd bahnte er sich einen Weg durch die Trümmer und kniete sich auf Aidens andere Seite. »Du musst mir helfen. Allein schaffe ich es nicht, aber zusammen haben wir vielleicht eine Chance.«

»Was meinst du?«, fragte Emiliano verwirrt.

»Ich habe die Gabe, Leben zu verlängern, und du hast sie möglicherweise auch. Lass es uns versuchen. Nimm meine Hand und wünsch dir, dass Aiden überlebt.«

Sie hielt Emiliano eine ihrer blutverschmierten Hände hin. Ihr Bruder ergriff sie, legte die andere Hand neben Valentinas auf Aidens Brust und schloss wie sie die Augen. Erneut dehnten sich die Sekunden, wurden zu einer kleinen Ewigkeit. Ich wagte kaum zu atmen. Wie viel Zeit war inzwischen vergangen? Aiden hatte so viel Blut verloren. Gab es überhaupt noch Hoffnung für ihn?

Kaileys Blick traf meinen, und ich musste wegsehen, weil ich die Verzweiflung in ihren Augen kaum aushielt. Sie schien nicht einmal böse auf mich zu sein, dabei hatte ich sie quasi gezwungen, ihren eigenen Freund umzubringen. Er oder ich, und sie hatte sich dazu entschlossen, mein Leben zu retten. Warum hatte sie mich gewählt?

Ich senkte den Blick – und riss die Augen auf. Ich stand nicht länger in einer Lache aus Blut. Der Boden war zwar nach wie vor rot gefärbt, doch das Blut zog sich ganz langsam zurück, als würde ein unsichtbarer Schwamm es aufsaugen. Konnte es sein …? Schnell sah ich zu Aiden. Er lag unverändert in Kaileys Schoß, regungslos, die Augen geschlossen, die Atemzüge nicht sichtbar, sofern er überhaupt noch atmete. Und trotzdem wagte ich es, wieder zu hoffen. Valentina war stark, und sie hatte die Unterstützung ihres Bruders. Zusammen konnten sie Aiden das Leben retten. Weitere Sekunden vergingen – sieben, acht, neun –, und endlich, endlich holte Aiden tief Luft. Während sich seine Augen öffneten und er sich verwundert umsah, füllten sich meine vor Erleichterung mit Tränen.

»Willkommen zurück, Aiden«, sagte Valentina, und ich hörte das Lächeln in ihrer Stimme, das ich so sehr liebte. Sie ließ sich nach hinten sinken und strich sich mit dem Unterarm über die Stirn. Nun konnte und wollte ich mich nicht länger zurückhalten.

Ich ging zu ihr, schlang von hinten meine Arme um sie und flüsterte ihr ins Ohr, wie stolz ich auf sie war, bevor ich ihr einen Kuss auf die Wange gab. Sie schmiegte sich an mich und umfasste meine Arme mit ihren Händen. Es spielte überhaupt keine Rolle, dass Aidens Blut noch daran klebte. Wir alle waren einfach nur froh, am Leben zu sein. Froh, dass es vorbei war. Kailey weinte Freudentränen und wollte Aiden nicht mehr loslassen, auch Caroline wischte sich über die Augenwinkel. Jared klopfte Aiden auf die Schulter, während Ash, der Aiden seine Jacke gegeben hatte, mit belegter Stimme murmelte, dass ihm der Drachenkönig eine Scheißangst eingejagt hätte.

Schließlich gab ich meine Freundin frei, damit sie und ihr Bruder sich umarmen konnten. Auch ihr Vater war inzwischen mit der jungen Frau auf dem Weg zu unserer kleinen Gruppe.

»Ich bin stolz auf dich, Valentina«, sagte er wie ich zuvor und schloss seine Tochter in die Arme.

»Papá? Was machst du hier?«

Er seufzte. »Das ist eine lange Geschichte. Ich erzähle sie euch später, aber jetzt sollten wir erst mal zusehen, dass wir die Kameras finden, die Andy hier installiert hat, sofern sie nicht zu Bruch gegangen sind. Und wahrscheinlich wurden die Aufzeichnungen auch automatisch auf einem Server oder ähnlichem gespeichert. Niemand sollte zu Gesicht bekommen, was hier passiert ist.«

Er warf Aiden einen Blick zu, der sich mit Kaileys Hilfe erhob. Dabei wirkte er alles andere als schwach, sondern nur ein bisschen mitgenommen. Er schenkte der jungen Frau, die mit Emiliano und seinem Vater gekommen war, ein warmes Lächeln. »Schön, dich zu sehen, Kiana. Geht es dir gut?«

Sie nickte. »Im Gegensatz zu dir bin ich nicht fast gestorben. Alles okay?«

Er blickte an sich hinab und grinste schief. »Es sieht schlimmer aus, als es ist. Valentina, Emiliano – ich stehe auf ewig in eurer Schuld. Danke!«

Valentina schüttelte den Kopf. »Das war das Mindeste, nachdem du mir geholfen hast, meinen Bruder zu befreien. Was ist denn mit den anderen verschwundenen Drachen? Wurden die nicht hier festgehalten?«

»Nein, und ich habe leider keine Ahnung, wo sie sind«, erwiderte ihr Vater.

»Am besten, wir teilen uns auf«, schlug ich vor. »Jemand sollte

Andy und seine Leute aufhalten, bevor sie noch mehr Schaden anrichten können. Und wir müssen Sharni und Celmar zurückholen.«

»Sofern die beiden sich nicht gegenseitig zerfleischt haben«, murmelte Caroline. »Ich kümmere mich um die zwei. Hoffen wir mal, dass sie inzwischen wieder ›normal‹ sind.«

»Ganz bestimmt«, versicherte ihr Valentinas Vater. »Die Substanz in der Spritze hat sie dazu gezwungen, sich zu verwandeln, und die Aggressivität hervorgerufen, aber die Wirkung hält nicht lange an. Drachen haben einen schnellen Stoffwechsel, die Inhaltsstoffe sollten mittlerweile abgebaut sein.«

Ein Schauer lief mir über den Rücken, und für einen Moment herrschte Schweigen. Valentina starrte ihren Vater an, und auch wir anderen fragten uns, warum er so viel wusste, doch niemand traute sich nachzufragen. Und was das erwähnte Mittel noch alles anrichten konnte, wollte ich mir lieber nicht ausmalen. Angenommen, jemand spritzte es einem Drachen auf einem öffentlichen Platz voller Menschen ...

»Okay, ich sehe nach Sharni und Celmar«, durchbrach Caroline die Stille und verschwand.

»Und ich kümmere mich um Andy und die entführten Drachen«, sagte Emiliano. »Ash, Jared? Kann ich auf euch zählen?«

»Auf jeden Fall«, meinte Ash. »Mit Andy haben Jared und ich ohnehin noch ein Hühnchen zu rupfen. Nicht wahr, Merlin?«

Kapitel 41

Valentina

Ich konnte nicht fassen, was mein Vater da erzählte. Er hatte tatsächlich in diesem Labor gearbeitet, heimliche Forschungen mit Drachenblut und Drachen-DNA angestellt und dabei unabsichtlich den Wirkstoff mitentwickelt, der Drachen aggressiv machte.

Zugutehalten konnte ich ihm nur, dass er unter der Vorspiegelung falscher Tatsachen in das Labor gelockt worden war. Meine Mutter war an Krebs gestorben, und Papá wurde in dem Glauben gelassen, es ginge um die Entwicklung von Medikamenten gegen Krebs und andere schwere Zivilisationskrankheiten. Auf diese Weise auch die Spezies der Drachen erforschen zu können, war nur ein Pluspunkt für Papá gewesen. Ich werde nie vergessen, wie er nach Mamás Diagnose nächtelang in seinem Arbeitszimmer gesessen und Bücher gewälzt hatte. Bis heute verstand er nicht, warum es noch niemand geschafft hatte, ein wirksames und ungefährliches Medikament gegen Krebs zu finden. Das Blut der Drachen war diesbezüglich sehr vielversprechend, denn Drachen verfügten über beeindruckende Selbstheilungskräfte. Hätte Aiden sich nach Kaileys Angriff nicht zurückverwandelt, hätte er sich vermutlich selbst heilen können. Doch die Substanz aus der Spritze hatte ihn mit nachlassender Wirkung dazu gezwungen, wieder zum Menschen zu werden. Und genau das war Papás eigentlicher Auftrag gewesen. Er sollte ein Mittel finden, um die Drachen bei einem Angriff dazu zu zwingen, sich in Menschen zu verwandeln. Doch Andy, der in London Chemie studiert hatte, hatte hinter Papás Rücken weitergeforscht, bis das Gegenteil herausgekommen war.

Als Papá schließlich entdeckt hatte, was wirklich vor sich ging, hatte er kündigen und das Labor anzeigen wollen, doch er wurde bedroht. Wenn er jemandem von den Forschungen erzählen oder mit Emiliano und mir das Land verlassen würde, würde man seiner Familie etwas antun. Jetzt verstand ich auch, warum er am Telefon so seltsam reagiert hatte, als ich bei Abuelita in Mexiko gewesen war.

Inzwischen hatten wir unsere Wunden versorgt – zum Glück war niemand ernsthaft verletzt worden – und uns umgezogen. Da es im Wohnheim ein bisschen eng für uns alle wurde, waren wir zu Papá gegangen, wo wir uns im Wohnzimmer verteilt hatten. Ich saß zwischen Lily und Papá auf einem der beiden Sofas, Sharni, Jared, Kailey und Aiden auf dem anderen. Caroline und Ash hatten es sich ebenso wie Celmar auf dem Boden gemütlich gemacht, und Emiliano kuschelte mit Cassie auf dem Sessel. Mittlerweile wussten alle über Cassie Bescheid. So wunderte sich niemand darüber, dass mein Bruder einen Geist auf seinem Schoß sitzen hatte, den die meisten von uns nicht sehen konnten. Er hatte die Arme um sie gelegt, als würde er sie nie wieder loslassen wollen. Mein Herz wurde schwer, als ich daran dachte, dass wir ihr schon sehr bald den Weg ins Totenreich weisen mussten. Und nachdem die entführten Drachen und auch die verschwundene Hexe in Sicherheit waren und Andy und seine Truppe in dem Lagerhaus festsaßen, in dem vorher die Drachen eingesperrt gewesen waren, bis wir wussten, was wir mit ihnen machen sollten, hatten wir keine Ausrede mehr, das Ganze noch länger aufzuschieben. Ich wollte Cassie genauso wenig wie Emiliano gehen lassen, denn sie war mir ans Herz gewachsen, aber es musste sein. Ihr Platz war nicht länger in dieser Welt, hier würde sie auf Dauer keinen Frieden finden.

»Wie bringen wir diesen Andy denn jetzt zur Strecke?«, fragte Celmar, der immer wieder zu meinem Bruder schielte. Es war sicher nicht leicht für ihn, Emiliano zusammen mit Cassie zu erleben, selbst wenn er Cassie in diesem Moment nicht sah. »Wir können ihn nicht ewig in dem Lagerhaus festhalten.«

»Ich werde Damian darauf ansetzen«, antwortete Aiden. »Er ist mein Berater und verhandelt mit der irischen Regierung über unsere Staatsbürgerschaft. Ihm wird sicher etwas einfallen.«

»Andy ist auch nicht das eigentliche Problem. Er ist lästig, aber er wird niemals der Kopf der ganzen Bewegung sein, denn er ist kein Anführer, sondern ein Mitläufer, der tut, was man ihm sagt«, meinte Caroline. Sie hatte die Füße ausgestreckt und ihren Kopf an Ashs Schulter gelehnt.

»Dafür ist er aber ziemlich berechnend«, murmelte Sharni, die darauf anspielte, dass Andy die clanlose Hexe nur entführt hatte, um sie dazu zu zwingen, das Lagerhaus in den Dublin Docklands mit Magie zu schützen, damit es nicht geortet werden konnte.

»Und er hat eindeutig etwas gegen alles, das auch nur ansatzweise übernatürlich ist«, fügte Jared hinzu. »Erst war er Ajanis Hampelmann und hat sich auf uns Magier eingeschossen, und jetzt hetzt er gegen die Drachen. Die Frage ist nur, wer ihn dieses Mal angestiftet hat.«

»Wer hat dich denn eingestellt?«, fragte Emiliano unseren Vater. »Hast du einen Namen?«

Papá sah zu mir. »Erinnerst du dich an diesen Anwalt, der mich aufgesucht hat, als du bei mir im Büro warst?«

»Der hat dir den Job vermittelt?«, fragte ich. »War der nicht aus London?«

Papá nickte. »Simon Smith von der Londoner Anwaltskanzlei *Beaver, Whitebait & Smith*.«

»Mr Smith aus London?«, erwiderte Emiliano überrascht. Auch Cassie machte große Augen, während sich Caroline alarmiert aufsetzte und Ash wissend ansah.

»Okay, was hat es mit dieser Kanzlei auf sich?«, fragte Lily, bevor ich es tun konnte.

»*Beaver, Whitebait & Smith* hat sich in London auf Magier spezialisiert«, erklärte Ash mit finsterer Miene. »Sie haben weltweit weitere Standorte und kümmern sich grundsätzlich um übernatürliche Fälle. Und sie nehmen es verdammt ernst mit der Schweigepflicht. Wir haben mit Mr Beaver gesprochen, als wir noch nicht wussten, von welchem Clan Caroline abstammt, und obwohl die Kanzlei mit Carolines Fall betraut war, wollte er uns nicht weiterhelfen.«

»Ihr könntet mit meinem Vater sprechen«, schlug Cassie vor, die mit ihrem Zeigefinger Kreise auf dem Unterarm meines Bruders zeichnete. »Wenn ihr ihm sagt, dass ihr mich kanntet, hilft er euch vielleicht weiter, er arbeitet nämlich in der Kanzlei in London.«

Ich berichtete den anderen, was Cassie gesagt hatte. »Ist es nicht ein seltsamer Zufall, dass Cassies Vater dort arbeitet und auch Caroline mit den Anwälten zu tun hatte?«, fügte ich hinzu.

»Es wird noch mysteriöser«, meinte Emiliano. »Bei einer unserer Versammlungen tauchte ein Mr Smith auf, der auf Andys Bitte aus London angereist war, um zu bestätigen, dass es in der britischen Hauptstadt Hexenclans gibt. Er hat ein großes Geheimnis aus allem gemacht, durfte angeblich nichts sagen, weil man ihn sonst feuern würde.«

»Smith ist ein ziemlich verbreiteter Name«, murmelte Ash. »Bist du sicher, dass er von der Kanzlei kam?«

»Wie sah er denn aus?«, hakte ich nach. »Wie eine jüngere Version von Sean Connery?«

»Könnte hinkommen«, antwortete mein Bruder. »Um die fünfzig, groß, breitschultrig, angegraute, dunkle Haare. In seinem Anzug wirkte er ziemlich Respekt einflößend.«

»Das ist er«, sagten Ash und ich gleichzeitig.

Einen Moment herrschte Schweigen, dann schüttelte Papá den Kopf. »Aber warum sollte ein Londoner Anwalt Interesse an einem irischen Labor haben, um Drachen zu erforschen? Das ergibt doch überhaupt keinen Sinn.«

»Eben«, erwiderte Aiden, der bisher ziemlich ruhig gewesen war. »Genau das macht mich stutzig. Fakt ist, dass die Kanzlei über uns Bescheid weiß, uns sogar vertritt. Sogar mein Vater hat mit der Kanzlei in Dublin zusammengearbeitet.«

»Wirklich?«, fragte Jared. »Was habt ihr denn mit den Anzugträgern am Hut?«

»Du weißt doch, dass wir vor dem Krieg Diamanten produziert und verkauft haben«, antwortete Sharni. »Das Geschäft hat einen Berg an Papierkram verursacht. Glaub mir, ich weiß, wovon ich rede. Nachdem Vater gestorben ist und alle Aiden für tot gehalten haben, musste ich mich für ein paar Stunden um alles kümmern. Und das hat mir schon gereicht.«

»Die Kanzlei hat eindeutig etwas zu verbergen«, bemerkte ich. »Aber bevor wir uns weiter Gedanken darüber machen, sollten wir uns überlegen, was wir wegen Ajanis Deal mit dem Seelensammler unternehmen. Cassie bleibt nicht mehr viel Zeit.« Ich warf ihr einen kurzen Blick zu.

Sie schenkte mir ein trauriges Lächeln und schmiegte sich noch enger an die Brust meines Bruders.

»Ich wüsste da etwas, aber das ist ziemlich radikal«, begann Caroline zögerlich und wechselte einen Blick mit Lily.

»Wir tun es trotzdem, denn es ist die einzige Möglichkeit«, widersprach sie.

»Bist du sicher?«

»Worum geht es denn?« Ich sah von Caroline zu Lily.

»Wir verbannen Ajani aus dem Jenseits«, antwortete meine Freundin zu meiner Überraschung. »Dann platzt sein Deal mit dem Seelensammler, und Cassie ist frei.«

»Sicher, dass du das tun willst?«, hakte ich nach. »Er ist immerhin dein Onkel.«

»Sieh mich an«, bat sie mich mit einem entschlossenen Unterton.

Ich zog mein Bein aufs Sofa, wandte mich ihr richtig zu und erkannte die Entschlossenheit nun auch in ihren Augen.

»Um meinen Fehler wiedergutzumachen, würde ich alles für dich tun, hörst du? Alles. Ich dachte, ich hätte nur noch Ajani, aber das stimmt nicht. Ich bin nicht länger allein, denn ich habe dich.«

»*Te quiero*«, flüsterte ich. *Ich liebe dich.*

Es war das erste Mal, dass ich es laut aussprach, aber es war nicht das erste Mal, dass ich es fühlte.

Eine halbe Stunde später hatte Lily mit Carolines Hilfe alles für das Voodooritual vorbereitet. Wir hatten die beiden Sofas und den Sessel samt Tisch vor die große Fensterfront geschoben, hinter der die Lichter von Dublins Innenstadt funkelten. Es roch nach Tee und Empanadas, die Papá schnell in den Ofen geschoben hatte, damit wir uns stärken konnten, allerdings hatte bis auf die Drachen niemand die gefüllten Teigtaschen angerührt.

Mein Blick wanderte immer wieder zur Uhr, die über dem Kamin hing. Knappe drei Stunden blieben uns noch, um Ajani zu verbannen und Cassie ins Jenseits zu geleiten. Ich schluckte gegen die Enge in meinem Hals an und sah zur Schlafzimmertür meines Vaters, die vom Flur abzweigte und nach wie vor verschlossen war. Emiliano und Cassie hatten sich dorthin zurückgezogen, um sich in Ruhe voneinander zu verabschieden.

Noch nie hatte ich meinen Bruder so verliebt erlebt, und ich betete, dass er die Kraft hatte, Cassie gehen zu lassen. Nicht nur aus dieser Welt, sondern auch aus seinem Herzen, damit es nicht endgültig zerbrach.

Lily zündete die letzte Kerze an, wobei ihre Hände leicht zitterten. Ich ging zu ihr und nahm sie wortlos in die Arme. Sie drückte mich fest an sich und gab mir einen kurzen, aber intensiven Kuss, bevor sie nach der Thermoskanne griff, die mit Leitungswasser gefüllt war.

»Ich kann das auch für dich übernehmen«, bot Caroline an. »Schlimm genug, dass wir keine Wahl haben, aber du musst da nicht allein durch.«

»Danke, das ist lieb, doch ich glaube, es ist besser, wenn ich das mache. Sollen wir Emiliano und Cassie holen?« Unschlüssig sah Lily zu mir. »Auf jeden Fall wäre es gut, wenn sie nicht mittendrin reinplatzen.«

Ich wollte die beiden nur ungern stören, aber Lily hatte recht. Deshalb ging ich zum Schlafzimmer und klopfte leise an die Tür. Es kam keine Reaktion. Ich wollte gerade zu den anderen zurückkehren, als sich doch noch die Tür öffnete und zuerst mein Bruder herauskam.

»Alles okay?«, fragte ich, obwohl ich wusste, dass die Frage dämlich war.

Schulterzuckend fuhr er sich über die geflochtenen Zöpfe, die er auch heute am Hinterkopf zu einem Dutt zusammengebunden hatte. »Nein, aber das wird schon. Keine Sorge, ich flippe nicht wieder aus.«

Mit einem traurigen Lächeln zog ich ihn an mich. »Ich hab dich lieb, Brüderchen.«

»Hey, ich bin sieben Minuten älter als du.«

Und da wusste ich, dass er klarkommen würde. Cassies Verlust würde ihn treffen, keine Frage, und es würde seine Zeit dauern, bis er die Trauer überwunden hatte, aber ich würde meinen Bruder nicht erneut verlieren.

Wir nahmen Cassie zwischen uns und kehrten zu den anderen zurück, die sich bereits am Rand des Zimmers verteilt hatten. Lily stand in der Mitte, nach wie vor die Thermoskanne in der Hand, und warf mir einen letzten Blick zu, als wir uns zu den anderen gesellten. Dann holte sie tief Luft und begann, das Wasser in kleinen Pfützen im Zimmer zu verteilen. Ich warf Papá einen Seitenblick zu, doch er verzog keine Miene, im Gegenteil. Er wirkte sehr interessiert und beobachtete ganz genau, was Lily da tat.

Sie murmelte etwas vor sich hin, wovon ich leider kein Wort verstand, aber es klang beinahe, als würde sie singen. Als sie schließlich die Thermoskanne wegstellte und sich gegen den Uhrzeigersinn um einen imaginären Kreis und um sich selbst zu drehen begann, sang sie tatsächlich. Ihre wunderschöne Stimme erfüllte jeden Winkel des Raums und meines Herzens. Ein Schauer lief mir über den Rücken, und ich fühlte mich geehrt, Zeugin eines Voodoorituals werden zu dürfen.

Sie drehte und drehte sich, ohne dass ihr schwindelig zu werden schien, während mir allein vom Zusehen ein bisschen mulmig wurde. Ich spannte mich an, wartete darauf, dass etwas geschah. Als plötzlich mitten im Raum das Gesicht eines Mannes erschien, zuckte ich dennoch zusammen.

Seine eigentlich dunkle Haut wirkte blass, da er durchscheinend war. Er hatte kurze schwarze Haare und die gleichen dunklen Augen wie Lily, ansonsten sahen sie sich überhaupt nicht ähnlich. Auf den ersten Blick machte er einen sympathischen Eindruck, und es fiel mir schwer zu glauben, dass dieser Mann zwei Hexenclans hatte auslöschen wollen.

Skeptisch, aber nicht unfreundlich sah er in die Runde, und seine Augen nahmen einen weichen Ausdruck an, als er seine Nichte entdeckte.

»Lily.« Auch seine Stimme klang weich und angenehm tief. »Hast du es endlich geschafft?«

Sie gab keine Antwort, murmelte weiter vor sich hin. Plötzlich blitzte Wut in Ajanis Augen auf. Anscheinend begriff er, was sie vorhatte. Instinktiv machte ich einen Schritt nach vorn, doch Caroline hielt mich am Arm fest und schüttelte den Kopf. Sie hatte recht, ich sollte mich zurückhalten, trotzdem fiel es mir schwer, Lily in dieser Situation allein zu lassen. Denn das war sie, allein, obwohl sich in diesem Raum ein Dutzend Personen befanden.

»Hör auf, Liliana.« Der weiche Unterton war aus Ajanis Stimme verschwunden. »Ich bin deine Familie. Hast du vergessen, was wir alles zusammen durchgemacht haben?«

Neben mir ballte Caroline die Hände zu Fäusten. Auch Lily spannte sich jetzt merklich an. Trotzdem hörte sie nicht auf. Mit geschlossenen Augen und geradem Rücken stand sie da und sang mit ihrer wunderschönen Stimme einen Chant, um ihren Onkel zu verbannen. Und es funktionierte. Seine Silhouette wurde immer durchscheinender.

Um ehrlich zu sein, hatte ich befürchtet, Ajani Lecourt würde sie erneut um den Finger wickeln. Immerhin war er ihr Onkel und für viele Jahre die wichtigste Person in ihrem Leben gewesen, wohingegen ich erst seit ein paar Wochen Teil davon war. Aber sie war stärker als jeder andere Mensch, den ich kannte. Ich war stolz auf sie, und ich konnte es kaum erwarten, ihr das zu sagen.

»Liliana!« Ajanis laute Stimme vibrierte in meinem Körper, doch Lily ließ sich auch jetzt nicht beirren. »Schön, du hast es nicht anders gewollt. Wenn du dich gegen mich stellst, werde ich dein Geheimnis nicht länger für mich behalten.«

Er sah zu uns, wobei … nein. Er sah mich an, nur mich. Sein Blick bohrte sich tief in meinen. Am liebsten hätte ich weggesehen, doch die Genugtuung würde ich ihm nicht geben. Was auch immer er jetzt sagte, es war ganz sicher nicht die Wahrheit, sondern pure Berechnung, um Lily zu verletzen und uns zu entzweien.

»Wisst ihr inzwischen, wer Cassandra Murphys Leben auf dem Gewissen hat? Ich kann euch die Frage beantworten. Es war Lily. Lily hat Cassandra ermordet.«

Mein Herz setzte für einen Schlag aus und schlug dann in einem doppelt so schnellen Tempo weiter. *Er lügt,* redete ich mir ein. Ajani Lecourt war zwar charmant, aber ebenso hinterhältig. *Er* war der Mörder, nicht Lily.

Mein Blick wanderte zu ihr. Sie hatte aufgehört zu singen und starrte ihren Onkel mit großen Augen an, ohne sich zu rühren. Sie schien nicht einmal zu atmen und auch nicht wütend zu sein. Ihr Onkel hatte sie mit seiner Behauptung zutiefst getroffen. Es tat mir in der Seele weh, sie so zu sehen. Ohne darüber nachzudenken, ging ich zu ihr, stellte mich neben sie und nahm ihre zitternde Hand in meine. Überrascht sah sie mich an.

»Versuch gar nicht erst, uns zu entzweien«, sagte ich mit fester Stimme zu Ajani. »Ich glaube dir kein Wort. Lily ist keine Mörderin, ganz im Gegensatz zu dir.«

»Ich habe niemanden umgebracht«, widersprach Ajani und klang dabei fast gleichgültig.

»Aber du wolltest. Hätten meine Freunde dich nicht aufgehalten, hättest du sie alle getötet.«

»Zwischen wollen und tatsächlich tun besteht ein Unterschied, mein Kind. Außerdem ging es mir nur darum, meinem Clan ein bisschen Respekt zu verschaffen.«

Sein herablassender Tonfall machte mich wütend, doch bevor ich etwas sagen konnte, erwachte Lily aus ihrer Starre. »Hör auf zu lügen«, schrie sie ihren Onkel an. »Du sagst das nur, um mich zu verletzen, aber diese Macht hast du nicht länger über mich.«

»Glaubt es oder nicht, es ist die Wahrheit.«

Lilys ganzer Körper versteifte sich neben mir. »Ist es nicht, ich könnte niemals jemanden umbringen.«

Caroline trat vor und nahm Lily in unsere Mitte. »Lass dich nicht von ihm verunsichern, mach einfach weiter.«

Die Tatsache, dass wir alle an ihre Unschuld glaubten, gab Lily neue Kraft. Sie holte tief Luft und fuhr mit ihrem Chant fort, doch sie kam nicht weit.

»Stopp!« Ajanis Aufforderung verfehlte seine Wirkung nicht, Lily verstummte erneut. Zufrieden wandte sich Ajani an meinen Bruder. »Emiliano, mein Lieber, wenn ich mich nicht irre, habe ich noch einen Gefallen bei dir gut.«

Ich hörte, wie mein Bruder hinter mir scharf die Luft einsog.

»Shit«, murmelte Caroline und stieß Lily in die Seite. »Los, beeil dich. Du musst fertig sein, bevor er seinen Gefallen geäußert hat.«

»Bemüht euch nicht«, erwiderte Ajani selbstgefällig. Übelkeit stieg in mir auf. »Emiliano, du oder deine Schwester werdet Cassandra Murphys Geist ins Jenseits überführen, ohne mich vorher zu verbannen. Ich gebe dir eine Stunde. Kommst du meiner Bitte nicht nach, kehrst du an den Ort zurück, an dem wir unseren Deal geschlossen haben, und wirst dort ein Jahr verbringen. Entscheide also weise.«

Damit verschwand Ajanis Geist aus Papás Wohnzimmer und ließ uns sprachlos zurück.

Kapitel 42

Valentina

Stille breitete sich zwischen uns aus, wurde beinahe unangenehm. Langsam drehte ich mich zu meinem Bruder um und sah den entschlossenen Ausdruck in seinem Gesicht.

»Emiliano, *no*«, flüsterte ich.

»Doch. Ich werde Cassie ganz sicher nicht diesem Seelensammler überlassen.«

Ich ging zu ihm. »Das will ich auch nicht, aber du kannst nicht ein Jahr lang im Jenseits verbringen.«

»Warum nicht? Es ist schön dort, und ein Jahr ist schnell vorbei. Cassie hingegen müsste die Ewigkeit in den Fängen eines Psychopathen verbringen.«

»So einfach ist das nicht«, sagte Caroline und kam ebenfalls zu uns. »Denkt dran, wir haben es hier mit Ajani zu tun. Das Ganze wird einen Haken haben.«

»Hat es auch«, stimmte ich zu. Weiter kam ich jedoch nicht, weil Cassie wortwörtlich aus Emilianos Schatten trat.

»Ihr zwei braucht nicht weiter zu diskutieren«, sagte sie. »Ich lasse nicht zu, dass du dein Leben für mich wegwirfst, Emiliano.«

»Ich werfe es nicht weg, es geht um ein Jahr.«

»Ein Jahr im Jenseits«, fügte ich hinzu. »Abuelita hat uns eingeschärft, nur im Notfall die Ebenen zu wechseln.«

Mein Bruder zuckte mit den Schultern. »Ja, weil wir nicht den Toten hinterhertrauern, sondern unser Leben leben sollen.«

»Nein. Also schon, aber es steckt viel mehr dahinter. Emiliano, unser Geist ist nicht dazu gemacht, so lange im Jenseits zu verweilen. Außerdem läuft die Zeit dort viel langsamer ab als hier bei uns. Du würdest den Verstand verlieren. Und du wärst nicht nur ein Jahr fort, sondern viel länger. Niemand kann sagen, wie lange genau, und während all der Zeit läge dein Körper quasi im Koma. Selbst wenn du nicht verrückt werden würdest, hätte das Ganze ernste und vermutlich sogar lebensbedrohliche Konsequenzen.«

Emiliano schwieg für einen Moment, dann straffte er die Schultern. »Hätte, würde, sollte. Das sind alles nur Mutmaßungen. Dafür werde ich nicht Cassies Seelenfrieden opfern.«

»Das hast *du* aber nicht zu entscheiden«, widersprach Cassie. Sie nahm seine Hand in ihre. »Es ist meine Entscheidung, und ich möchte, dass du Ajanis Aufforderung nachkommst. Es ist Zeit für mich zu gehen und endgültig Lebewohl zu sagen.«

»Cassie …«

»Nein!« Nun wandte sie sich ihm ganz zu und nahm auch seine andere Hand in ihre. »Emiliano, ich bin schon tot. Was habe ich zu verlieren? Du hingegen hast noch dein ganzes Leben vor dir. Du darfst es nicht einfach wegwerfen, denn du müsstest viel mehr aufgeben als ich.«

»Ich werfe es nicht weg, und du hast sehr wohl etwas zu verlieren. Bei mir geht es um ein Jahr. Selbst wenn es am Ende fünf Jahre sind, ist die Zeit absehbar. Bei dir geht es um die Ewigkeit. Die Ewigkeit, Cassie, in den Fängen des Seelensammlers!«

»Ich werde schon klarkommen. Mach dir keine Sorgen um mich.«

Mein Bruder zog Cassie an seine Brust. »Aber ich liebe dich. Wie kann ich ein glückliches Leben führen, wenn ich weiß, welches Schicksal dich auf der anderen Seite erwartet?«

Cassie löste sich von ihm, legte ihre Hände an seine Wangen und sah ihm so tief in die Augen, als würde sie ihn hypnotisieren wollen. »Du wirst glücklich werden, okay? Eine andere Option gibt es nicht. Trauere nicht um mich, denk nicht länger an mich. Ich liebe dich auch, aber das Opfer, das du für meinen Seelenfrieden erbringen müsstest, ist einfach zu groß. Und jetzt lass uns nicht länger streiten. Ich will die kostbare Zeit, die uns noch bleibt, nicht damit verschwenden, denn am Ende bekomme ich ohnehin, was ich will.«

Ich sah meinem Bruder deutlich an, dass er mit sich rang. Er wollte nicht nachgeben, musste aber schließlich einsehen, dass er Cassies Meinung nicht ändern konnte. Er nahm sie noch einmal fest in seine Arme und vergrub sein Gesicht an ihrem Hals. Ich wandte mich ab, um ihnen zumindest ein bisschen Raum zu geben, und sah in die berührten Gesichter der anderen. Niemand von ihnen hatte Cassies Worte hören können, und doch war allen klar, wer die Auseinandersetzung gewonnen hatte.

Caroline seufzte leise. »Und wie geht es nun weiter?«

»Wir müssen Cassie an den Ort bringen, wo sie gestorben ist.« Bedrückte Stille war die Antwort, was ich verstehen konnte. Für die Drachen, Kailey und die Magier war es sicher nicht leicht, an diesen Ort zurückzukehren, denn immerhin war dort nicht nur Cassie gestorben. Sie hatten einen Krieg führen müssen und unzählige Verluste erlitten. »Ihr braucht nicht mitzukommen. Wenn du uns nur dorthin bringen könntest, Caroline …«

»Wir kommen auf jeden Fall mit«, sagte Aiden entschlossen. »Ich werde weder dich noch Cassie im Stich lassen, und ich traue diesem Ajani nicht über den Weg.«

»Wir müssen ihn vernichten, dieses Mal endgültig«, fügte Caroline hinzu. »Ich tue es nicht gern, aber wir haben keine Wahl. Die Welt ist ohne Ajani ein besserer Ort.«

Tränen liefen mir über die Wangen, als Emiliano und ich Cassie zwischen uns nahmen. Der Wind pfiff unerbittlich auf dem Hügel im Connemara-Nationalpark. Bis eben hatte es sogar noch geregnet, als wollte sich auch der Himmel von Cassie verabschieden. Wäre dieser Ort nicht mit so viel Schrecken verbunden, wäre es hier bestimmt wunderschön. Obwohl es dunkel war, konnte ich die Weite erahnen, die unberührte Natur. Ich verstand, warum sich die Drachen hier niedergelassen hatten. Es musste ihnen unglaublich schwergefallen sein, dem Nationalpark den Rücken zu kehren und sich in alle Richtungen zu zerstreuen, auch wenn der Verlust ihrer Heimat gleichbedeutend war mit dem Gefühl von Freiheit.

Doch wie frei waren sie wirklich? Andy und seine Leute konnten wir vielleicht aufhalten, aber es würde immer Menschen geben, die sich von den Drachen und all den anderen übernatürlichen Wesen bedroht fühlen würden.

Der Wind trug mein Seufzen fort, und ich drehte mich noch einmal zu den anderen um. Kailey hatte ihre Schwerter gezogen, Lily, Caroline, Ash und Jared wirkten hoch konzentriert, und Aiden, Sharni und Celmar hatten sich verwandelt. Drei majestätisch anmutende Drachen in unterschiedlichen Schuppenfarben säumten ihre Freunde, passten auf sie auf. Es hätte wie ein Widerspruch klingen müssen, doch sie wirkten sanftmütig und nicht im Geringsten Angst einflößend. Von Aggressivität keine Spur.

Ich wandte mich wieder um und griff nach Cassies Hand, die sich erstaunlich warm in meiner anfühlte, doch ich spürte auch, dass sie leicht zitterte.

»Es wird alles gut«, flüsterte ich mit erstickter Stimme. »Wir lassen uns etwas einfallen, okay?« Sie nickte nur, und ich wünschte, ich könnte irgendetwas tun, um ihr den Abschied leichter zu machen. Leider stand das nicht in meiner Macht. Ich sah weiter zu meinem Bruder, denn wir hatten beschlossen, Cassie auf ihrem allerletzten Weg gemeinsam zu begleiten. »Bereit?«

»Wie bereit man eben sein kann«, antwortete er so leise, dass der Wind seine Worte wie mein Seufzen vorhin davontrug.

Trotzdem verstand ich ihn. Wir waren Zwillinge, ich hatte ihn immer verstanden, auch wenn er zwischenzeitlich kurz von seinem Weg abgekommen war.

Ich holte noch einmal tief Luft, dann ließ ich Cassie los und begann, mich mit ausgebreiteten Armen im Kreis zu drehen, so wie Abuelita es mir gesagt hatte. Cassie, die Drachen, die Magier zogen immer schneller an mir vorbei, und ich legte den Kopf in den Nacken. Ich war dankbar, dass Caroline die Regenwolken mit ihrer Magie hatte weiterziehen lassen, denn über mir war nun der tiefblaue Himmel mit einem Meer aus Sternen, die mich für einen winzigen Moment Glück verspüren ließen. Mamá hätte diesen Ort geliebt.

Ein Strudel bildete sich vor uns, gleichzeitig wurde die Welt um mich herum in einen grauen Schleier gehüllt. Meine Bewegungen wurden langsamer, bis ich schließlich stehen blieb. Das Blut rauschte in meinen Ohren. Oder nein, das war nicht das Blut. Es waren Geräusche, die immer deutlicher wurden. Ich hörte durch die Luft sausende Pfeile, Klingen, die gegeneinander schlugen, Drachen, die Feuer spuckten, und Schreie, sehr viele Schreie. Und nun erwachte auch die Umgebung um mich herum zum Leben. Bilder erschienen vor meinen Augen, die mir zeigten, was ich bereits hörte, und es fröstelte mich. Ich sah das Tal, das uns zu Füßen lag und in dem sich Tausende Fae und Drachen in Menschengestalt bekriegten. Über alldem sah ich Hunderte Drachen fliegen, die von Fae auf riesigen Libellen angegriffen wurden. Immer wieder stürzten getroffene Drachen ab, krachten in die Menge unter sich. Ich glaubte Blut und Feuer zu riechen und hielt für einen Moment den Atem an. Die Grausamkeit, die sich vor meinen Augen abspielte, ließ mich schwer schlucken. Ich war geschockt, spürte eine unendliche Traurigkeit und wachsende Anspannung, alles gleichzeitig. Schließlich hielt ich den Anblick nicht länger aus und wandte mich ab. Da entdeckte ich auch Cassie. Sie stand auf diesem Hügel, flankiert von einem violett geschuppten Drachen, und schleuderte Blitze auf die Fae. Sie sah müde aus, als würde sie das bereits seit Stunden tun. Ringe lagen unter ihren Augen und sie war ähnlich blass wie in ihrer Gestalt als Geist. Mit dem Handrücken strich sie sich eine rote Haarsträhne aus den Augen.

»Ich brauche etwas zu trinken«, sagte sie atemlos, stellte die Blitze ein und sah sich suchend um. Die Wasserflasche, die neben ihr im Gras lag, war leer.

Währenddessen verwandelte sich der Drache neben ihr in eine Frau. Es war Kiana, die Andy und die anderen im Labor eingesperrt hatten. »Warte, ich habe hier noch eine Flasche.« Sie bückte sich nach einem Rucksack und zog den Reißverschluss auf.

Cassie hob die rechte Hand, um einen weiteren Blitz zu erschaffen, erstarrte jedoch mitten in der Bewegung. Ich drehte mich um, folgte ihrem Blick – und erstarrte selbst. Eine der riesigen Libellen war dem Hügel gefährlich nah gekommen. Darauf saß eine junge

Frau, die sich nicht von den Fae unterschied. Sie trug eine braune Hose, einen grünen Kapuzenpullover und darüber eine Art silbernes Kettenhemd. Die Kapuze hatte sie aufgesetzt, und vor ihr lag ein Bogen. Doch als sie nun auf Cassie zielte, hielt sie eine andere Waffe in den Händen: eine Pistole, die sie ohne zu zögern abfeuerte. Der Knall blieb aus oder ging in dem Lärm einfach unter. Cassie taumelte rückwärts, senkte den Blick auf ihren Bauch.

Blitzschnell steckte die junge Frau die Pistole weg, griff nach dem Bogen und zog einen Pfeil aus dem Köcher auf ihrem Rücken, während sie die Riesenlibelle dazu brachte, sich um einhundertachtzig Grad zu drehen und davonzufliegen. Sie reihte sich perfekt in die Reihen der Fae ein, sah aus wie eine Elfenkriegerin, doch das war sie nicht.

Es war Lily. Meine Lily.

Mein Herz setzte für mindestens einen Schlag aus und schlug dann unregelmäßig weiter, sodass ich fürchtete, ich könnte zusammenbrechen – so wie Cassie in dem Moment, als sich Kiana mit einer vollen Wasserflasche in der Hand zu ihr umdrehte.

»Cassie!«

Sie ließ die Flasche fallen und sank neben ihr ins Gras, während ihre Augen gleichzeitig den Himmel absuchten. Lily hatte sich bereits ein ganzes Stück entfernt, und da sie wie alle anderen Fae Pfeile abfeuerte, fiel sie überhaupt nicht auf. Sie hatte niemanden anvisiert, ihre Pfeile flogen ins Leere, doch das konnte Kiana auf die Entfernung nicht sehen. Sie wandte sich wieder Cassie zu und entdeckte das Blut, das sich trotz der schusssicheren Weste gut sichtbar auf dem roten Shirt ausbreitete.

Ich zuckte zusammen, als eine smaragdgrüne Drachin über mich hinwegflog und landete. Bevor sie sich verwandelte, entfernte Kiana die Pfeile, die in ihrer Schuppenschicht steckten, dann rannte Sharni zu Cassie. Sie rüttelte an ihrer Schulter und tätschelte ihre Wange, während sie immer wieder ihren Namen flüsterte. Mit glänzenden Augen tastete sie zuerst das Handgelenk und dann den Hals ab.

»Wo ist der verdammte Puls?«, fragte sie mit zitternder Stimme.

Kiana schob sie sanft beiseite und untersuchte Cassie nun selbst. Dann schüttelte sie traurig den Kopf. Mir schossen Tränen in die Augen, mein Hals schnürte sich zu.

»Nein. Nein!« Sharni rüttelte Cassie erneut, dieses Mal heftiger.

»Sharni, hör auf. Sie ist tot«, sagte Kiana.

Mein Blick verschleierte sich, als die Tränen über meine Wangen liefen, und ich brauchte einen Moment, um zu begreifen, dass sich das Grau zu lichten begann. Der Strudel drehte sich immer schneller, und ich nahm erneut Cassies Hand.

»Es wird Zeit«, flüsterte ich. Gemeinsam gingen wir auf den Strudel zu und blieben direkt davor stehen. Lächelnd wandte ich mich ihr zu und sah, dass sie ebenfalls Tränen in den Augen hatte. »Leb wohl. Eines Tages sehen wir uns bestimmt wieder.«

»Ja, wir werden uns wiedersehen, das verspreche ich dir«, fügte Emiliano hinzu, dem man den Kloß im Hals anhörte. »Ich liebe dich, Cassie.«

»Ich liebe dich auch, Emiliano. Danke für alles. Danke, Valentina.«

Sie sah über meinen Kopf hinweg zu ihren Freunden, drückte meine Hand ein letztes Mal, dann ließ sie los, straffte die Schultern und trat in den Strudel. In der nächsten Sekunde war sie fort und mit ihr der Strudel, die Bilder der Vergangenheit und die grauenvolle Geräuschkulisse. Die Stille klingelte in meinen Ohren, und ich tastete nach der Hand meines Bruders, um mich an ihm festzuhalten.

Ich wollte mich der Realität nicht stellen, doch ich wusste, dass ich keine Wahl hatte. Wie in Zeitlupe drehte ich mich um und begegnete Lilys Blick, der mehr sagte als tausend Worte. Sie hatte die Vision ebenfalls gesehen.

»Valentina«, sagte sie tonlos.

Doch ich schüttelte den Kopf. Ich wollte ihre Erklärung nicht hören, nicht jetzt, vielleicht nie. Außerdem mussten wir uns auf Ajani konzentrieren, der jeden Moment zurückkehren konnte. Schließlich hatte der Seelensammler bekommen, was er wollte. Die Minuten vergingen, in denen wir alle angespannt warteten – bereit, jederzeit anzugreifen. Doch Ajani kam nicht.

Eine weitere Minute später wagte ich es, wieder normal zu atmen und mich zu rühren. Sharni war die Erste, die sich zurückverwandelte.

»Was ist los? Hätte er nicht längst übertreten müssen?«, fragte sie verwirrt, während sie sich in die karierte Sofadecke meines Vaters hüllte, die Jared ihr um die Schultern legte.

Aiden, der sich ebenfalls verwandelt hatte, ließ sich von Caroline sein Handy geben. »Ich frage mal bei Kiana nach. Vielleicht ist er in London aufgetaucht.«

Kiana hatte sich zusammen mit ein paar anderen Drachen und Carolines Dad sicherheitshalber in London in den Victoria Embankment Gardens postiert, wo die beiden Oberhäupter des Morgan- und des Merlin-Clans Ajani vernichtet hatten.

»Valentina.«

Ich zuckte zusammen, als Lily plötzlich vor mir stand. »Lily, bitte, jetzt nicht.«

Sie zuckte bei meiner kühlen Stimme ebenfalls zusammen, doch obwohl es mir einen kleinen Stich versetzte, konnte ich nichts daran ändern. Ich hatte ihr verziehen, als sie mir offenbart hatte, dass sie mich für die Zwecke ihres Onkels benutzt hatte. Ich hatte ihr blind vertraut und die anderen gebeten, ihr ebenfalls zu vertrauen. Und ich hatte mich sofort hinter sie gestellt, als ihr Onkel sie als Mörderin beschuldigt hatte. Sie hatte dagestanden und behauptet, Cassie nicht ermordet zu haben, und ich war mir zu einhundert Prozent sicher gewesen, dass sie die Wahrheit sagte. Doch jetzt wusste ich nicht mehr, was wahr und was falsch war.

»Ich habe Cassie nicht ermordet«, sagte sie leise, obwohl ich sie gebeten hatte, es nicht zu tun. »Es sah so aus, ich weiß. Frag mich nicht, warum. Ich kann es mir selbst nicht erklären. Ich weiß nur, dass ich sie nicht erschossen habe. Bitte glaub mir.«

Ich stieß die Luft aus. »Du hast es doch selbst gesehen. Oder irre ich mich?«

»Nein, aber …«

Ich schüttelte so heftig den Kopf, dass sie verstummte. »Lass es, tisch mir nicht noch mehr Lügen auf, Lily. Und bitte mich nicht darum, dir zu glauben oder zu vertrauen, denn das kann ich gerade nicht.« Und ich konnte und wollte mich jetzt auch nicht damit beschäftigen. Ich brauchte meine ganze Kraft und Konzentration, um herauszufinden, was schiefgelaufen war.

Dieses Mal nickte Lily nur und entfernte sich. Zittrig holte ich Luft. Emiliano sagte nichts, doch er legte einen Arm um meine Schultern und zog mich näher an sich. Gerade noch hatte ich ihn trösten müssen, und jetzt musste er mich trösten. Warum lagen Glück und Unglück immer so nah beieinander?

»Ajani ist nicht in London«, stieß Aiden zwischen zusammengebissenen Zähnen hervor. »Wo bei Voldragor steckt er?«

»Im Totenreich«, erwiderte Caroline leise, die sich an Ash klammerte. Sie schien für einen Moment ein wenig orientierungslos und wackelig auf den Beinen zu sein.

»Hat er etwa Kontakt zu dir aufgenommen?«

Caroline nickte. »Wo auch immer Cassie ist, sie ist nicht im Jenseits.«

Stille senkte sich über uns, wurde nur vom Rauschen des Windes durchbrochen, der an meinen Haaren riss. Wie konnte es sein, dass Cassie nicht im Jenseits gelandet war? Emiliano und ich hatten sie hinübergeleitet. Wir hatten gesehen, wie sie unsere Welt verlassen hatte. Und was würde jetzt mit meinem Bruder geschehen? Würde Ajani ihn holen, weil er Cassie nicht bekommen hatte?

»Fuck!« Mein Bruder ließ mich los und fuhr sich durch die Haare. Er tigerte humpelnd auf und ab, dann griff er völlig unvermittelt nach einem Stein und warf ihn mit voller Wucht von sich. Ich hörte, wie er polternd aufkam, während Emilianos erneuter Fluch durch die Nacht hallte.

»Hey, beruhige dich«, bat ich ihn, obwohl ich ihn nur zu gut verstehen konnte, denn auch in mir tobte ein Gefühlschaos. Ich ging zu ihm und legte ihm meine Hände auf die Oberarme. »Wir kriegen das wieder hin, okay?«

»Und wie?«, fuhr er mich an. »Das hier ist ein beschissener Albtraum, aus dem wir nie wieder erwachen werden.«

»Emiliano …«

Er riss sich los, blieb jedoch vor mir stehen und sah mich weiterhin an. »Spar dir deinen Zweckoptimismus, Valentina. Es ist vorbei, wir haben versagt.«

Ich wollte widersprechen, doch die Worte kamen mir einfach nicht über die Lippen. Vielleicht, weil ich wusste, dass Emiliano ausnahmsweise einmal nicht alles schwarz sah. Wir hatten Cassie verloren, im wahrsten Sinne des Wortes, womöglich würde Ajani mir auch noch meinen Bruder nehmen, Lily war eine Mörderin, und unsere Zukunft sah alles andere als rosig aus. Ich hatte absolut keine Ahnung, was wir jetzt machen sollten, und ein kurzer Blick in die Gesichter der anderen verriet mir, dass sie ebenso ratlos waren. Emiliano hatte recht, das war ein Albtraum. Das Glas war weder halb voll noch halb leer. Es war umgefallen, und der Inhalt hatte sich in sämtliche Richtungen ergossen, sodass es unmöglich sein würde, noch irgendetwas zu retten.

Epilog

»Damian Ainsley, was für eine Überraschung. Was kann ich so früh am Morgen für Sie tun?« Leard Hayes erhob sich von seinem Stuhl und schloss die Knöpfe seines Jacketts, bevor er um den Schreibtisch herumkam. »Wenn es um die Einbürgerung der Drachen geht, habe ich erfreuliche Nachrichten für Sie, denn wir haben endlich die Mehrheit der Parlamentsabgeordneten auf unserer Seite. Sollte Lynch die Wiederwahl zum Premierminister gewinnen – und das wird er ganz sicher –, steht der irischen Staatsbürgerschaft der Drachen theoretisch nichts mehr im Weg.«

Damian unterdrückte ein Seufzen. *Theoretisch.* Er wusste ganz genau, was das zu bedeuten hatte, denn seit er die Verhandlungen mit der amtierenden Regierung Irlands aufgenommen hatte, pochte Hayes darauf zu erfahren, wer die Drachen vor ein paar Wochen angegriffen und fast besiegt hatte. Damian, der selbst Fae war, auch wenn er inzwischen an der Seite der Drachen stand, war jedoch nicht bereit, sein ehemaliges Volk zu offenbaren. Die Konsequenzen bereiteten ihm Sorgen, denn die Fae-Königin würde das nicht einfach hinnehmen. Noch war sie zu mächtig, doch Kaileys Bruder Sloan, der ihren Sturz schon seit Langem plante, hatte berichtet, dass es in Fairyland allmählich zu gären begann. Sobald die Fae-Königin keine Armee mehr hinter sich stehen hatte, würde Damian mit sich reden lassen. Bis dahin hielt er den Kriegsgegner der Drachen lieber geheim.

Er schüttelte Hayes die Hand und folgte ihm zu der Sitzecke, wo sie auf den schräg zueinanderstehenden Sofas Platz nahmen. Hayes schaltete die Stehlampe ein, da vor dem Fenster noch Dunkelheit herrschte.

»Das sind wirklich erfreuliche Nachrichten«, erwiderte Damian. »Padraig Lynch wird die Wiederwahl aber leider nicht gewinnen. Zumindest nicht, wenn wir der Opposition nicht zuvorkommen.«

Der Abgeordnete des Wahlkreises Galway West runzelte die Stirn. »Ich fürchte, Sie müssen deutlicher werden, Mr Ainsley. Wovon sprechen Sie?«

»Nun, es geht um die Protestaktionen gegen die Drachen beziehungsweise die Gruppe, die dahintersteckt.«

Hayes schien nur mit Mühe ein Stöhnen zu unterdrücken. »Darüber haben wir doch bereits mehrfach gesprochen. Die Polizei hat Anweisung, jeden in Gewahrsam zu nehmen, der Eigentum zerstört oder Gewalt anwendet, aber darüber hinaus …«

»Die Sachlage hat sich geändert«, fiel Damian dem Abgeordneten ins Wort, obwohl er es selbst nicht ausstehen konnte, unterbrochen zu werden. »Die Gruppe hat Drachen gefangen genommen und Experimente an ihnen durchgeführt.«

»Bitte was?«, fragte Hayes laut. Seine Augen hinter der randlosen Brille wurden groß.

»Es kommt noch schlimmer. Sie haben mitbekommen, was mit dem mexikanischen Mädchen passiert ist? Valentina López?«

Hayes nickte. »Ja, natürlich, das Video ihrer Verwandlung ging durch sämtliche Medien.«

Damian berichtete von Valentinas Vater, der unter der Vorspiegelung falscher Tatsachen ins Labor geholt und erpresst worden war. »Dr. López sollte ein Mittel finden, um Drachen dazu zu zwingen, sich während eines Kampfes zurück in einen Menschen zu verwandeln. Herausgekommen ist das Gegenteil.«

»Wie meinen Sie das?« Hayes klang unsicher, als würde er die Antwort gar nicht hören wollen.

»Im Labor wurde weitergeforscht. Das Mittel zwingt die Drachen nun dazu, sich in ihrer Drachengestalt zu zeigen, zudem macht es sie äußerst aggressiv. Sie geraten zumindest für einen gewissen Zeitraum völlig außer Kontrolle. Gegen ihren Willen.«

Hayes zog ein Taschentuch aus seiner Hosentasche und tupfte sich damit über Stirn und Halbglatze. »Und das noch vor dem ersten Kaffee. Wissen Sie, was Sie da sagen? Wenn Shannon Kelly diese Informationen zugespielt werden …«

Damian nickte. »Deshalb bin ich hier. Wir brauchen Ihre Unterstützung.«

Und er hoffte inständig, diese zu bekommen. Hayes hatte sich für die Drachen schon weit aus dem Fenster gelehnt, und diese Angelegenheit war äußerst riskant. Doch ihnen blieb keine Wahl. Wenn sie nichts unternehmen würden, hatten sie bereits verloren. Seine Nichte Kailey sowie all ihre Freunde hatten in den vergangenen Wochen schon so viel durchgemacht. Er wollte ihnen wenigstens die Last um Andrew St. James von den Schultern nehmen, der momentan noch zusammen mit Blake und den anderen im Lagerhaus in den Dublin Docklands festgehalten wurde. Doch dazu brauchte er Hayes volle Rückendeckung.

Figurenliste

Valentina López: la Catrina, Mexikanerin

Emiliano López: Valentinas Zwillingsbruder, hat ebenfalls Catrina-Fähigkeiten

Liliana Lecourt (Lily): Voodoohexe, gehörte dem Voodooclan an, der in »Clans of London« zerschlagen wird

Diego López: Vater der Zwillinge, Paläontologe, Professor am Trinity College in Dublin

Ximena López: Großmutter der Zwillinge, war vor Valentina Catrina

Cassandra Murphy (Cassie): mächtige Hexe, jetzt ein Geist (stirbt in »Flame & Arrow«), Valentinas vermeintliche Zimmergenossin

Aiden O'Rourke: Drachenprinz aus »Flame & Arrow«, inzwischen König der Draconis, Kaileys Freund

Kailey Ainsley: Elfenkriegerin (Fae) aus »Flame & Arrow«, die sich als Drachin ausgibt, Aidens Freundin

Sharni O'Rourke: Drachenprinzessin aus »Flame & Arrow«, Schwester von Aiden, Jared Merlins Freundin, studiert in London

Celmar: Drache, war in »Flame & Arrow« Aidens Bodyguard, ist in Cassie verliebt

Isla O'Rourke, geborene Murphy: Hexe aus »Flame & Arrow« und »December Dreams«, beherrscht den Unsichtbarkeitszauber, Aidens, Sharnis und Cassies Tante, Frau von Darragh

Darragh O'Rourke: Drache aus »Flame & Arrow« und »December

Dreams«, hat Isla geheiratet und dafür die Krone aufgegeben, stirbt in »Flame & Arrow«, Aidens, Sharnis und Cassies Onkel

Caroline Merlin: sehr mächtige Hexe und zur Hälfte Voodoohexe aus »Clans of London«, beherrscht Telekinese und Teleportation, Ashs Freundin

Arthur Morgan (Ash): Magier aus »Clans of London«, kann die Zeit manipulieren, Carolines Freund

Jared Merlin: Magier aus »Clans of London«, kann die Schwerkraft beeinflussen, Carolines Cousin, Sharnis Freund

Henri Lecourt: Voodoomagier aus »Clans of London«, Sohn von Ajani, Lilys und Carolines Cousin, Ashs bester Freund

Ajani Lecourt: Voodoomagier, ehemaliges Oberhaupt des Lecourt-Clans, stirbt in »Clans of London«, Henris Vater, Lilys Onkel

Andrew St. James (Andy): hat in »Clans of London« mit Ajani zusammengearbeitet, war Mitglied bei den Maleficariern (Gruppe, die Hexen verfolgt), hat eine gemeinsame Vergangenheit mit Caroline

Amber: flirtet in »Clans of London« mit Ash, wirkt bei der Theater-AG in »Flame & Arrow« mit

Beaver, Whitebait & Smith: Londoner Anwaltskanzlei mit Standorten in anderen Städten, auf übernatürliche Fälle spezialisiert, hat Carolines Fall bearbeitet, Cassandras Vater arbeitet dort, Ajani war dort angestellt

Dank

Ich muss mich kurz fassen, um die geplante Seitenzahl nicht zu überschreiten, aber bei ein paar Leuten will ich mich einfach bedanken.

Den Anfang macht dieses Mal ihr Leser*innen, denn ohne euch hätte ich keinen Grund, Geschichten zu schreiben. Vielen Dank, dass ihr Valentina, Emiliano, Lily und all die anderen bis hierher begleitet habt. Ich würde mich freuen, wenn wir uns wiederlesen, vielleicht ja in Band 2 oder in einer meiner vorherigen Dilogien. Falls ihr bereits eine davon oder sogar beide gelesen habt – ihr habt meinen ewigen Dank!

Christian, ich weiß gar nicht, was ich sagen soll. Die Fortsetzung von »Clans of London« und »Flame & Arrow« hat uns einige Nerven gekostet, dabei stand die Geschichte eigentlich ziemlich schnell. Leider durften die Walküren nicht bleiben, aber mittlerweile bin ich davon überzeugt, dass die Catrina ohnehin viel besser ist und Geschichten, die einem viel abverlangen, am Ende die besten sind. Und du hast mehr als nur einen Teil dazu beigetragen. Ohne dich hätte ich vermutlich einige Male das Handtuch geworfen, also vielen Dank, dass du immer da bist, immer ein offenes Ohr für meine Probleme oder die Probleme meiner Figuren hast und dass du in stressigen Zeiten das Kochen und alles andere übernimmst. Ich würde mich sonst vermutlich wochenlang von Tee und Schokolade ernähren. Ich hab dich lieb!

Betty und Niklas, ihr seid die Besten! Ihr seid noch so klein und habt trotzdem schon so viel Verständnis. Ich hoffe, ihr habt auch in zwölf Jahren noch den Wunsch, Bücher zu schreiben, denn ich kann mir nichts Schöneres vorstellen, als eines Tages eine Geschichte mit euch zusammen aufs Papier zu bringen. Ich hab euch lieb!

Tausend Dank an meine Agentin Diana Itterheim. Ich bin heilfroh, dass du das ganze Drumherum übernimmst und ich mich voll und ganz aufs Schreiben konzentrieren kann. Und nachdem ich einen geschäftlichen Termin mit dir zusammen hatte, weiß ich noch mehr zu schätzen, was du für mich tust. Es war mir beinahe peinlich, wie sehr du mich angepriesen hast, aber mach trotzdem gern so weiter.

Vielen Dank an meine Lektorin Franziska Jaekel. Der Text klingt immer so viel schöner, nachdem du daran gefeilt hast, und dir fallen Dinge auf, die ich auch nach dem hundertsten Mal durchlesen übersehe. Dafür danke ich dir.

Ein besonderer Dank geht an das gesamte Team von Ravensburger, allen voran an Valentino Dunkenberger. Ich fühle mich geehrt, dass ich diese dritte Dilogie für euch schreiben darf und dass die Reihen inhaltlich miteinander verknüpft sein dürfen. Ich liebe es – und ich hoffe, ihr Leser*innen feiert es genauso. Ich würde mich freuen, wenn ihr mich weiterhin auf dieser Reise begleitet.

DIE ATMOSPHÄRISCHE
URBAN ROMANTASY
GEHT WEITER!

ISBN 978-3-473-40231-1

LESEPROBE

»Flowers & Bones, Band 2: Kuss der Catrina«
von Sandra Grauer

ISBN 978-3-473-40231-1

Ein leises Schluchzen weckte mich. Müde und verwirrt fuhr ich mit den Fingern über meine Wangen, weil ich einen Moment annahm, ich würde selbst weinen. Doch da waren keine Tränen. Ich blinzelte gegen die Sonne an, die bereits in mein Zimmer schien, obwohl es noch sehr früh am Morgen sein musste, und sah mich um.

Das Gähnen blieb mir im Hals stecken, als ich eine zusammengekauerte Gestalt entdeckte, die auf der Bank vor dem Fenster saß. Ohne den Blick abzuwenden, tastete ich nach einem Gegenstand, den ich als Waffe benutzen konnte, und wollte gerade das ganze Haus zusammenschreien, als ich den schwachen Lichtschein bemerkte, der die Gestalt umgab. Da saß kein Einbrecher auf meiner Fensterbank, sondern ein kleiner Junge.

Eine verlorene Seele, schoss es mir durch den Kopf, und ich musste schlucken.

Meine Anspannung war sofort verflogen. Ich schob die Bettdecke beiseite, stand auf und ging vorsichtig zu dem Jungen hinüber. Er war vielleicht acht oder neun Jahre alt, und als er den Kopf hob und mich aus verweinten Augen ansah, zog sich mein Herz zusammen. Ich setzte mich zu ihm auf die Bank, ein Bein unter mich gezogen.

»Hey«, sagte ich sanft und lächelte ihn an, auch wenn mir nicht danach zumute war. »Ich bin Valentina. Wie heißt du?«

»Jaime.«

»Hallo, Jaime. Warum weinst du? Kann ich dir irgendwie helfen?«

Er deutete ein Schulterzucken an, gleichzeitig flammte Hoffnung in seinen Augen auf. »Ich kann meine Mamá nicht finden. Weißt du, wo sie ist?«

Ich schluckte erneut, in meinem Hals hatte sich ein dicker Kloß gebildet. »Wo hast du sie denn zuletzt gesehen?«

»Im Krankenhaus. Ich habe ganz schlecht Luft bekommen, und plötzlich war da dieses Licht.« Er beugte die Knie zur Seite und rutschte ein Stück näher zu mir. »Ich habe Angst, Valentina, ich will nicht durch das Licht gehen, denn dann … bin ich tot, oder?«

Seine letzten Worte waren nur noch ein Flüstern, und ich nickte, weil ich kein Wort über die Lippen brachte.

Dios mío. Nach Cassie hatte ich gehofft, es würde leichter werden, doch das hier war nicht leicht, ganz und gar nicht.

Jaime senkte den Blick. Eine Träne tropfte von seiner Wange, und ich spürte sie auf meinem nackten Bein. Ich holte tief Luft, straffte den Rücken und griff nach Jaimes Hand. Er brauchte meine Hilfe. Ich musste jetzt stark sein, auch wenn es mir alles abverlangte. Weinen konnte ich später, jetzt musste ich für ihn da sein.

»Was hältst du davon, wenn wir deine Mutter suchen und du noch einmal mit ihr reden kannst?«

Schüchtern nickte er. »Geht das denn?«

»Natürlich«, sagte ich aufmunternd. »Dafür bin ich da. Ich ziehe mir nur schnell etwas an, in Ordnung?«

Wieder nickte er.

Rasch griff ich nach den Klamotten, die ich gestern Abend auf meinen Schreibtischstuhl geworfen hatte, eine Jeansshorts und ein lilafarbenes Top, und verschwand damit im Bad. Keine fünf Minuten später war ich wieder in meinem Zimmer, die pinken Espadrilles noch in den Händen, weil Abuelita mir und meinem Bruder schon früh eingebläut hatte, dass Schuhe im Haus nichts zu suchen hatten.

Fast hatte ich befürchtet, Jaime wäre verschwunden, doch er saß nach wie vor auf der Bank und sah aus dem Fenster. Erneut nahm ich neben ihm Platz, atmete die frische Luft ein, die durch das gekippte Fenster hereinströmte, und warf selbst einen kurzen Blick hinaus. Vor dem Haus war es noch ruhig, es waren keine Menschen oder Autos zu sehen, die nicht in diese Straße gehörten.

Innerlich atmete ich auf. Die Presse, die unser Haus seit dem Vorfall im Einkaufszentrum vermehrt im Auge behielt, konnte ich jetzt gar nicht gebrauchen. Inzwischen klingelten sie sogar bei uns, um ein Exklusivinterview zu bekommen. Danach würden sie uns auch in Ruhe lassen, hatte der erste Journalist versprochen, doch das glaubte ich nicht. Sie würden mich nie in Ruhe lassen.

© privat

Sandra Grauer wurde in den bunten 80ern im Ruhrgebiet geboren, wo sie auch heute nach Stationen wie Heidelberg und Karlsruhe mit ihrem Mann und den beiden Kindern wieder lebt. Bücher, alte Filme und amerikanische Serien sind ihre Leidenschaft. Außerdem liebt sie Weihnachten und alles, was mit Tanzen zu tun hat. So hätte sie sich als Plan B eine Karriere als Balletttänzerin oder Rhythmische Sportgymnastin vorstellen können – leider ist sie dafür viel zu ungelenkig. Ihren Traum vom Schreiben jedoch konnte sie sich erfüllen, denn ihr Motto lautet: Gib niemals deinen Traum auf! Für diverse Verlage schreibt sie Fantasy, Liebesromane und Bodenseekrimis. Ihr Fantasy-Roman »Clans of London – Hexentochter« wurde 2020 für den DeLiA-Jugendliteraturpreis nominiert.

Unter www.sandra-grauer.de und auf Instagram hält sie euch auf dem Laufenden.